True at First Light

第一道曙光下的真实

〔美〕欧内斯特·海明威 著　　罗珊珊 译

人民文学出版社

图书在版编目(CIP)数据

第一道曙光下的真实/(美)海明威著;罗珊珊译.
—北京:人民文学出版社,2017
(远行译丛)
ISBN 978-7-02-012408-4

Ⅰ.①第… Ⅱ.①海… ②罗… Ⅲ.①自传体小说-美国-现代 Ⅳ.①I712.45

中国版本图书馆 CIP 数据核字(2017)第 028628 号

出 品 人　黄育海
责任编辑　朱卫净　潘丽萍
封面设计　汪佳诗

出版发行　人民文学出版社
社　　址　北京市朝内大街 166 号
邮政编码　100705
网　　址　http://www.rw-cn.com
印　　刷　山东临沂新华印刷物流集团
经　　销　全国新华书店等
字　　数　265 千字
开　　本　890 毫米×1240 毫米　1/32
印　　张　13.5
插　　页　5
版　　次　2017 年 7 月北京第 1 版
印　　次　2017 年 7 月第 1 次印刷
书　　号　978-7-02-012408-4
定　　价　55.00 元

如有印装质量问题,请与本社图书销售中心调换。电话:010-65233595

目 录

1	序
1	第一章
41	第二章
74	第三章
89	第四章
124	第五章
147	第六章
166	第七章
198	第八章
226	第九章
241	第十章
261	第十一章
284	第十二章
308	第十三章
323	第十四章

347	第十五章
351	第十六章
359	第十七章
374	第十八章
397	第十九章
410	第二十章
413	人物介绍

序

　　这个故事发生的时间地点至少对于我来说至今都还有着重要意义。我在东非度过了我成年时期的前半段,曾广泛阅读在那里生活了两代半的英国和德国少数民族的历史和文学。如果不解释一下北半球 1953 年到 1954 年冬季肯尼亚发生的事,本书的前五章在今天可能会很难理解。

　　乔莫·肯雅塔①是一位受过良好教育、游历甚广的非洲吉库尤族黑人。在英国居住期间,他娶了一位英国女人做太太。根据当时英国殖民政府的说法,乔莫回到故乡肯尼亚,发动了一场被称作"茅茅运动"②的黑人农奴起义,将矛头对准占有土地的农民。这些农民是从欧洲迁移过来的,吉库尤人认为这些

---

① 乔莫·肯雅塔(1891—1978),肯尼亚政治家,第一任肯尼亚总统,肯尼亚国父。
② 在英国殖民政府时期,肯尼亚于 1956 年至 1960 年间发生的军事冲突。举事的反殖民主义团体称为茅茅,成员多是吉库尤人。与之对抗的是英军与当地亲英武装力量。

欧洲农民窃取了他们手中的土地。正如《暴风雨》①中卡利班的抱怨：

> 这岛是我老娘昔考拉克斯传给我，
> 而被你夺了去的。你刚来的时候，
> 抚拍我，待我好，给我
> 有浆果的水喝，教给我
> 白天亮着的大的光叫什么名字，
> 晚上亮着的小的光叫什么名字：
> 因此我以为你是个好人，
> 把这岛上一切的富源都指点给你知道
> 什么地方是清泉盐井，什么地方是荒地和肥田

茅茅运动并不是在四十年后最终为大部分非洲黑人赢得了整个撒哈拉以南统治权②的泛非独立运动，而基本上是吉库尤族的人文历史上所特有的事件。一名吉库尤人要成为茅茅战士，必须立下渎神之誓，从此停止正常生活，成为打击从欧洲移民来的农场雇主的神风突击队③式的肉弹。全国最常见的农具在斯瓦希里语中被称为panga，这是一种厚重的单刃刀具，用来自

---

① 威廉·莎士比亚的悲喜剧作品。
② 指南非于1994年成立由黑人掌权的南非共和国，由曼德拉任第一任总统。
③ 二战时期由日本天皇设立的自杀性质的敢死队，几乎无法生还。

英格兰中部地区的钢板冲压打磨而成，可用来砍柴、挖洞，在适当的时候，它还会成为杀人的屠刀。几乎每个农场工人都有这样一把刀具。我并不是人类学家，我的描述也许与真实情况相差甚远，但这就是从欧洲移民而来的农场主以及他们的妻儿眼中的茅茅运动。令人悲哀的是，在应用人类学的这段小插曲中，最终被屠戮和残害的并非茅茅运动所指向的从欧洲移民来的农耕家庭，而是拒不立誓却与英国殖民当局合作的吉库尤人。

欧洲人为了进行农业殖民，专门留出了一块保护区，这在当时被称作"白色高地"。和坎巴族人的传统耕地相比，它的海拔更高，灌溉条件更好。吉库尤人感到，这块土地是从他们的手中窃取的。坎巴族勉强维持生计的农民尽管说着一种和吉库尤人相近的班图语，但是他们必须狩猎和采集更多的食物，以弥补他们收成不太乐观的耕地，而且和他们的吉库尤族邻居比起来，他们的生活必需品更不容易就地取材。两族人之间的文化差异很微妙，要想充分理解这种微妙的差异，通过把共同生活在伊比利亚半岛的两个国家——西班牙和葡萄牙进行比较便可知。我们大多数人都很了解这两个国家，所以明白为什么在其中一国行得通的事对另一国却毫无吸引力可言，茅茅运动也是如此。在大多情况下，茅茅运动对于坎巴族是行不通的。这对海明威夫妇——欧内斯特和玛丽来说，确实是幸事，不然他们很有可能在睡梦中被他们十分信任并且自认为理解的仆人活活砍死。

一群逃脱拘留、宣誓加入茅茅运动的坎巴族人在威胁袭击海明威游猎营地之后不久，他们就如温暖的晨光照耀下的晨雾一般消散了。这之后发生的故事对于当代读者来说就很容易理解了。

我有幸是父亲的第二个儿子，所以在我的童年晚期和青少年时期我和父亲一起度过了很长时间，在这段时间，父亲先后与玛莎·盖尔霍恩和玛丽·威尔士成婚。记得我十三岁那年的夏天，我无意中走进父亲的卧室，那是在玛蒂[①]为他们两人在古巴找到的房子。当时，他们俩正在以一种婚姻幸福指导手册上推荐的激烈方式做爱。我立刻退了出来，我想他们并没有看到我，但当我写出眼下这个故事时，以及读到父亲把玛蒂描述成模仿大师那一段时，那一幕便在我遗忘了五十六年之后又清晰地浮现在我眼前。她的确是个了不起的模仿大师啊。

海明威的这部无题手稿长达二十万字左右，显然并不是一本日记。在这本书中，你将读到的是一部十万字左右的小说。我希望玛丽不要因为我保留了关于戴芭的许多描述而生气。戴芭只是个黑皮肤的实体，而玛丽才是一位出类拔萃的妻子。最终，这位真正的妻子进行了二十五年之久的慢性殉夫自焚，只不过燃料不是檀香，而是杜松子酒。

虚构和事实之间模糊的对位法[②]构成了这部回忆录的核心。在许多段落中，作者大量运用了这种手法，这无疑会为所有喜

[①] 海明威第三任妻子玛莎·盖尔霍恩的爱称。
[②] 在音乐创作中使两条或者更多条相互独立的旋律同时发声并且彼此融洽的技术。

欢这种写作手法的读者增添乐趣。我曾在基马纳的游猎营里度过一段日子，认识那里的每一个人，无论是黑人、白人还是通体红色的人。说不清是什么原因，这让我想起了1942年夏天在"比拉尔"号渔船上发生的事。当时我和弟弟格雷戈里还是孩子，在船上和临时充当海军后备队员的出色船员们度过了一个月时间，就像格兰特将军十三岁的儿子弗莱德在维克斯堡的时候一样。船上的无线电发报员是一名职业海军陆战队士兵，曾一度驻扎在中国。在那个搜索潜艇的夏天，他得空第一次读了《战争与和平》，因为他基本上白天黑夜都在待命，每天只需工作很短的时间，而这本书是船上的藏书之一。我记得他说这本书对于他的意义比其他人更大，因为他在上海时认识了那里所有的白俄。

　　海明威在写这部手稿的第一稿也是唯一一稿时曾被利兰·海沃德①和其他拍摄《老人与海》的剧组人员打断，所以他不得不去秘鲁帮他们捕捞一条供拍摄用的枪鱼。这个故事中提到了利兰，他当时娶了一个只能每天和他用长途电话联系的女人。苏伊士危机的爆发致使运河关闭，让父亲再度东非之行的计划落空，这也可能是他再未继续这部未完成的著作的一个原因。从故事中我们可以得知，他怀念"当年"的巴黎，而他中途辍笔的另一个原因可能在于他发现自己写巴黎比写东非更

---

① 利兰·海沃德（1902—1971），好莱坞制片人，以十五万美元买下《老人与海》的摄制权，影片于1958年公映。

得心应手。尽管东非景色如画，激动人心，但是这种美好只持续了几个月他就遭了大罪，第一次是因为得了阿米巴痢疾，第二次是因为遇上了坠机。

如果拉尔夫·埃里森①还在世，我就会让他来为这本书作序，因为他在《影子与行动》中写过这样一段话：

> 你还要问为什么对我来说海明威比莱特更重要吗？并非因为他是白人，或更为读者所"接受"。而是因为他会欣赏这个地球上我所爱的东西：天气、枪支、猎狗、赛马、爱与恨，以及看似艰难却可以被富有勇气和献身精神的人转变为有利条件和辉煌胜利的不利处境。莱特却因为太急躁、贫困或稚嫩而无法理解这些。也因为他把每天的生活过程和技术写得细致入微，按照他描述的猎鸟，我和我的兄弟得以在1937年的大萧条中活了下来；因为他了解政治和艺术之间的差别，以及对于作家来说二者之间在某种意义上的真正关系。也因为他写的所有东西都透着一种超越于我在家中所感受到的悲剧之上的精神，这一点很重要。这种悲剧很接近蓝调的感觉，而这可能是美国人所能表达的悲剧精神的极限了。

我十分确信海明威读过《看不见的人》，这帮助他在两次

---

① 拉尔夫·埃里森（1913—1994），当代著名美国黑人作家，也是二十世纪最有影响力的美国小说家之一。代表作为《看不见的人》。

让他和玛丽差点丧命的坠机事故后重新振作起精神。当他在五十年代中旬开始继续写他的这部关于非洲的手稿时，这激励他重新开始创作的非洲之行已经过去了至少一年。在他的草稿中，他在评价作家们相互剽窃这件事时，脑中想到的可能是埃里森，因为埃里森小说中描写疯人院中的疯子那一段像极了《有钱人和没钱人》中描写基韦斯特岛上酒吧中的老兵们那一段。

埃里森是在20世纪60年代初写下这篇文章的，而海明威就在不久前的1961年夏天去世。当然，埃里森没有读过这部未完成的关于非洲的手稿，我在这里把它塑造成了一部作品：《第一道曙光下的真实》，希望这不是最糟糕的样子。我把我父亲在早晨写的东西进行了一番加工，就像苏维托尼乌斯[①]在他的《名人传》中所描述的：

据说，弗吉尔在创作《农事诗》的时候，习惯口述大量他在早晨创作的诗句，然后花一天中剩下的时间把它们删减到很少的几句，他诙谐地说他改诗的方式就像是母熊那样把它们"舔"出模样来。

只有海明威本人才能把他未完成的手稿"舔"成一只有模有样的灰熊。我在《第一道曙光下的真实》中所呈现的只不过

[①] 苏维托尼乌斯，古罗马传记作家，著有《诸恺撒生平》《名人传》等。

是孩子的一只玩具熊而已。从现在开始，我将每天带着它上床，躺在床上，我祈祷上帝保管我的灵魂，假如我在醒来前死去，我会祈祷上帝将我的灵魂带走。愿上帝保佑您，爸爸。

帕特里克·海明威

在非洲，第一道曙光下真实存在的事物到了正午时分就会成为假象。对于这样的事物，你是绝对不会相信的，就好像你不会相信在骄阳炙烤的盐碱地上有一泓晶莹剔透、灌木环抱的湖泊一样。曾经，你在上午时分穿过盐碱地，知道那里并没有这样的湖泊。而现在，它却那么真实地存在着，无限美好，根本不像是假象。

欧内斯特·海明威

第一章

　　这次游猎并非那么简单,因为东非发生了很大的变化。那个白皮肤的猎人是我多年以来的密友。我很敬佩他,我对父亲都从没有过这样的尊敬。他也很信任我,虽然我并没有那么值得信任。但是,我努力地做,不辜负他的信任。他教导我的方式就是让我放手去做,然后指出我犯的错误。我犯错误时他会给予我谆谆教导,如果我不犯同样的错误,他就会多说几句。然而,最终他会离开我们,因为他是个游牧民,必须回到他的农场。人们说,他的农场在肯尼亚,是一个两万英亩大的养牛场。他性格复杂,既勇气十足,又有着所有善良的人性弱点,而且,他对人抱有非同寻常的细微和批判性的认识。对于他的家人和家庭,他是完全忠诚的,但他更喜欢和他们分开住,虽然他爱着他的家庭,爱着他的妻子和孩子。

　　"你怎么了?"

　　"我可不想因为大象出洋相。"

　　"你会学会的。"

"还有呢?"

"你要知道每个人懂得都比你多,但是你要下定决心,并且坚持下去。把营地什么的留给凯蒂吧。尽量做到最好。"

有些人喜欢做控制者,他们急于取得控制权,且并不屑于在这个过程中花费时间。我喜欢控制,因为这是自由和奴隶制的理想融合点。你既可以享受自由,又可以在危险时藏身于责任中。这几年,我只体验过对自己的控制,这让我受够了,因为我太熟悉自己的优缺点,这给了我太多的责任却让我体会不到什么自由。近来,我怀着厌恶的情绪读了各种关于我本人的书,作者们完全了解我的内心生活、目标和动力。这些书就像是描述了一场我亲身参与过的战争,而作者不仅没有参与这场战争,甚至在战争时尚未出生。这些叙述我内心和实际生活的人笔调中带着十足的自信,这种自信连我自己都不曾体会过。

这天上午,我希望菲利普·帕西法尔,我伟大的朋友和老师,不必再用我们的约定语言和我交流,那是一种怪异的、轻描淡写式的缩略语。我还希望我能够问他一些不能问的问题。我最希望的是,他能够像英国人训练飞行员那样充分有效地对我进行指导。但我知道,我和菲利普·帕西法尔之间的惯常准则有如康巴法则那样严格。我也早就知道,我只有通过自学才能减轻自己的无知。但我还懂得,从今以后,再也没有人指出我的错误了。我怀着获得控制权所该有的幸福感,度过了一个孤单的上午。

有很长一段时间,我们互相以老爷子相称。起初,那是在二十多年前，我叫他老爷子时，只要我不是当众，帕西法尔先生就不在意这种失礼。但当我活到五十岁，这个岁数的我也是个老爷子了，他也开始以叫我老爷子为乐。他对我的这种称呼带着恭维和些许的尊敬，如果他不再这么叫，我会很难受。我实在是难以想象，或者说，我可不愿意有那么一天，我在私下里叫他帕西法尔先生，或者是他叫我真正的名字。

所以，在这天上午，我有很多问题要问他，有很多事情想不明白。但我们和往常一样，对这些话题只字未提。我感到很孤单，当然他明白。

"如果你不出问题那会很无趣，"老爷子说，"你不是机械工，现在，人们说白皮肤的猎人大多是会讲当地语言、追随着别人脚步的机械工。你的语言掌握程度有限。但你和你那帮蓬头垢面的同伴开辟过一些道路，你们还可以另辟出几条新路。如果有时候你想不出某个词在你新学的坎巴语中怎么说，那么讲西班牙语就好。大家都喜欢西班牙语。或者让女主人来说。她能表达得比你清楚一点。"

"哦，见鬼！"

"我要去给你们找个地方。"老爷子说。

"那大象呢？"

"想都别想，"老爷子说，"这种动物太蠢了，人们都说它们温良无害。想想其他动物都有多致命。毕竟它们不是长毛的柱牙象。我从来没见过象牙上转两圈的大象。"

"谁告诉你这些的？"

"凯蒂，"老爷子说，"他说你在淡季猎获了几千只大象，除此之外还有剑齿虎和雷龙。"

"这狗娘养的！"我说。

"别这么说，他多半是相信的。他有一份杂志，看起来很有说服力。我觉得他有时信有时不信。这取决于你能不能给他带来珍珠鸡，也取决于你枪法上的总体表现。"

"那是一篇关于史前动物的文章，插图很不错。"

"确实很不错，插图很好看。当你告诉他你来非洲只是因为你在国内猎捕乳齿象的执照已到期，而且猎捕剑齿虎也超过了规定的限度时，你这位白人猎手的形象就会瞬间提高不少。我告诉他们你说的话千真万确，你算是从怀俄明的罗林斯市逃出来偷猎象牙的人，而怀俄明相当于过去的拉多飞地。我还说在你还是个光着脚的小男孩时，就是我教你打猎的。你来这里一是为了对我表示敬意，二是为了等他们叫你回国拿取新的乳齿象捕猎执照时不至于手艺生疏。"

"老爷子，告诉我一项有用的猎象技巧吧，你知道在大象撒野或者他们叫我杀死它们的时候，我就不得不动手了。"

"你只要记住你猎乳齿象的老方法就行，"老爷子说，"试着把第一枪打在象牙的第二个环里，如果打正面，就打在从额头往下数到鼻子上的第七个褶。他们的前额很高，有着直挺挺的形状。你要是紧张，就把枪打进象耳朵。然后你就会觉得打象是一件小儿科的事情。"

"谢谢。"我说。

"我从没担心过你会照顾不好你的女主人,但是也对自己好一点,努力去做吧。"

"你也一样。"

"我已经努力了很多年了,"他说,然后还加了一句经典套话,"现在全看你的了。"

是啊,一切都要看我的了。在那年倒数第二个月最后一天的早晨,一点风都没有。我看着用餐帐篷和我们自己住的帐篷,然后回头看了一眼那些小帐篷和围着炊火走来走去的人们,还看了看卡车和猎车,他们似乎在厚重的露水中结了霜。随后,透过树林,我望向一座山。在第一道曙光中,山上的新雪熠熠闪光,让整座山巍然呈现于眼前。

"你坐卡车不要紧吧?"

"没问题,天气干燥的时候路就很好走。"

"你坐猎车吧,我不需要的。"

"你还没那么轻车熟路,"老爷子说道,"我想把这辆卡车还回去,再给你送辆好的过来,他们说这辆车不行。"

又是他们。他们就是那些人,或者叫 watu①。曾经,他们是一群小男孩,现在,在老头眼中他们依然是孩子。不过话说回来,他要么在那些人真正是孩子的时候就认识了他们所有人,要么在他们的父亲还是孩子的时候就认识了他们的父亲。二十年前,我也称他们为孩子,他们和我都没想过,我其实并没有

---

① 斯瓦希里语,意为"他们""那些人"。

权利称他们为孩子。即便是现在，也没有人会介意我再用那个词。但现在的情况是，你也没有用这个词。每个人都有自己的职责，每个人都有自己的名字。不知道一个人的名字是不礼貌的，而且会显得你马虎大意。他们中有些人有各式各样奇特的名字，有些人的名字被简化了，还有些人被取了各种绰号，有善意的，也有恶意的。老爷子还是会用英语或斯瓦希里语骂他们，他们也喜欢这样被他骂。我无权骂他们，也没有骂过他们。我们自从去马加迪湖探险回来后就有了一些秘密，以及在私下里分享的经历。现在，我们已经有了很多秘密，有些事已经不再是秘密，成为我们心照不宣的共识。有些秘密不登大雅之堂，也有些秘密十分滑稽。有时，你会看到三个扛枪伙计的其中一个突然爆笑，看他一眼你便会明白他笑的是什么，然后也跟着笑得肚子疼。

　　那是一个天朗气清的早晨，我们驾车穿越平原，把猎营的山和树远远地甩在身后。在前方绿茵茵的平原上，大群的汤姆逊瞪羚在边吃草边摇动着尾巴。还有成群的角马和格兰茨瞪羚在灌木丛旁吃草。我们来到了那条飞机跑道。这是我们在一块开阔的长条形草地上修整出来的。为了整出这条跑道，我们开着猎车和卡车在新长出来的草上轧了很多回，把草场一端一丛灌木的根茎挖出。由于昨夜的大风，一根用砍下的树苗做成的长杆已经歪斜，在家里用面粉袋做成的风向袋也无精打采地垂了下来。我们停下车，走了出来，把手扶在长杆上。虽然它已经歪斜了，但是依然牢固地插在土里。微风袭来，风向袋也会轻轻展开。高空中飘浮着几朵云,视线穿过绿茵茵的草地,猎营处的山显得十分雄伟壮丽。

"想不想拍拍这里的景色,还有那条跑道?"我问妻子。

"今天早上的景色不是最好,我们去看大耳狐,然后再找找狮子吧。"

"狮子现在是不会在外面的,太晚了。"

"说不定呢。"

于是,我们顺着以前的车轮轨迹去了盐场。在我们的左边是一片开阔的平原,还有一排断断续续的树,他们有着高耸的树干、绿色的树叶和黄色的树枝,树的那一边就是一片森林,森林里可能栖息着野牛群。沿着这排树还长着高高的枯草,很多树都倒下了,它们或是被大象拽倒的,或是被风暴连根拔起的。前方是一片新长出嫩绿小草的平原,右边时不时地会出现几块空地,上面长着茂密翠绿的灌木丛,有时还会有几棵高大的平顶荆棘树。到处都有猎物在进食。我们靠近时它们就会躲开,有时是突然间飞驰而去,有时是一阵慢悠悠的小跑,还有时只是避开我们的车子再继续进食。但它们总是会继续自顾自地吃。每当我们日常巡视或玛丽小姐拍照的时候,它们并不会在意我们,就好像不会在意一头无心进捕的狮子,只是躲开它,但并不会害怕。

我把头伸出车窗外,寻找动物的踪迹。这时,坐在后面靠外边位置的扛枪伙计恩古伊也在看着地面。驾车的姆休卡看着前方和两侧的整片村庄。他在我们中是眼力最敏锐的。他的脸如苦行僧一般，看起来消瘦而睿智，两颊上有坎巴族部落标志性的箭头状刀印。他的耳朵很不好使，是姆科拉的儿子，年龄比我大一岁。他不像他的父亲那样是个穆斯林。他喜欢打猎，驾驶技术高超，做事一向细心负责，然而，他、恩古伊和我却是"坏蛋三巨头"。

我们很长时间以来都是很亲密的朋友，有一次，我问他什么时候在脸上刻下的那些煞有介事的大刀印。这刀印别人都没有，即使有也刻得很浅。

他大笑着说："是在一次规模很大的恩哥麦鼓会上刻的。你懂的，没有它们怎么追求姑娘。"恩古伊和玛丽小姐的扛枪伙计切洛都大笑了起来。

切洛是个真正虔诚的穆斯林，而且人们都知道他很真诚。当然，他并不知道自己有多大年纪，但是老爷子认为他怎么也有七十多了。他戴着头巾还比玛丽小姐矮两英寸。我看着他俩站在一起，眺望着灰暗平地另一边的一群大羚羊，它们迎着风，小心翼翼向森林里走去，最后走进去的那头羚羊个子很大，长着漂亮的角，它边走边向后面和两侧张望。这时，我想，在动物眼里，玛丽小姐和切洛该是一对多么奇怪的组合。动物看见他们的样子根本不会害怕，这已经被证实了很多次。他俩一个白肤金发碧眼，身材娇小，穿着森林绿的外衣，一个皮肤黝黑，更加矮小，身穿绿色夹克，动物们不但不害怕，而且似乎对他们很感兴趣，就好像它们获准观看一场马戏表演或至少是一幅极为怪异的景象，那些凶猛的食肉动物则似乎完全被他们吸引住了。这天早上我们都很轻松。在非洲的这片区域,每天都一定会发生一些事,这些事或是可怕的,或是美妙的。每天早晨醒来时,我们的心情都兴奋无比,就好像是要去参加一场速降滑雪赛或是在快速滑道上滑雪橇。你知道,总有些事情会发生,而且通常是在最后时刻。在非洲,没有哪个早晨我醒来时的心情是不愉悦的。至少是在我想起还没完成的工作之前。但是,这天早上,由于指挥者暂时的疏忽大意,我们感到很轻松。显然,最困扰我们的野牛还在我们鞭长莫及的地方,这让我很得意。因为我们希望野牛自己送上门来,而不是我们去找它们。

"你要去做什么?"

"把车开上来,在这片大水域旁边粗略地找找动物的踪迹,再到森林中的沼泽地旁也找找,然后出来。到时候我们会在那头象的下风处,你有可能会看到它。不过可能看不到。"

"我们能从瞪羚区回去吗?"

"当然可以。很抱歉我们出来晚了。不过那是因为老爷子要走,而且还有那么多别的事情。"

"我喜欢到那个鬼地方去。那样我就能学习怎么挑圣诞树了。你觉得我的狮子会在那里吗?"

"可能在,但是在那种地方我们是不会看见它的。"

"它是只既聪明又狡猾的狮子。他们那次为什么不让我打树下的那头几乎手到擒来的漂亮狮子呢?女人都是这样打狮子的。"

"她们是那样打狮子的,死在一个女人枪下的那头最漂亮的黑鬃毛狮身上中了四十枪。然后她们开始跟那头狮子合影。以后的日子她们就离不开那头该死的狮子了，整个下半辈子都在自欺欺人地说是自己把那头狮子打死的。"

"很抱歉我没打中马加迪的那头漂亮狮子。"

"不用抱歉，你该觉得骄傲。"

"也不知道我是怎么了，我必须打下那头狮子，半点都不能掺假。"

"我们一直在打了，亲爱的。但是它太聪明了，我必须让它骄傲起来，然后出点差错。"

"它是不会犯错误的，它比你和老爷子都聪明。"

"亲爱的，老爷子希望的是你要么妥妥地打下它，要么完全错失它。如果他不爱你，那么你就什么狮子都可以打了。"

"别谈它了，"她说，"我想考虑一下圣诞树的事，我们要好好过个圣诞节。"

姆休卡看见恩古伊开始朝着小路走去，便把车开过来。我们上了车后，我冲姆休卡打了个手势让他向沼泽另一端边上的水域前进。我和恩古伊都把身子伸出车窗外寻找动物的踪迹。地上有以前留下的前往或离开纸莎草沼泽的车辙和动物脚印，也有牛羚、斑马和汤姆逊瞪羚刚刚留下的痕迹。

现在，路越来越蜿蜒，我们在森林中越走越深。然后我们看到了一个男人的脚印。接着又看到另一个穿靴子的男人的痕迹。这些脚印上面下过一层雨，我们停下车来检查这些脚印。

"是你和我的脚印。"我对恩古伊说。

"是呀，"他咧嘴一笑，"其中一个长着大脚，走起路来好像很疲惫。"

"另一个光着脚，走起路来好像身上扛的枪太重了。把车停下。"我对姆休卡说。我们下了车。

"看，"恩古伊说，"有一个走起路来好像年纪很大了，眼睛几乎看不见。穿鞋的这个。"

"看，"我说，"光脚的那个走路的样子显得他有五个老婆，二十头母牛。在酒上他可没少花钱。"

"他们走不了多远，"恩古伊说，"看，穿鞋的这个走起路来好像随时都会死掉一样。扛着枪走路都费劲。"

"你觉得他们在这里干什么？"

"我怎么知道？看啊，穿鞋的那个脚印更重了。"

"他在想村子里的人呢。"恩古伊说。

"Kwenda na shamba。"

"Ndio，"恩古伊说，"你觉得穿鞋的那老家伙有多大年纪了？"

"关你屁事。"我说。我们示意让车开过来，车开到我们跟前时我们上了车。我示意姆休卡朝森林的入口开，他这位司机却在晃着脑袋笑个不停。

"你们两个跟踪自己的脚印干什么？"玛丽小姐说，"我知道这挺有意思的，因为每个人都在笑。但是那看起来很蠢。"

"我们就是乐呵一下。"

这片森林一直让我很沮丧。大象总要吃东西，他们吃树枝树叶总比破坏本地的农田好些。但是它们拽倒的树只会有一小部分被它们吃掉，而剩下的绝大部分都被破坏了，看到这些真的令人沮丧。目前，大象是唯一一种在自己的活动范围内数目不断增加的动物。它们多得成了当地人的麻烦，不得不被屠戮。然后人们不加选择地宰杀它们。有的人以此为乐。他们会把它们不论公母老少都杀掉，乐此不疲。得想办法控制对大象的捕杀。但是当看到它们对森林的破坏，看到它们是怎样把树木拽倒并剥去枝叶的，想到它们一晚上会给当地的农村带来多大的损失，我就开始想控制捕象会造成的问题了。但是我一直在寻找两只大象的踪迹，我们看到它们往这片森林来了。我认识那两头大象，知道它们白天可能会去哪儿，但是在我看到它们的足迹并确定它们已经走在我们前面之前，我必须当心玛丽小姐，她正在四处走动，寻找合适的圣诞树。

　　我们停下车，我拿上大枪，扶着玛丽小姐下了车。

　　"我不用帮忙。"她说。

　　"听着，亲爱的，"我开始解释，"我必须拿着大枪和你在一起。"

　　"我只是要挑一棵圣诞树。"

　　"我知道。但是这里可能有各种东西出没。以前就有过。"

　　"那让恩古伊和我在一起吧，切洛也在呢。"

　　"亲爱的，我是要对你负责的。"

　　"你可真烦人。"

　　"我知道，"然后我说，"恩古伊。"

"Bwana？"

这时候突然间所有人都不再开玩笑了。

"去看看那两只大象是不是已经进了森林深处。一直查看到岩石那个地方。"

"Ndio。"

他穿过那片开阔地带，一直查看着前面的草地中是否有象的踪迹，右手拿着我的斯普林菲尔德步枪。

"我只是想挑一棵，"玛丽小姐说，"然后我们找个早上的时间过来，把它挖出来，带回营地，趁它还算完好无损的时候把它种下。"

"找吧。"我对玛丽小姐说，但是眼睛却看着恩古伊。他停下来一次，侧耳听了听，步伐变得小心翼翼。这时，玛丽小姐观察着不同的银色荆棘灌木，试着找出一棵大小、形状都合适的树。我跟着她的脚步，却不停地回头看恩古伊。他又停了一次，听了听声音，举起左胳膊朝森林深处挥了挥。他把目光转向我，于是我朝他挥手，示意让他回来。他往回走得很快，就差没跑起来了。

"它们在哪儿？"我问。

"它们已经穿过这里进了森林。我能听见它们的声音，是那头老象和它手下的兵。"

"太好了。"我说。

"听，"他小声说，"犀牛。"他指了指右边茂密的森林。我什么都没听见。"Mzuri motocah。"他用简单的方式告诉我，最好到车里去。

"带玛丽小姐上车。"

我转向恩古伊指的方向，只能看见银色的灌木、绿草和一排爬满了藤蔓植物的大树。接着，我听到了一阵尖锐而低沉的咕噜声，如果你用舌头顶住上颚，尽力吹气，让舌头如簧片一样颤动，就会发出这种声音。这声音就是从恩古伊指的方向发出的。但是我什么也看不到。我把点五七七口径步枪的保险栓向前推了推，然后把头转向左边。玛丽小姐正朝我身后走过来。恩古伊扶着她的胳膊为她引路，而她则迈着小心翼翼的步伐。切洛走在她后面。随后，我又听到了那尖锐低沉的咕噜声，我看到恩古伊向后退了几步，举起斯普林菲尔德步枪随时准备射击，切洛则走上前去扶住玛丽小姐的胳膊。这会儿他们甚至已经走到我跟前，并一起朝猎车可能停着的方向挪动着步子。我知道司机姆休卡的耳朵聋，听不见犀牛的声音，但是他看到他们此时的举动时就能知道发生了什么。我不想回头，但还是回了头，看见切洛在催促玛丽小姐往猎车走。恩古伊快速地随着他们移动步子，手里端着斯普林菲尔德步枪，并回头看着。我不能杀掉那头犀牛，因为这是我的义务所在。但是如果它朝我们冲过来，万不得已，我就只能杀掉它。我打算把第一枪开在地上，以此来调转犀牛的方向。如果它继续冲，那我就开第二枪杀死它。太感谢你了，我心想，这很容易。

就在那时我听到猎车发动起来，挂着低挡高速朝这边驶来。我开始往后退，心想退一步是一步，每退后一步，我心里就畅快一点。猎车在我旁边来了个急转弯，我把枪的保险栓推了回去，跳起来抓住车前座旁边的把手。这时犀牛从藤藤蔓蔓中嗖地冲出来，那是一头很大的母犀牛，朝着我们狂奔过来。小犀牛也跟着她狂奔，这一幕从车上看起来很可笑。

它朝我们跑了一会儿就被车甩下了。前面有个开阔地带，姆休卡一个急转弯向左掉了头。犀牛继续向前狂奔过去，然后减慢速度小跑起来，小犀牛也跟着小跑起来。

"你拍了照片吗？"我问玛丽小姐。

"没法拍，它就在我们后面。"

"它刚冲出来的时候你也没拍吗？"

"没有。"

"我不怪你。"

"但是我挑好圣诞树了。"

"你知道我为什么要保护你吗？"我这话说得真是毫无必要又愚蠢透顶。

"你不知道它在那里。"

"它住在这附近，经常去沼泽边的小河边喝水。"

"你们都那么认真，"玛丽小姐说，"我从来没见过你们这帮没正形的人变得那么严肃。"

"亲爱的，假如我万不得已杀了它，那就糟了。而且我很担心你。"

"你们都那么严肃，"她说，"每个人都抓着我的胳膊，我知道怎么回到车里去，没必要抓我的胳膊吧？"

"亲爱的,"我说,"他们抓着你的胳膊只不过是为了防止你踩进坑里或者被什么东西绊倒。他们一直都在看着地面。犀牛离我们很近,随时会冲过来,而我们又不许杀它。"

"你怎么知道那是一只带着小犀牛的母犀牛?"

"想必如此,它在这附近已经生活了四个月。"

"希望它别在圣诞树那一带活动。"

"我们会好好地把树带回去的。"

"你就会承诺,"她说,"但是帕先生在的时候事情就简单和顺利多了。"

"确实是这样,"我说,"金·克在的时候也容易很多。但是现在谁都没在,只有我们。在非洲我们就不要吵架了吧,拜托了。"

"我可不想吵架,"她说,"而且我也没吵架。我只不过是看不惯你们这些私下里没正形的人变得那么严肃又装腔作势。"

"你见过有人被犀牛杀死吗?"

"没有,"她说,"你也没见过。"

"你说对了,"我说,"而且我也不想看。连老爷子也没见过。"

"我不喜欢你们都变得那么严肃。"

"那是因为我不能杀死那头犀牛。如果可以就都不是问题了。而且我还得考虑你。"

"好了,不要再考虑我了,"她说,"想想我们怎么弄到那棵圣诞树吧。"

我开始感到有些愤愤然了,真希望老爷子能在这里把我们的注意力从吵架中转移开。但是老爷子再也不会和我们在一起了。

"我们至少能在回去的时候穿过瞪羚区吧?"

"可以,"我说,"我们在那几块大石头那里向右转,然后往前开,穿过那些狒狒正在走进去的高灌木旁边的沼泽地,接着我们继续往东行驶到一片犀牛生活的地带。那时候我们再往东南朝那个老村寨行驶,就到了瞪羚区。"

"去那里肯定会有意思的,"她说,"但是我当然是想念老爷子的。"

"我也是。"我说。

人的童年世界中总少不了一些神秘地带。那是我们在睡梦中有时会想起并故地重游的地方,和我们在童年时看到的一样美好。如果你真的回去看,就会发现那些地方已经物是人非。但是如果你有幸在夜晚的梦乡中看到它们,就会发现它们被保存得完完整整。

非洲就有我们的神秘地带。那时候我们住在一片小的平原上,那里遮天蔽日地长满了大棵的荆棘树,荆棘树的旁边是一条小河,河的另一边是一片沼泽地,沼泽地就位于大山脚下。尽管我确信在很多方面我们仍然像孩子一样,但在理论上我们已经不再是孩子了。如今,孩子气这个词已经被涂上了轻蔑的色彩。

"别孩子气了,亲爱的。"

"我要是孩子气就好了。你自己才不要孩子气呢。"

要是你愿意交的朋友中没人会说"成熟点,心智要健全起来,要学会适应环境",这可能是件值得庆幸的事。

非洲虽然古老,却能让所有人变成孩子,除了那些职业入侵者和掠夺者。在非洲,没有人会对任何人说:"你怎么不能成熟点呢?"每过一年,所有的人和动物都会长一岁,但是他们中的一些还会增长一年的知识。生命最短暂的动物学得最快。一只瞪羚在两岁的时候就已经很成熟了,它们有着健全的心智和良好的环境适应能力。事实上,这种健全的心智和环境适应能力在它们四周大的时候就已经培养起来了。人类知道,和村落相比,自己不过是孩子,正如在军队中,资历和年龄是紧紧相伴的。但是,拥有一颗童心没有什么可丢人的,反而,这是一件值得骄傲的事。成人必须行事稳妥,形势有利时会战功赫赫,十拿九稳,但在必要时即使形势不利也要披荆斩棘,不计后果。他应该尽可能地遵守部落法规和习俗,在没能遵守时也要接受部落的惩罚。但是拥有一颗孩童的心灵,拥有孩童的诚实、纯净和高贵却从来不是什么耻辱。

没有人知道为什么玛丽非杀死一头长颈羚不可。这是一种奇怪的长脖子瞪羚,它们短小厚重的犄角弯弯地向前伸得老远。虽然这片区域生长的长颈羚肉质鲜美,但是汤姆逊瞪羚和黑斑羚更好吃。孩子们认为这与玛丽的宗教信仰有关。

每个人都明白为什么玛丽必须杀死她的那头狮子。虽然一些有过数百次游猎经验的长老不太容易理解她为什么用老式、直接的方法将狮子杀掉，但所有的捣蛋分子都知道这和她的宗教信仰有关，比如必须在接近正午的时候杀死长颈羚。显然，用普通、简单的方法杀死长颈羚对于玛丽小姐来说是没有意义的。

在上午的狩猎或者说巡逻结束时，长颈羚就会藏身在茂密的灌木丛中。如果我们不幸看到长颈羚的身影，玛丽和切洛就会下车跟踪。长颈羚则会偷偷溜走、跑开或迅速跳走。出于责任感，我和恩古伊会跟在两个跟踪者身后。而我们的存在就会保证长颈羚不停地走动。最终，因为跟着长颈羚一直走而热得受不了，玛丽和切洛就会回到车里。据我所知，在这种长颈羚羊狩猎中，我们从没开过一枪。

"那些该死的长颈羚，"玛丽说，"我看见那只公羚羊直直地看着我。但是我只能看到它的脸和犄角。然后它就躲到另一棵灌木后面去了，我也说不准它是不是一头母羚羊。后来它就越跑越远离视线了。我本来可以开枪的，但那样可能会伤到它。"

"改日你就会得到它了。我觉得你刚才追捕它时表现不错。"

"如果你和你的朋友不跟着就好了。"

"我们不得不跟着，亲爱的。"

"你们真烦人。现在我觉得你们都想去村里。"

"不是，我想我们会直接回家，到营地痛快地喝一杯。"

"我不知道我为什么会喜欢这个鬼地方，"她说，"而且我也不讨厌长颈羚。"

"这里像是沙漠里的孤岛，仿佛要穿过一片大沙漠才能到这里来。不管是什么沙漠都好。"

"我希望我的枪法能又快又准,眼睛一看到就能马上射击。我还希望我个子高些,上次你们都能看到那头狮子,只有我看不到。"

"它藏的位置很巧妙。"

"我知道它在哪儿,离我们所在的地方也不太远。"

"不是这样的,"我说,然后对司机说,"Kwenda na campi。"

"谢谢你没有去村子,"玛丽说,"有时候你在这件事上做得挺好的。"

"你才做得好呢。"

"我做得不好,我喜欢让你去那里,我喜欢让你去学所有你该学的东西。"

"我现在不去那里了,除非他们因为什么事过来叫我。"

"他们肯定会来叫你的,"她说,"不用担心。"

我们不去村子时开车回营地的路途总是很愉快的。我们可以看到狭长开阔的沼泽地,一片接着一片连在一起,犹如湖泊一般,湖的岸边长着绿草和灌木。随处都可以见到小跑的格兰特瞪羚那方形的白臀和棕白相间的身躯。母羚羊跑得快而轻盈,公羚羊厚重的犄角不停地向后甩着,显出一副骄傲的姿态。然后我们绕过一圈长长的绿色灌木,就能看到营地绿色的帐篷和黄色的树,后面就是那座山。

这是我们单独在营地度过的第一天。我坐在用餐帐篷顶盖下的大树荫凉里,等着玛丽洗漱完来和我一起在午饭前喝点酒。

这个时候，我心里希望今天会顺利些，不要出状况。坏消息来得很快，但是坐在篝火旁的我并没有看到什么预兆。他们回来时还会带些水来，可能还有村子的消息。我已经洗漱完毕，换了件衬衫，换上短裤和软帮鞋，坐在树荫下感到凉爽而舒服。

帐篷后帘被吹开了，一阵风掠过那座山吹了进来，山上堆积着新雪，十分凉爽。

玛丽走进帐篷说："你还没喝酒吗？我去弄点，我们一起喝。"

她穿着熨好的、有点掉色的宽松猎裤和衬衫，看起来清新而美丽。她一边把金巴利开胃酒和杜松子酒倒进高脚杯，然后在帆布水袋里寻找一只冰凉的虹吸管，一边说："我们可以真正单独在一起了，我好开心。我们会像在马加迪时那样，但是还会更好。"她倒好了酒，递给我一杯，我们碰了杯。"我很喜欢帕西法尔先生，喜欢有他作伴。但是我们两人单独在一起时真是太好了。我不会怪你照顾我，不会乱发脾气。我什么事都会做的，除了喜欢那个探子。"

"你真好，"我说，"我们单独在一起时总是乐趣最多的。但是我有时候很笨，你要耐心些。"

"你不笨，我们会度过一段快乐时光的。这个地方比马加迪好得太多了，我们生活在这里，这儿的一切都是属于我们的。我们一定会很愉快的，你以后就知道了。"

帐篷外有人咳嗽了一声，我听出了是谁，脑中闪过一个念头，这个念头还是不要写下来了。

"好吧，"我说，"进来吧。"来的人是猎务管理处的探子。这个人高大威严，穿着长裤，干净的深蓝运动衫，上面有白色细横条，肩上围着围巾，头上戴着套叠式平顶帽。这些衣物看上去都像是别人送的礼物。我认出他的披肩是从拉伊托奇托克镇上的印度百货商店里卖的商品改制成的。他深棕色的脸庞绝非俗相，那定是一张曾经英俊的脸。他的英语讲得标准而慢条斯理，口音混杂。

"先生，"他说，"很高兴地向您汇报，我抓住了一个杀人犯。"

"什么样的杀人犯？"

"一个马塞族的杀人犯。他伤得很重，父亲和叔叔都在陪着他。"

"他杀了谁？"

"他的堂兄弟。您不记得了吗？您还为他处理过伤口。"

"那个人没有死，现在在医院里。"

"那他就是谋杀未遂。但是我抓住他了。我知道您会在报告中提到这件事的，兄弟。先生，那个谋杀未遂犯现在很难受，想让您去为他处理伤口。"

"好的，"我说，"我出去看看他。抱歉，亲爱的。"

"没关系，"玛丽说，"这一点也不碍事。"

"我可以喝点吗，兄弟？"探子问道，"刚才抓他太累了。"

"胡说八道，"我说，"对不起，亲爱的。"

"没关系，"玛丽小姐说，"这么说再恰当不过了。"

"我没说喝酒,"探子用高高在上的语气说道,"我只是说喝口水而已。"

"我们拿给你。"我说。

那位谋杀未遂犯、他的父亲还有他的叔叔看起来都非常沮丧。我向他们打了招呼并和他们每个人握了手。这个谋杀未遂犯是个年轻好斗的小伙子。事发时,他和另一个同样喜欢打打闹闹的小伙子正在用手里的长矛互相打闹。他的父亲解释道,他们纯粹是闹着玩,他儿子意外伤到了那个年轻人。他的朋友也用矛刺了他一下,他也受了伤。然后他们就打红了眼,但是都没有当真,从来没有想过要杀了对方。当他看到他朋友的伤时,他被吓到了,怕自己害死了他,于是跑进灌木丛中躲了起来。现在,他和他的父亲、叔叔回来了,希望能够自首。他的父亲解释了整件事的经过,那男孩也点头表示同意。

我通过翻译告诉这位父亲,另一个男孩正在住院,情况还不错,而且我听说他和他的亲属都没有对这位男孩提起诉讼。这位父亲表示他也是这么听说的。

医药箱已经从用餐帐篷里带过来了,我给男孩处理了伤口。他的脖子、前胸、上臂和后背上都有伤口,化脓很严重。我清洗了伤口,并往里面倒了些过氧化氢。随后,伤口产生了那神奇的气泡反应,里面即使有蛆也被杀死了。然后我又清洗了一遍伤口,尤其是脖子上的伤口,在伤口四周涂上红药水,那颜色看起来给人一种伤口很严重的感觉。最后,我在伤口上洒了满满一层硫磺粉,敷上纱布绷带,贴上膏药。

做翻译的正是那个探子。通过他,我告诉两位长老,就我所知,年轻人练习使用长矛总比到拉伊托奇托克喝金吉普雪莉酒要好。但我并不代表法律,那位父亲还是得带着他的孩子去见村里的警察。在那里,他还应该检查一下伤口,并注射青霉素。

听了我的话,两位长老互相说了几句,然后开始对我说话。他们说话时,我从始至终都在故意发出咕哝声,这种带着升调的咕哝声很特别,表示你对这件事有着很高的关注度。

"先生,他们说希望您能对这件事作出裁决,他们会遵从您的裁定。他们说他们所说的一切都是真的,还说您已经和其他长老谈过了。"

"告诉他们必须要把这位勇士交给警察。既然没人控诉,那么警察可能什么都不会做。他们必须去警署,必须检查一下伤口,还要给这个男孩注射青霉素。这些都是必须要做的。"

我同两位长老以及那位年轻勇士握了手。他是个样貌清秀的男孩,身材消瘦而挺拔,但是他很疲惫,也被伤口折腾得够呛,虽然在我为他清理伤口的时候他没有畏缩。

探子跟着我走到了我们睡觉的帐篷前面,在那儿我用蓝色肥皂把自己身上仔细洗了一遍。"听着,"我对他说,"我要你把我说过的话以及那位老人对我说的话一字不差地转述给警察。如果你敢玩什么幺蛾子,你知道会有什么后果。"

"我的兄弟怎么会认为我不忠实、不能履行职责呢?我的兄弟怎么能怀疑我呢?我的兄弟能不能借给我十先令呢?下个月第一天我就还给你。"

"十先令也解决不了你的麻烦事。"

"我知道。但我只不过是需要十先令嘛。"

"拿去吧。"

"您不想送些礼物到村里吗?"

"我自己会送的。"

"您说得对,兄弟。您总是对的,慷慨就更不用说了。"

"你少废话。马上走,去和那几个马塞人等着坐卡车离开吧。希望你能找到那个寡妇,别喝醉。"

我走进帐篷,玛丽在等着我。她一边读着最新的《纽约人》,一边喝着她的杜松子金巴利酒。

"他伤得重吗?"

"不重。但是伤口感染了,其中一个感染得很严重。"

"这种事我在那天去过那个村子之后就不觉得奇怪了。苍蝇真的是可怕的东西。"

"据说蝇卵可以帮助保持伤口清洁,"我说,"但是那些蛆总让我起鸡皮疙瘩。我觉得虽然蝇卵可以保持伤口清洁,但是它们也把伤口扩得很大。那个孩子颈部的一个伤口再扩大些就麻烦了。"

"但是另一个男孩伤得更重一些,不是吗?"

"是啊,但是他得到了及时的治疗。"

"你这个业余医生得到锻炼的机会还是挺多的。你觉得你能治好你自己吗?"

"治什么?"

"有时候你会得的各种病。我不单是指身体上的病。"

"比如?"

"我无意中听到了你和那个探子说的关于村子的事。我没有偷听,但是你俩就在帐篷外面,因为他有点聋,你说话的声音有点大。"

"对不起,"我说,"我说了什么不好的事情吗?"

"没有。我只是想说礼物的事。你给她送很多礼物吗?"

"没有,我总是给她家送点油,还有糖以及一些日常必需品。药品、肥皂什么的。我送她的是好吃的巧克力。"

"和你买给我的一样。"

"不知道。或许吧。这里只有大概三种巧克力,每一种都不错。"

"你没送她大一些的礼物吗?"

"送了,那件连衣裙。"

"那件连衣裙很漂亮。"

"我们非这样不可吗,亲爱的?"

"不是啊,"她说,"我会停下来的,但是这件事让我很感兴趣。"

"只要你一句话我就不再见她了。"

"这并不是我希望的,"她说,"你有一个不会读也不会写的女朋友,所以你不会收到她的来信,她不知道你是个作家,甚至不知道有作家这种职业。我觉得这是好事。但是你并不爱她,对吧?"

"我就是喜欢她冒冒失失的,很可爱。"

"我也是这样啊,"玛丽小姐说,"也许你喜欢她是因为她像我。这是有可能的。"

"我更喜欢你,我爱你。"

"她对我是什么看法?"

"她很尊敬你,也很怕你。"

"为什么?"

"我问过她。她说是因为你有一把枪。"

"这倒是,"玛丽小姐说,"她给了你什么礼物?"

"大多时候是玉米,还有为表示客套送我的啤酒。你知道的,在这儿不交换啤酒就没法办事。"

"说真的,你们有什么共同点吗?"

"非洲吧,我猜。还有一些非同寻常的信任,还有另一些东西。很难说清。"

"你们在一起也挺好,"她说,"我还是让人做午餐吧。你在这里吃得更好还是在那里吃得更好?"

"这里要好得多。"

"但是你在拉伊托奇托克的辛先生那里吃得就比这里好。"

"好太多了。但是你从不在那里吃。你总是很忙。"

"我在那里也有朋友。但是我喜欢在后屋看着你和辛先生开心地坐在一起,一边在后屋吃东西,一边看报纸,听着锯木头的声音。"

我也喜欢到辛先生那里去，我喜欢他所有的孩子以及他的女主人。据说辛太太是个图尔卡纳女人。她长得漂亮，心地善良，善解人意，而且总是把自己收拾得干净整洁。除恩古伊和姆休卡之外，我还有一位密友叫阿拉普·梅纳，他是辛太太的仰慕者。到了他这样的年纪，对女人的欣赏便仅限于看看而已了。他多次跟我说，辛太太可能是世界上仅次于玛丽小姐的最漂亮的女人了。有好几个月我都把阿拉普·梅纳的名字错读成阿拉普·麦纳，觉得那是一个典型的英国公学名称。阿拉普·梅纳是伦布瓦族人，这个部族与马塞族有些关联，或者可能是马塞族的一支。这个部族的人都是了不起的猎人和偷猎者。据说阿拉普·梅纳在当上巡猎员之前曾是个偷猎象牙的高手，或者至少是个活动范围很广但是很少被逮捕的偷猎象牙者。我，甚至他自己都不知道他的年龄，但他可能在六十五岁到七十岁之间。他在捕象时很勇敢也很有技巧，每当他的上司金·克不在的时候，他就会负责控制这片区域的猎象活动。每个人都很喜欢他，不管是清醒还是喝得酩酊大醉的时候，他的举止都很有军人风度。偶尔，阿拉普·梅纳会做些让我措手不及的事：告诉我他爱我和玛丽小姐，爱得一心一意、无法自拔，这时还会向我敬上一礼。不过在他喝到这个份上、嘴里不停地念叨着他对异性的眷恋永远不变之前，他喜欢和我一起坐在辛先生酒店的后屋，看着辛太太接待客人、料理家务。他更喜欢观察辛太太的侧影，而我则很喜欢一边看着阿拉普·梅纳观察辛太太，一边研究墙上的石版画和油画，上面画着辛的祖先，那些画大多是辛的祖先一手扼住一头公狮,一手扼住一头母狮。

如果我有什么事需要和辛先生或辛太太交待清楚,或要和当地的马塞族长老进行正式的交谈,就会让一个受过教会教育的男孩当翻译。他在翻译的时候会站在门厅里,手里很明显地握着一瓶可口可乐。通常我会尽量少让这孩子为我们服务,因为他已经正式得救,而与我们混在一起只会把他带坏。据说阿拉普·梅纳是个穆斯林,但是我从很早就注意到,那些虔诚的穆斯林从不吃任何阿拉普·梅纳按伊斯兰教法规定宰的牲畜。那种屠宰法指的是在牲畜的脖子上礼节性地划上一刀,如果划刀的这个人是个虔诚的穆斯林,那么牲畜的肉就会成为合法的食物。

有一次阿拉普·梅纳喝了很多酒,于是便告诉几个人我和他曾经一起去过麦加。那些虔诚的穆斯林知道这不是真的。大约二十年前,切洛就想让我改信伊斯兰教。我也曾和他在一起坚持禁食了一整个斋月。但他还是在很多年前打消了让我改变信仰的念头。除了我自己,没有人知道我到底有没有去过麦加。探子就相信我去过很多次麦加。在他的眼里,每个人都能好得难以言表,也能坏得无可救药。我雇佣的混血司机威利以绝密的口吻告诉每一个人说我们要一起去麦加。当初,我雇他是因为他告诉我他是一个有名的老扛枪伙计的儿子。然而,后来我才发现并不是这样。

终于,在一次有关神学的辩论中,我被恩古伊的问题问住了。虽然他没有直接问,但是我还是告诉他我从没去过麦加,也没想过要去。这让他大舒了一口气。

玛丽进帐篷休息了，我则坐在用餐帐篷的背阴处，一边读书，一边想着村子和拉伊托奇托克的事。我知道我不能想太多关于村子的事，不然我就会找理由去那里的。我和戴芭在别人面前从没说过话，除了我会说"Jumbo tu①"。她在除恩古伊和姆休卡之外的人在场时总会严肃地低着头，但是如果只有我们三个人在，她就会开怀大笑，他们也跟着笑。后来他们俩就会待在车里或者走开，然后我和她会一起走一小段路。她最喜欢的社交活动就是坐在猎车的前座，一边是司机姆休卡，一边是我。这个时候她总是坐得很直，看着每一个人，就好像从没见过他们一样。有的时候她会礼貌地向他的父母点头，有的时候则对他们视而不见。她的裙子是我们在拉伊托奇托克买的。她总是这么直挺挺地坐着，把裙子前面都磨坏了。这裙子她每天都会洗一遍，因此掉色不少。

我们商量好了会在圣诞节或者我们捕到那只豹子的时候再买一条裙子。那里有形形色色的豹子，但是这一只尤其重要。由于种种原因，这只豹子对我就像裙子对她一样重要。

"有了另一条裙子我就不用把这条洗得这么勤了。"她解释说。

"你洗得那么勤是因为你喜欢玩肥皂。"我告诉她说。

"可能吧，"她说，"但是我们什么时候能一起去拉伊托奇托

---

① 斯瓦希里语，意为"你好"。

克呢?"

"快了。"

"那可不行。"她说。

"我只能这样说。"

"你什么时候晚上来喝酒?"

"快了。"

"我讨厌'快了'。你和'快了'是一对撒谎兄弟。"

"那我们都不会来了。"

"你来的时候把'快了'也带上吧。"

"我会的。"

我们一起坐在猎车前面时,她喜欢触摸我的旧手枪皮套上的浮雕图案。那是一个花的图案,很老、很破旧。她会用手指小心翼翼地碰触那个图案,然后拿开手,连枪带皮套一起按在她的大腿上。然后她就会坐得更直。我会用一根手指轻触她的嘴唇,她会大笑起来,姆休卡会用坎巴语说上几句话,她就会再次坐直,用力把大腿往皮套上贴。她第一次这样做之后很久,我才知道她想要的原来是把皮套上的图案印到自己的大腿上。

最开始我只对她讲西班牙语。她学得很快,如果从身体部位、日常行为、食物、人物关系以及动物和鸟的名字开始,西班牙语是很简单的。我从来不对她说英语,我们之间也会说一些斯瓦希里语的词汇,剩下的就是一种西班牙语和坎巴语混杂的新语言。探子会在我和她之间传话。她和我都不喜欢这样,因为探子觉得把她对我确切的感觉告诉我是他的责任,而这些信息都是他从她的妈妈，那个寡妇那里得来的。这种三方的交流是很困难的，有时候还会让人尴尬，但是这种交流通常也是有趣的，有时候还会带来好处。

探子说过："兄弟，我有责任告诉您，我们的女孩很爱您，真的很爱您，爱得过头了。您什么时候能去见她？"

"告诉她不要爱一个又老又丑的男人，也不要信任你。"

"我是认真的。您不知道。她想让您通过您的部族或她的部族娶她。您不用付出什么。娶老婆不用花钱的。她只有一个愿望，成为您的妻子，如果女主人，我们尊贵的夫人，能接受她的话。她了解女主人是正室夫人，也对女主人心存敬畏，您知道的。您不知道这件事有多严肃，我没有半句话是开玩笑的。"

"我不太明白。"我说。

"您都想象不到从昨天开始发生了什么。她只让我告诉您，您只需要对她的父母表示一些礼貌和礼节就可以了。事情已经简单到了这个地步，您完全不用掏腰包，只需要表现出一些礼节。您可以请他们喝点礼仪啤酒。"

"她不应该在意一个像我这种年龄和生活习惯的男人。"

"兄弟，事实是她在意。我可以告诉您很多事情，这件事是很严肃的。"

"她在意我哪些？"我问了不该问的。

"昨天您抓了村里的公鸡，用了点法术让它们睡着，然后放在她家的小屋前面。（我们都不会说茅舍。）这种把戏我们从来没见过，我也不问您用了什么法术。但是她说您像一头豹子一样朝它们扑过去。从那以后她就变了，会在她屋里的墙上贴上《生活》杂志的图片，有美洲野兽，还有洗衣机、炊具、神奇煤气炉和搅拌器。"

"我很抱歉，我犯了错误。"

"就是因为这样她才把裙子洗得那么勤的。她想把自己变成洗衣机来取悦您。她害怕您因为没有洗衣机而感到孤独，从而离开这里。兄弟，先生，她感到很忧伤。您不能为她做些积极的事情吗？"

"我会尽力做的，"我说，"但是记住，让公鸡睡着可不是什么法术，那只是个小把戏而已。抓住它们也只是个小把戏。"

"兄弟，她很爱您。"

"告诉她世界上根本就不存在'爱'这个词，就像没有什么词能表示'抱歉'一样。"

"这倒是真的。但是即使没有这个词，爱也是真实存在的啊。"

"您和我年龄差不多。我没必要和您解释那么多。"

"我告诉您这件事只是因为它很严肃。"

"我们在这里执法就不能破坏法律。"

"兄弟，您不明白。这里没有法律。村子在这里是不受法律管辖的。它不在坎巴族人的管辖范围内。三十五年来，这村子一直被要求搬走，但是一直都没搬走。这里甚至没有习惯法，凡事都可以变通。"

"说下去。"我说。

"谢谢您,兄弟。我跟您讲吧,对于村里的人来说,您和猎长就是法律。因为您比猎长更年长,所以您是更高的法律。另外,猎长不在,他的民兵也被他带走了。这里您手下有一群年轻人和恩古伊这些勇士。您也有阿拉普·梅纳。人人都知道您是阿拉普·梅纳的父亲。"

"我不是。"

"兄弟,拜托别误会我。您知道我说的'父亲'是什么意思。阿拉普·梅纳说您是他的再生之父。而且他在飞机里死过去的时候是您把他救活的,他在'耗子老板'的帐篷里死过去的时候也是您把他救活的。这件事大家都知道,很多事大家都知道。"

"太多的事都被歪曲了。"

"兄弟,我可以喝点吗?"

"我看不见的话您就拿吧。"

"谢谢。"探子说。他拿了加拿大杜松子酒,而没拿戈登的。我的心思被他勾了过去。"您得原谅我,"他说,"我一辈子都是和老板们度过的。要我给您多讲一些吗?还是您已经厌恶了这个话题?"

"我厌恶了一部分,但是其他部分让我很感兴趣。给我多讲些村子的历史吧。"

"我知道得并不确切,因为他们是坎巴族人,而我是马塞族人。村子明显有些问题,不然我也不会住在这里。这里的男人们有些问题。您见过他们。最开始的时候他们出于某种原因来到这里。这里离坎巴族人的聚居地有很长一段距离。这里没有真正意义上的部族法,也没有其他什么法律在运行。您也见过马塞的状况了。"

"我们改天再讨论那个。"

"我很乐意,兄弟,情况很不好。这事一两句也讲不清,但是我告诉您一些关于村子的事吧。上次村里人搞了一场恩戈麦①鼓会,喝酒醉得一塌糊涂。一大清早,您通过我的翻译严肃批评了他们。后来人们说能在您眼里看见绞刑架。在您说话的时候有个人酒还没醒,听不懂您说了什么。于是人们就把他带到河边,放在从山里流过来的水里洗,直到他清醒过来。当天他就徒步翻山逃到邻区去了。您不知道他们有多敬畏您。"

"村子虽然小,但是很美。他们在鼓会上喝的酒是用谁卖给他们的糖酿出来的呢?"

"不知道,但是我可以想办法知道。"

"我知道。"我对他说。我知道他知道。但他是个探子,早就变成了生活的失败者。毁了他的是那些老板,虽然他把那一切都归咎于他的索马里妻子。但是,如果他说的是真的,那么毁了他的是一个老板。那是一位显赫的贵族,他是探子最好的朋友,但是探子说他做事跟不上时代。没有人知道探子说的话有多少真实的成分,但是他对这位大人物的描述掺杂着敬意和

---

① 非洲土著人举行的盛大的舞蹈节,恩戈麦鼓是东非的一种用于为舞蹈伴奏的鼓。

第一章

懊悔，这似乎让我明白了很多以前不明白的事。在我认识探子之前，还没听说过关于这位大人物的任何跟不上时代的倾向。我总是对他讲的一些出人意料的故事表示怀疑。

"当然，您会听说，"此时此刻，探子酒劲上来，倾吐的热情高涨，"我是茅茅运动的特务，您可能会相信这话，因为我说过跟不上时代之类的话。但是，兄弟，这不是真的。我是真的爱戴和信任白人绅士。不过确实除一两个以外，那些显赫的白人绅士都已经死了。本来我的生活应该是另一番天地。一想到那些伟大的白人绅士，我就决心活得更好、更有质量。我可以再喝一杯吗？"

"最后一杯，"我说，"而且只是当药给您喝的。"

听了"药"这个词，探子的脸亮起光来。他宽宽的脸庞和善而庄严，脸上布满的线条和皱纹显示了他脾气温和、无所怨尤却挥霍放荡的特点。那是一张有尊严的男人的脸，这个马塞人在被白人绅士和索马里妻子毁掉后，现在在一个不合法的村子做一个寡妇的保护人。他靠出卖一切可出卖的人，每月有八十六先令的收入。然而他有一张英俊的脸，饱经磨难却总是笑嘻嘻的。我是很喜欢这个探子的，尽管我对他完全持否定批判的态度，有几次甚至告诉他，看着他被绞死是我的责任。

"兄弟，"他说，"一定会有那些药的，如果它们不存在，那位有着荷兰名字的伟大医生怎么会在《读者文摘》这样严肃的文集中描述它们呢？"

"它们存在，"我说，"但是我没有。我可以给您寄一些。"

"兄弟,还有一件事。那女孩的事很严肃。"

"如果您再说一遍我就把您当傻瓜了。您喋喋不休地重复自己的话的时候像喝醉了一样。"

"我会原谅我自己的。"

"走吧,兄弟。说真的,我会尽力把那种药和其他好用的药寄给您的。准备好我下次见到您的时候给我多讲一些村子的历史吧。"

"您还有什么消息要我带吗?"

"没有。"

意识到我和探子同龄总让我很震惊。我们虽然不是同一年出生,但也属于同一个年龄群,我们的年龄很相近,这让我感觉很糟糕。我和相爱的妻子在一起,她包容我的错误,还把那个女孩称作我的未婚妻。她包容我是因为我在某些方面是个好丈夫,也因为她大度、善良、超然的性格,她希望我对这片土地能了解更多,而我自己却根本没有权利去了解那么多。我们每天白天至少有大部分时间是开心的,每个晚上也几乎总是如此。这个夜晚,我们一起躺在床上的蚊帐里,蚊帐的帘子是掀开的,于是我们可以看见被大火烧成灰的长长的原木。夜风袭来,篝火变旺,美妙的夜色如锯齿般消退。风停下来时篝火又迅速变得微弱。那晚我们很幸福。

"我们太幸运了,"玛丽说,"我太喜欢非洲了。我都不知道我们怎么离得开这里。"

那个夜晚很冷,微风掠过山上的雪袭来,我们在毯子下面互相依偎着。夜晚的嘈杂声开始了,我们听到了第一声土狼的声音,然后听到了其他土狼的声音。玛丽很喜欢在晚上听到它们的声音。如果你爱非洲,就会很喜欢听它们发出的嘈杂声。它们会绕着营地走动,最后穿过用餐帐篷离开,这时我们就会笑起来。肉就挂在用餐帐篷旁边的一棵树上,它们够不到肉,但是会不停地谈论这些肉。

"假如你死了,我又不幸没有和你死在一起。如果有人问我对你印象最深的是什么,我就会告诉他们你在帆布小床上给你的妻子留出了多大的空间。你到底睡在什么地方了?"

"我基本上是侧着身子贴着床沿睡的。"

"如果天冷,那么我们两个睡一张床比一个人睡一张床就会舒服得多。"

"确实是这样。有时候天冷是必然的。"

"我们能在非洲多住一段时间,到春天再回家去吗?"

"当然,我们等到破产再回去吧。"

然后我们听到了一头狮子沉闷的咳嗽声,它从南边的河边过来,一路穿过长长的野草来猎食。

"你听,"玛丽说,"抱紧我仔细听。"

"它回来了。"玛丽小声说。

"你不能分辨出那就是它。"

"我确定是它,"玛丽说,"好几个晚上我都听见它的声音了。它是从北边的古老村子过来的,在那里它杀死了两头母牛。阿拉普·梅纳说它会回来的。"

它穿过草地,朝我们为小飞机修的跑道走过去,不时发出咳嗽声。

"明天早上我们就知道是不是它了,"我说,"我和恩古伊认识它的脚印。"

"我也认识。"

"好吧,那你去跟着它吧。"

"不,我只是说我认识它的脚印。"

"它的脚印很大。"我困了,而且如果明天早上要和玛丽小姐去猎狮子,我就得好好睡一觉。我们知道,长期以来,我们在一些事情上都知道对方要说什么或想什么。于是玛丽说:"我最好去睡我自己的床,这样你就能舒舒服服睡一觉了。"

"在这儿睡吧,我没事的。"

"不,这样你不会舒服的。"

"就睡在这儿吧。"

"不。在猎狮前我应该睡在自己的床上。"

"别像个冷酷的斗士行不行?"

"我就是个斗士。我是你的妻子、你的情人,也是你的斗士兄弟。"

"好吧,"我说,"晚安,斗士兄弟。"

"吻吻你的斗士兄弟吧。"

"你去自己的床上睡也行,在这里睡也行。"

"也许我可以两件同时做。"她说。

夜里,有好几次,我听到一头正在捕食的狮子说话。玛丽小姐睡得很香,呼吸轻畅。我没有睡着,躺着想了很多事情,但大部分都是关于那头狮子,以及关于我对老爷子、猎长和其他人的义务。关于玛丽小姐,我只是想到了她那五尺二的身高,和那些高高的野草和灌木比起来简直太矮了。不管早晨多冷,她都不能穿得太多,因为如果她的肩膀被垫高,六点五毫米口径的曼利夏步枪对她来说就太长了,而且她在举枪射击的时候容易让枪走火。我就这样躺着,心里想着这件事,想着那头狮子,想着老爷子会怎么处理它,想着他最后一次做得如何不对,也想着他做过的正确的事。他做过的正确的事很多,比我见到狮子的次数还多。

第二章

天还没亮,篝火的木炭上覆盖着一层灰色的灰烬,在晨风的吹拂下四散飞舞。我穿上高帮软靴和旧长袍,到恩古伊的小帐篷去叫醒他。

他醒得很不高兴,一点都不像我的热血兄弟。我印象中他在太阳升起来之前从来没有过笑脸,有时候他要花更长的时间从睡梦中醒过来。

于是我俩开始在炊火的灰烬旁谈话。

"你听见那头狮子的声音了吗?"

"Nidio,Bwana。"

我们讨论过"Nidio,Bwana"这句话,都知道它虽是礼貌用语,但也很不礼貌,因为这是非洲人以赞同来敷衍白人时常说的一句话。

"你听到了几头狮子的声音?"

"一头。"

"Mzuri①。"我说，意思是这个回答要好得多，他说得不错，看来确实是听到了狮子。他吐了口唾沫，吸了口鼻烟，然后把鼻烟递给我。我取了些，放在上嘴唇的上面。

"是女主人的那头大狮子吗？"我问这句话时，鼻烟正刺激着我的牙龈和上唇内部，感觉很舒服。

"Hapana②。"他说。这代表绝对的否定。

这时，凯蒂就站在炊火旁，咧嘴傻笑着，这显示了他的怀疑。他在黑暗中缠好头巾，有一块本该塞进去的布头露了出来。他的眼神也带着怀疑。我丝毫感觉不到正经猎狮的气氛。

"Hapana simba kubwa sana③。"凯蒂对我说，眼里带着嘲弄，但是也带着歉意和绝对的自信。他知道那不是我们听到过很多次的那头大狮子。"Nanyake。"他说，在大清早开了个玩笑。这词在坎巴语中是指一头到了征战、结婚、生子的年龄，但是还不到喝酒的年龄的狮子。他的这句话，以及他用坎巴语开玩笑都是友好的表示，而清晨时分，友好是那么的难能可贵。他这是在以一种温和的方式向我表明，他知道我正试图向非穆斯林和所谓的坏势力学习坎巴语，而他对此事是持赞同态度或可以容忍的。

在我对非洲的最初印象中，我就开始忙狮子的事。在非洲，如果节奏快的话，你对一件事的记忆可以保持一个月。我们的

---

① 斯瓦希里语，意为"好，不错"。
② 斯瓦希里语，意为"不对，不好，不行"。
③ 斯瓦希里语，意为"不是头很大的狮子"。

生活节奏快得让人喘不过气来，应对过不少狮子：有据称犯了罪的萨兰盖的狮子，有马加迪的狮子，有在这个地方已经被控诉过四次的狮子，也有这头目前既无图片也无档案可查的新闯入的狮子。这头狮子只是咳嗽了几声，它不过是在附近捕食自己有权享有的猎物。但我们有必要向玛丽小姐证明这一点，也证明这不是那头她追捕了那么长时间、受到多重指控的狮子。她想捕的那头狮子脚印很大，左后脚有伤痕。我们跟着它的脚印追了很多次，最后都看着它钻进高高的草丛里逃走。它或是去了有沼泽的密林，或是去了老村旁边的长颈羚区中茂密的灌木丛，那是通往丘卢岭的必经之地。那头狮子毛色很黑，身上长着厚厚的黑色鬃毛，这使它看起来几乎是纯黑色的。它会把巨大的头部压得很低，逃到玛丽不可能继续追捕它的地带。我们追捕了它很多年，要给它拍照绝非易事。

这时，我已经穿好衣服，坐在篝火旁。在晨光中，我一边喝着茶一边等恩古伊。

我看着他穿过野地，肩上扛着长矛，大步流星地穿过还带着露水的湿漉漉的草地。看到我，他朝着篝火走来，在身后的湿草地上留下了一行踏痕。

"Simba dumi kidogo。"他告诉我那是一头小雄狮。"Nanyake，"他也开了和凯蒂一样的玩笑，"Hapana mzuri for Memsahib①。"

"谢谢，"我说，"我会让女主人继续睡的。"

---

① 意为"对女主人来说不是好消息"。

"Mzuri。"他说完就去了炊火那边。

不久阿拉普·梅纳就要来报告那头黑鬃狮的情况了。根据居住在西山上的一支马塞人称,那头黑鬃狮杀死了两头牛,还拖走了一只。这支马塞人已经忍受它很久了。但是它后来变得焦躁不安,也不像一头狮子该有的那样猎杀动物了。阿拉普·梅纳认为,这是因为有一次这头狮子回来,杀死了它的猎物并且吃掉了它,但是它的猎物已经被巡猎员下了毒。于是它闹了场大病,从此意识到或者是下定决心不再捕杀猎物了。这可以解释它的到处游荡,但不能解释它对那些马塞村落的造访为什么如此无规律。由于十一月的强阵雨带来肥沃的草源,现在平原上、盐泽地和灌木区的猎物很多。阿拉普·梅纳、恩古伊和我都希望这头大狮子能离开山地,到平原上去,这样它就可以到沼泽以外的地方去捕猎了。这是它在这片区域捕猎的一贯方式。

马塞人说话尖酸刻薄,牲畜对他们来说不仅是财富,而且比财富更重要。探子曾经告诉我,一位首领在得知我虽然有两次机会可以杀死那头狮子,却等一个女人来杀它时,说了些很难听的话。于是我让探子带话给他,如果不是他部族里的年轻男子整天像女人那样在拉伊托奇托克喝金吉普雪莉酒,他用不着让我杀狮子,不过下次狮子再来我们这个地方时,我会杀死它。如果他愿意把他部族里的年轻人带来,我会带上长矛和他们一起把狮子杀死。我让他到营地来,和我彻底谈一谈这件事。

一天早上,他和其他三位长老一起出现在营地。我把探子叫过来当翻译。我们谈得不错。首领解释说，探子误传了他的话。猎长金·克总是不放过该杀的狮子，他有勇有谋，得到了人们极度的信任和爱戴。这位首领还记得上次我们在这个地方的时候。那是在旱季，猎长杀死了一头雄狮，猎长和我还有一群年轻人一起杀死了一头雌狮。那头雌狮一直作恶多端。

我回答说，人们都知道这些事实。而且，杀死任何骚扰牛群、驴子、绵羊、山羊或人的狮子都是猎长的责任，而这次是我本人的责任。我们以后都会这么做。但是我太太所信仰的宗教让她有必要在耶稣降临日前杀死这头狮子。我们来自一个遥远的国家，也属于那个国家中的一个部族，这么做是必需的。我们会在耶稣降临日前给他们看这头狮子的皮。

和往常一样，我被自己的演说吓到了，对我做出的承诺，我又感到了惴惴不安。如果玛丽作为一个女人必须在耶稣降临日前杀死一头长期作恶多端的狮子，那么我想她一定来自一个好战的部族。但我至少没说她每年都必须这么做一次。凯蒂很重视耶稣降临日，因为他跟着信基督教甚至是很虔诚的白人绅士进行过很多次游猎。大多数白人绅士都没有让耶稣降临日影响打猎，因为他们要在游猎上花很多钱，而且时间短暂。但是他们总是会准备一顿特殊的晚餐，他们要在晚餐中喝酒，有可能的话，还会有香槟，那个场合总是很特殊。今年，这个日子更特殊，因为我们住的是一个永久性驻扎的营地，玛丽小姐又那么重视这个日子，她所信仰的宗教明显把这个节日当做很重要的一部分，为庆祝它会举行很多仪式，尤其是树的仪式。凯蒂很重视那棵树,因为他喜欢仪式和礼节。树的仪式让他很感兴趣,因为在他成为穆斯林之前所信仰的宗教中,一丛树是至高无上的。

营地里那群粗野的异教徒认为玛丽小姐的部族宗教是宗教中较为严苛的一支,因为它要求信徒在不可能的条件下杀死一头长颈羚,还要杀死一头狮子,另外还要砍下一棵树顶礼膜拜。那棵树的分泌物可以激励马塞人作战或猎狮,甚至达到癫狂的程度。幸好玛丽小姐不知道这件事。我不确定凯蒂知不知道玛丽小姐选的那颗圣诞树有这种分泌物,但是我们中大约有五个人知道这件事,大家的口风都很紧。

那些人不相信打到狮子是玛丽小姐为过圣诞节所必须做的一件事,因为她一直在追捕一头大狮子,到现在已经好几个月了,这期间他们一直跟随着她。但是恩古伊给出的一种说法是,玛丽小姐可能是必须在这一年的圣诞节前杀死一头黑色鬃毛的大狮子。但是因为她的个头太矮,在高高的草丛中要看清猎物的情况是一件很吃力的事情,所以她得早下手才行。她从九月份就开始打猎,希望在年底或耶稣降临日前杀死那头狮子。恩古伊也不确定耶稣降临日到底是哪天。但是他知道那是在另一个大节日——新年之前,新年是他领薪的日子。

切洛完全不相信玛丽小姐捕杀一头狮子要这么久,因为他见过太多的女主人杀死过太多的狮子。但是他的这个想法也是摇摆不定,因为没有人帮助玛丽小姐。几年前,切洛见过我帮助保琳小姐打猎,所以他对现在发生的这件事完全不能理解。

他很喜欢保琳小姐，但是那远远不及他对玛丽小姐的感觉。很明显，玛丽小姐是我娶的一位异族妻子，她脸上那标记部族的疤痕就说明了这一点。她的一侧脸颊上有几条十分精细的刀刻痕迹，额头上还有几条浅浅的水平刀痕。这些刀痕是在一次汽车事故后由古巴最好的整容医生刻下的。没有人会看出这些刀痕，除了恩古伊，因为他能找到几乎毫无痕迹的部族刀疤。

有一天，恩古伊很唐突地问我和玛丽小姐是不是同一个部族的。

"不是，"我说，"她来自我们国家北部边界的一个部落，在明尼苏达州。"

"我们看到她的部族标记了。"

后来，有一次，我们在谈到部族和宗教时，他问我会不会把圣婴耶稣的生日树酿成酒喝。我告诉他我没有这个打算，于是，他说："Mzuri。"

"为什么？"

"你们喝杜松子酒，我们喝啤酒。没有人认为玛丽小姐应该喝那种用生日树酿成的酒。除非她的宗教有规定。"

"我知道，如果她杀死了那头狮子，她就不用喝了。"

"Mzuri，"他说，"Mzuri sana。"

现在，在这个早上，我等着玛丽小姐自然醒过来，这样她就能充分休息，保证醒来后的精力充沛了。我并不是担心那头狮子，只不过脑子里总是想着它，而且想的内容总是和玛丽小姐相关。

野生狮子、作恶多端的狮子和国家公园里供游客拍照的狮子之间有很大的差别，正如跟踪并毁掉你布下的陷阱、掀翻你的屋顶、吃掉你的存储食物却从不露踪迹的灰熊和黄石公园路边供人照相的狗熊有很大差别一样。诚然，每年，公园里的狗熊也会袭击人，如果游客不待在车里就会很麻烦。有时候，游人们甚至待在车里也会有麻烦，有些狗熊还会发狂，必须要处理掉。

供人们照相的狮子已经习惯了人们的喂食和照相，它们有时候会溜到保护区以外。由于它们已经学会了不再惧怕人类，所以很容易被所谓的体育爱好者和他们的妻子杀害，当然，他们总是会有一位职业猎手帮忙。但我们的问题不在于批判别人如何杀死狮子或准备杀死狮子，而在于找到，也让玛丽小姐找到并杀死一头极其狡猾、破坏力强、很难捕到的狮子，而且所用的方法若不是被我们的宗教所规定，就是被某种道德标准所规定。玛丽小姐已经按照这种标准狩猎很长时间了。那很严苛，就算是爱着玛丽小姐的切洛也很不耐烦。有两次情况不妙时，他被猎豹伤到了，于是他认为我把一种过于严苛并且有些残忍的道德标准强加给了玛丽。但我不是道德标准的发明者。那是从老爷子那里学来的。他在最后一次带领游猎队伍猎狮时，希望事情和以前一样。那个时候，对危险猎物的猎取还没有在他所谓的"那些残忍的猎车"破坏下变得容易。

这头狮子袭击过我们两次，每次对于我来说它都唾手可得，但是我并没有下手，因为它是玛丽的猎物。上次，老爷子由于太过急于想在自己离开前让玛丽猎到狮子而犯下了一个错误,就像任何太过努力的人所犯的错误一样。

后来,到了晚上,我们坐在篝火旁边,老爷子抽着烟,玛丽写着日记。在日记中,玛丽会写下所有她不愿意告诉我们的事情:她的心痛和失望、她新学到的不愿意在谈话中展露的新知识以及她取得的不愿意和人提及的小成就,这些小成就一旦说出来,就会大失光彩。她在用餐帐篷的煤气灯旁边写日记,我和老爷子则在篝火旁边坐着,身上穿着睡衣、睡袍和防蚊长靴。

"那头该死的狮子太聪明了,"老爷子说,"要是玛丽再高一点我们今天就逮到它了。不过这是我的错。"

我们故意绕开了那个我俩都心知肚明的错误。

"玛丽总有一天会逮到它的。但是记住,我告诉你,我不认为它有多勇敢。它是很聪明,但是当它被袭击的时候就会变得很勇敢。你可不要给它这种机会。"

"我现在的枪法还不错。"

老爷子没理会我的话。他想了一会儿,然后说:"实际上比那还要好。不要过于自信,但是要保持该有的自信。它总会犯错,你总会得到它。要是有头发情的母狮子就好了,那样它就会被引出来。但是现在的母狮子都准备要下崽了。"

"它会犯什么样的错误?"

"噢,它总会犯错的。以后你就会知道。我希望我可以在玛丽得到它之后再走。好好照顾她。保证她的睡眠充足。现在她因为这件事已经忙了很长时间。让她歇歇，也让那头狮子歇歇。别逼它太紧，给它点自信。"

"还有什么？"

"要让她不停地打些猎物，尽可能地让她保持自信。"

"我想过让她跟踪到离猎物五十码的地方再射击，后来一想可能二十码比较好。"

"这也许有用，"老爷子说，"别的我们都试过了。"

"我觉得这会有用的。然后她就可以到更远的地方射击。"

"她的枪法太烂了，"老爷子说，"两天以后谁知道它又上哪儿了。"

"我觉得我已经想好了。"

"我也是。但是别把她带到离狮子二十码远的地方。"

回想我和老爷子第一次在篝火或篝火的余烬旁边坐着谈论射杀危险猎物的理论和实践，那已经是二十多年前的事情了。他对只在靶场上练习或者只是打打土拨鼠的猎手既没好感也不信任。

"他们在一英里外打掉球童头上的高尔夫球，"他说，"当然是木质的或钢制的球童，不是真正的球童。这样打的话他们从来都没打偏过。可要在二十码处打狒狒就不行了。狒狒的身躯那么庞大都打不中。所谓的神枪手却抱着那杆该死的枪四处乱晃，连我看得都发起抖来。"他吸了口烟，继续说："当你看到一个人射杀危险的猎物，或很喜欢在离动物五十码以内开枪，你就可以信任他了；当你看到一个人在二十码内开枪，你就可以雇用他了。近距离射击可以彰显一个猎手的内在素质。我们靠近猎物是为了不打偏,但是那些没用的人在这个距离偏偏会打偏。"

我回忆着这些事情,幸福地回想起过往的时光,想到了这整个旅程都很圆满,也想到了要是我和老爷子再也不能一起出去,那该多么糟糕。这个时候,阿拉普·梅纳来到篝火旁,向我敬了个礼。他敬礼的时候总是很庄严,但是当他把手拿下来的时候,他就开始露出笑容了。

"早上好,梅纳。"我说。

"Jumbo,Bwana。他们说得对,那头大狮子确实杀死了牲畜。它把那头母牛拖了很长的一段,一直拖进茂密的灌木丛。它把牛吃掉后没有回来继续杀生,而是去沼泽那边喝水了。"

"是那头脚掌带伤疤的狮子吗?"

"是的,老板。它现在应该下来了。"

"很好,还有其他消息吗?"

"他们说那些关在马查科斯的茅茅分子越狱逃跑了,正往这个方向跑来。"

"什么时候的事?"

"昨天。"

"谁说的?"

"我在路上遇到的一个马塞人说的。他是坐一个印度商人的卡车过来的。他也不知道是哪家店铺的车。"

"去吃点东西吧。我过一会儿还要和你谈话。"

"Ndio，Bwana。"他说完敬了个礼。他的步枪在早晨的阳光中闪着光。他在尚巴村换了一件新的制服，显得精神焕发，兴高采烈。因为他带来了两个令人开心的消息，也因为他是个猎手，而现在我们要去打猎。

我想我最好是去帐篷看看玛丽小姐是不是醒了。如果她还睡着，事情就好办多了。

玛丽小姐醒了，但是还没完全醒过来。如果她设了闹铃，要在四点半或五点醒过来，她就会醒得很快，不带半点拖沓。但是这天早晨，她醒得很慢。

"怎么回事？"她半睡半醒地问，"怎么没人叫我？太阳已经升起来了。怎么回事？"

"不是那头大狮子，亲爱的。所以我让你睡觉了。"

"你怎么知道不是？"

"恩古伊检查过了。"

"那么那头大狮子呢？"

"它还没有下来。"

"你怎么知道的？"

"阿拉普·梅纳来了。"

"你要出去查看一下野牛吗？"

"不，我什么都不管了。我们有点小麻烦。"

"我能帮你吗？"

"不用了，亲爱的。你再睡会儿吧。"

"如果你不需要我的话我就再睡会儿。刚才我正做美梦呢。"

"那就试着再回到梦里去吧。准备好吃早餐了就告诉我们。"

"我再睡一小会儿,"她说,"那些梦确实太美了。"

我把手伸到毯子下面,找到了皮带上的手枪,枪套上挂着吊带。我用盆子洗漱,用硼酸溶液冲洗了眼睛,用毛巾抹了两把头发(我的头发现在剪得很短,刷子和梳子都用不着了),穿上衣服,用力把右脚套进手枪的腿带,然后把腿带拉高,最后扣上枪带。以前我们从不带手枪,但是现在把手枪系在身上就像系上裤子的裤裆开口一样自然。我还用一个小塑料袋多装了两个弹夹,放进猎衣的右口袋里,然后把剩余的弹药装进一个带旋转瓶盖的广口药瓶里。这个药瓶以前装的是五十粒红白色的肝油胶囊,现在则装了六十五发空心弹药。恩古伊身上也带了这样一只瓶子。

每个人都喜欢这把手枪,因为它可以打珍珠鸡、小鸨、有狂犬病的豺和土狼。恩古伊和姆休卡喜欢它是因为它会发出像狗吠一样的清脆枪声,俯身飞奔的土狼前方就会尘土飞扬,随后,随着砰、砰、砰的几声,土狼就开始放慢脚步,原地打转。这时恩古伊就会从我的口袋里掏出一副新的弹夹递给我。我把弹夹装进枪里,然后又是一阵尘土飞扬和砰、砰、砰几声,土狼便倒在地上四脚朝天了。

我到外面的伙计营房去和凯蒂说说事情的进展。我让他和我去一个可以单独谈谈的地方。他随意地站着,俨然像一个愤世嫉俗、深谋远虑的长老。他的神情中带着怀疑和哂笑。

"我不相信他们会来这儿,"他说,"他们是坎巴族的茅茅分子，没有那么蠢。他们会听说我们在这里的。"

"我唯一的问题是万一他们来了。万一他们来了，又会去哪里呢？"

"他们不会来的。"

"为什么？"

"想想如果我是茅茅分子会怎么做就行了。我是不会来这里的。"

"但是你是个有头脑的长老。他们只是茅茅分子。"

"所有的茅茅分子都不傻，"他说，"而且他们是坎巴族茅茅。"

"你说得对，"我说，"但是他们作为茅茅运动的使者去保留地时全被抓起来了。这是为什么？"

"因为他们喝多了，吹嘘自己有多伟大。"

"是啊，这里有坎巴村。如果它们还是那帮因为喝酒被关起来的人，那么到了这里他们还是会想喝酒。他们会需要食物，就算喝了一切能喝的也不够。"

"现在的他们不一样了。他们是从监狱逃出来的人。"

"哪里有酒他们就会去哪里。"

"可能吧。但是他们是不会来这里的。他们是坎巴族人。"

"我必须采取措施。"

"好吧。"

"我会告诉你我的决定。营里一切都妥当了吗？有没有人生病？你有什么问题吗？"

"一切都好,我没有问题,营里的人都很开心。"

"肉呢?"

"今晚我们要吃肉。"

"角马的肉吗?"

他慢慢地摇了摇头,咧开嘴笑了一下。

"很多人都不能吃。"

"多少人能吃?"

"九个。"

"剩下的人能吃什么肉?"

"黑斑羚肉的话还不错。"

"这里有很多头黑斑羚,我另外也有两头,"我说,"今晚我就让大家吃了它们。但是我希望在太阳落山的时候再杀它们,那样晚上从山那边吹来的冷空气就能把肉冻上了。我希望能用粗布把肉裹起来,那样就不会被苍蝇破坏了。在这里我们是外来客,我很负责任的。我们必须不浪费东西。他们从马查科斯到这儿要多长时间?"

"三天,但他们不会来的。"

"让厨子帮我做早餐吧。"

我走回用餐帐篷,在桌子旁坐下,从空木盒子做成的临时简易书架上取下一本书。这一年出了很多关于从德国战俘集中营逃出来的人的书,我拿的这本就是一部写逃亡故事的书。我把这本书放了回去,抽出了另一本。这本书名叫《最后的手段》,我觉得应该更有趣。

我刚打开书翻到有关巴尔港的那一章,就听见有一辆车快速驶来。我透过帐篷后面掀开的帘子,看到警察的山地车正穿过营地全速驶来,掀起了一阵尘土,把什么都遮住了,刚洗好的衣服也沾上了一层土。这辆敞篷车就像泥地赛车一样停在了帐篷旁边。年轻的警官走进帐篷,得体地朝我敬了个礼,然后伸出了他的手。这个小伙子高大帅气,脸上却死气沉沉。

"早上好,老板。"他说着摘下了警帽。

"吃点早餐吧?"

"没时间吃了,老板。"

"怎么了?"

"战斗的号角已经吹响了,老板。我们已经做好了准备。他们一共有十四个人,老板。十四个最不怕死的。"

"他们有武器吗?"

"全副武装,老板。"

"是那群从马查科斯逃出来的人吗?"

"是的。您是怎么听说的?"

"猎探员今天早上带来的消息。"

"长官,"他说,这只是他用的一个敬语,和殖民地统治者的头衔并无关连,"我们必须再一次齐心协力了。"

"我愿意效劳。"

"您打算采取什么行动,长官?要采取联合手段吗?"

"策划行动是你的事,我只是这里的代理猎长。"

"拜托了,长官。您就帮帮我吧。您和猎长以前就帮我解过围。在这种非常时期我们必须齐心协力，奋战到底。"

"你说得不错，"我说，"但我不是警察。"

"但是您可是代理猎长啊。我们要合作。您要怎么做，长官？我会合作到底的。"

"我会建起一道屏障。"我说。

"我可以喝杯啤酒吗？"他问。

"去倒一瓶，我和你分着喝。"

"那些尘土让我的嗓子很干。"

"下次别他妈把灰尘弄到我们洗好的衣服上去。"我说。

"抱歉，长官。实在是抱歉。我一直想着我们的问题，以为刚下过雨。"

"那是前天的事，现在已经干了。"

"继续讲吧，长官。您会建起一道屏障。"

"是的，"我说，"这里有一个坎巴村落。"

"那个我倒是不知道。区长知道吗？"

"知道，"我说，"这里一共有四个村子，都酿啤酒。"

"那是非法的。"

"是的，但是你会发现这种事在非洲很平常。我建议给每个村子都派去一个男人守着。如果那些人有任何一个露脸，他们就会通知我，我会围住村子，拿下他们。"

"要和他们进行殊死搏斗。"他说。

"你确定要这么做吗？"

"必然的，长官。他们都是不要命的人。"

"我们必须核实一下。"

"没有必要,长官。我以人格担保。但是您要怎么从村子里得到消息呢?"

"为了应对这样的事件,我们提前组织了女子后卫队。她们非常有效率。"

"干得漂亮!您做了这样的安排我太高兴了。这个队伍的分布范围很广吗?"

"相当广泛。领头的是一个很机敏的女孩。这是个真正的地下组织。"

"我可以什么时候见见她吗?"

":你穿着制服这事就有点难办。不过我会考虑的。"

"地下组织,"他说,"我一直觉得这种事恰恰适合我。地下组织。"

"有可能,"我说,"等这件事过去了我们可以运些旧降落伞过来练习。"

"您能再透露点别的情况吗,长官?我们现在已经有屏障了。这听起来很靠谱。但是应该还有其他的吧?"

"我把我剩余的军队留在身边,但是他们完全机动灵活,可以随时转移到屏障的任何敏感部分去。现在,你回警署,进入戒备状态。我建议你白天在离这里十英里的公路转弯处设下一个路障。你可以用车上的计速器丈量这段距离。我建议你晚上把路障转移到路从沼泽通出来的地方。你还记得我们跟踪狒狒的地方吧?"

"我不会忘的，老板。"

"好了，如果你遇到什么麻烦我会和你联系的。小心别在晚上用枪射到人。晚上来往的人很多。"

"应该没有人的。"

"但是实际上有人。如果我是你，我就会在那三家店铺门外贴三张布告，告之人们那几条路实行严格的宵禁。这会给你减少一些麻烦。"

"您能给我些人手吗，老板？"

"如果情况恶化，我再给你安排人手。记得我给你布了屏障。告诉你我的计划吧。我会给你一张便条带着，按上面的电话打给恩贡，然后我就可以把飞机叫过来了。不管怎样我在别的事情上也是用得着飞机的。"

"好的，老板。我有没有可能和您一起飞？"

"我觉得没有可能，"我说，"地上会需要你的。"

我在便条上写下要恩贡在明天午饭后安排飞机飞过来，从内罗毕花两个小时运来邮件和报纸。

"你最好回警署去，"我说，"拜托，小子，别再用那种牛仔的方式开车来营地了，弄得我们的食物上、帐篷里和洗好的衣服上全是灰。"

"实在是抱歉，长官。这种事不会再发生了。谢谢您找人帮我处理这些事。"

"可能下午我会在镇上见到你。"

"好极了。"

他喝光了酒，朝我敬了个礼，然后走出帐篷，开始大声叫他的司机。

玛丽走进帐篷，看起来清透闪亮："那个男孩不是警察局来的吗？发生了什么棘手的事？"

我告诉她有一群人从马查科斯的监狱里逃了出来，以及其他的事情。她听完很淡定。

我们吃早餐的时候她问我："你不觉得现在叫飞机过来花费太高了吗？"

"我必须拿到从内罗毕来的邮件，可能还有电报。我们需要查看一下野牛，才能拍到那些照片。它们现在肯定不在沼泽地里。我们应该知道丘卢岭那边发生了什么，在这件破事上我可以让飞机派上大用场。"

"我不能坐飞机回内罗毕准备过圣诞的东西，因为我还没捉到那头狮子。"

"我有种预感，假如我们放轻松，让狮子和你都歇歇，就能捉到它。阿拉普·梅纳说以前它就是这样失势的。"

"我不需要休息，"她说，"这么说不公平。"

"好吧，我是想让它变得骄傲自满，这样它就会犯错误了。"

"我希望它能犯错误。"

四点的时候，我把恩古伊叫过来，让他叫上切洛，带上步枪和猎枪，再叫姆休卡把猎车开过来。玛丽正在写信，我告诉她我把猎车叫过来了。切洛和恩古伊过来从帆布床下面把枪的长盒拉出来，恩古伊把那支点五七七口径的大步枪装好。他们找出子弹，数了数，又检查了斯普林菲尔德和曼利夏步枪里的实心子弹。这是美妙猎曲的第一节奏。

"我们去打什么？"

"我们得去打点肉吃。老爷子和我曾经讨论过练习打狮子的方法，今天我们就去尝试一下。我要你在二十码处杀死一头角马。你和切洛负责跟踪。"

"我不知道我们能不能靠得那么近。"

"你会进步的。别穿毛衣了，带着就可以。回来的时候如果冷再穿上。如果你要卷起袖子，那现在就卷起来吧。拜托了，亲爱的。"

玛丽小姐有个习惯，每次射击前都会把猎服右边的袖子卷上去。可能她只是把袖口往上翻一下，但是这个动作却可以吓到一只一百码开外的动物。

"你知道我不那么做了。"

"很好。我提到毛衣是因为它可能会让步枪的枪杆对于你来说显得过长。"

"好的。但是如果我们在很冷的早晨发现那头狮子该怎么办呢？"

"我只想看看你不穿毛衣是怎么开枪的。看看有什么差别。"

"你们每个人总是在拿我做试验。我为什么就不能出去痛痛快快地开一次枪呢？"

"可以啊，亲爱的。我们现在就去。"

我们开过飞机跑道，右前方是断断续续的猎区。我看到两群角马在一片草地上进食，一头老角马躺在一丛树旁边的不远处。我抬了抬下巴让姆休卡看，他已经看见了那头牛。我打了个手势，示意我们要往左绕个大圈，退回到树后面，这样我们就不会被发现了。

我示意姆休卡停下车，玛丽从车上下来，切洛跟在她后面，拿着一副望远镜。玛丽拿着她的六点五口径曼利夏步枪，一下车便把枪栓提起来，拽到后面又推到前面，看着枪上了膛，然后把枪栓放了下来。接着，她打开了保险栓。

"现在我要做什么？"

"看见那头躺着的老公牛了吗？"

"嗯，我还看见群里有另外两头。"

"你和切洛去看看你们能到离它多近的地方。现在的风向正好，你们应该能到那些树那里。你看见那丛树了吗？"

老角马躺在那里，身上黑黑的，头很大，长长的角向下弯曲，鬃毛看起来凌乱不堪，显出一副很奇怪的样子。现在，切洛和玛丽正在慢慢靠近那丛树，这时候，角马站了起来。站着的它显得愈发怪异，阳光下，它的身子更黑了。它没有看到玛丽和切洛，因为它侧面对着他们，眼睛看着我们这边的方向。我心想，它真是一头长得精致而又奇特的动物啊，只不过是因为我们天天看它，所以才没把它当回事。它长得虽不神气却十分不凡。看着它，再看着切洛和玛丽俯身慢慢靠近它，我心里很高兴。

玛丽站在树丛边上，在这个位置她就可以射击了。我们看着切洛跪在地上，玛丽抬起步枪，压低脑袋。我们几乎在同一时间听到了枪声和子弹打穿骨头的声音，然后看到那头老角马黑色的身子一跃而起，弹到空中，再重重地侧身落地。另一只角马瞬间跃起身子飞奔而逃，我们朝着玛丽、切洛和躺在草地上的那一团黑色的东西跑过去。我们从猎车里蜂拥而出时，玛丽和切洛就站在离那头角马很近的地方。切洛很高兴，已经拿出了刀子。大家都在喊："Piga mzuri。Piga mzuri sana, Memsahib。Mzuri, mzuri, sana①。"

我用胳膊环住玛丽说："我的小猫，你打得太漂亮了，跟踪得也不错。现在，你朝它的左耳根部来一枪吧，这样它就能少受点苦了。"

"我不应该打它的额头吗？"

"别打那个地方，拜托了。就打左耳根部。"

她挥手示意大家退后，然后打开保险栓，抬起枪，检查了一下，深吸一口气后吐出来，把身体重心放在了她向前伸着的左脚上，开了一枪，子弹正好落在左耳根部和脑壳的连接处。角马的前腿慢慢放松下来，头也轻轻地转到一边。它的死相带着某种尊严。我用手臂环住玛丽，转过她的身子，这样她就看不到切洛对角马动刀了。只有切洛把刀插入角马的喉咙里，它的肉才能成为所有的合法食物。

"我靠它那么近，用完全正确的方法干净利索地杀了它难道

---

① 斯瓦希里语，意思是"打得好"。

你不高兴吗？难道你没有为你的小猫感到一点点骄傲吗？"

"你做得好极了。你跟踪它跟得很漂亮，而且让它一枪毙命。它都不知道发生了什么，也没有感受到一点痛苦。"

"亲爱的，我得说它看起来太大了，甚至还有些凶猛。"

"小猫，你去坐回车里去，拿出吉尼酒瓶来喝两口。我去帮他们把角马抬到后车厢。"

"你来和我一起喝吧。我刚刚一枪解决了十八个人的吃饭问题，我爱你，我想喝点。我和切洛刚才靠得很近吧？"

"你们做得很漂亮，再漂亮不过了。"

吉尼酒瓶就放在那个旧式西班牙双子弹袋的其中一个袋子里。这个酒瓶其实是我们在苏丹哈穆德买的一品脱容量的戈登杜松子酒瓶，只不过它的名字是以一只很有名的旧银酒瓶命名的。在一次战争中，我把它带到海拔好几英尺的地方，终于它炸开了，那一瞬间，我还以为我的臀部受到了枪击。旧的吉尼酒瓶从没修好过，但是我们把它的名字给了这只容量只有一品脱的矮胖酒瓶。旧的吉尼酒瓶壶身瘦长，很适合挂在臀部，它的银色旋转瓶盖上刻着一个女孩的名字，然而，它却没有刻下它所经历的战争的名字，也没刻下任何用它喝过酒的已故的人的名字。如果用小字刻下那些战争和人的名字，那么壶身的两面就会密密麻麻地布满那些名字。但是这个不起眼的新吉尼酒瓶都快成为部落的标志了。

玛丽用它喝了一口酒，我也用它喝了一口酒，然后玛丽说："知道吗，只有在非洲，纯杜松子酒才和水一样清淡。"

"杜松子酒稍微浓烈一点。"

"噢,我就是打个比方。如果可以的话我要再喝一口。"

杜松子酒确实很好喝,它清澈、暖人心脾、惹人开怀,对于我来说它和水实在是差远了。我把水袋递给玛丽,她喝了好几口,说:"水也很好喝,把水和杜松子酒作比较是不公平的。"

我让她拿着吉尼酒瓶一个人坐在车里,自己向后车厢走去。车厢的后挡板已经放下来了,这样方便我们把角马抬到后车厢里去。我们把角马整个抬起来,这样既能节省时间,也便于我们回营地处理这头角马时让喜欢吃内脏的人拿走他们爱吃的部分。角马被抬起来推进后车厢后就尊严尽失了:它两眼呆滞,肚子鼓了出来,头的角度很可笑,灰色的舌头向外伸着,好似一个被吊死的人。恩古伊和姆休卡在抬角马时花的力气最大,抬完后,恩古伊把手指放在离角马肩上不远的弹孔里。我点了下头,我们抬起后挡板,将它扣紧。之后,我向玛丽借了水袋洗手。

"喝口酒吧,爸爸,"她说,"你为什么看起来这么忧伤?"

"我并不忧伤。但是让我喝口酒吧。你还想打吗?我们得为凯蒂、切洛、姆温迪、你和我打到一头汤姆逊瞪羚和黑斑羚。"

"我也想打到一头黑斑羚,但是我今天不想再打了。拜托了,我宁愿不打了,因为我不想破坏今天的胜利。我现在只有想打了才会打。"

"刚才你打到它什么部位了?小猫。"我说,实在不想问这个问题。我边喝酒边问,这样就能轻松一些,同时又不会显得太随意。

"正好打在肩膀中间,完全是中心位置。你看到弹孔了。"

角马脊柱上方的小弹孔里流下来一大块血,正好流到肩膀的中间,停在那里。这只怪异的黑色角马倒在草地上的时候我就看见了那块血。那时候它身子的前半部分还能动,后半部分已经着实动弹不得了。

"很好,我的小猫。"我说。

"我来拿吉尼酒瓶,"玛丽说,"我不用再打了。我很高兴打中了那头老角马让你很满意。我希望老爷子也在这儿。"

但是老爷子不在,而且她在近距离平射的前提下还打得比她瞄准的位置高了十四英寸,这才使她误打误撞地给了角马的脊柱上部完美的一枪,杀死了它。所以她的射击还是存在一定问题的。

我们现在正穿过猎区,风迎面吹来,阳光被我们甩在背后。我看到前面是格兰特羚羊臀部那白色方块和汤姆逊羚羊闪闪发光的尾巴,它们正在我们前方吃草。我们的猎车靠近时它们就会纷纷跳跃着跑掉。恩古伊知道怎么回事,切洛也知道。恩古伊回过头去对切洛说:"吉尼酒瓶拿来。"

切洛把酒瓶从椅背上面递过去,椅背的一面倒放着长枪,另一面的霰弹猎枪固定在夹钳里。恩古伊拧开酒瓶递给我。我喝了一口,感觉一点都不像水。出于责任,我们和玛丽猎狮子的时候我永远都不能喝酒,但是杜松子酒可以让我放松下来,因为在捕到角马后,每个人的神经都紧张起来,除了搬运工又高兴又骄傲,玛丽小姐也是又高兴又骄傲。

"他想让你露一手,"她说,"露一手吧,爸爸。拜托了。"

"好吧,"我说,"那就再露一手。"

我伸手去拿吉尼酒瓶,恩古伊摇摇头。"Hapana,"他说,"Mzuri。"

在前方的另一处林间空地上,两只雄的汤姆逊羚羊正在吃草。它们的脑袋都长得不错,特别的长,而且很对称,它们在如饥似渴地进食时不停地左右晃动尾巴。姆休卡点了点头,告诉我们他看到了那两头羚羊,然后调转方向,以便车可以停在一个可以掩蔽我靠近它们的地方。我从斯普林菲尔德步枪中取出两枚弹壳,装上两枚实心弹,拉下保险栓,下了车,开始朝茂密的灌木丛走去,做出一副无心打猎的样子。我没有匍匐前进,因为灌木已经足够隐秘,我还得出了一个结论:在跟踪猎物时,如果周围有很多猎物,最好直立着走路,做出一副对它们不感兴趣的样子。否则,你就会吓到能看到你的其他动物,它们则会吓到你所跟踪的动物。想起玛丽小姐让我露一手,我就小心翼翼地抬起左手,拍了一下我脖子的一侧。这是在告诉他们我要打的位置,打中其他部位都是毫无意义的。在打汤姆逊羚羊这样可能会跑的小型动物时,没人能宣称自己可以打到颈部。如果我能打到那里,就可以鼓舞士气,如果打不到也没什么,因为这明显是不可能的。

我心情愉悦地在长着白花的草地上走,慵懒地朝前迈着步子,手里拿着枪,放在右腿后面,枪嘴朝下。往前走的时候我什么都没想，除了这个傍晚有多么美丽和我在非洲是多么幸运。这时我已经到了离猎车最远的灌木丛右侧边缘，我本来应该俯下身子爬过来的，但是我没有这么做，因为草长得很茂盛，花也开了很多，我戴着眼镜，而且我太老了，爬不动。于是我把保险栓推到后面，手指放在扳机上以免发出声响，然后挪开手指，轻轻地把枪压低到射击的位置，从后准星检查了一下枪的孔径，随后走出灌木丛的右边缘。

当我举起步枪时，那两只公羚羊猛然以最快的速度跑开了。我跨出去的时候离我较远的那只羚羊还转头看了我一眼。它们摆动着小蹄子，一跳一跳地飞奔而去。在准星的视野中我选中了第二头羚羊，把重心压低在我向前伸出的脚上，我试着让枪口对准它，准星轻轻扫过它的身体，当步枪对准它的前方时，我扣下了扳机。随后是枪声和子弹打入肉体时那干涩的声音。当我把第二枚弹壳塞进枪里时，我看到它的四条腿已经僵直地向上伸着，白色的肚子露了出来，随后，它的腿慢慢地落下去。我向它走去，心里希望我没有打到它的后背，而是打偏到其他地方，或者误打到它的颈椎上部，或者打到它的头部。这时候我听到猎车开过来的声音。切洛拿出刀下了车，跑到那只汤姆逊羚羊跟前，站在那里。

我走过去说："Halal①。"

"Hapana。"切洛说，然后用刀尖碰了碰那头羚羊可怜的死

---

① 这是合法的。

气沉沉的眼睛。

"不管怎么说都是 Halal 的。"

"Hapana。"切洛说。我从没见过他哭,而这一次他就要哭出来了。对于他的宗教来说,这件事本身已经不得了了,而他又是个年老而虔诚的人。

"好吧,"我说,"恩古伊,你去刺它一刀吧。"

因为切洛的沮丧情绪,每个人都沉默不语。他回到猎车上,那里只有我们这些不信教的人。姆休卡和我握了握手,咬着自己的嘴唇。他心里想着他的父亲被剥夺了吃汤姆逊羚羊肉的权利。恩古伊一直憋着笑。老爷子给我们留下的这位扛枪伙计的脸像一只圆圆的深灰色的精灵。他悲伤地把手放在头上,然后拍了一下自己的脖子。只有搬运工看起来开心雀跃,他傻乎乎的,跟猎人出来他很开心。

"你打在了它哪里?"玛丽问。

"恐怕是脖子。"

恩古伊给她看了看弹孔,然后和姆休卡、搬运工一起抬起公羚羊,扔进后车厢里。

"这也有点太邪乎了,"玛丽说,"我说露一手也没让你从那么远打到它啊。"

我们回到营地,小心翼翼地停下猎车让玛丽小姐下来,没有扬起尘土。

"这个下午过得太棒了,"她说,"十分感谢你们每个人。"

她朝着她的帐篷走过去,姆温迪在那里已经烧好了洗澡水准备倒进帆布浴盆里。我很高兴她对自己的那一枪很满意,我确信,有吉尼酒瓶的庇佑,一切问题都会解决的,更何况是在二十五码处打狮子时出现的垂直方向十四英寸的小误差呢,这当然不算什么了。我们慢慢地把车开到营地外面的空地上,在那里我们开始把角马宰割剥皮。凯蒂走了出来,其他人在后面跟着。我对他说:"女主人很漂亮地射死了一头角马。"

"Mzuri。"凯蒂说。

我们没有关车灯,留着光好处理猎物。恩古伊拿着我最好的那把刀子,要和剥皮工一起干活,剥皮工则蹲在角马旁边,开始动手。

我走过去拍了拍恩古伊的肩膀,把他拉到背光的地方去。他很喜欢宰猎物,但是他明白了我的意思,很快跟着我走到了背光的地方。

"在背部的上方切一大块好肉送到村里去。"我边说边用手指在他的后背上比划着。

"Ndio。"他说。

"趁着它的肚皮还新鲜,把那块肉包在一块肚皮里。"

"好的。"

"给他们在普通的肉里挑一块好的。"

"Ndio。"

我想再给他们多送点肉过去,但是我知道这么做不合适。我告诉自己接下来两天的行动很需要这些肉,我的愧疚感就减少了。想到这里,我又对恩古伊说:"再多带点炖肉送到村子里。"

然后我走出了车灯的光照范围，走到炊火的光刚好照不到的那棵树旁边，寡妇、小男孩和黛芭在那里等我。他们身穿本来颜色鲜亮但已经褪了色的裙子，靠在树干上。小男孩跑了出来，用脑袋使劲撞了一下我的肚子，我吻了吻他的脑袋。

"你好吗，寡妇？"我问。她摇了摇头。

"Jambo，tu。"我对黛芭说，也吻了吻她的脑袋，她笑了起来。我抬手抚摸了她的脖子和脑袋，感受着与她的亲近和拘束感，这时的她很可爱。她用头撞了我的胸口两次，我又吻了吻她的脑袋。寡妇很紧张，她说："Kwenda na shamba。"意思是，我们去村子里吧。黛芭没说话，她那可爱的坎巴式放肆已经消失得无影无踪，我抚摸了一下她那可爱的低垂着的头，触摸了一下她耳后的隐秘部位，她则偷偷抬起手，触摸了我最深的伤疤。

"姆休卡正在车上等着送你们回去，"我说，"我准备了肉给你们拿回家里去。我不能去了。Jambo，tu。"这是以最快的速度解决问题的再残忍不过的一句话，然而，这也是最温情的话。

"你什么时候会来？"寡妇问。

"什么时候都有可能，等我有任务的时候。"

"我们在圣婴降临日前会去拉伊托奇托克吗？"

"当然。"我说。

"Kwenda na shamba。"黛芭说。

"姆休卡会带你们回去。"

"你也来。"

"No hay remedio①。"我说。这是我最早教给她的西班牙语，现在，她小心翼翼地说着这句话。这是我所知道的西班牙语中最伤感的一句话，我想，她早一点学会它可能是最好的。因为我没有告诉她这是什么意思，只告诉她这是她必须知道的一句话，所以她只认为自己正在学习的这句话是我宗教的一部分。

"No hay remedio。"她骄傲地说。

"你的手又漂亮又硬。"我用西班牙语对她说。这是我们最早开过的玩笑之一，我小心翼翼地把它翻译成："你是恩戈麦鼓会女王。"

"No hay remedio。"她谦逊地说。然后在黑暗中，她快速地重复了几遍："No hay remedio，no hay remedio，no hay remedio。"

"No hay remedio，tú。"我说，"拿着肉走吧。"

那个晚上，我睡着之前，听着土狼正因为屠宰角马后剩下的废物而谈论争吵，透过帐篷的门看着外面的火光，心里想着玛丽，她睡得正香，对自己成功地跟踪和射杀角马而感到非常满意，也想着那头大狮子正在什么地方，在黑暗中做些什么。我想它在回沼泽的路上还是会杀死别的动物。然后我想到了关于村子的事，想着我既无补救措施，也无解决办法。我因为自己和那个村子扯上了关系而懊悔不已，但现在已经无可挽回了，可能永远都不会有解决办法。这件事不是我人为造成的，而是

---

① 西班牙语，意为"无可救药""无法挽回"。

自然而然发生的。然后我又想了一些关于狮子的事，也想了点关于坎巴族茅茅的事。我们明天下午以后可能就会和他们碰上了。然后，有那么一瞬间，夜的声响完全静止了下来。一切都凝固了。我想，糟糕，可能是坎巴族茅茅分子来了，我真是粗心。接着，我拿起装满了大号铅弹的猎枪，张开嘴仔细听着，这个时候我听到我的心怦怦直跳。然而，夜晚的嘈杂声又响了起来，我听到了一头猎豹在小溪旁咳嗽的声音，仿佛是用蹄铁工的锉刀拨动低音提琴的C弦时发出的声音。猎豹又咳嗽了一声，它在寻找它的猎物，带动了整个夜晚的响动。我把猎枪放回腿下，怀着对玛丽小姐的自豪和爱意、对黛芭的骄傲和深切挂念，开始进入梦乡。

第三章

晨光中，我从床上起来，去了用餐帐篷和营房。凯蒂一向保守谨慎，所以我们用一种很军事化的方式视察了营地。我能看出没有什么让他烦心的地方。我们的肉已经裹在粗棉布里挂了起来，那些肉足够那些人吃上三天。几个起得早的人已经把其中一些肉串在木棍上烤了起来。我们又过了一遍阻截茅茅分子的计划，以防他们来到这四个村子的任何一个。

"计划是不错，但是他们不会来。"他说。

"昨天夜里，猎豹发出动静之前有一阵安静，你听到了吗？"

"听到了，"他笑着说，"但那只是一只猎豹。"

"你不觉得可能是那些人吗？"

"我也这么想过，但终究不是他们。"

"好吧，"我说，"让姆温迪来火堆这里找我一下吧。"

这堆火是把一些原木没烧过的一端聚在一起，在灰烬上面放上一些灌木燃起来的。我坐在篝火旁喝着茶。天一直很冷，姆温迪带来了另一壶茶。他和凯蒂一样拘谨、保守而有幽默感，除了比凯蒂要粗野一些。姆温迪会讲英语，他理解英语的能力比用英语表达的能力还要更强一些。他年事已高，长得像一个皮肤黝黑、脸庞窄小的中国人。他保管我所有的钥匙，也负责帐篷内的工作：整理床铺、准备洗澡水、洗衣服、擦鞋、沏早茶，另外，他还保管着我的钱，所有用来游猎的钱都归他保管。那些钱就放在铁皮箱里，他保管着箱子的钥匙。他喜欢被人信任，就像以前人们互相信任一样。他教我坎巴语，但和我从恩古伊那里学到的坎巴语不一样。他觉得我和恩古伊互相带来的都是坏影响。但是他年纪大了，愤世嫉俗，只要不打乱他的工作计划，他就不会管太多。他喜欢工作，喜欢责任，让我们的游猎生活变得井然有序、其乐融融。

"老板需要什么吗？"他站着问道，看起来严肃而沮丧。

"我们在营地放的枪支和弹药太多了。"我说。

"没有人知道，"他说，"这些东西都是您从内罗毕秘密运来的。在基坦加没人发现任何破绽。我们一直是偷偷地运送这些东西的，没人看到，也没人知道。您睡觉时也总是把手枪放到腿边。"

"我知道，但如果我是茅茅分子，我就会在晚上袭击这个营地。"

"如果您是茅茅分子，那么可能发生的事就太多了。但您不是。"

"很好，但如果你不在帐篷里，就必须有其他人带着武器在

第三章　75

帐篷里看管。"

"老板,请让他们到外面站岗吧。我不想任何人在帐篷里。我是负责帐篷的。"

"他们会在外面。"

"老板,他们要穿过一片开阔的平地才能来营地。每个人都会看到他们的。"

"恩古伊和我三次从那颗无花果树那里穿过整个营地,没人看见我们。"

"我看见你们了。"

"真的?"

"看到过两次。"

"你怎么不说这件事呢?"

"您和恩古伊做的事我没必要每件都提。"

"谢谢你。现在你知道安排守卫的事了吧。如果我和女主人不在,你也要离开帐篷,那就叫守卫来守着。如果女主人一个人在,你不在,也要把守卫叫来。"

"Ndio,"他说,"你不喝茶吗?要凉了。"

"今晚我要在帐篷周围设一些陷阱,我们还要在树上挂一个灯笼。"

"Mzuri。我们还要生一堆大的篝火。凯蒂已经让人送木头来了,这样卡车司机就有空了,可以到任何一个村子去。但是那伙人说会来,其实不会来。"

"你怎么这么肯定?"

"因为来这里自投罗网太愚蠢了,他们可不愚蠢。他们可是坎巴茅茅分子啊。"

我坐在篝火旁,慢慢喝着刚沏好的茶。马塞族是一个好战的游牧民族。他们不会打猎,但是坎巴族人会打猎,他们是我所知道的最擅长打猎和追踪猎物的部族。现在,他们保留地上的猎物已经被白人和他们自己杀光了,只能在马塞人的保留地上打猎。而他们自己的保留地人口太多,过度开垦,如果不下雨,牛就没有牧草吃,庄稼也会没收成。

我坐着喝茶时心想,我们营地的这些人中间划着一道界线,虽然大家依然和睦相处,但是这道界线却让两边的人有着不同的精神样貌。这道界线不是存在于信教与不信教、能干与差劲、老手和新手之间,而基本上是存在于行动积极的猎手与战士和其他人之间。凯蒂曾经是一名斗士、一名战士,很擅长打猎和追踪猎物,我们的游猎得以有条不紊地进行,靠的就是他那丰富的经历、知识和在人们中间的威信。但是凯蒂是一个有着大量财产的保守派人士,在我们所生活的这个不断变化的时代,保守派是一个艰难的角色。营地里有些年轻人在打仗征兵的时候还不够岁数,所以错过了参加战争的机会,而且由于村子里已经没有猎物了,所以也没有学过打猎。他们是本性善良又缺乏经验的孩子,没有去做偷猎者,也没有被训练成盗牛贼。这些年轻人很仰慕恩古伊和那些坏男孩们,他们都是在阿比西尼亚和缅甸的战场上经历过血雨腥风的人。除了忠诚于凯蒂、老爷子和他们的工作之外,他们在所有事情上都站在我们

第三章 77

这边。我们并没有试过拉拢和改变他们，他们都很积极。恩古伊很信任我，他把所有情况都告诉我了，并把他们的行为完全看作对他们部落的忠诚。我知道，我们这些坎巴族猎手已经一起走过了很长的一段路，但当我坐在这里，喝着茶，看着黄色和绿色的树木在阳光的照耀下变了颜色时，我想着我们一起走过了多远的路。喝完茶，我走到帐篷外往里望了望，看见玛丽已经喝完早茶，空杯子放在茶托上。旁边的小床一侧的蚊帐已经垂到帆布地毡上。她重新睡了过去，微微发褐的脸庞和凌乱得可爱的金发贴着枕头。她的嘴唇冲着我，在我看着熟睡的她，像往常一样被她美丽的脸庞深深打动时，她在睡梦中微微笑了起来。也不知道她梦见了什么。然后，我从我床上的毯子下拿出猎枪，到帐篷外面从枪管中取出弹壳。这个早晨玛丽又能好好睡一觉了。

　　我去了用餐帐篷，恩古伊正在那里打扫。我告诉他我早餐想吃什么。我要的是一个鸡蛋三明治，鸡蛋要煎熟，里面加上火腿或者培根，还要加些生洋葱切片。如果有水果我就吃一些，另外我还得先喝一瓶塔斯克啤酒。

　　除非我们要去猎狮，我和金·克在早餐时几乎总要喝些啤酒。早餐前或早餐时喝些啤酒是件很开心的事，虽然这会让我们的行动变迟缓，但是可能也就是千分之一秒的差别。另一方面，几杯酒下肚，有些事就显得不再那么悲观，而且在你熬夜、胃部不适的时候，喝些啤酒对你的身体是很有好处的。

　　恩古伊打开一瓶啤酒，倒了一杯。他喜欢倒啤酒，看着泡沫涌到最顶端也不会溢出。他长得很好看,几乎像个女孩一样清秀,但是也丝毫不乏男子汉气概。金·克曾取笑他,问他是不是拔过眉毛。他很有可能拔过,因为他们原始部落的人最大的乐趣之一就是反复修整自己的容貌,这和同性恋没关系。但是我觉得金·克对他的取笑有些过分了。因为他腼腆、友好,非常忠诚,侍奉我们用餐表现得不错,而且崇拜猎人和战士,所以我们有时候带他出去打猎。每个人都会稍稍拿他开玩笑,因为他一见到动物就大惊小怪,而且还常常把动物放跑,其程度简直无人能及。但是他每次出去打猎都能学到东西,所以我们对他开的玩笑都是善意的。要是我们中的哪个人受了伤或出了什么事,只要不严重、不致命,我们都会把这当成很有意思的事情来对待,但这对于恩古伊这个柔弱、温和、仁爱的孩子来说是很难忍受的。他想成为一名斗士、一位猎人,但他是一个厨房的学徒和侍奉主人用餐的伙计。那年我们都过得很快乐。恩古伊因为按照部落规定不能喝酒,所以他最大的乐趣之一就是给能喝酒的人倒啤酒。

"你听见猎豹的声音了吗?"我问他。

"没有,老板。我睡得太死了。"

他去拿我让厨子做好的三明治,然后赶紧跑回来继续倒酒。

另一个侍奉我们用餐的伙计叫姆桑比,他长得高大、帅气而粗野。他总是穿着绿色的侍者长袍,俨然一副参加化装舞会的派头,因为他戴帽子的角度很怪异,穿袍子的方式也是五花八门,这显示了他虽然身为侍者而尊重这身长袍,却也意识到这袍子是有些滑稽的。只有我和玛丽的时候我们并不需要两个人来侍奉用餐，但是厨子马上就要回家探亲了，还要把养家费给营里的人的家人带回去。他不在的时候姆桑比就会替他做饭。和除我之外的每个人一样，他也讨厌那个探子。这天早晨，探子出现在用餐帐篷外面，轻轻地咳嗽了几声。这时姆桑比意味深长地看了我一眼，鞠了一躬，微微地闭上眼睛，然后和恩古伊一起走出了帐篷。

"进来啊，探子，"我说，"你带了什么消息？"

"您好，兄弟。"探子说。他把自己紧紧地裹在围巾里，摘下了平顶帽。"有个拉伊托奇托克来的人正等着见您。他说他的村子被大象毁了。"

"你认识他吗？"

"不认识，兄弟。"

"去叫他进来。"

那位村主走进帐篷，在门口冲我鞠了一躬，说："早上好，先生。"

我发现他剃的是镇上茅茅分子的发型：头发在头的一侧分开，另一侧的头发则用剃刀全部剃去。但这可能并不意味着什么。

"是那些大象？"我问。

"它们昨天夜里来了，毁了我的村庄，"他说，"我认为，控制住它们是您的职责。我想让您今晚来我的村子，杀一头大象，好把它们都赶走。"

让营地失去防守,我去处理这件烂事吗?我心里这么想。"谢谢你告诉我大象的事,"我说,"马上就有一架飞机飞过来了,我们会带着你上飞机,然后侦查一下你村子的损毁程度,再找找大象的位置。你到时候指给我们你村子的位置和具体的毁坏情况。"

"但是我从来没坐过飞机,先生。"

"你今天就会坐了。然后你就会发现坐飞机是一件既有趣又有意义的事情。"

"但是我没坐过飞机,先生。我会生病的。"

"是不舒服而已,"我说,"不是生病。讲英语必须用词谨慎。不舒服才是正确的词。我们会给你准备纸容器的。你难道没兴趣从空中看一看你的地产吗?"

"是的,先生。"

"飞行是一件再有趣不过的事了,仿佛你的领地的一幅地图呈现在你眼前。你将会了解到其中的地形特征和轮廓线,这些都只有在天空中才能看到。"

"是的,先生。"他说。我有点感到羞耻了,但是他的发型实在像茅茅分子,而且营地里东西那么多,他们一定会来个暴力袭击的。如果阿拉普·梅纳、恩古伊和我被什么大象、公牛的故事引开,那么冲进营地就太简单了。

接着他试图争辩了几次,他不知道,他每争辩一次,事情就越糟。

"我觉得我不应该和你们一起坐飞机,先生。"

"听着,"我说,"我们这里的每个人都坐过飞机,或者希望坐一次飞机。从空中俯瞰自己的村庄,这对你来说可是个特权。你有没有羡慕过鸟?你没有想过要成为鹰或者猎鹰吗?"

"没有,先生,"他说,"但是今天我就会在天上飞了。"

然后,我想,即便他是我们的敌人,或者是个骗子,或者仅仅是为了让我去杀死一头大象好让他们吃上象肉,他的这个决定都是正确而有尊严的。我走出帐篷,告诉阿拉普·梅纳这个人已经被捕了,但是先不要告诉他,而是好好看着他,别让他离开营地,也别让他向其他帐篷里张望,我们会把他带上飞机。

"我会看好他的,"阿拉普·梅纳说,"我也能和你们一起飞吗?"

"不行,你上次已经飞够了。今天让恩古伊飞。"

恩古伊咧嘴一笑,说:"Mzuri sana。"

"Mzuri。"阿拉普·梅纳说,然后也咧嘴一笑。我告诉他我要把那位村主送出去,并让恩古伊去查看一下风向袋,然后把我们修建在草场上的跑道上的动物都赶走。

玛丽也来到用餐帐篷,她身上穿着姆温迪为她洗过并熨好的猎装,看起来给人一种如同清晨般的感觉,清新而富有活力。她注意到我在早餐前或早餐时喝了啤酒。

"我以为你只有在金·克在这里的时候才这样喝酒。"她说。

"不是啊,我经常在你早晨还没醒的时候喝。我最近没有写作,而且早晨是一天中唯一比较冷的时候。"

"你从那些在这里谈话的人身上发现了什么关于那头狮子的线索吗?"

"不,没有那头狮子的消息。他夜里没有说话。"

"你说了,"她说,"你在和一个女孩说话,那个女孩可不是我。什么无可救药了?"

"很抱歉我在梦里讲了那些话。"

"你说的是西班牙语,"她说,"都是在说什么无可救药之类的话。"

"那一定是无可救药了,抱歉我不记得我梦见了什么。"

"我也从来没让你在梦里对我忠诚。我们要去猎狮子吗?"

"亲爱的,你这是怎么了?我们都说好了,即使它来了,我们也不去猎它,我们要放放它,给它点自信。"

"你怎么知道它不会离开这里呢?"

"它很狡猾,亲爱的。每次杀死牛它都会换地方。但它杀掉猎物后自信心就会增长。我这是站在它的角度思考问题。"

"也许你该稍微站在你自己的角度思考一下问题。"

"亲爱的,"我说,"你要不要叫早餐?有汤姆逊瞪羚羊肝和培根。"

她叫来了恩古伊,优雅地要了早餐。

"你喝完茶又睡了,梦里你在笑什么?"

"噢,那个梦简直太美好了。我遇见了那头狮子,它对我很和气,既有教养又懂礼貌。它说它在牛津大学上过学,它讲话的声音简直和 BBC 的一样。我确定以前在什么地方见过它,然后它突然就把我吃掉了。"

"我们现在的日子很艰难,"我说,"我猜我看到你笑之后它就把你吃了。"

"一定是这样,"她说,"抱歉我没控制住自己的脾气。它吃我吃得太突然了,都没表现出一点不喜欢我的样子,也没有像马加迪的狮子那样怒吼什么的。"

我吻了吻她,这时恩古伊端来了她的早餐,烤成棕色的鹅肝切成精致的小片,上面撒着一些从内地带来的培根,还有炸薯条、咖啡、罐装牛奶和一盘炖杏肉。

"吃一片羊肝和培根吧,"玛丽说,"你今天会很辛苦吗?"

"不,我觉得不会。"

"我可以和你们一起飞吗?"

"看来不行,但是等我们有时间的时候应该可以。"

"你有很多工作要做吗?"

于是我把我们必须要去做的事告诉了她。她说:"对不起,我对你发了火。我想只是因为梦见了我被狮子吃掉。吃点羊肝和培根吧,也把啤酒喝完,亲爱的。在飞机飞来之前放轻松。没什么事到了无可救药的地步。再也别在梦里想这事了。"

"你也别想被狮子吃掉的事了。"

"白天的时候我可从来不那么想,我可不是那种女孩。"

"我也不是那种无可救药的男孩。"

"不,你有点无可救药。但是和我刚认识你的时候相比你现在更开心,不是吗?"

"和你在一起我真的很开心。"

"所有其他的事情也让你开心起来了。喔,能再看到威利真是太好了。"

"他比我们两个好多了。"

"但是我们可以试着变得更好。"玛丽说。

我们不知道飞机会几点来,甚至不知道它是不是一定能来。我们一直没有确认收到那位年轻的警官发来的讯号,但是我觉得飞机从一点以后就可能来了。假如丘卢岭或者山的东侧有云团积聚起来,威利可能就会来得早一些。我起身看了看天气,丘卢岭上方飘着一些云,但是大山上空的天气依旧晴朗。

"要是我今天能飞就好了。"玛丽说。

"你以后还有很多飞的机会,但是今天我们是有任务的。"

"但是我能在丘卢岭上面飞过吗?"

"我向你保证。你想飞到哪儿我们就飞到哪儿。"

"等我打死了那头狮子,我想飞到内罗毕准备圣诞节的东西。然后我想及时飞回来,弄一棵树,把它装饰得漂漂亮亮的。我们在那头犀牛来之前已经挑出了一棵很好的树。那棵树一定会非常漂亮。但是我要为它准备好所有的装饰品,也要给每个人准备礼物。"

"等我们杀死那头狮子,威利可以把塞斯纳① 开过来,到时候你就可以看丘卢岭了。如果你愿意的话,我们会爬到山上很

---

① 塞斯纳,美国飞机品牌。

高的地方去,检查一下庄园,然后你就跟着威利回内罗毕吧。"

"我们的钱够吗?"

"当然够。"

"我想让你学习和了解一切事情,这样我们就不会白白浪费钱了。只要你做的事是对你有好处的,我真的不在乎你做什么。我要的只是你爱我最多。"

"我是爱你最多的。"

"我知道,但是请别伤害别人。"

"每个人都会伤害别人。"

"你不该那么做。只要你不伤害别人、不糟蹋别人的人生,那么你做什么我都不在乎。别说无可救药,说得太轻巧了。一切都是幻想出来的,你们都编造自己的谎言,生活在你们这个奇怪的世界里,有时候你会觉得很梦幻、很吸引人,这时候我就会嘲笑。我觉得自己比胡思乱想、生活在梦幻里的人强多了。请试着理解我,因为我也是你的兄弟。那个垃圾探子可不是你的兄弟。"

"那是他自己编出来的。"

"然后,突然间,那些幻想中的东西会变得很真实,就像有人砍断了你的胳膊一样。不是在梦里砍断,我是说真的砍断,就像恩古伊用砍刀把胳膊砍下来一样。我知道恩古伊是你真正的兄弟。"我什么都没说。

"那么当你和那个女孩说那种残忍话的时候呢,当你那样说的时候就好像是看着恩古伊砍断你的胳膊。这不是那种每个人都觉得快乐的美好生活。"

"你觉得不快乐吗?"

"我一辈子都没有这么快乐过,从来都没有。你现在对我的射击有信心了,我今天真的很开心,也很有信心。但是我希望这感觉会持续下去。"

"会持续下去的。"

"但是你明白我说的,美好的梦境突然变得截然不同是什么意思吗?这种美好只有在梦里或者在我们儿时最快乐的时光才会有。我们在这里每天与壮丽的大山相伴,你们都会讲笑话,每个人都很开心,每个人对我都这么好,我也很喜欢他们。然后却出了这样一件事。"

"我知道,"我说,"这是同一件事的另一方面,我的小猫。没有什么事像表面看起来那么简单。我并没有对那个女孩粗鲁,只不过是有点正式而已。"

"请永远都别在我面前对她粗鲁。"

"不会的。"

"也别在她面前对我粗鲁。"

"不会的。"

"你不会带她坐飞机的,对吗?"

"不会的,亲爱的。这件事我答应你,真的。"

"我希望老爷子会在这儿,或者威利会来。"

"我也是。"我说,然后出去又看了看天气。丘卢岭上空的云密集了一些,但是山肩上的天空依旧晴朗。

"我们不会把那个村主扔下飞机吧？你和恩古伊？"

"天哪，不会的。我要是说我都没动过那个念头，你信吗？"

"今天早晨我听你和他说话的时候就这样想到了。"

"现在是谁在动坏念头呢？"

"并不是说你总是动坏念头，而是你们这些人做事总是毫无征兆、让人目瞪口呆，就好像没有后果似的。"

"亲爱的，我会很顾及后果的。"

"但是有时候你们做事鲁莽得让人摸不着头脑，也很不近人情，还净讲些残忍的笑话，每个笑话都和死有关。我们的日子什么时候才能美好起来呢？"

"快了。这件破事过几天就结束了。我们觉得那些人不会来这里了，他们去哪儿都会被抓。"

"我希望回到原来那种生活，每天早晨醒来都知道会有些好事发生。我讨厌这些猎人。"

"这些人可不是猎人，亲爱的。你从来没见过那些猎人，他们是在北方闹事的人。在这儿，每个人都是我们的朋友。"

"在拉伊托奇托克可不是。"

"嗯，不过那些人会被抓的，放心吧。"

"我只是在你们都变坏的时候会不放心。老爷子就从来不会变坏。"

"你真的这么认为吗？"

"我是说你和金·克的那种坏。甚至你和威利在一起的时候你们两个也会变坏。"

第四章

  我走出去看了看天气。丘卢岭上方的云慢慢地积了起来，山肩上方依旧晴好。我看着天空的时候，感觉听到了飞机声。然后我就确定是飞机来了，叫人把猎车开出来。玛丽从帐篷里走出来，我们登上猎车，开出营地，开上两旁长满了新绿色草地的汽车道，朝着飞机跑道开去。汽车道上的猎物或急或徐地跑着给我们让出道路。飞机在营地上空轰鸣着盘旋了一阵，然后开始降落。这架飞机的机身是银色和蓝色相间的，看起来很清亮，漂亮的机翼闪着光，巨大的副翼已经放了下来。我们和飞机几乎并排前行了一会儿，蓝色的螺旋桨就超过了我们，威利在舷窗里面朝我们微笑着，接着飞机如同一只仙鹤一般轻盈落地，在跑道上滑行着朝我们开来。

  威利打开机舱的门，笑着对我们说："伙计们，你们好啊。"他的目光寻到玛丽，对她说："打到那头狮子了吗，玛丽小姐？"

  他说话的声音活跃而抑扬顿挫，干脆利落得像一名了不起的拳击手在挥动拳头时能够做到丝毫不拖泥带水。他的声音确实悦耳亲切，但是我知道，他说起最狠毒的话时也能做到话音不改。

"我杀不死它，威利，"玛丽小姐冲他喊着，"它还没来过这里呢。"

"真是可惜，"威利说，"我有几样零碎的东西要搬出来，恩古伊可以帮我一下。有好多都是你的信呢，玛丽小姐。爸爸也有几张账单。这是信。"

他把一个马尼拉纸做的大信封扔给我，我接住了它。

"很高兴看到你们还保持着一些基本的反应能力，"威利说，"金·克让我给你们带个好。他就要过来了。"

我把信件递给玛丽，我们开始把包裹和箱子从飞机上搬下来，装进猎车里。

"你最好别做剧烈的体力运动，爸爸，"威利说，"别累着自己。想着我们还有大项目留给你做呢。"

"我听说已经取消了啊。"

"我觉得还没有，"威利说，"不过我是不会花钱去看的。"

"你和威利在一起的时候都不正经。"玛丽说。

"我们去营地吧。"她对威利说。

"来了，玛丽小姐。"威利说。这时他下了飞机。他身上穿着挽起袖子的白衬衫和蓝色哔叽短裤，脚上穿着低帮粗革皮鞋，抓着玛丽小姐的手时他的脸上带着亲切的笑容。他长得英俊帅气，眼神中总是透着喜悦，脸晒成了褐色，显色阳光而有活力，他的发色很深，有点害羞，但是绝不笨拙。他是我所认识的最落落大方、举止得体的人。他有着一个优秀飞行员该有的稳健，而且他很谦逊。他在他所钟爱的国土上做着他所钟爱的事。

我俩之间除了飞机和飞行之外，其他问题一概不问。其他事情我们应该都了解。我觉得他应该是出生在肯尼亚的，因为他的斯瓦希里语讲得很好，而且对非洲人温和而充满同情心。但是我从没想问过他是在哪儿出生的，我只知道他在很小的时候就在非洲了。

为了不扬起灰尘，我们把猎车慢慢开进营地，在我们的帐篷和伙计营房之间的大树下，我们下了车。玛丽小姐去找厨子姆贝比亚，让他马上做饭。威利和我则去了用餐帐篷。我打开一瓶啤酒，给我和威利的杯子倒满。这瓶啤酒一直装在挂在树上的帆布袋里，所以还很凉。

"到底是什么情况，爸爸？"威利问。我把实情讲给他听。

"我看见他了，"威利说，"老阿拉普·梅纳好像曾经差点逮到他。他看起来确实有点像茅茅分子，爸爸。"

"反正我们也要去看看他的村子。也许他真的有个村子，也许他们真的吃了大象的苦头。"

"我们也要看看究竟有没有大象在闹事。这样可以节省时间，如果没有，我们就此把那个人扔下飞机，然后大致看看茅茅分子的活动迹象。我会带上恩古伊。如果真有大象，我们就要解决一下这件事。梅纳对这一整片区域都很了解，他、恩古伊和我会完成这件事的，我得事先侦察一下。"

第四章

"听起来都很可靠,"威利说,"为了这片区域的安宁,你们这些家伙没少费劲呢。玛丽小姐来了。"

玛丽小姐高兴地走进来,因为我们马上要大吃一顿了。

"一会儿我们要吃瞪羚羊排、土豆泥和沙拉。马上就做好了。还有一个惊喜哦。威利,谢谢你弄来了金巴利酒。我现在就去喝一杯,你要不要喝?"

"不用了,谢谢,玛丽小姐。爸爸和我在喝啤酒。"

"威利,我真希望能和你一起走。但是无论如何我得先把购物清单列出来,把支票和信写好,等我杀死那头狮子,我就和你一起飞到内罗毕买圣诞节用的东西。"

"你现在的打猎技术一定很好,玛丽小姐。从裹在粗布里挂起来的好肉就能看出来。"

"我们给你留了一块后座,我让他们慢慢移动它挂着的位置,好让它一整天都处在阴凉里,然后在你走之前包好。"

"村里一切都还好吗,爸爸?"威利问。

"我岳父① 得了一种胸腹综合疾病,"我说,"我一直用斯隆擦剂帮他治疗,第一次用药时他真有点受不了呢。"

"恩古伊告诉他这是爸爸宗教信仰的一部分,"玛丽说,"他们的宗教信仰现在都一样了,而且几乎到了可怕的程度。他们十一点的时候会喝啤酒吃腌鱼,并解释说这是自己宗教信仰的一部分。我希望你能留在这里,威利,告诉我到底怎么回事。

---

① 指黛芭的父亲。

他们还有讨厌的口号和可怕的秘密。"

"这就像是万能的吉奇神和众神的关系，"我对威利解释说，"我们保留了其他各个宗派和部族的法规习俗中最好的部分，但是我们把它们整合成一种我们都相信的宗教。玛丽小姐是从北部边界的明尼苏达州来的，在我们结婚前从没去过落基山。所以她对宗教的理解是有缺陷的。"

"除了那些穆斯林，爸爸已经让所有人开始信奉他的吉奇神了，"玛丽说，"吉奇神是我见过的最坏的角色之一。我知道这种宗教是爸爸编造出来的，每天都搞得更加复杂。和他一伙的还有恩古伊他们。但是吉奇神有时候也会把我吓到。"

"我试着制服他，威利，"我说，"但是总是让他跑掉。"

"他对飞机有什么看法？"威利问。

"当着玛丽的面我可不能把这个招出来，"我说，"等我们坐上飞机我再告诉你吧。"

"有什么要我帮忙的，玛丽小姐，只管放心的交给我吧。"威利说。

"我只希望你能留下来，或者金·克或帕先生能在这里，"玛丽说，"我从来都没见过新宗教的诞生，这事让我怪紧张的。"

"你一定是营房之间的白皮肤女神，玛丽小姐。到哪儿都该有个白皮肤女神，不是吗？"

"我可不觉得我是什么白皮肤女神。据我所知，他们的信仰里最基本的一条就是我和爸爸都不是白人。"

"幸好他们及时相信了这一条。"

"据我理解，我们容忍白人，希望与他们和睦相处。但是他们必须满足我们的条件，也就是爸爸、恩古伊和姆休卡的条件。这是爸爸所信奉的宗教，历史可悠久了。现在他们这帮人正设法让这宗教适应坎巴族人的风俗和惯例呢。"

"我以前从来没做过传教士，威利，"我说，"这真是一件振奋人心的事。对我来说很幸运的是，我们这里有基博峰，这简直是风河山脉一座小山的翻版，我就是在那里第一次接触了这个宗教并且有了最初的构想。"

"我们在学校学得少，"威利说，"你能给我讲讲风河山脉吗，爸爸？"

"我们把它称为喜马拉雅之父，"我谨慎地解释道，"它主要的次级山脉和去年夏巴人坦星带着那个新西兰养蜂人登顶的山差不多一样高。"

"他们登顶的不会是珠穆朗玛峰吧？"威利问，"这件事在《东非标准报》上面提到了。"

"正是珠穆朗玛峰。昨天晚上我们在村里传教，一整天我都在想这座山的名字。"

"那位老养蜂人在离家那么远的地方跟着人到了这么高的海拔，这可是一场很精彩的好戏啊，"威利说，"这事是怎么发生的呢，爸爸？"

"没人知道，"我说，"他们都讳莫如深。"

"我一直最敬佩的就是山里人了，"威利说，"没人能从他们嘴里套出一个词来。他们的嘴很严,像极了老金·克或者是爸爸你自己。"

"也和我们一样沉着。"我说。

"像我们每个人,"威利说,"我们可以吃饭了吗,玛丽小姐?爸爸和我还要出去四处转转呢。"

"把吃的拿来。"

"好的,女主人。"

我们坐上飞机沿着大山一侧飞行,我们看着下面的森林,林间空地,起伏的地面,河流旁边松软的土地,看着从空中望去显得肥胖的斑马小小的身躯在后面追着我们跑,然后飞机调转方向,开始沿着公路上方飞行,这样坐在威利旁边的我们的客人就能看着他前方的公路和村庄辨别方向了。那条路从我们身后的沼泽地伸出来,我们沿着它朝那个人的村子的方向开去。现在,那个人可以看到村子里的交叉路口、商店、燃油泵、主路两旁种的树和其他通往警署的白色建筑和高高的铁丝网的树,我们可以看到警署的旗杆,上面的旗子正随风飘扬着。

"你的村子在哪儿?"我在他的耳边说。他指了指,威利调转方向,我们驶过警署,提升了飞行高度,沿着大山的一侧飞行,一路上我们看到了很多林间空地、锥形房子和红褐色的土地上长出的一片片绿生生的玉米地。

"你能看见你的村子吗?"

"是的。"他指了指。

然后他的村子赫然呈现在我们眼前,环顾望去,村里的植被都绿油油的，长得很旺盛，灌溉得也很好。

"没有大象。"恩古伊在我耳边低声说。

"没有大象的踪迹？"

"没有。"

"你确定这是你的村子吗？"威利问那个人。

"确定。"他说。

"爸爸，我看这村子很好啊。"威利回头冲我喊道。"我们再看一眼吧。"

"这次稳稳地开慢点。"

我们又一次在田地上方呼啸而过，但是这次速度更慢，距离更近，仿佛这些田地就在附近徘徊。没有被破坏的迹象，也没有大象的踪迹。

"不用在空中停留。"

"我正往前飞呢，爸爸。想不想看一看村子的另一边？"

"看看吧。"

这一次，田地缓缓地呈现在我们眼前，像一张图案规整的圆盘由一位动作娴熟轻缓的仆人轻轻端起来供我们检验。没有被破坏的迹象，也没有大象的踪迹。我们快速抬升高度，调转方向，以便我们能把这个村子和其他村子做个对比。

"你非常确定那是你的村子吗？"我问那个人。

"是的。"他这么说让人不得不敬佩。

我们谁都没说话。恩古伊面无表情。他眼睛望着舷窗外，把右手手指慢慢划过自己的喉咙。

"我们不如别管这事了,回家去吧。"我说。

恩古伊把手放在飞机的一侧,做了一个抓住门把手的动作,然后又做了一个扭开门把手的动作。我摇摇头,他笑了。

我们在草地上着陆,滑行到风向袋那里,猎车正停在那里等我们。那个人先下了飞机,没人和他说话。

"你看着他,恩古伊。"我说。

我走到阿拉普·梅纳那里,把他拉到一边。

"怎么了。"他说。

"他可能渴了,"我说,"给他点茶喝。"

我和威利坐着猎车到了营地的帐篷那里。我们坐在前面,阿拉普·梅纳和我们的客人坐在后面。恩古伊拿着我的点三〇-〇六步枪留下来看守飞机。

"似乎有点难办,"威利说,"你什么时候决定的,爸爸?"

"你是说那件关于万有引力定律的事?我们出来前就决定了。"

"你想得很周到。这对那伙人可不是一件好事。把我都放在局外了。你觉得玛丽小姐会想在今天下午坐飞机吗?那样的话我们就都在天上,为了履行你的职责而来一次既有趣味又有意义的飞行,在我离开之前,我们都会在飞机上。"

"玛丽想坐飞机。"

"我们可以俯瞰丘卢岭,查看一下野牛和其他野兽的情况。金·克可能会有兴趣知道大象到底在哪里。"

"我们还要带上恩古伊。他已经喜欢上飞行了。"

"恩古伊是你这个宗教里地位很高的人物吗?"

"有一次,他的父亲看见我变成了一条蛇。没有人知道是哪种蛇,也没人见过。这事在我们宗教界可是颇有些影响的。"

"那是自然,爸爸。那个奇迹发生的时候你和恩古伊的父亲喝的是什么?"

"只不过是塔斯克啤酒和一些戈登杜松子酒而已。"

"你不记得那是哪种蛇吗?"

"我怎么能知道。那是恩古伊的父亲看到的情景。"

"我们现在只能希望恩古伊把飞机看好,"威利说,"我可不希望它变成一群狒狒。"

玛丽小姐很想坐飞机。她看见客人坐在猎车的后面就大松了一口气。

"他的村子被毁了吗,爸爸?"她问道,"你要去那里吗?"

"不用,没有损毁,我们不用去。"

"那他怎么回去呢?"

"我想他得搭顺风车回去了。"

我们喝了些茶,我拿了一瓶金巴利酒和一瓶掺了苏打的戈登杜松子酒。

"这种异国情调的生活太迷人了,"威利说,"真希望我能加入。那玩意儿口感怎么样,玛丽小姐?"

"棒极了,威利。"

"我要留点等我老了再喝。告诉我,玛丽小姐,你见过爸爸变成蛇吗?"

"没有，威利，我保证。"

"都让我们给错过了，"威利说，"你想飞到哪里去呢，玛丽小姐？"

"丘卢岭。"

于是我们向丘卢岭飞去。途中经过了狮子山，穿过玛丽小姐的秘密沙漠，接着飞到大沼泽地的上空，那里的野鸟和野鸭飞来飞去，那些阻挡我们进入大沼泽的危险地区也赫然出现在眼前，这样，我和恩古伊就明白了我们做出的错误决定，制定出另一条新的路线。紧接着我们飞到了远处的一片平原上方，平原上有成群的大羚羊，它们身上呈鸽灰色，有白色的条纹和螺旋状的羚角。公羚羊从母羚羊身边跑开时步态沉重，想做优雅状却表现得很笨拙，母羚羊则看起来像牛一样。

"希望这次飞行不是太无聊，玛丽小姐，"威利说，"我尽可能地不打扰金·克和爸爸的猎物，只看了看它们的位置。我不想把猎物吓跑，也不想打扰你的狮子。"

"这次飞行很愉快，威利。"

然后威利就走了。飞机先在卡车道上轰鸣着朝我们滑行了一段，鹤腿般向四处延伸的起落架轻轻颤动着收拢起来，把我们脚下的草都吹动了。飞机飞了起来，猛调了个头，飞上航道，这个动作让我们心头一紧，这时他已经消失在午后的阳光中了。

"谢谢你带我来，"我们目送着威利直到他的飞机消失时，玛丽这样说，"我们走吧，做一对好爱人、好朋友，也因为非洲的存在而爱它吧。再没什么比非洲更让我钟爱的地方了。"

"我也是。"

夜里，我俩一起躺在大帆布床上，外面燃着篝火，树上挂着一盏灯笼。我把它挂在树上是为了让光线明亮些，以备射击。玛丽并不担心，但是我担心。帐篷四周尽是绊网和诡雷，我们好像就在一片蜘蛛网中间一样。我们紧紧地靠着躺在一起，她说："在飞机里的时候多有意思啊。"

"是啊，威利飞得很稳，而且他也很担心那些猎物。"

"但是他起飞的时候吓到我了。"

"他只是很自傲于那架飞机的性能，而且你要知道飞机没有运什么东西。"

"我们忘了给他肉了。"

"没有，姆休卡把肉带过去了。"

"希望这次肉不会坏。他这么开心，这么和善，一定有一位很可爱的妻子。假如一个人的妻子不好，那么这件事在他身上体现出来的速度比什么都快。"

"那丈夫不好呢？"

"也能表现出来。但有时会慢很多，因为女人更勇敢，更忠诚。幸福的大猫，明天我们能不能过一天正常日子呢，别再有这些神秘可恶的事了。"

"什么样的才算正常日子？"我看着外面的火光和灯笼里安静的光问道。

"喔，那头狮子。"

"那头善良正常的好狮子。不知道它今晚在哪儿。"

"我们睡觉吧,希望它和我们一样幸福。"

"你知道,它给我的感觉从来都不是那种真正幸福的类型。"

说完她就真的睡着了,呼吸轻柔。我把枕头折成又硬又厚的两层,这样我就能把帐篷敞开的门外的情况看得更清楚了。夜晚的一切声响都很正常,我知道周围没人,过一会儿玛丽为了睡得舒服就会需要更大的空间,她会迷迷糊糊地走到自己的床边躺上去,她的床早已经放好,也挂上了蚊帐。等我知道她睡熟后,我就会穿上一件毛衣、一双防蚊靴和沉重的睡袍,升起火堆,在旁边坐下来守夜。

我面对着很多实际问题,但是,在火光中、夜色下、星光中,这些问题在我眼中也变得不再那么严峻了。但是我还是在为一些事担心,为了不想它们,我去了用餐帐篷,倒了四分之一杯威士忌酒,往杯子里加上水,带回篝火旁。我在篝火旁一边喝着酒一边感到很孤单。因为老爷子不在,我们曾那么多次一起在篝火旁坐着,我希望我能和他在一起,听他说话。我们的营地里东西很多,完全会有人对营地发起一次全方位的洗劫,金·克和我都确信拉伊托奇托克和它周边的地区有很多茅茅分子。两个多月前他就给了我们这样的信号,结果有人告诉他这不可能。我相信恩古伊说的坎巴茅茅分子不会来我们这个方向。我觉得茅茅分子的问题还算是最好解决的。很显然茅茅分子在马塞人中间派了传教士,而且正组织在乞力马扎罗山伐木的吉库尤人。但是我们不知道他们有没有军事组织。我并未获得警察授权,只是个代理巡猎员,我很确信如果我卷入这场麻烦,

第四章

不会有多少人支持我，但有可能这个想法也是错的。我的工作有点和以前受委派在美国西部组织一支武装团队类似。

早餐后金·克来到我们面前，他用贝雷帽遮着一只眼睛。他的娃娃脸上蒙了一层灰尘，显得灰蒙蒙又红彤彤。他的人手坐在越野车后面，看起来和往常一样，训练有素、气势凶残而神采奕奕。

"早上好，将军，"他说，"你的装甲部队呢？"

"先生，"我说，"他们正在掩护我们的主力呢。我们的主力就在这儿。"

"我猜主力就是玛丽小姐吧？你没有尽力把所有问题都想清楚吧？"

"你才是看起来有点让战斗累坏了。"

"实际上我累得快吐血了。但是我也带来了些好消息。我们在拉伊托奇托克的那些家伙终于马上要落网了。"

"你有什么吩咐吗，金·克雷兹德？"

"继续训练就好，将军。我们要喝点凉的，我必须见玛丽小姐一面，然后就走。"

"你们开了一夜车吗？"

"我不记得了。玛丽能马上就过来吗？"

"我去叫她。"

"她现在射击怎么样？"

"天知道。"我虔诚地说。

"我们最好设定一个短代号，"金·克说，"要是他们按照自己的常理出牌，我就给你发一个货物已收到的信号。"

"如果他们在这里出现，我也会给你发一个同样的信号。"

"我觉得如果他们朝这边过来我会打听到的，"这时蚊帐掀开了，他说，"玛丽小姐，你看起来不错啊。"

"噢，"她说，"我太喜欢春天了，我对它绝对是柏拉图式的爱。"

"女主人，我是说，玛丽小姐，"他向她鞠了一躬，"谢谢你检阅我们的军队。你是他们的荣誉上校，知道吗，我敢说他们都觉得很荣幸。那么，你能不能坐在副驾驶座上呢？"

"你也在喝酒吗？"

"是的，玛丽小姐，"金·克严肃地说，"我再加一句，关于你对'巡猎员春天'承诺的爱意，不会有人指控你种族通婚的。区长也不会知道这件事。"

"你俩都喝酒了，在拿我开玩笑。"

"不，"我说，"我们都爱你。"

"但你们还是在喝酒，"玛丽小姐说，"我能给你们弄点什么下酒的吗？"

"来点塔斯克啤酒，再弄一顿精致的早餐，"金·克说，"同意吗，将军？"

"我会出去的，"玛丽小姐说，"假如你们想谈论一些秘密，或想痛痛快快喝一会儿啤酒。"

"亲爱的，"我说，"我知道以前打仗的时候，指挥作战的人总是在打仗前把所有的事都告诉你。但是这次有很多事是金·克没有告诉我的。而且我敢肯定有人也不会提前很长时间把情况告诉金·克。另外，当你驻扎在可能的敌营的中心时，人们也不会把所有的情况都告诉你。难道你想在对我们的战争部署都了解的情况下一个人四处走动吗？"

"没人让我自己四处走动过，总是有人照看着我，好像我很无能，会迷路或受伤一样。不管怎么说我很受不了你们说的话，你们都玩神秘，玩危险。其实你只不过是一个早晨起来喝啤酒的人罢了，你把金·克的习惯也带坏了。你们这些人的纪律性真是让人脸红，我曾见过你手下的四个人明显喝了一晚上酒。我看见他们哈哈大笑，开着玩笑，而且酒还没醒。有时候你们也挺荒谬的。"

帐篷外有人使劲咳嗽了一声。我走出帐篷，看到探子站在外面。他裹着围巾，戴着平顶帽，也喝醉了酒，看起来比以前个子更高、更有威严、更引人注目了。

"兄弟，您的一号探子在此，"他说，"我可以进去给玛丽小姐跪着请个安吗？"

"猎长正在和玛丽小姐谈话，他会直接出来。"

猎长从用餐帐篷走出来，探子向他鞠了一躬。金·克一向快活、慈善的眼睛像猫一样闭上了，这把探子用来自我保护的那层醉意像剥掉洋葱外皮或扯下车前草的皮一般剥了下来。

"镇上有什么消息吗，探子？"我问。

"每个人都很吃惊，您没有沿着主路飞，也没有在空中显示一下大英帝国的威力。"

"你把'威力'这个词拼成了'螨虫'。"金·克说。

"老实说我并没有拼写它,我只不过是发了这个词的音,"探子接着说,"村里人都知道老板是在找搞破坏的大象,没空进行空中表演。那天下午晚些时候,一个受过传教士教育的村主回到村里,他就是和老板一起坐过飞机的那个人,他被大胡子锡克人开的酒吧和杂货铺里的一位小伙计跟踪了。那孩子很聪明,记下了所有和他接触过的人。在村子里或者附近的地区,能够确认的茅茅分子有一百五十到两百人。那个坐过飞机的村主回到村子后不久,阿拉普·梅纳就在村子出现了,和往常一样喝得酩酊大醉,玩忽职守。他不断地谈论着老板,也就是站在我面前的您。他说的话有不少人都相信。他说老板在美国的地位与阿迦汗① 在穆斯林王国中的地位相当,他来非洲是为了履行当初和夫人玛丽小姐许下的一连串的誓言。其中一个誓言是关于玛丽小姐要在圣婴降临日前杀死一头马塞人指认的杀害牲口的狮子。人们都知道,也都相信,如果这件事成功了,那么所有已知的要做的事情就成功了大部分。我已经告知一些方面的人,说这个诺言履行后,老板和我就会乘坐他的一架飞机去麦加。有谣言说,有一个年轻的印度女孩爱猎长已经爱得死去活来。还有谣言说……"

"住口,"金·克说,"你是从哪儿学到跟踪这个词的?"

"我这微薄的薪水允许的时候,我也会去电影院看电影。对

---

① 伊斯兰教伊斯玛仪派尼扎尔支派王朝的世袭称号。

于一个探子来说，在电影里能学到很多东西呢。"

"算了，不追究这件事了，"金·克说，"告诉我，村里人还觉得老板正常吗？"

"恕我直言，两位老板，村里人认为老板疯了，认为这是在继承圣人们最伟大的传统。也有谣言说，如果尊敬的夫人玛丽小姐在圣婴降临日前没能杀死那头作恶多端的狮子，就会自焚。据说这件事已经得到了英国殖民当局的许可，而且人们已经给一些特殊的树做好标记，砍下来，给她的葬礼当火葬柴用。两位老板都知道，那些树是马塞人做药材的树。据说所有的部族都会被邀请去参加那次葬礼，葬礼过后会举行一次大型的恩戈麦鼓会，要持续一周呢，然后老板就会娶一位坎巴族姑娘为妻，人都已经选好了。"

"镇上没别的消息了吗？"

"差不多没了，"探子谦逊地说，"有些人谈论了屠杀豹子的仪式。"

"你可以走了。"金·克对探子说。探子鞠了一躬，退回到一棵树的树荫下。

"这么说来，欧内，"金·克说，"玛丽小姐最好毫无差错地把那头狮子杀死。"

"是啊，"我说，"我这样想已经有一段时间了。"

"怪不得她有点爱发脾气呢。"

"是啊。"

"你现在好像离我们这些白人越来越远了，这事现在已经无关乎帝国或者白人的尊严了，而是相当程度上变成了你们个人的问题。你的那个武器供应商为了不被绞死，把他的五百发没有武器许可证的子弹交到了我们手里。要是在自焚那天把这五百发子弹放在火葬柴里烧掉一定会引起不小的动静。可惜我不知道自焚的流程。"

"我会问辛先生的。"

"这会给玛丽小姐增加点热量的。"金·克说。

"我知道自焚都是这样。"

"让她杀死那头狮子，但是要调整好她的心态，方法要得当，还要让狮子自信些。"

"计划正是这样的。"

我对金·克的手下说了几句话，开了几句玩笑后，他们就走了。为了不扬起灰尘，走的时候他们把车开得离营地很远。凯蒂和我谈了谈营地和目前的状况，他看起来神采奕奕，所以我知道一切都还正常。他在露水刚降下来不久去河边和公路旁看了一下，没发现人的踪迹。他还让恩古伊去巡视了一大圈，一直走到飞机跑道那边的草场，也没发现什么。这几个村子都没有人来过。

"他们会以为我是个大大咧咧的傻瓜，因为我的人连着两晚去喝酒，"他说，"但是我让他们说我发烧了。老板，你今天必须睡一觉。"

"我会的。但是我现在必须去看看女主人想做什么。"

来到营地，我发现玛丽在最大的那棵树下，坐在她的椅子里，写着日记。她抬头看看我，笑了，我很高兴。

"对不起，我发了脾气，"她说，"金·克跟我讲了一点你遇到的麻烦。我只是很抱歉那些事情发生在圣诞节的时候。"

"我也是。你已经忍耐了很多，我想让你玩得开心些。"

"我现在就玩得很开心。这个上午太美妙了，我过得很开心，我观察着那些鸟儿，辨别着它们的种类。你看见那只漂亮的金丝雀了吗？只要看看鸟我就很高兴了。"

营地里很安静，人们都已经恢复到了正常的生活。玛丽小姐觉得她从来不被允许独自去打猎，我为此而感到难过，而且我早就明白了白人猎手报酬这么丰厚的原因，也明白了他们为什么会把营地换到可以对雇主进行有效保护的地方去。我知道老爷子绝不会允许玛丽小姐在这儿打猎，也不会允许有人胡来。但是我不会忘记女人几乎总是会爱上她们的白人猎手，我希望会有些不一样的事发生，好让我成为我的雇主眼中的英雄，因此我的合法妻子会像仰慕一位猎手一样仰慕我，而不是把我当成一个不花钱还很烦人的保镖。但是这样的情形在真实生活中出现的频率并不高，一旦出现，也会很快过去，因为你不能允许这种事情的恶化，所以雇主就会觉得这种事情很好处理。看来我被责骂是再自然不过的事，我的这种表现一点都不像白人猎手那样讨女人喜欢。

我在大树阴凉下的椅子上睡着了，当我醒来时，云已经从丘卢岭那边漫了过来，山的一侧黑压压的一片。这时虽然还有太阳，但是你可以感觉到大风就要刮过来了，然后就会下雨。

我冲姆温迪和凯蒂大喊，每个人都忙活起来，有的把固定帐篷绳子的桩砸实，有的调整帐篷绳子的松紧，有的挖排水沟。这时雨下了起来，像一块敦实的白色幕帐，横扫平原和森林，这块幕帐变成一块破碎的雨帘。这场雨着实不小，伴随着怒号的狂风。有那么一会儿，我们睡觉的帐篷眼看就要被风刮走了，我们在迎风的一面打下了很多桩子才保住了它。后来风的怒号声不再那么厉害了，雨也很平稳地下起来。这场雨下了一整夜，第二天几乎也没停。

下雨的第一天晚上，一位当地的警察来到营地，带来了金·克的口信："货物已经通过了。"这位民兵身上是湿的，他是从停着一辆卡车的公路那边走过来的，水太深了，车开不过来。

也不知道金·克是怎么这么快得到消息又传回来的。这消息一定是他碰到的一个侦察员告诉他的，他又托了一辆印度卡车把这消息传回来。当时没有什么其他问题，所以我穿起雨衣，走进瓢泼大雨中，踏着松软的泥浆，绕过雨水在地上流成的小河和积成的水潭，走到伙计营房，把这件事告诉了凯蒂。消息来得这么快，他很是吃惊，同时也很高兴，因为警报解除了。要是没有这个消息传来，在雨中继续操练就会是很大的一个问题。我向凯蒂交待说，如果阿拉普·梅纳来这里，就让他睡在用餐帐篷里。凯蒂说，阿拉普·梅纳才没那么傻，他不会现在出现在这里，在雨中坐在篝火旁边守夜。

然而，阿拉普·梅纳最终还是出现了。他浑身湿透，是在

第四章　109

暴风雨最强烈的时候从村里一路走过来的。我给了他点酒喝，问他愿不愿意留在这里，换上干衣服，睡在用餐帐篷里。他说他最好还是回村里去，他在那儿有干衣服，而且这雨还要下一天，也有可能再下两天，所以他最好还是待在村子里。我问他有没有看到下雨前的征兆，他说没有，而且其他人也都没有，如果他们说看到了，也是骗人的。整整一周，天看起来都像是要下雨，结果这场雨毫无征兆地下起来了。我给他一件我的旧衣服让他贴身穿着，又给了他一件短的防水滑雪上衣，还在他的后兜里放了两瓶啤酒。他喝了一小口酒，然后就动身了。他是个很好的人，真希望我刚出生时就能认识他，也希望我们能在一起生活。如果真是这样，那么我们的生活在某些地方就一定会很神奇，我这样想了一会儿，觉得很高兴。

　　我们都经历了太多舒服的天气，所以很难忍受天气异常。那些老人们比年轻人更忍受不了下雨天。而且他们是穆斯林，不能饮酒，所以他们浑身湿透的时候你也不能给他们喝点酒暖暖身子。

　　人们一直在讨论，这场雨会不会也降到马查科斯地区的那些部族的领地上，一般人都认为不会。但是这雨一直不停地下了一整夜，人们都欢欣雀跃起来，相信北部也在下雨。用餐帐篷外面的雨声很大，让人心里很痛快。我一边喝着点小酒，一边读了点东西，什么都不用担心。一切都已经不在我的控制范围之内了，我一直是这样，喜欢那种无责任一身轻的感觉，不用去猎杀、追逐、护卫、密谋、防守或者参与，而且我很喜欢有读书的机会。书袋里的书我们已经读了不少，但是那些必读的书有些地方还是没能读懂，还有二十册西默农①的法语书没读过。在非洲驻营如果被大雨困在帐篷里，读西默农的书是再好不过的了，有了它们，雨下得再久我也不在乎。每五本西默农的书可能有三本是好书，但是下雨的时候，痴迷于西默农作品的人连他的坏书也会读，我也会开始读他的书，标记出好坏；他的书并没有中间档次。我会把他的几本书分类，跳过几页，开始高兴地阅读，把我所有的问题转嫁给麦格雷特，在他遇到蠢事或者在奥菲甫河堤②漫步时，我为他哀声叹息，读到他对法国人真正的睿智的理解时，我会痛快不已。这种理解只有他自己国家的国民才会有。法国人由于受禁于某条晦涩的规定，不能通过"没日没夜被迫工作的痛苦"来认识自己。

玛丽小姐看到雨丝毫没有减小，似乎就对雨能停下来不抱什么希望了。她没有继续写信，而是在读一些有意思的东西。她读的是马基雅维利的《君主论》。真不知道如果雨下个三四天会变成什么情况。如果我每读几本书、几页纸或几个章节就停下来思考一下，那么我手头的这些西默农的书够我读一个月了。如果雨一直下，我觉得我每读一个段落就能停下来思考，思考的不是西默农，而是其他东西。这样，即便没有酒喝，只能抽

---

① 乔治·西默农（1903—1989），比利时法语小说家，作品主要是侦探小说，他被誉为法国最杰出、最受舆论赞赏的作家之一，他所创造的探长角色麦格雷特，也是推理史上不朽的名侦探。
② 巴黎塞纳河边的一处河堤。

阿拉普·梅纳的鼻烟，或者只能尝试着喝我们所认识的那些产药材的树木和植物酿出的各种啤酒，我也能轻轻松松地度过一个月，而且过得很有意义。看着正在静静读书的玛丽小姐，她的态度是很具典范性的，她的脸很美丽，我心想，一个青春期刚过不久便与以下一系列的东西相伴的人会有什么样的遭遇：每日泛滥成灾的新闻；芝加哥社会生活的问题；欧洲文明的毁灭；对大城市的狂轰滥炸；对其他大城市进行报复式轰炸的人的秘密；仅靠一些止痛药膏缓解痛苦的婚姻中大大小小的灾难、问题和不计其数的伤痛；治疗牛痘的原始手段；一系列更新、更细微的暴力事件搅作一团；场景的变换；知识的拓展；以及对不同的艺术、地域、人群、野兽和感觉的探索。要是这场雨下六周，这对她来说意味着什么。但是接着我又想起了她有多优秀、多勇敢，多年来忍受了多少事，我就觉得她会比我做得更好。正想着这些，我看到她放下书，起身从钩子上取下雨衣，穿上雨衣，戴上软帽，走进倾泻而下的大雨中去视察她的部队。

　　我早晨已经看过他们了，他们觉得不舒服，但是还算愉快。这些人都有帐篷住，有锄头和铲子用来掘沟，而且他们以前也见过、经历过下雨。如果我待在帐篷里，尽量试着不被雨淋到，我似乎是不愿意让穿着雨衣和高筒靴、戴着帽子的人来视察我的生活条件的，尤其是因为他们不能改善我的生活条件，除了确保提供给我当地产的格罗格酒。但是，接着我意识到这种想法是不对的。在旅行中，要想和同伴和睦相处，就不要苛求对方。毕竟，视察部队是她现在能做的唯一一件有意义的事情。

她回来了，拍打着帽子上的雨水，把柏丽雨衣挂在帐篷的支柱上，把靴子脱下来换上干拖鞋。我问她部队的情况。

"他们很好，"她说，"他们给炊火挡雨的方法真是太妙了。"

"他们在雨中有没有立正？"

"行行好吧，"她说，"我只是想看看他们在雨中怎么做饭。"

"你看见了吗？"

"行行好吧，既然下了雨，我们就高高兴兴地享受吧。"

"我一直都在享受。但是我们还是想想这场雨过去后会有多好吧。"

"这对我来说没必要，"她说，"我喜欢不得已的无所事事。我们每天的生活这么激动人心，能被迫停下来品味生活也很不错呢。等雨停下来，我们就会希望品味这种生活的时间能够再长一点了。"

"我们可以看你的日记。你还记得我们在床上读你的日记的情形吗？还记得我们在暴风雪后穿越蒙彼利埃和怀俄明州东端外沿雪地的那次美妙旅行吗？那个时候你开着车，我们在雪地上留下一行行的车辙。一路上我们看着老鹰，还和那艘叫做'黄祸'的蒸汽船赛跑。这些你都记得吗？那个时候你写的日记很有意思。你还记得那头老鹰捉住了一只负鼠，但是因为它太沉，不得不又扔下来吗？"

"那次我一直又累又困。然后我们很早就停下来找了个有台灯的汽车旅馆。现在就更困难了，因为天一亮就要起身，也不能在床上写，必须要到外面写才行。很多我叫不上名字的小虫子就会围在火光周围。要是我知道那些困扰我的小虫子的名字，事情就简单多了。"

"我们得想想像瑟伯① 和乔伊斯② 这样的可怜人，他们最终连自己的东西都看不见了。"

"有时候我也几乎看不清我写的东西，真是感谢上帝没人能看清我写的东西。"

"我们在日记里写了些粗俗的玩笑，因为我们这帮人都爱开粗俗的玩笑。"

"你和金·克开的玩笑实在是太粗俗了，老爷子开的玩笑也挺粗俗。我知道我自己的玩笑也粗俗，但是没有你们这些人那么厉害。"

"有些玩笑在非洲是可以接受的，但是他们不会传扬到非洲以外的地方去，因为外面的人不会理解一个到处是动物的地方是什么样的，这里有食肉动物。从来不了解食肉动物的人不会理解你在说什么。从来不用自己猎肉吃、不了解这些部族、不知道什么是自然情况和正常情况的人也不会理解。我知道我写得很难理解，小猫，但是我会尽量写得清楚明晰。但是很多大部分人理解不了也想不到去做的事是不得不写的。"

"我知道，"玛丽说，"写书的人都是骗子，你怎么能和一个

---

① 詹姆斯·瑟伯（1894—1961），美国幽默作家、漫画家，《纽约客》杂志编辑。
② 詹姆斯·乔伊斯（1882—1941），爱尔兰作家、诗人，代表作有《尤利西斯》。

骗子一争高下呢？你怎么能和一个写自己射杀了一头狮子，把狮子用卡车拉回营地，然后狮子突然复活的人争高低呢？你又怎么能和一个说大鲁阿哈河里都是鳄鱼的人比真实性呢？但是你也没必要这样。"

"是没必要，"我说，"而且我也不会和他们比的。但是你也不能怪那些说谎的人，因为小说家就是天生的谎言家，他们编造的故事来源于自己或别人的知识。我也是个写小说的，所以我也是个谎言家，根据我所知道的和听说的来编造故事。我就是个谎言家。"

"但是你在告诉金·克、老爷子或我一头狮子、豹子或野牛的所作所为时是不会撒谎的。"

"是不会，但那些话是我们私下说的。我的理由是，我编的故事比真实情况更真实。那才是区分好作家和烂作家的标准。如果我用第一人称写，还声称我写的是小说，那么批评家到现在还会试图证明这些事从未在我身上发生过。这和试图证明笛福不是鲁宾逊·克鲁索，所以那是一本坏书一样愚蠢。对不起，我听上去可能像是在高谈阔论。但是我们在下雨天是可以一起高谈阔论的。"

"我喜欢谈论写作和其他你所相信、了解和关心的东西。但是只有下雨天我们才能谈论。"

"我知道，小猫。那是因为我们处在一个奇怪的时间段。"

"真希望以前我与你和老爷子在一起的时候能了解这些事。"

"我以前从来没在这里待过。现在那些日子似乎已经过去了很长时间，但是实际上现在才更有意思。在过去我们不可能像现在这样做朋友和兄弟。老爷子是绝对不会让我这样做的。我和姆科拉做兄弟时一点都不光彩，那是一件需要得到人们容忍的事。现在老爷子会给你讲各种事情，而这些事情他过去从不会给我讲。"

"我知道，他告诉我这些我感到很荣幸。"

"亲爱的，你觉得烦了吗？能看看书，而且也不用被雨淋湿，我觉得十分高兴。你也该去写信了。"

"不，我喜欢我们在一起谈话。我们平时要做那么多有意思的事，完成那么多工作，除了在床上，我们都不会单独在一起，我很想念和你的谈话。在床上的时候我们过得很愉快，你会讲很多我爱听的话。我记得你说过的那些话，也记得我们当时有多开心。但是现在的谈话是不同的。"

外面的雨势丝毫不减，重重地砸在帆布帐篷上。雨声淹没了其他一切声音，它的节拍和韵律也丝毫没有变化。

"劳伦斯试过写这些东西，"我说，"但是我看不懂他写的东西，因为里面有很多故弄玄虚。我从不相信他和一个印度女孩睡过觉，也不相信他碰过什么印度女孩。他是个在印度观光旅游的记者，生性敏感，胸怀仇恨、道理和偏见，而且写得一手好文章。但是他每过一段时间必定会气得不愿意写东西。他很漂亮地完成了一些事情，当他开始有很多理论时，正赶上他发现一些大部分人都不知道的事情。"

"我读他的东西倒是读得很明白，"玛丽小姐说，"但是他写的东西和村子有什么联系吗？我很喜欢你的未婚妻，因为她很像我。如果你另需要一位妻子，那么她会是个很好的人选。但是你不必拿什么作家来证明娶她的合理性。你说的是哪个劳伦斯，戴·赫①还是托·爱②？"

"好吧，"我说，"我觉得你说得很对，我还是读西默农吧。"

"你为什么不去村子里，试着在雨天在那里生活？"

"我喜欢在这里生活。"我说。

"她是个好女孩儿，"玛丽小姐说，"她可能会觉得你下雨天不露面很不绅士。"

"想讲和吗？"

"想。"她说。

"那好。我不再谈关于劳伦斯的桃色轶事和黑色秘密了，我们在雨天待在这里，让村子去见鬼吧。反正我也不觉得劳伦斯有多喜欢那个村子。"

"那他喜欢打猎吗？"

"不喜欢，但这不代表他不好，感谢上帝。"

"那你的女孩就不会喜欢他了。"

---

① 指 D. H. 劳伦斯（1885—1930），20 世纪英国作家，主要成就包括小说、诗歌、戏剧、散文、游记和书信。劳伦斯的作品过多地描写色情，受到过猛烈的抨击和批评。代表作有《查泰莱夫人的情人》《儿子与情人》。

② 指 T. E. 劳伦斯（也称"阿拉伯的劳伦斯"，1888—1935）因在 1916 年至 1918 年的阿拉伯大起义中作为英国联络官的角色而出名。代表作有《智慧七柱》。

第四章

"我觉得也是。但感谢上帝,这也不代表他不好。"

"你以前认识他吗?"

"不认识。只不过有一次下雨,我在西尔维娅·比奇①开在奥岱翁街上的书店外面看到他和他的妻子。他们一边透过窗子往里望一边交谈,但是没有进去。他的妻子是一个穿着粗花呢的健壮女人,而他瘦小的身材外面则罩着一件大外套,脸上留着大胡子,眼睛神采奕奕。他看起来不太舒服,我也不想看着他淋湿。书店里面是温暖祥和的。"

"我想知道他为什么不进去。"

"我也不知道。那个时候人们还没开始和不认识的人说话,更没开始向别人要签名。"

"你是怎么认出他的?"

"店里的炉子后面挂着一幅他的相片。我很喜欢他写的一部叫做《波斯长官》的故事集和一部叫做《儿子与情人》的小说。而且他对意大利也作过很美的描述。"

"所有会写作的人都应该会写意大利的。"

"你说得不错。但是这对意大利人来说都很困难,比别人写起来都更困难。如果哪个意大利人把意大利描写得很好,那他就是个奇迹了。司汤达写米兰写得最好。"

"那天你说所有作家都是疯子,今天你又说他们都是骗子。"

---

① 海明威于1921年底第一次来到巴黎后经人介绍认识的一位朋友,她经营的书店在20世纪20年代是旅欧美国作家经常去买书的地方。

"我说过他们都是疯子吗?"

"是的,你和金·克都这么说过。"

"当时老爷子在吗?"

"在啊,他说所有的猎区监管都是疯子,所有的白人猎手也都是疯子,而白人猎手是被猎区监管、作家和机动车逼疯的。"

"老爷子总是对的。"

"他告诉我别跟你和金·克较真,因为你俩都疯了。"

"我们是疯了,"我说,"但是你不要告诉外人。"

"但是你不会真的认为所有作家都是疯子吧?"

"只有好作家才会疯。"

"但是你还因为那个人写了一本关于你有多疯的书而生气。"

"是的,那是因为他不了解什么是发疯,也不知道发疯能起到什么作用,正如他对写作也一无所知一样。"

"这真的太复杂了。"玛丽小姐说。

"我不会试图作解释。但是我会写一些东西告诉你发疯能起到什么作用。"

于是我坐了一会儿,开始重新读《运河边上的小屋》,想着那些动物会被雨淋湿的事。今天对犀牛来说是个好日子,但是对其他动物,尤其是猫科动物来说,根本算不上什么特殊的日子。困扰那些猎物的东西太多了,下雨对它们来说根本不算什么,只有对那些从没见过雨的猎物来说才算是一件烦心事,而只有在上次下雨之后出生的猎物才没见过雨。也不知道下这么大的雨,那些大型猫科动物会不会出来猎食。它们肯定会的,

第四章

为了生存。这样的雨天猎物一定很容易靠近，只不过狮子、豹子和猎豹这些动物肯定不喜欢在打猎时把身上弄湿。也许猎豹情况稍好，因为它们有点像狗，皮毛很适合潮湿的天气。这场雨还会把蛇洞灌满水，所以蛇会在外面。雨还会引来飞蚁。

想来我们也真够幸运的，这次在非洲的一个地方生活了那么长时间，认识了每一种动物，会识别蛇洞和生活在里面的蛇。我第一次在非洲的时候，为了猎取野兽作为纪念品，我们总是匆匆忙忙地从一个地方搬到另一个地方。那时候，看见一条眼镜蛇，就像在怀俄明州的公路上发现一条响尾蛇一样偶然。现在我们知道了很多眼镜蛇生活的地方。虽然我们仍旧是偶然发现这些地方的，但是它们就在我们生活的区域，之后我们还可以回到这些地方。有一次，我们回这些地方看的时候，不小心杀死了一条蛇。那条蛇生活在特定的地方，在自己的区域猎食，就像我们也在自己的区域猎食一样，只不过那一次它出了自己的区域。是金·克给了我们莫大的特权，让我们了解并居住在这片区域中一个美妙的地方，让我们做一些正事，证明我们在这里的逗留是有意义的。因此，我总是对他怀有深深的感激。

为了纪念品而打野兽的日子对我来说已经是很久远的事了。虽然我现在还是喜欢干净利落地射杀，但是我开枪是为了打食用的猎物和掩护玛丽小姐打狮子，这些猎物是按照规定应该被消灭的野兽，正如人们所知，消灭它们是为了控制会带来危害的动物、食肉动物和害虫。在马加迪，我杀死了一头黑斑羚作为纪念品，又杀死了一头大羚羊用来果腹。后来，因为那头大羚羊的羚角长得很好,所以我也把它当做了纪念品。在马加迪,我还杀死了一头野牛,当时我们食物很短缺,情况紧急,后来我们吃了它的肉。那头野牛的角很值得收藏,于是我们把它们留了下来,纪念我和玛丽渡过的那次小小的难关。现在想起这件事我会觉得很幸福,我知道以后想到这件事我都会觉得很幸福。这类小事是在睡觉前和夜晚醒来时会想到的事,有必要的话,也是在遭遇苦难的时候会想起的事。

"你还记得有野牛的那个早晨吗,小猫?"我问。

她在餐桌对面看了我一眼,说:"别问我那样的事情。我在想狮子的事。"

那天晚上,吃过冰冷的晚餐后,我们早早地上了床,因为玛丽的日记在下午晚些时候已经写过了,所以她就躺在床上,听着雨水砸在拉紧的帆布帐篷上发出的沉重声音。

但是,尽管雨声很平稳,我并没有睡好,醒了两次,被噩梦吓出一身冷汗。最后一个噩梦很吓人,我醒来后就把手伸出蚊帐去摸水壶和方形的酒瓶。把东西拿到床上以后,我就把蚊帐塞回毯子和小床的气垫下面。在黑暗中,我把枕头卷起来,枕着它躺在床上,又找到了香脂缝的小枕头,放在脖子下面。我还摸了摸腿边的手枪和电筒,然后拧开了酒瓶。

帐篷里黑黑的,雨声很大,我喝了一大口杜松子酒,那口感清澈柔和,给刚做完噩梦的我压了压惊。这噩梦很可怕,我以前也做过这样的噩梦。我知道我们在打玛丽小姐的狮子期间是不能喝酒的,但是明天是个雨天,我们是不会去打猎的。由于某种原因今天晚上真是糟透了。我过惯了太多美好的夜晚，还以为我不会再做噩梦了。现在我可算知道了。可能是因为下雨，帐篷封得太严实了，空气不能很好地流通。也可能是我一天没运动的缘故。

我又喝了一大口杜松子酒，这次的口感更好了，更像以前喝过的一种叫"巨人杀手"的烈性酒。我想，这次的噩梦也没什么不一样，我以前还做过更可怕的噩梦。我只知道，我已经再也不会做那种真正的噩梦了，那种梦会让你大汗淋漓，很长时间都缓不过来。现在我只有好梦和不好的梦，大多数情况下我做的是好梦。然后我听到玛丽说："爸爸，你在喝酒吗？"

"嗯，怎么了？"

"我能喝点吗？"

我把酒瓶从蚊帐下面伸出去，她伸出手接过了它。

"你有水吗？"

"有，"我说着，把水也递了过去，"你的床边也放着你的水呢。"

"但是你告诉我做事不要太毛手毛脚，我不想用光把你照醒。"

"可怜的小猫。你还没睡着吗？"

"睡着了，但是我做了特别可怕的梦。太可怕了，我得在早餐后给你讲。"

"我也做了一些不好的梦。"

"给你吉尼酒瓶，"她说，"以防你还会需要它。握紧我的手吧。你还活着,金·克还活着,老爷子也还活着。"

"是啊,我们都还好好的。"

"很感谢你。你也睡觉吧。你不爱别人对吧?我是说白人。"

"不爱,不爱白人,不爱黑人,也不爱通体粉红的人。"

"好好睡一觉吧,亲爱的,"她说,"谢谢你让我在夜里喝到了这么甜美的酒。"

"谢谢你把我的噩梦一扫而光。"

"这是我的责任之一。"她说。

我躺下来,脑子里想事情想了很长时间。我回忆起我们走过的很多地方和经历过的真正困难的时期。我还想道,在这场雨和这些噩梦过去之后,我们的日子会多么的美妙。然后我进入梦乡,并再次由于被噩梦吓出一身汗而惊醒。但是,这一次,我侧耳倾听,听到玛丽轻柔而有规律的呼吸声。于是,我又一次试着让自己进入了梦乡。

第五章

到了早晨，天气很冷，山的上空布满了厚厚的云。风怒号着刮了一阵，雨也一阵一阵地下着，但是连续的暴雨已经过去了。走出帐篷，我去了伙计营房找凯蒂谈话，发现他精神愉悦。他披着雨衣，头上戴了一顶看起来很旧的帽子。他说大概明天之前天气就会变好，我告诉他我们要等女主人起床后再把钉帐篷绳索的柱子敲紧，把湿绳索放松。我们挖的沟渠效果很好，睡觉的帐篷和用餐的帐篷都没湿，他感到很满意。他已经叫人去生火了，一切看上去都好了起来。我告诉他我做了个梦，梦见保留地下了很大的雨。这是个谎话，但是我觉得，如果老爷子那边传来好消息，这个谎话就还算漂亮。要是想预言点什么，最好还是预言比较容易实现的东西。

凯蒂认真地听完我的梦，假装很当真。然后他告诉我他梦见了暴雨一直下到沙漠边缘的塔纳河那里，有六支游猎队伍被挡住了去路，几个星期不能动弹。他是在故意让我的梦显得无足轻重。我知道他已经记住了我的梦，并且还会查验一番，但是我想我应该为我的梦找到支撑,于是我告诉他我们把探子绞死了,这倒是真的。描述这个梦的时候我给他讲了详细的过程:地点、过程、缘由、探子的反应以及我们是如何在事后把他拉出去扔进猎车喂土狼的。

凯蒂把探子视为眼中钉已经很多年了,他很喜欢我的这个梦,但是他的反应很谨慎,他要让我知道他从来没梦见过探子。我知道这很重要,但是我又给他讲了一些我们处死探子的细节。他听了很满意,然后惆怅而义正词严地说:"你可不能做这种事。"

"我不能这么做。但是也许我的梦会这么做。"

"你可不能要巫术。"

"我不要巫术,你见过我伤害什么人吗?"

"我没说你是个巫师,我只是说你不能做巫师,也不能把探子绞死。"

"如果你想救他,我可以把这个梦忘掉。"

"这个梦很好,"凯蒂说,"但是它麻烦惹大了。"

一场大雨过后的这一天很适合传教,因为雨天本身似乎会让人们忘记他们信仰的美好。现在雨已经完全停了,我坐在篝火旁,喝着茶,看着外面的潮湿一片。玛丽小姐还在香甜地睡着,因为没有阳光可以照醒她。姆温迪拿着一壶新泡好的热茶走到篝火旁的桌子边给我倒了一杯。

"真是一场大雨啊,"他说,"现在可算是结束了。"

"姆温迪,"我说,"你知道,马赫迪说过:'自然之法昭示

第五章

我们，天降大雨以应万物之需。有了天雨才会有郁郁葱葱的大地。如果有一段时间不下雨，地表高处的水就会慢慢干涸。由此我们可知，天上的雨和地上的水是相互联系的，而神明对人类理智的昭示作用正如天雨对地水的润泽。'"

"对营地来说这场雨太大了，但是对村子很好。"姆温迪说。

"'正如有了天雨的润泽，地水开始逐渐干涸；人类理智若失去了上天的昭示也会失去它的纯粹与力量。'"

"我怎么知道那是马赫迪说的？"

"问切洛就可以了。"

姆温迪嘴里嘟囔着什么。他知道切洛很虔诚，但并不是个神学者。

"如果要绞死探子，就让警察也参与吧，"姆温迪说，"这是凯蒂让我说的。"

"那只是个梦。"

"梦可以起很强的作用。能像枪一样杀人。"

"那我就把这个梦告诉探子，那样的话这个梦就没有威力了。"

"巫术，"姆温迪说，"很厉害的巫术。"

"不是巫术。"

突然姆温迪中断了我们的谈话，很唐突地问我是不是还要点茶。他把眼光投到营房那里，露出他那看起来如以前的中国人一般的侧影。于是我看到了他想让我看到的——探子来了。

他身上湿湿的，看起来不太高兴。他得体的骑士风度还在，只是被雨打湿了。他见了我马上咳嗽了一声,告诉我他的确是受了风寒,这声咳嗽理所应当。

"早上好,兄弟。您和夫人在下雨的这几天过得好吗?"

"这里只下了一点。"

"兄弟,我现在是个病人了。"

"你发烧了吗?"

"是的。"

他并没有说谎,他的脉搏每分钟跳一百二十次。

"坐下来喝点水,吃一片阿司匹林,一会儿我给你药。然后回家睡一觉。猎车能在公路上开吗?"

"能。去村里的路是沙质的,车可以在池塘边绕着走。"

"村里怎么样?"

"村子里并不需要下雨,因为农田已经灌溉过了。从山那边飘去的冷空气让整个村子都很不好过,连鸡都不好过。和我一起来的还有个女孩,她父亲需要治胸口的药。你认识她的。"

"我会把药送去的。"

"您没去,她很不高兴。"

"我有自己的职责。她好吗?"

"她很好,只是很忧伤。"

"告诉她,我有事的话会去村子的。"

"兄弟,我被绞死的那个梦是怎么回事?"

"这梦是我做的,只不过我不该在吃早餐前让你知道。"

"但是其他人在早餐前已经知道了。"

"你最好别知道，这又不是什么正经的梦。"

"我受不了自己被绞死。"探子说。

"我不会绞死你的。"

"但是其他人会误解我的行为的。"

"只要你不和敌方打交道就不会有人绞死你的。"

"但是我必须不断地和敌方打交道。"

"你明白我的意思。现在你去营火旁边暖和暖和吧，我去弄药。"

"您真是我的兄弟。"

"我不是你的兄弟，"我说，"我是你的朋友。"

他向营火走去，我打开药箱，拿出阿的平、阿司匹林、搽剂、一些硫粉和几块止咳的润喉糖，希望自己能对那个关于巫术的梦做些弥补。但是我能清楚地记起在第三个梦中探子被处决的所有细节，让我对自己的夜间想象力如此丰富而感到十分惭愧。我告诉探子他该吃什么药，该给那女孩的父亲什么药，然后我们一起走到伙计营房，我给了那女孩两罐腌鱼和一玻璃罐硬糖，并让姆休卡开车把他们送回村子后径直回来。她给我带了四个玉米，我跟她说话的时候她从没有抬头看过我一眼，只是像个孩子一样把头靠在我的胸口。她上了车，坐在边上，趁没人看见的时候垂下胳膊，用整只手抓住了我大腿上的肌肉。她在车上的时候我也对她做了同样的事，她依然没有抬头看我。我想，不管那么多了，于是吻了吻她的头顶，她像以前那样放肆地笑了起来，姆休卡也笑了，接着他们的车就开走了。道路是沙质的，上面还有点积水，但是底下很坚固。车穿过道路两旁的树木开远了，没有人回头看一眼。

我告诉恩古伊和切洛，等玛丽小姐醒来后吃完早餐，我们就去北边进行一次例行的巡视，能走多远走多远。他们现在可以在雨后把枪擦干净。我还让他们确保把每一个枪孔里面的油都擦干。天气很冷，刮着风。太阳也被云遮住了身影。但是雨已经不下了，除了可能会有阵雨。每个人都一副公事公办的样子，没有一句废话。

早餐的时候玛丽心情很好。她半夜醒过一次以后一直睡得很好，做的梦也是好的。她的那个不好的梦里是老爷子、金·克和我都被杀了，但是她记不清细节。这消息是别人给她带来的，她觉得有点像是伏击。我本来想问她有没有梦见探子被绞死，但是又觉得那会破坏她的好心情，重要的是她醒来后心情愉悦，对这一天充满期待。在非洲，我卷进了一些我不能理解的事，反正我也是个一文不值的粗人，但是我不想让她也卷进去。她卷进的事已经够多了，她会去营房；学习当地的音乐、鼓乐和歌曲；对每个人都很好、很和善，所以每个人都喜欢她。要是在以前，我知道老爷子肯定不许她这么做，但是过去已经过去了，老爷子知道得比别人都清楚。

吃完早餐，猎车从村子开回来了，我和玛丽就坐着车出去了，车一直开到没有路为止。地干得很快，但是仍然很危险，车轮有时候会打滑，有时候会陷进泥里，但是明天车再开过这些地方就很安全了。在车道已经变得结实坚硬的硬地上情况也是这样。再往北车就开不过去了，因为那里的地面上有湿滑的泥土。

平原上钻出了很多嫩绿的新草，到处可以见到猎物，它们对我们毫不留意。猎物还没有大量地进来，但是我们看到了一串大象的脚印。那是在清晨雨停之后穿过车道的一串脚印，朝着沼泽的方向延伸过去。我们那次在飞机上看到的那串脚印也是这头象的，这家伙脚印很大，即使被地上的湿泥扩散开损坏后，也是很大的。

天气阴冷，风呼呼地刮着，整个平原的车道上和两旁都是鸻科鸟，他们正忙着奔跑进食，飞在天空中的时候，它们的叫声尖锐狂野。鸻科鸟一共有三种，但真正好吃的只有一种。营里的人们都不吃它们，觉得我打它们就是浪费子弹。我知道平原上空飞着的可能还有麻鹬，但是我们可以改天再试着打它们。

"我们可以再走远一点。"我说。"前面有一块很不错的高地，我们可以在那里掉头。"我对玛丽说。

"那就走吧。"

然后，天又开始下雨，我想我们最好找个地方掉头，在我们陷进软泥里之前回到营地。

我们的车开到营地附近，看到营地在一片树木和灰蒙蒙的雾气中呈现祥和的景象。篝火的炊烟袅袅升起，白绿相间的帐篷看上去很舒服，有家的感觉。在开阔的大草原上，沙鸡在小水塘边饮水。我和恩古伊下了车，想抓几只沙鸡吃，玛丽则继续回营地。长满芒刺的低矮草丛中，到处可见沙鸡低头在水塘边喝水的身影。它们向上飞的时候会发出哗啦哗啦的声音，如果你迅速给它们一枪，一般都会有几只中枪。这些沙鸡中等个头，看起来好像是乔装成鹧鸪的圆胖的小沙漠鸽。我很喜欢它们飞起来时怪怪的样子，像是鸽子或者红隼，也很喜欢它们完全飞起来时巧妙地扇动翅膀的样子，它们的翅膀长长的，向后伸展着。旱季的早晨，成群的沙鸡会到水塘边来，我和金·克只会打飞过来的沙鸡中飞得最高的，若是一枪打中不止一只，我们就要付一先令的罚金。但是，像这样把它们赶起来，情况就截然不同了，你听不到沙鸡在空中飞起来时喉咙里发出的咯咯声。而且我也不喜欢在离营地这么近的地方打猎。所以我只打了四对，这至少够我们两个人吃两顿，或者在有人来的时候做一顿好的。

　　游猎队的人都不喜欢吃沙鸡。我也是更喜欢小鸨、小野鸭、鹬和直翅鸻。但是这些沙鸡很好吃，很适合做晚餐。那场雨又停了下来，但是雾气和云团已经降到山脚处了。

　　玛丽正坐在用餐帐篷里，喝着兑了苏打的金巴利酒。

　　"你打得多吗？"

　　"八只。打这些沙鸡有点像在'山冈猎场俱乐部'打鸽子。"

　　"它们飞起来的时候比鸽子快多了。"

　　"我觉得它们像鸽子只是因为它们飞起来的时候会哗啦哗啦作响，还因为它们个头比较小。没有什么比一只真正强壮的赛鸽飞得快了。"

　　"噢，真高兴我们是在这里，而不是在俱乐部打猎。"

"我也是。不知道我还能不能再回俱乐部了。"

"你会的。"

"不知道,"我说,"我觉得可能不会。"

"我不确定还能不能重新回去做的事实在是太多了。"

"真希望我们根本不用回去,真希望我们没有什么财产、属地和责任,真希望我们只有一套游猎装备、一辆好猎车和两辆好卡车。"

"我会是世界上最受欢迎的帐篷女主人。我都知道那会是什么情形。人们会坐着私人飞机过来,飞行员会从飞机里出来,为飞机里的男人开舱门,那男人会说:'我敢打赌你不知道我是谁,我会打赌你不记得我。我是谁?'总有一天有人会说这样的话,我就会跟切洛要来我的步枪,一枪打中那人的眉心。"

"然后切洛可以划他一刀,把他变成穆斯林的合法食物。"

"他们不吃人。"

"坎巴人以前就吃人,正是在你和老爷子所谓的美好的旧时光。"

"你现在就有一部分是坎巴人了。你会吃人吗?"

"不会。"

"你知道我一辈子都没杀过人吗?你记得吗?那时候我想把一切都和你分享,当时我感觉很糟糕,因为我从来没杀过德国兵,每个人都变得非常担心。"

"我记得很清楚。"

"我是不是应该表演一下我杀死那个偷走你的爱的女人时说

的话?"

"那你得给我也倒一杯金巴利酒加苏打。"

"好的,然后我就给你表演了。"

她倒了些金巴利苦味酒,里面加了点戈登杜松子酒,然后用吸虹喷了点苏打水进去。

"这酒是为了感谢你听我的演讲。我知道你已经听了很多次了,但是我还是想说。我说这个对我有好处,你听这个对你也有好处。"

"好的,开始吧。"

"哈哈,"玛丽小姐说,"你觉得你可以做一个比我更好的妻子。哈哈,你觉得你俩才是理想和完美的一对,你比我更适合他。哈哈,你觉得你俩会像天仙一样生活在一起,至少他会得到一个懂得共产主义、精神分析和'爱'这个词真正含义的女人的爱?你懂什么叫爱吗,你这个又脏又丑的老太婆?对于我的丈夫,你了解多少?对于我们俩的共同经历、共同拥有的东西,你又了解多少呢?"

"说得好!说得好!"

"让我继续说。听着,你这个脏兮兮的玩意儿,该长肉的地方不长肉,该瘦一点以显示种族和教养的地方又堆满了肉。听着,你这个女人。我曾经在大约三百四十码开外的地方射杀了一头无辜的公鹿,然后眼都不眨一下地吃了它。我还射杀过一头狷羚和一头和你长得差不多的角马。我还射杀过一头又大又漂亮的大羚羊,它比所有女人都美,它的角比所有男人都壮美,很适合做装饰物。我杀死过的猎物比你遇到过的还多。你给我收起那副对我丈夫的虚伪嘴脸,滚出这个地方,不然我就杀了你。"

"说得太好了,你不会用斯瓦希里语说吧?"

"没必要用斯瓦希里语说,"玛丽小姐说,她每次表演完都有一点拿破仑在奥斯特利茨①的感觉,"这话只是说给白种女人听的,当然不适用于你的未婚妻。如果一个女人只是想做一个辅助性的妻子,那么一个疼爱妻子的好丈夫怎么能没有权利娶她做未婚妻呢?她的地位会很体面的。这些话针对的是那些认为自己比我更能让你幸福的腥臊白种女人。那些自命不凡的女人。"

"你的演讲很精彩,你每讲一次都能讲得更清晰有力。"

"这真的是一个演讲,"玛丽小姐说,"我说的每一个字都是认真的。但是我已经试着不在这些话里加任何尖刻或者粗俗的东西了。希望你不会觉得我说的'虚伪'和玉米②有什么关系。"

"我没有那么想。"

"那就好。她给你带的玉米真的很不错。你觉得我们可以把它们放在篝火的灰烬里烤一次吗?我喜欢那样的做法。"

---

① 奥斯特利茨,捷克斯洛伐克中部一城市,1805年奥斯特利茨战役的地点。奥斯特利茨战役是拿破仑战役的决定性一战,拿破仑统治下的法国以少胜多打败了沙皇亚历山大二世的俄军和弗朗西斯二世的奥地利军队。

② 英语中,虚伪是 mealymouthed,玉米是 mealie,字形相似。

"当然可以。"

"她给你带四根有什么特殊含义吗?"

"没有,两根给你,两根给我。"

"我希望也有人会爱上我,给我带礼物过来。"

"大家每天都给你带礼物,你是知道的。半个营地的人都帮你削牙刷。"

"那倒是真的。我确实有很多牙刷,很多甚至还是从马加迪带来的。但是我很高兴你有这么好的一个未婚妻。希望一切事情都能像山脚下发生的事情一样简单。"

"这里的事情实际上一点都不简单,我们只不过是很幸运而已。"

"我知道。我们必须对彼此好一点才能不辜负这好运气。唉,真希望我的狮子能来,希望我能长高一点,以免到时候看不清它。你知道它对我有多重要吗?"

"我想我知道。每个人都知道。"

"我知道有人觉得我疯了。但是在过去,人们会去寻找圣杯和金羊毛①,也不会有人觉得他们愚蠢。找一头大狮子总比找什么杯子或羊皮更算得上是一件体面、严肃的事吧?我可不在乎它们有多神圣、有多金光闪闪。每个人都有真正想要的东西,我的狮子对我来说意味着一切。我知道你对于寻找狮子这件事

---

① 寻找圣杯是阿瑟王和他的圆桌武士留下的传奇,寻找金羊毛是关于古希腊神话传说中伊阿宋和阿耳戈船英雄的故事。

付出了多大的耐心，也知道大家付出了多大的耐心。但是现在我相信，下过这场雨后我就会遇见它。真等不及到能听到它的吼叫声的晚上了。"

"它的吼叫声很好听，你很快就会见到它了。"

"外人可能永远都不会理解。但是打到狮子就能弥补一切了。"

"我知道。你不会恨它的，是吧？"

"不，我爱它。它是头很好的狮子，很聪明。我不必告诉你我必须要杀掉它的原因。"

"当然不必。"

"老爷子知道。他向我解释过。他也给我讲了那个笨女人的事，说大家帮她打狮子足足打了四十二次。我最好不说这些，因为没人会懂。"

其实我们懂，因为我们一起见过一次第一头大狮子的脚印。那脚印足有一般狮子脚印的两倍大，印在一层薄薄的尘土上，由于刚下过一点雨，泥土只是湿了一点，所以那脚印的大小是真实的。那时候我正给营里的人打狷羚肉吃，我和恩古伊看见那脚印时，用草茎指了指，我都能看见他额头上的汗。我们就在原地等玛丽小姐，她看到那脚印后深吸了一口气。在那之前，她已经见过很多狮子脚印，也见过几次狮子被杀掉，但是那些脚印大得让人难以置信。恩古伊不停地摇头，我也能感觉到我腋窝和胯下的汗。我们像猎犬一样跟着那些脚印，看到它在一条泥泞的水塘边喝过水，然后朝悬崖那边走去了。我从来没有见过那样的脚印，它们在水塘边的泥土上显得更清楚了。

我不知道是不是还要回去找狷羚，因为那样可能会发出枪声而吓得狮子逃出这片区域。但是我们需要狷羚肉，而且这片区域可以打来吃肉的猎物不多，因为食肉动物很多，所以所有猎物都很野。一头斑马要是身上没有被狮子的爪子撕裂的黑色伤疤，我们是杀不死它的，斑马这种动物和沙漠大羚羊一样胆小，所以不好接近。这片区域里都是野牛、犀牛、狮子和豹子，除了金·克和老爷子外没人愿意在这里打猎，连老爷子来这里时也很紧张。金·克很勇敢，最后却勇气尽失，他从不承认危险的存在，最后却开着枪逃了出来。但是老爷子说，他在这片区域打猎一向困难重重。为了躲避在阴凉里都高达一百二十华氏度（约四十九摄氏度）的高温，他都是在晚上打猎，艰难地跋涉在那危机四伏的平原上。这是很多年前的事，那时候金·克还不在这里，东非也还没有汽车。

看到狮子的脚印时我脑子里就想着这件事，后来，当我们开始捕那头狷羚时，我的脑子里想的还是只有这件事。狮子的脚印像烙印一般刻在了我的脑子里，我知道玛丽因为见过其他狮子，所以能想象出这头狮子沿着那条足迹走过来的时候是什么样子。最终我们还是把那头味道鲜美、行动笨拙的长着马脸的黄褐色狷羚打死了。它简直是世界上最无辜的动物，是被玛丽打中头颈连接处一枪毙命的。她这是为了练习枪法，而且打肉吃是必需的，这件事总得有人来做。

坐在帐篷里，我想，这种事对于真正的素食主义者来说该有多受不了，但是每一个吃过肉的人都必须明白，长那肉的动物是被人杀死的。因为玛丽要猎杀动物，又不想让动物受苦，所以她必须进行学习和训练。那些从来没捕过鱼，甚至没吃过沙丁鱼的人，那些看到路上有只蝗虫都会把车停下来的人，还有那些连肉汤都没喝过的人，都不应该谴责那些在白人窃取他们的土地前就打猎用来自己吃肉的人。谁知道胡萝卜、小萝卜、用过的电灯泡、陈旧的留声机唱片或者冬天的苹果树是什么感觉？谁又知道老化的飞机、嚼过的口香糖、烟头或被木蛀虫蛀得千疮百孔的废书是什么感觉呢？我手头的那份猎物部颁发的章程对上述情况均只字未提，也没有关于治疗雅司病①和性病的规定，而这是我职责的一部分。关于被砍下的树枝、尘土和叮人的苍蝇也一概未提，只提了一句关于舌蝇的话：见苍蝇分布区列表。持狩猎执照的猎手根据有效的许可证，在规定的时间内，可以在马塞人领地中的部分区域打猎，那些区域过去是保留地，现在则成了受控制区域。这些猎手手中有一份允许被捕杀的动物的清单，还会缴纳一份纯象征性的费用，过后这费用会交到马塞人手里。而那些过去冒着极大的险在马塞人领土上猎食的坎巴人现在已经被禁止这么做了。巡猎员把坎巴人当成偷猎者一样穷追猛打，而巡猎员大部分也是坎巴人。金·克和玛丽都觉得巡猎员其实不该这么受欢迎。

---

① 雅司病，慢性接触性传染病，雅司螺旋体由外伤处侵入人体而感染，流行于中非、南美、东南亚一些热带地区，偶见于温带。

所有的巡猎员几乎都是来自狩猎的坎巴人中很优秀的战士。但是坎巴人的生活逐渐困难。他们在自己的土地上以传统方式进行耕作，但是因为坎巴人的数量增加了，而土地却没有增加，所以他们也在缩短本该持续一代人时间的休耕期，而且他们的土地和非洲其他地区一样遭到了侵蚀。坎巴族战士参加了英国所有的战役，而马塞人却从没参加过。马塞男人长得很美，所以人们一直娇惯和保护着马塞人，唯恐他们不能再激起在肯尼亚或坦噶尼喀为大英帝国工作的塞辛格人这类同性恋的爱慕。马塞男人长得很美、很富有，曾是很专业的战士，但是现在已经有很长时间不愿意参战了。他们一直有毒瘾，现在又渐渐开始酗酒。

马塞人从不打猎，只是关心自己的牲畜。马塞人和坎巴人之间的矛盾从来都是关于牲畜偷盗的，他们从来不会在捕猎方面产生矛盾。

坎巴人痛恨马塞人是有政府做后台的高调有钱人，也很鄙视马塞人，因为他们的妻子完全不忠，而且几乎都感染了梅毒，也因为他们不会追踪猎物，这是由于苍蝇携带的肮脏传染病毒毁了他们的视力，也是由于他们的矛用过一次后就变弯，最重要的是由于他们只有在吸过毒后才会变得勇敢。

马塞人的战斗通常是只有在毒品的作用下才会出现的大规模疯狂举动，而坎巴人不同，他们崇尚战斗，而且是真正意义上的战斗，但他们都不能维持基本的生活。坎巴人一直有自己的猎手，但是现在他们已经没有地方可以狩猎了。他们喜欢喝酒，但这是部族法规所严格限制的。他们不是酒鬼，喝得大醉是会被严厉惩罚的。肉曾经是他们的主食，但是现在已经不是了，因为他们不再被允许打猎。他们的那些非法猎手很受欢迎，就像走私者在过去的英格兰一样，也像那些在禁酒时期把好酒带到美国的人一样。

很多年前，当我还在那里的时候，情况并没有这么糟糕，但是也没有多好。坎巴人对英国人是完全忠诚的，即使是年轻人和坏男孩也是如此。但是年轻人的心被扰乱了，事情一点都不简单。茅茅分子得不到人们的信任，是因为他们是一个吉库尤组织，而且他们的盟辞让坎巴人很反感。但是他们还是有所渗透。《野生动物保护条例》里面并没有写这些。金·克曾经对我说，如果我有常识的话要用常识，只有蠢人才会给自己惹麻烦。我知道有时候我就是个蠢人，所以我就会尽量小心翼翼地使用我的常识，尽量避免成为蠢人。长期以来，我一直对坎巴人抱有认同感，现在我已经超越了我们之间最后一个重要障碍，所以这种认同感已经是完全的了。实现这种认同只有这种方式，部族之间任何联盟的达成也只有这种方式。

这时候，天下着雨，我知道大家对家人的担心减轻了，如果我们再打到点肉，那么每个人都会很高兴。吃肉会让男人的身体变得强健，即使是老人也相信这一点。营里的老人中，我觉得切洛可能是唯一一个没有性能力的人，但我对此也不确定。这事我可以问恩古伊，他也会告诉我。但是问这样的问题很不合适，而且我和切洛是老朋友了。如果有肉吃，坎巴男人即使到了七十岁也能保持很好的性能力。但是有些肉对男人来说更有益处。我不知道为什么我会开始想这些。从我们第一次看到那头去峡谷峭壁的大狮子的脚印那天，我们捕杀狷羚的时候，我就开始有这些想法，然后这些想法就像一个老人讲的故事一样胡乱展开了。

"我们出去打点肉吃怎么样，玛丽小姐？"

"我们确实需要肉了，不是吗？"

"是的。"

"你在想什么？"

"坎巴人的问题，还有肉。"

"关于坎巴人的不好的问题吗？"

"不是。就是一些平常的问题。"

"很好。那你做了什么决定呢？"

"决定我们需要肉了。"

"嗯，那我们去找肉吗？"

"现在出发很合适，如果你愿意走走路的话。"

"我愿意走路。我们回来的时候可以洗个澡，换身衣服，然后篝火就生起来了。"

我们发现了那群在过河的时候通常都离公路很近的黑斑羚，玛丽打死了一头只有一根角的老公羚。它浑身是肉，体型很好，我清楚地知道我们可以吃它的肉，因为它不会成为猎务部可以当作纪念品的动物，而且既然它被从群体中赶了出来，它就对繁殖不起什么作用了。玛丽很漂亮地给了它的肩膀一枪，那正是她所对准的位置。切洛为她感到很骄傲，因为哪怕是差了百分之一秒，他都绝对不能把那头老公羚变成合法食物了。玛丽的枪法到现在已经完全被认为是神的安排了，由于我们信奉的神不同，所以切洛便把这完全归功于他自己。老爷子、金·克和我都见证了玛丽的枪法达到完美状态，她的射击惊人的精准。现在轮到切洛了。

"女主人打得很好。"切洛说。

"很好，很好。"恩古伊对她说。

"谢谢你们，"玛丽说，"这是第三次了。"她对我说："我现在很高兴，也有自信了。打枪这事真是奇怪，不是吗？"

我想着打枪这事有多么奇怪，忘了回答她。

"杀生是残忍了点，但是营里有肉吃是一件很美好的事情。什么时候肉对大家来说这么重要了？"

"肉一直都很重要。它是最古老也最重要的东西之一。非洲人一直都很喜欢吃肉。但是如果他们像荷兰人在南非那样捕杀猎物，这儿的猎物就光了。"

"但是我们保护猎物是为了这里的本地人吗？我们到底是在为谁保护猎物？"

"是为了这些猎物本身，为了给猎务部赚钱，为了让白人能一直在这里打猎，也为了给马塞人多赚点钱。"

"我喜欢我们保护猎物是为了它们本身，"玛丽说，"但是其他原因就有点卑劣了。"

"这些理由是很混乱，"我说，"但是你见过比这更混乱的地方吗?"

"没有。不过你和你的那帮人也是一群乌合之众。"

"我知道。"

"但是你脑子里到底有没有数?"

"还没有,我们现在就是过一天是一天地消磨日子。"

"好吧,但是不管怎么说我都喜欢现在的生活,"玛丽说,"而且我们到这里毕竟不是来维持非洲秩序的。"

"嗯,我们来这里是为了照照相,给相片配上几句文字,然后找点乐子,尽可能地学东西。"

"但是我们肯定也卷进这里的事了。"

"我知道。但是你开心吗?"

"我从来没这么开心过。"

这时恩古伊停了下来,指了指路的右边:"狮子。"

我们看到了狮子的大脚印,大得难以置信。

它的右后脚印上明显带着以前那块伤疤。它已经轻轻地穿过公路了,差不多和玛丽射死那头公羚在同个时候。它已经向凋零的灌木地带走过去了。

"是它。"恩古伊说。这是毫无疑问的。要是幸运的话,我们本可能会在公路上遇见它。但是它也可能谨慎地让我们只是与它擦身而过。它是一头聪明而镇定的狮子。太阳基本上已经落山了,再过五分钟就暗得不能射击了。

"现在的情况也不是那么复杂嘛。"玛丽高兴地说。

"去营里把汽车开过来,"我对恩古伊说,"我们会回去和切洛一起守着公羚肉等你。"

那天晚上,我们各自上了自己的床,还没睡着的时候,我们听到了狮子的吼叫声。它在营地的北边,吼得很低,声音越来越沉重,最后化为一声叹息。

"我来和你一起睡。"玛丽说。

黑暗中,我们在蚊帐里紧挨着躺在一起,我用胳膊搂着她,听着狮子又开始吼。

"不会错的,是它,"玛丽说,"真高兴我们听见它声音时是一起躺在床上的。"

它向西北方向走去,发出低沉的咕哝声,接着又开始吼。

"它是在呼唤母狮子还是生气了?它到底在干什么?"

"不知道,亲爱的。我觉得它是因为地上太湿而生气了。"

"但是我们在灌木丛里跟踪它的时候它也会吼,那个时候地上是干燥的。"

"我只是开个玩笑,亲爱的。我只是听到了它的吼叫声。我能想象出它停下来寻找猎物的样子。明天你就能看到它把什么地方的土翻起来了。"

"它这么了不起,可不能开玩笑。"

"要是为你好,我就必须要拿它开玩笑。你也不想让我开始担心它,是吗?"

"听它的声音。"玛丽说。

我们一起躺着,听着它的声音。一头野生狮子的吼叫声是没法描绘的,你只能说你听着,它吼着。那声音一点都不像米高梅动画片开头的那声狮子吼。你听到这声音时，先是感觉它进入了你的阴囊，随后传遍全身。

"它让我感觉整个身子都空了，"玛丽说，"它可真是黑夜之王。"

我们侧耳倾听，它又吼了，还在不停地向西北方向走去。这次，它的吼叫声化为了一声咳嗽。

"希望它能捕到猎物，"我对她说，"别想它想得太多了，好好睡吧。"

"我必须想它，我也想要想它。它是我的狮子，我爱它，尊敬它，我必须要杀了它。除了你和我们的人之外，它对我来说比什么都重要。你知道它意味着什么的。"

"我太知道了，"我说，"但是你该睡觉了，亲爱的。它这样吼可能就是为了不让你睡觉。"

"那就让它一直吵着我吧，"玛丽说，"如果我要杀它，那么它就有权利不让我睡觉。我喜欢它做的一切和一切有关于它的事。"

"但是你也该睡一会儿，亲爱的。它不会喜欢你不睡觉的。"

"它一点都不在乎我。是我在乎它，所以我要杀了它。你应该了解的。"

"我了解。但是你现在该好好睡一觉了，我的小猫。因为明天一早战役就开始了。"

"我会睡的。但是我想再听它说一次话。"

她很困倦了。我的思绪又开始飘荡。这个姑娘一辈子都没想过杀生，直到在我们的游猎中才染上了坏习惯。很长时间以来，她一直在用绝对纯正的方法猎狮子，如果没有专业猎手的帮助，这可不是什么好差事，而且很可能对人造成很坏的影响，而现在明显她正受着这种影响。这时狮子又吼了一声，咳嗽了三下。那咳嗽声从他所在的地方直接传到帐篷里。

"我要睡觉了，"玛丽小姐说，"我希望它不是不得已才咳嗽的。它会感冒吗？"

"不知道，亲爱的。你现在要好好睡一觉了吗？"

"我已经睡着了。但是你必须在天亮之前早一点把我叫醒，不管我那时候睡得多沉，答应吗？"

"我答应。"接着她便睡着了。我紧紧地靠着帐篷壁，感觉到她轻柔地睡着。我的左胳膊开始疼了，于是便从她的头下面抽出胳膊，感觉这样她就能睡得更舒服了。我躺在大帆布床的一小块位置上，聆听着狮子的动静。它三点左右开始捕猎，在那之前都一直没动静。那之后土狼都叫了起来，狮子开始进食，并时不时地发出粗哑的声音。母狮子们都没动静。我知道其中一头就要下小狮子了，和它不会有关系，另一头则是它的女朋友。我想，天亮以后地上还是太湿，要找到它并不容易。不过机会总是有的。

第六章

早晨，离天亮还很久，姆温迪带着茶过来把我们叫醒了。他说了一句"我可以进来吗"后把茶放在帐篷外面的桌子上。我拿了一杯进来给玛丽，然后出去穿衣服。天阴沉沉的，看不到星星。

黑暗中，切洛和恩古伊进来拿枪和弹夹，我把茶拿到外面的桌子上去，一个在用餐帐篷伺候的男孩在旁边生火。玛丽正在洗漱穿衣，她还是半睡半醒的。我走到外面的空地上，一直走过大象头盖骨和三大丛灌木，发现脚下的地还是很湿。地在晚上已经干了一点，比前一天干多了。但是我还是怀疑我们开车经过我认为狮子昨天捕猎的地方后还能走多远。我敢肯定过了那个地方，在那里和沼泽之间的路还是太湿。

那片沼泽实在不该叫沼泽。那里的确有一个大约四英里长、一英里半宽的纸莎沼泽，里面的流水丰富。但是我们所称为沼泽的那块地方还包括沼泽四周大树丛生的区域。很多大树的生长地势比较高，有的长得很秀丽。这些大树在真正的沼泽四周形成了一片森林，但是这片森林有些部分被进食的大象拉倒了，让人几乎没法进入。森林里住着几头犀牛，现在几乎总有几头大象在这森林里出没，有时是一大群大象，也有两群犀牛住在这里。豹子则住在森林深处，猎食的时候才会出来。我们的那头狮子来平原捕猎时，会把这片森林当成它的避难所。

这片高大茂密、树被扯得东倒西歪的森林的东边是一块开阔的平原，平原上有树林，也有景致优美的林间空地。平原的北边是一块块平坦的盐泽地和断断续续的火山岩浆岩地带，这个地带一直延伸到另一片大沼泽，就位于我们这块区域和丘卢岭之间。东边是一小片沙漠，沙漠中有长颈羚出没。再往东是一片断断续续的长满灌木的丘陵，丘陵向着乞力马扎罗山的方向地势逐渐走高。这地势其实并没有说起来这么简单，但是从地图上或者从平原和林间空地的中部看来就是这样的。

那头狮子习惯夜里在平原或断断续续的林间空地上捕猎，将猎物吃掉后再退回到森林带中。我们的计划是根据它这次的捕猎确定它的位置，从那里开始跟踪它，或者幸运的话，我们也可以在它去森林的路上阻截它。如果它自信得在去森林的路上停下来，我们还可以只追踪到它停下来喝水后倒地休息的地方。

玛丽穿好衣服，沿着穿过草坪的小路朝厕所走去。那厕所是用绿帐篷搭成的，就隐藏在一排树中间。我则一直想着那头狮子。只要有一线成功的希望，我们就必须和它较量一番。玛丽的枪法已经炉火纯青，也有了自信。但是如果我们的行动只会引起它的恐慌，或者让它受到惊吓，逃到长得很高的草丛里，或其他狩猎有难度的地区，在这些地区，玛丽因为个子矮小，所以看不到它，我们就得放它一马，留着它的自信。希望我们会发现它在进过食、喝过平原上泥坑里面贮存的水后已经离开，在平原上的某个灌木丛中或林中空地上的某片小树林里睡着了。

玛丽回来的时候，车已经备好了，姆休卡负责开车，我也已经检查过了所有的枪。天已经亮了起来，但这亮度打猎还是不够的。云团依旧低沉到山坡上，除了晨光越来越强外，我们看不到太阳要出来的迹象。在大象头盖骨那里，我试了试步枪的瞄准镜，但是天色还是阴暗得不能打猎。切洛和恩古伊都严阵以待。

"你感觉怎么样，小猫？"我对玛丽说。

"很好。你觉得我会感觉怎么样？"

"你用聚光镜吗？"

"当然，"她说，"你呢？"

"是啊，我们只是要等天再亮一点。"

"这对我来说已经够亮的了。"

"对我来说不够亮。"

"你得治治你的眼睛了。"

"我告诉他们我们会回来吃早餐的。"

"那会让我头疼的。"

"我们带了点吃的，在后面的盒子里。"

"切洛给我带了很多子弹吗？"

"问他吧。"

玛丽问了切洛,他说他有"很多子弹"。

"想把你右边的袖子卷起来吗?"我问,"你让我提醒你的。"

"我没让你在我脾气差到极点的时候提醒我。"

"你为什么不跟狮子生气,而是跟我生气?"

"我怎么也不会跟狮子生气的。现在的光能让你看清东西了吗?"

"去找狮子吧。"我对姆休卡说。然后对恩古伊说:"你站在后面观察。"

我们出发了。猎车的轮胎开在慢慢变干的车道上很平稳,我把两只靴子都伸出车窗外,靠在排气阀门上。早晨的冷空气从山的那边吹过来,我握着枪,感觉不错。我把枪放在肩膀上,瞄准了几次。即使戴着大的黄色聚光镜,我还是觉得光线不够,现在射击还不安全。但是我们离目的地还有二十分钟的车程,而且光线每过一分钟都有所增强。

"光线过一会儿就好了。"我说。

"我想会的。"玛丽说。我环顾四周。她正襟危坐着,嘴里嚼着口香糖。

我们沿着车道往前行驶,途中经过了临时飞机跑道。到处都有猎物,新长出的草似乎比昨天早晨又长高了一寸。一起冒出土地的还有白色的花,它们密密麻麻地长在草地里,让整块地看起来都是白色的了。车道上低洼的部位还有些水,我向姆姆休卡打了个手势，让他把车开到车道的左侧，以避开积水。开着花的草地有些打滑。而光线一直在变亮。

姆休卡看见前面的两块林中空地右端的两棵树上落着很多鸟，便指给我们看。如果它们还在树上，那就意味着狮子还在捕猎。恩古伊用手掌拍了拍车顶，我们停下车。我记得当时我在想，明明恩古伊比姆休卡高，但是姆休卡比恩古伊先看见那些鸟了，这倒是奇怪。恩古伊下了车，弯着腰在猎车旁边移动着步子，以防让猎车的轮廓上方多出一个人影。他抓住我的脚，向左指了指森林带。

那头长着黑色鬃毛、周身漆黑的大狮子晃动着它的大脑袋和肩膀，小跑着蹿进了高高的草丛里。

"你看见它了吗？"我轻声问玛丽。

"看见了。"

它跑进草丛，只露出脑袋和肩膀，过了一会儿，只能看见它的脑袋了。草丛摇摆着，在它身后合拢。它显然是听到了车的声音，或者是它之前就在朝这片森林走，半路上看到我们的车在路上开。

"你进去是没意义的。"我对玛丽说。

"我清楚得很，"她说，"如果我们早点出来就能发现它了。"

"那时候的光线不足以射击。如果你打伤了它，我就不得不跟着它进去了。"

"是我们不得不跟着它。"

"算了吧，还'我们'。"

"那么你说要怎么才能抓到它呢?"她生气了,但只是因为行动的前景化为泡影,她并没有傻得要求我们允许她到比她的头还高的草丛里去追一头受伤的狮子。

"我觉得如果我们现在继续向前开,甚至不去注意它的捕猎行为,它看到了就会变得自信。"接着我插了一句:"进来,恩古伊。继续向前开,姆休卡。"然后我感觉到恩古伊在我的身旁坐下,车沿着车道缓缓前进,我的这两个朋友兼兄弟看着栖息在树上的秃鹰。我对玛丽说:"你觉得要是老爷子的话,他会怎么做?追着它跑进草丛和树林,把你带到因为你个子矮而看不清东西的地方?我们的目的是什么?让你丧命还是猎杀狮子?"

"别喊了,切洛都不好意思了。"

"我没有喊。"

"有时候你真该听听你自己说话的语气。"

"听。"我小声说。

"别说听,也别小声嘟囔。也别说什么情况紧急,赌注已下之类的话。"

"有时候你让猎狮这事变得很有意思,到现在有多少人在这事上对不住你了?"

"老爷子和你,别人我记不得了。金·克可能也会。如果你这个无所不知的猎狮将军懂那么多,那么你说既然狮子已经不再猎食,为什么那些鸟还没下来?"

"因为有一两头母狮子还在进食那些猎物,或者在不远处躺着。"

"我们不去看看吗?"

"我们得从公路上远一点的地方看,以免打草惊蛇。我想让它们都保持自信。"

"'我想让它们保持自信'这话我已经听够了。如果你改变不了自己的想法,你可以试着改变一下语调。"

"你猎这头狮子多久了,亲爱的?"

"似乎有一辈子了,如果你和金·克不拦着我,三个月前我就把它打死了。我有过一次很有利的时机,但是你们都不让我抓住。"

"那是因为我们不知道是这头狮子。它也可能是从干旱的安博塞利来的狮子。金·克不会觉得良心不安。"

"你俩的良心不过是为丛林发了疯的罪犯才会有的,"玛丽小姐说,"我们什么时候看母狮子?"

"沿着这条路再走三百码,在你右边四十五度的地方。"

"风力是几级?"

"大概是二级,"我说,"亲爱的,你有点让狮子整疯了。"

"谁比我更有权利疯?我当然疯了,但是我对待狮子的态度是认真的。"

"我也是,真的。而且我和你一样在意它们,即使我什么都不说。"

"你说得够多了。别担心。但是你和金·克是一对良心不安的刽子手,你们给动物判下死刑,然后亲自执行。但是金·克比你有良心多了,他手下的人也训练得很好。"

我碰了碰姆休卡的腿，示意他停下车："看，亲爱的。那就是被那头狮子杀死的斑马的残骸，还有两头母狮子。我们现在能成为朋友了吗？"

"我们一直都是朋友啊，"她说，"只不过你总是曲解一些东西。我能用下望远镜吗？"

我递给她那副性能良好的望远镜，她观察着那两头母狮子。其中一头怀了小狮子，它的体形硕大，身上的鬃毛光秃秃的。另一头可能是它的成年女儿，也可能只是它的一位忠实的朋友。它们各自躺在一丛灌木的荫凉下躲避阳光。怀孕的那头母狮子静穆而威严，它的脚爪是茶褐色的，因为沾上了血而有些发黑；年轻的那头母狮子肢体柔软，嘴角四周也是一样的发黑。斑马肉已经剩得不多了，但它们仍旧保卫着自己的财产。回想晚上听到的声音，我也判断不出是这两头母狮子替那头雄狮杀死了猎物，还是雄狮先杀死了猎物，后来这两头母狮才加入进来的。

那两棵树上停的鸟还是很多，其中一丛绿色灌木中最大的那棵树上一定还有一百多只。树上的秃鹰数量也很多，它们高耸着肩膀，准备随时向下冲，但是那两头母狮子离在地上躺着的那头斑马条纹状的后腿和脖子太近了。在一丛灌木的边缘处，我发现了一只豺，它看起来像狐狸一样整洁漂亮，接着我又发现了一只。但是我没有发现什么土狼。

"我们不应该惊扰到它们，"我说，"我觉得最好一点都别往它们身边靠近。"

玛丽现在友善多了。不管看到什么狮子都能让她兴奋和满足起来，她说："你觉得这斑马是被那头雄狮杀死的还是被那两头母狮子？"

"我觉得是雄狮杀死了斑马，吃够了以后，那两头母狮子过了很长时间才来的。"

"那些鸟晚上会来吗？"

"不会。"

"那真是一大群鸟啊。看那几只正在伸展着翅膀风干羽毛的鸟，它们和我们家里的美洲鹫差不多。"

"秃鹫外形丑陋，不配做皇家猎物，而且要是它们染上牛痘或者其他什么牲口疾病，它们的粪便一定会造成一场大规模的传染。当然，这个地方的秃鹫数量太多了。在这里被猎杀的任何猎物只需要有昆虫、土狼和豺就能清理干净，土狼还能在聚集起来的动物中杀死一些老弱病残后当场吃掉，不会散得到处都是。"

看到躺在荫凉处的那两头母狮子和那些真正可怕的大群大群地聚集在树上的秃鹫，我的话匣子就被打开了。谈我们又是朋友了，我今天不必再让我挚爱的玛丽小姐去和狮子较量了，也谈了我讨厌秃鹫，它们作为食腐动物的作用被大大高估了。有人认为秃鹫是非洲伟大的垃圾处理工，它们是皇家猎物，不应该减少它们的数量。而它们作为疾病传播者的身份也在皇家猎物这个神奇的字眼面前变得微不足道了。坎巴人觉得这事很滑稽，而我们总是把它们称为国王之鸟。

这些秃鹫虽然正贪婪地站在斑马的残骸上方的树上，但是看起来一点都不滑稽。那头大母狮站起来，打了个哈欠，再一次走出树荫去进食。它刚走到肉的跟前，两只大秃鹫就从树上飞了下来。年轻的狮子摇动了一下尾巴，向秃鹫扑了过去，像猫一样把爪子朝它们挥过去。秃鹫便扑打着沉重的翅膀飞起来。接着那头年轻的狮子便在大母狮身旁卧下来，开始进食。秃鹫还在树上停着，最近的那几只已经饿得快要失去重心掉下来了。

那两头母狮子过不了多久就会把剩下的斑马肉吃完，我告诉玛丽，我们最好不要打扰它们进食，像没看见它们一样沿着公路往前开。我们前面有一小群斑马，再往前有些角马，还有更多的斑马。

"我喜欢看着它们，"玛丽说，"但是如果你觉得这样更好，我们也可以继续往前走，去看看盐碱地是什么样子，也许还能看到野牛。"

于是我们走到了盐碱地的边缘，既没看到野牛的脚印，也没看到野牛的身影。盐碱地还是很湿滑，所以猎车开不进去，往东去的路面情况也是如此。但是在盐碱地的边缘，我们看到了那两头母狮子的脚印指向那匹被猎杀的斑马。那脚印刚刚踏上去没多久，很难判断它们是什么时候袭击猎物的。但是我觉得杀死猎物的一定是那头公狮子，恩古伊和切洛也是这么认为的。"也许我们原路返回的话，它们再看到这车就不会觉得大惊小怪了，"玛丽说，"我不头疼，但是在那里吃早餐一定很有意思。"

这正是我所希望她给出的建议。

"如果我们一枪也不开——"我没继续往下说,因为再说我就该说到这会让它自信起来了。

"也许它会觉得这不过是一辆不停往返的车,"玛丽替我把话说完了,"我们会美美地吃上一顿早餐,我会把所有要写的信写完,我俩都做有耐心的好猫。"

"你就是一只好猫。"

"我们还会像观光客一样把车开回营地,看着路边田野里新生的美妙绿意,提前吃早餐的感觉真好啊。"

但是当我们回到营地吃早餐时,看到了那位年轻的警官坐在他那沾了泥土的越野车里等我们。车停在一棵树下,他手下的两个兵则站在后面的营房旁边。我们走过去的时候他下了车,年轻的脸上写满了深切的关怀和责任感。

"早上好,老板,"他说,"早上好,女主人。我看到你们一早去巡逻了。"

"吃点早餐吗?"我问。

"如果我不碍你们什么事的话就给我也来点吧。有什么有趣的事发生吗,总督大人?"

"我们就是去看了看牲口而已。警署那边有什么消息?"

"他们在另一边把那伙人制服了,就在纳曼加北部。你可以把你的人召集回来了。"

"那过程很精彩吗?"

"还不知道细节。"

"真遗憾我们没有在这里参加战斗。"

玛丽警告地看了我一眼。她因为我让那位年轻的警官和我们一起用早餐而不高兴，但是她知道他这个人也怪孤苦伶仃的。虽然她忍受不了愚蠢的人，但是在我们看到那位警官筋疲力尽地坐在沾满了泥的车里之前，她的表现还是很和善的。

"要是您能参加，这对我来说会有很大帮助呢。总督大人，我们的计划几乎无懈可击，也许就是无懈可击。唯一让我担心的是这位年轻的女主人。我这么说您别见怪，夫人，这可不是女人做的事。"

"我根本就没参与，"玛丽说，"你要不要来点腰子和培根？"

"您参与了，"他说，"您参与了防御工作。我会在报告中提及您。这种提及可能和新闻报道不一样，但总是一份记录中的一部分。总有一天，在肯尼亚战斗过的人会感到骄傲的。"

"我发现战争过后人们往往只会变得令人无比的厌恶。"玛丽小姐说。

"只有那些没参加过战争的人才会这么认为，"警官说，"战斗的男人，以及战斗的女人，请允许我这么说，做事都是遵循准则的。"

"喝点啤酒吧，"我说，"你有没有什么关于我们下次战役的情报？"

"有的话会第一时间告诉您的，总督大人。"

"你对我们太好了，"我说，"但是我相信每个人都会享受荣誉的。"

"您说得太对了,"年轻的警官说,"在某种程度上,总督大人,我们是帝国的最后一批建造者。在某种程度上我们就像罗兹① 先生和利文斯顿② 先生一样。"

"某种程度上确实如此。"我说。

那天下午我去了趟村子。太阳被山那边的云遮住了,狂风从山地那边吹来,前几天下的那场雨落在山地中一定都变成了雪,所以村子里很冷。村子的海拔大约在六千英尺,而那座山的海拔在一万九千英尺以上。山里下过大雪后再突然刮来阵阵冷风,住在平原高地上的人们可遭了罪。建在海拔较高的山地丘陵间的房子——我们并没有叫它们茅屋——为了避风,都建在了山谷里。但是这个村子恰好处在风口上,那天下午,天气寒冷刺骨,空气中还弥漫着还没冻透的粪便的味道,所有的鸟兽都避风去了。

这个被玛丽称作我的岳父的人也有支气管炎,背部还有严重的风湿痛。我把药给了他,替他擦拭身体,然后把斯隆搽剂给他涂上。我们坎巴人都没把他当做女孩的父亲,但是从严格意义上讲,按照部族法规和当地习俗,他就算是女孩的父亲,所以我必须尊敬他。我们在屋子里的一角给他治病,他女儿在旁边看着。她臀部缠着她姐姐的孩子,身上穿着我最后一件优

---

① 塞西尔·约翰·罗兹(1853—1902),英国政治家、商人、罗得西亚(津巴布韦的旧称)殖民者。罗得西亚即以他的名字命名。他是英国殖民扩张时期单枪匹马的"英雄"。

② 罗伯特·利文斯顿(1654—1728),苏格兰人,殖民地开拓者。

质的羊毛衫，头上戴着我的一个朋友送给我的钓鱼帽。我的朋友让人在帽子的前檐绣上了我名字的首字母，这对我们每个人都有点意义。在她决定把这个帽子要过去之前，那几个首字母总是让我觉得很尴尬。她在羊毛衫里面穿的是上次在拉伊托奇托克给她买的那件已经被她洗过很多次的裙子。她身上系着她姐姐的孩子，这个时候我和她讲话是不符合礼节的，而且，从严格意义上讲，她也不该看着她父亲进行治疗。所以她就一直低垂着眼。

那个大家所谓的我的准岳父在斯隆搽剂的折磨下并不那么勇敢。恩古伊很了解斯隆搽剂的性能，他一点也不尊重这个村子里的男人，想让我把这药涂进他的肉里，有一次，他甚至示意我把几滴滴进不该滴进的地方。两颊上印着漂亮的部族印记的姆休卡虽然听不见，但是他兴奋十足地看着他眼中的这个没用的坎巴人因为正当的理由而受苦。而我在涂斯隆搽剂的时候是完全讲医德的。这让所有人都失望了，连他女儿也包括在内。于是他们都失去了兴趣。

"Jumbo tu。"我们离开之前，我这样对他女儿说。她则垂着眼挺着胸对我说："No hay remedio。"

我们上了车，谁也没对谁挥手告别。这样拘谨的告别让天气显得更冷了。寒冷的天气和拘谨的告别都让我们难以忍受，看到一个村子的景象如此悲惨，我们都感觉很心酸。

"恩古伊，"我问道，"这个村子的男人们为什么都这么悲惨，而女人们又都这么出类拔萃呢？"

"好男人都只是从这个村子经过，"恩古伊说，"新路修好之前，这个村子是去南方的必经之路。"这个村子的男人令他很气愤，因为他们是没用的坎巴人。

"你觉得我们该占领这个村子吗？"

"是的，"他说，"你、我、姆休卡和年轻人们该一起做这件事。"

我们即将进入非洲的虚幻世界，这个虚幻世界是由以往的和如今的现实所防护的。这并不是一个人们用来逃避现实和做白日梦的世界，而是一个由真实的虚幻组成的残酷的真实世界。假如犀牛这种动物明显不可能存在，但是还是有犀牛，而且我们天天看见它们，那么就没有什么不可能的了。如果我和恩古伊能和一头本身就很神奇的犀牛用它的语言交谈，它能回话，我还能用西班牙语咒骂羞辱它，让它羞愧地离开，那么虚幻和真实比较起来也就合乎情理和逻辑了。我们把西班牙语视作我和玛丽的部族语言，我们从古巴来，人们认为西班牙语是古巴的通用语。他们知道我们还有一种私密的部落语言。没人觉得我们和英国人有什么共同之处，除了相同的肤色和相互之间包容的态度。马伊托·麦诺卡尔和我们在一起的时候深受仰慕，因为他低沉的嗓音、怡人的体味和良好的举止，也因为他来非洲时可以同时讲西班牙语和斯瓦希里语。人们很尊重他身上的疤痕，他本人也确实相当受人尊敬，因为他讲斯瓦希里语时带着浓重的卡马圭口音，长得也像一头公牛。

我向人解释说，他是他的国家中国王的儿子，那个时代的国王都很伟大。还向人描述过他有良田万顷，牲畜无数，还产很多糖。因为糖是除了肉以外所有坎巴人都喜欢的食品，也因为老爷子向凯蒂证明我说的这些都是真的，还因为马伊托明显是个可靠的畜牧者，他对自己所谈论的事物熟稔于心，说起话来的声音很像一头狮子，而且他一向办事公道、彬彬有礼、谦和低调，所以人们真的很敬佩他。他在非洲的所有时间内，我只撒过一个关于他的谎，那是关于他的妻子的。

姆温迪是马伊托真正的崇拜者，有一次他很直接地问我，马伊托有多少个妻子。每个人都想得到答案，而这件事从老爷子嘴里是问不出来的。那天姆温迪情绪低落，显然有人在讨论这个话题。我不知道在讨论中他持的是什么观点，但是明显他是人们派来解决这个问题的。

我仔细思考了一下，以及这事上的种种蹊跷，便回答他说："在他的国家里，没有人会想去数他有多少个妻子的。"

"好的。"姆温迪说。这是老人该用的语言。

实际上马伊托只有一个妻子，她长得很漂亮。姆温迪走了出去，神色还是一样的凝重。

这一天，从村子里回来后，我和恩古伊便一直想着以一种独特的方式收服那个村子，计划着这场永远都不会发生的行动。

"没问题，"我说，"我们收了它。"

"很好。"

"谁来收了黛芭呢？"

"她是你的，是你的未婚妻。"

"很好，我们占领了那个村子以后，要是他们派一连肯尼亚炮兵团过来，我们该怎么守住呢？"

"那你就向马伊托借兵。"

"他现在人在香港呢，在中国。"

"我们有飞机啊。"

"不是那么回事。我是说，马伊托不在，我们要怎么办？"

"我们进山吧。"

"那儿太冷了，这个时候就冷得要死。而且我们会把村子失掉的。"

"战争真是讨厌啊。"恩古伊说。

"我同意，"我说，我们都高兴了起来，"不，我们要一天一天地占领村子，以天为单位。现在我们已经得到那些老人们相信他们死后才能得到的东西了。现在我们打猎的收获颇丰，吃的肉都很不错，等女主人打到那头狮子后，我们还能喝上好酒。只要我们活着，就要把猎区变成一个欢乐的场所。"

我们说的话姆休卡一句都听不见。他就像一辆运行完美但是仪表已经被拆除的汽车。虽然这事通常只有在梦里才能发生，但是姆休卡的视力确实比我们都好，他是最棒的野地司机，如果世界上存在第六感的话，那么他的第六感算是超强的。恩古伊和我知道我们说的话他一个字都没听见，但是当我们把车开到营地停下来时，他却说："这样比较好，好太多了。"

他的眼中流露着惋惜和善意，我知道我永远都不会像他一样美好和善良。他把他的鼻烟盒递给我，他的鼻烟不怎么中规中矩，里面没有像阿拉普·梅纳那样的奇怪的添加物，但是味道很不错。我用三根手指捏了一大把放在上嘴唇下面。

我们几个这段时间都滴酒未沾。在天寒地冻的天气里，姆休卡总是像一只仙鹤一样耸着肩。天空乌云密布，那云已经低垂到平原上了。我把鼻烟盒给他递回去时，他说了一句："你是坎巴人。"

我们都知道这一点，无论做什么也改变不了这一事实。他把车盖上，我则走回了帐篷。

"村子里还好吧？"玛丽小姐问。

"很好，就是冷得有点难熬。"

"我能做什么事来帮帮那里的人吗？"

你这只可爱又善良的小猫，我心里想着，然后对她说："不用，一切都还不错。我要给寡妇拿个药箱，然后教教她怎么用。如果那些孩子因为是坎巴人而眼睛得不到治疗，那就太惨了。"

"不管是谁。"玛丽小姐说。

"我要出去和阿拉普·梅纳说几句话，等洗澡水准备好了，就让姆温迪叫我一声吧。"

阿拉普·梅纳觉得狮子是不会在那天晚上捕猎的。我告诉他，那天早晨狮子跑进森林的时候看起来很沉重。他也怀疑那两头母狮子会在那天晚上捕猎，尽管它们是有可能捕猎的，那头公狮子也可能会加入它们。我问他我要不要杀死一头猎物，把它绑起来或埋在灌木丛下，以此来控制住那头狮子。他回答说，那头狮子太聪明了。

在非洲,花在说话上的时间能占去大半,在人们没有受过教育的地方一向都是如此。一旦开始打猎,人们几乎是不说话的。这是因为彼此要做什么你都能懂,而且大热天会让你口干舌燥,舌头在嘴里动弹不得。但是如果是在晚上做一次捕猎计划,通常要说的话就多了,而且计划总是赶不上变化,尤其是在计划比较复杂的时候。

那天夜里晚一点的时候,我们都已经躺在床上了,那头狮子证明我们都错了。我们听见它从田野的北边传来的吼叫声,那是我们搭建简易飞机跑道的地方。然后它离开了那里,一声一声地吼着。接着,传来了另外一只狮子的几声吼叫,那声音要小得多。之后沉寂了很长时间,直到我们听到了土狼的声音。从它们发出声音的方式和那尖细颤抖的声音来判断,我敢肯定有狮子已经杀死猎物了。后来,又传来了狮子打斗的声音。这声音安静下来后,土狼们开始咆哮和惊叫。

"你和阿拉普·梅纳说过今晚会很安静的。"玛丽带着困意说。

"有动物被杀死了。"我说。

"你和阿拉普·梅纳明天早上再说这事吧。我现在要睡了,明天早起。我想好好睡一觉,不然我会发脾气的。"

第七章

我在摆着鸡蛋、培根、烤面包、咖啡和果酱的桌子前坐下，玛丽已经开始喝她的第二杯咖啡了，她看起来很开心，说："我们真的有什么进展了吗？"

"是的。"

"但是每天早晨我们都周旋不过它，以后可能也会一直这样。"

"不，不会的。我们现在要开始把它往外多引出来一点，这样它会犯错误，然后你就杀了它。"

那天下午午饭过后，我们进行了一次控制狒狒数量的打猎行动。我们有责任把狒狒的数量控制在一定范围内，以保护村子，但是我们的做法很愚蠢，因为我们总是试着在开阔的空地上捕捉它们，或是在它们躲进森林的时候向它们开枪。为了不让喜欢狒狒的人感到伤心和愤怒，细节我就不讲了。那几只凶猛的野兽并没有向我们冲过来。当我们走近它们的时候，发现它们那可怕的犬牙一动不动，它们已经死了。我们带着四只恶心的尸体回到营地的时候,金·克早已经到了。

他浑身是泥,看起来虽然疲惫,但是很高兴。

"下午好啊,将军。"他说。他看了看猎车后面,笑了起来:"我看到你们打的狒狒了。是两对。这收获可不小呢。打算把它们在罗兰监狱挂起来示众吗?"

"我想来个集体示众,金·克,你和我就挂在中间。"

"你好吗,爸爸?玛丽小姐好吗?"

"她不在吗?"

"不在。他们说她和切洛出去散步了。"

"她很好,只不过对那头狮子有点挂心。但是她的精神面貌还是不错的。"

"我的精神面貌就不太好了。"金·克说,"我们来喝一杯吧?"

"我喜欢在猎狒狒后喝点酒。"

"我们就要开始大规模捕杀狒狒了。"金·克说。他摘下贝雷帽,把手伸进他紧身上衣的口袋里,拿出一只牛皮信封:"看看这个,记住我们的任务。"

他叫恩古伊去拿酒,我开始读行动命令。

"很不错。"我说。我读的时候,暂时把与我们没有关系的部分和需要在地图上找我们的行动地点的部分都跳过了。

"是不错,"金·克说,"这并不是我精神面貌不佳的原因,这反而在支撑着我的精神面貌。"

"你的精神面貌怎么了?是道德问题吗?"

"不是，是行为问题。"

"你过去一定是一个很了不得的问题儿童。你那些要命的问题比亨利·詹姆斯笔下的人物还多。"

"你就说是哈姆雷特吧，"金·克说，"我可不是问题儿童，我小时候很快活，大家都很喜欢我，只不过是有点胖。"

"玛丽今天中午还在盼着你回来。"

"真是个料事如神的小丫头。"金·克说。

我看到他们穿过嫩绿色的草地朝这边走来。他俩个头差不多，切洛的皮肤黑得不能再黑，头上裹着一条又脏又旧的头巾，身上穿着一件蓝色的外套。玛丽的金发在阳光的照耀下熠熠生辉，绿色的射击服被嫩绿的新草映衬得颜色很深。他俩谈得很开心，切洛扛着她的步枪和她那本厚厚的鸟类图册。他俩在一起的时候看上去总是像从以前的马德里竞技场来的怪人。

金·克洗完澡出来时身上没穿衬衣。他白皙的皮肤与咖红色的脸庞和脖颈形成了鲜明的对比。

"你看他们啊，"他说，"多好的一对。"

"设想一下，在你从来没有见过他们的前提下突然遇上他们。"

"一周以后那草就能长得比他们的头还高了。现在就快到他们的膝盖了。"

"别批评那些小草，它们长出来才三天。"

"嗨，玛丽小姐，"金·克喊道，"你俩去干什么了？"

玛丽自豪地挺直了身子。

"我杀死了一头角马。"

"谁允许你这么干的?"

"切洛。切洛说要杀了它。它有一条腿受伤了,真的很严重。"

切洛把那本大图册换到另一只手里,拍动着那条胳膊向我们展示那条腿的状况。

"我们觉得你需要一只诱饵,"玛丽说,"你需要的,不是吗?它离公路很近。后来我们听见你经过的声音了,金·克。但是我们看不到你。"

"你杀了它这是对的,我们确实需要一只诱饵。但是你自己打猎的时候在做什么呢?"

"没有自己打猎。我正在认鸟呢,我已经列了一个单子。切洛不肯带我去有猛兽的地方。后来我就看到了那头角马,它站在那里,看起来很悲伤,它腿上的骨头已经伸了出来,那样子可怕极了。切洛说杀了它,然后我就把它杀了。"

"女主人一开枪它就倒地死了。"

"正好打在它耳朵后面。"

"开枪!倒下死了!"切洛说着,和玛丽骄傲地互相看了一眼。

"这是我第一次在你、爸爸或老爷子不在的时候承担猎杀的责任。"

"我可以吻你吗,玛丽小姐?"金·克问。

"当然可以,但是我身上出的汗太多了。"

他们吻了一下，然后我们也吻了一下。玛丽说："我也想吻一下切洛，但是我知道这么做不应该。你知道吗，黑斑羚冲我们叫的时候像狗一样。它们都不怕切洛和我。"

她同切洛握了握手，切洛就把她的图册和步枪拿到我们的帐篷里去了。"我最好也去洗洗。谢谢你们不怪我杀死那头角马。"

"我们会派一辆卡车把它拉回来，然后挂到合适的地方去。"

我回到了我们的帐篷，金·克则到他的帐篷里穿衣服。玛丽用游猎专用肥皂洗了澡，换了件衬衣，还闻了闻她那件用另一种肥皂洗过并在阳光下晒干的衬衣。我俩都喜欢看对方洗澡，但是金·克在的时候我从不这么做，因为这对他来说有点难以承受。于是我坐在帐篷前面的椅子上看书，这时玛丽走过来用胳膊环住我的脖子。

"你还好吗，亲爱的？"

"不好，"她说，"我感到很骄傲，切洛也感到很骄傲。那一枪打得可狠了，就像回力球击中球场壁一样。它可能都还没来得及听到枪声，我和切洛就已经在握手相庆了。你知道第一次自己一个人肩负着所有的责任做一件事的感觉吧。你和金·克都知道，所以他吻了我。"

"所有人随时都会吻你。"

"如果我想让他们吻或者逼迫他们的话确实会。但这是不同的。"

"那你为什么感觉不好呢，亲爱的？"

"你知道的。别假装不知道。"

"不,我不知道。"我撒了谎。

"我瞄准的是它肩膀的中间位置。它身躯庞大,又黑又有光泽,我当时离它有二十码远。它侧身对着我,眼睛朝我望着。我能看到它的眼睛,看起来很悲伤,就像要哭出来似的。它的神情是我见过最悲伤的,它的腿也伤得惨不忍睹。亲爱的,它的脸又长又悲伤。我不必告诉金·克,是吗?"

"不必。"

"我也不必告诉你。但是我们还要一起猎狮子,现在我那该死的自信心又没了。"

"你打得很漂亮。和你一起猎狮子我感到很骄傲。"

"糟糕的是我有时候也能打几枪合适的,你知道的。"

"你那些漂亮的射击我都记得。情况好的时候你打得比埃斯康迪多① 所有人都好。"

"你只是在帮我找回自信,但是剩下的时间不多了。"

"你会把自信找回来的,我们不告诉金·克。"

我们派卡车去把角马拉回来。他们回来的时候我和金·克爬上去看它。角马的死相都不好看。它躺在那里,肚子鼓胀得很大,满身是灰尘,它往日的雄风已不再,灰色的角看上去没有一点特色。"玛丽这一枪打得真是太漂亮了。"金·克说。角

---

① 美国加州圣地亚哥县的一个城市。海明威曾在那里参加过一些打猎俱乐部的活动。

马目光呆滞,舌头往外伸着。它的舌头上也满是灰尘,弹孔就在它耳朵后面头盖骨的根部。

"现在你觉得她实际上瞄准的地方在哪里?"

"她是在二十码的地方开枪的。如果她想,完全有可能冲那里开枪。"

"我觉得她是朝肩膀开枪的。"金·克说。

我什么话都没有说。愚弄他是没用的,如果我骗了他,他是不会原谅我的。

"那腿是怎么回事?"我问。

"它被人在晚上开车追赶了,也可能是其他原因。"

"你觉得这伤口有多长时间了?"

"两天。已经长蛆了。"

"那就是山上的人干的。我们没有在晚上听到车的声音。不管怎么说它都是拖着那条腿从山上下来的。它肯定不会拖着那腿爬上山。"

"它不是你和我,"金·克说,"它只是一头角马。"

我们把车停在拴马树的下面,大家都下了车。角马还在卡车上躺着,我和金·克朝卡车走过去,金·克把我们想挂诱饵的位置向跟过来的猎长和巡猎员交代了一番。我们只要把那头角马从公路上拽到树旁边,挂到土狼够不到的位置就好了。如果那头狮子来了,就会把它拽下来。而且,这头角马还要从昨晚狮子捕猎的地方拖过。他们会尽快把角马拖出去挂起来,然后回营地。我的人已经把所有做诱饵的狒狒都挂起来了,我让姆休卡去把车好好洗洗。他说他已经把车停在小溪边洗过了。

我们都洗了澡。玛丽先洗的,我帮她用大毛巾擦干身体,还帮她提着防蚊靴。她把一件浴袍穿在睡衣外面,在人们开始做饭前出去坐在篝火旁边和金·克喝酒。我一直和他们在一起,直到姆温迪从帐篷走出来对我说:"可以洗澡了,老板。"我拿着酒杯走进帐篷,脱下衣服,躺在帆布浴缸里,打上肥皂,在热水里好好放松了一下。

"老人们认为那头狮子今晚会做什么?"我问姆温迪。他正在帮我叠衣服,把我的睡衣、睡袍和防蚊靴摆好。

"凯蒂说女主人的狮子今晚可能会吃掉诱饵,也可能不会。老板觉得呢?"

"和凯蒂一样。"

"凯蒂说你给那头狮子下毒了。"

"没有,我只不过给它下了一点良药,只有死后才能被人发现。"

"它什么时候会死?"

"三天内,我也说不好是哪天。"

"好吧,也许它明天就死了。"

"我觉得不会,但是有可能。"

"凯蒂也觉得不会。"

"他觉得是什么时候?"

"三天内。"

"好吧。把毛巾递给我吧。"

第七章

"毛巾就在你手边。你想要就拿吧。"

"抱歉，"我说，"斯瓦希里语中没有抱歉这个词。"

"不用说抱歉。我只是告诉你毛巾在哪儿。你想让我帮你擦背吗？"

"不了，谢谢。"

"你感觉舒服吗？"

"嗯，怎么了？"

"没有原因，我就是想知道。"

"我感觉很舒服。"我站起来，从浴缸里出来，开始擦身体。我想说的是，我感觉很好、很放松，就是有点困，所以不太想说话，我更想吃的是新鲜的肉，而不是面条，但是我又不想杀生，我出于不同的原因担心着我的三个孩子，我很担心村子，也有点担心金·克，对玛丽更是特别担心，我这个好巫医是冒牌的，但是没有其他人那么冒牌，我希望辛先生能不要卷入麻烦之中，希望我们在圣诞节前的行动能进展顺利，我还有二百二十颗实心子弹，希望西默农写的书能再少一点、精一点。我不知道老爷子在洗澡的时候都会和凯蒂谈些什么，但是我知道姆温迪想对我表示友好，我也是这样。但是这天晚上，我毫无缘由地感到很疲惫，他了解这一点，并且很担心。

"你问我点坎巴语的词汇吧。"他说。

于是我问了他几个坎巴语的词，试着把它们记在脑子里，谢过他之后，我便走出帐篷在篝火旁边坐了下来。我穿着一条从爱达荷州买的旧睡裤，把裤腿塞进一双香港制造的暖和的防蚊靴，身上穿的是一件从俄勒冈州的彭得顿买来的暖和的羊毛袍子。我喝了一杯威士忌兑苏打水，那瓶威士忌是辛先生圣诞节送我的礼物；又喝了点用山泉烧开、用内罗毕制造的虹吸管活化的开水。

我想，在这里我就是个陌生人。但是威士忌不同意这一点，每天的这个时候正是喝威士忌的合适的时间。威士忌可能是对的，也可能是错的。它说我不是个陌生人，我知道它在夜晚的这个时间是对的。无论如何，我的靴子已经到家了，因为它们是用鸵鸟皮做的，我还记得在香港的制靴店里找到那块皮革的地方。不，找到那块皮革的不是我，而是其他人。然后我开始想是谁发现的那块皮革，想在香港的那段日子，想不同的女人，以及她们如果在非洲会是什么样子，还想到我能认识几个热爱非洲的好女人是多么的幸运。我还认识几个真正可恶的女人，她们只是为了来非洲而来非洲，还认识一些真正的贱妇和酒鬼，对于她们来说，非洲只不过是另一个可供她们更大程度地犯贱和喝酒的地方而已。

非洲则接纳了她们，并在某种程度上改变了她们。如果她们不能发生改变，就会恨非洲这块地方。

所以金·克回营地让我很高兴，玛丽也一样。他自己也很高兴，因为我们已经成了一家人，一分开就会彼此想念。他几乎是狂热地爱着自己的工作，也很信任它以及它的重要性。他喜欢猎物，想要照顾它们，保护它们，我觉得这就是他所有的信仰所在，除此之外他还信奉着一套严厉而复杂的道德体系。

他比我最大的儿子稍微年轻一点，如果那时候我按照计划在亚的斯亚贝巴生活一年，在三十年代中期重新开始写作的话，我在他十二岁的时候就该认识他了，因为我所要寄居的那家人的儿子正是他最好的朋友。我没有去是因为墨索里尼的军队去了那里，我即将寄居在他家的那位朋友也被派到另一个外交职位上，因而我错过了在金·克十二岁那年认识他的机会。在我遇见他之前，他已经经历了一场漫长、艰难而又徒劳无功的战争，在开始自己戎马生涯时他所效忠的那个受大英帝国保护的国家也遭到了帝国的抛弃。他所指挥的是非正规军，如果指挥者不会投机取巧，这是最徒劳无益的作战方式。如果打得漂亮，自己一方几乎没有伤亡，敌方损失惨重，指挥部就会认为这是一场该受到谴责的非正义屠杀行为。如果作战条件不利，面临很大的困难，却扭转时局取得了胜利，但是自己的人员伤亡惨重，那么得到的评价就会是："他指挥的战争死了很多人。"

对于一个不会投机取巧的人来说，指挥非正规军作战只能惹上麻烦。有些人不禁心生疑惑，那些真正诚实而有才干的士兵除了殒身而亡之外还能指望什么。

我认识金·克的时候，他已经在英国的另一块殖民地开始了另一番事业。他从来不感到痛苦，也从来不回首过去。他吃面喝酒的时候给我们讲了他被几个新流放来的政府官员责骂的情形，原因是他说了脏话，可能被那个年轻人的妻子无意中听到了。那些人对金·克的厌烦让我耿耿于怀。以前的上层绅士经常被人探讨和诟病，而现在的这些新式上层绅士却很少有人谈及，除了伊夫林·沃①在《黑色恶作剧》的结尾处谈及了一点，还有乔治·奥威尔的整部《缅甸岁月》。真希望奥威尔还活着，我给金·克讲了我最后一次见到他的情形。那是在 1945 年的巴黎，当时突出部之役刚刚结束，他来到丽兹酒店的 117 号房间，穿得有点像平民。酒店里有一个军械库，他来借一把手枪，是因为"他们"在跟踪他。他想要一把容易藏匿的小手枪，我给他找了一把，也提醒他那把手枪虽说能把人打死，但是需要过很长一段时间。不过手枪毕竟是手枪，我想他更多的是把手枪当做护身符，而不是武器。

  他很憔悴，看上去身体状况很糟，我问他要不要留下来吃点东西。但是他不得不走。我告诉他，如果"他们"跟踪他，我可以派几个人照顾他，还告诉他我的人和当地的"他们"很熟悉，有我的人照顾他，"他们"就不会打扰和侵犯他了。他说，不用，有手枪就够了。我们打听了几个共同朋友的下落之后他就离开了。我让两个人在门口追上他，然后尾随他，看看是不是有人在跟踪他。第二天，他们向我报告说："爸爸，没有人跟踪他。他是个很时髦的人，很了解巴黎。我们问过了某人和他的兄弟，他们说没人跟踪他。他和英国大使馆有联系，但不是个特务。这只是传闻。你想要他行动的时间表吗？"

  "不用了。他玩得开心吗？"

---

① 伊夫林·沃（1903—1966），英国小说家，擅长讽刺英国上流社会弊端。著有长篇小说《衰落与瓦解》、《荣誉之剑》三部曲等。

"是的,爸爸。"

"那我就高兴了。我们不用担心他了,他有手枪。"

"那把不好用的枪,"其中一个人说,"但是你已经提醒过他这枪不好用了,是吗,爸爸?"

"是的,他想要哪把手枪都可以。"

"也许给他一杯鸡尾酒他会更开心的。"

"不行,"另一个人说,"给他鸡尾酒那我们就做得太多了。有一把手枪他就高兴了。"

于是我们没再管这事。

金·克总是睡不好,经常大半夜躺着看书。他在卡贾多①的房子里有一个很好的图书室,我的书就摆在用餐帐篷的几个空箱子里,这就是我的图书室,那书也能装满一大粗呢口袋。内罗毕的新斯坦利酒店里也有一家很好的书店,沿街走过去还有一家比较好的,我每次去镇上都会把大部分我认为值得一读的新书买回来。阅读是治疗金·克失眠最好的缓和剂,但是只能缓和,不能根治,我经常见到他的帐篷整晚都亮着灯。他有自己的事业,教养良好,所以不可能和非洲女人有染,而且他既不觉得她们漂亮也不觉得她们有吸引力。我认识且最喜欢的那几个非洲女人也不喜欢他。但是有一个伊斯玛仪派的印度女孩爱着金·克,爱得彻底而绝望。那女孩是我见过的最漂亮的人之一。她故意让他以为,她那裹着严严实实的面纱的姐姐才

---

① 肯尼亚一城镇。

是爱他的人,而她自己只是替她姐姐来捎礼物和口信。这故事很悲伤,但也很纯美,我们都喜欢这个故事。金·克去她家店里的时候会和她亲切地讲话,除此之外和她没有任何关系。他有自己喜欢的几个内罗毕白人女孩,我从来没和他谈过她们。玛丽可能谈过。但是我们三个人私下里不会谈论严肃的私事。

在村子里情况就不一样了。不管是在村子还是在伙计营房都没有书可看,也没有收音机可听,于是我们就谈话。我问过寡妇和那个想做我未婚妻的女孩为什么人们都不喜欢金·克。刚开始她们不告诉我。后来,寡妇向我解释说这样说是不礼貌的。原来是气味的问题。所有和我有相同肤色的人通常都让他们觉得气味难闻。

我们坐在河岸边的一棵树下,我在等一群狒狒,从它们的声音来判断,它们应该是正在朝这边过来。

"猎长身上的气味很好闻,"我说,"我总是能闻到他身上的味道,很好闻。"

"你说得不对,"寡妇说,"你身上有村子的味道,闻起来像烟熏过的兽皮,也像非洲粟酒。"我不喜欢非洲粟酒的味道,也不确定我是不是真的有那种味道。

女孩把头靠在我的后背上,我穿着丛林衫,知道那上面已经有汗风干成盐渍了。她的头蹭着我的后肩,然后是后颈,最后移动到我胸前好让我吻她的头。

"知道了吧?"寡妇问道,"你和恩古伊身上的味道是一样的。"

"恩古伊，我们身上的味道是一样的吗？"

"我不知道我身上是什么味道。没有人知道自己身上是什么味道。但是你和姆休卡身上的味道是一样的。"

恩古伊靠在树的另一边坐着，眼睛望着河的下游。他伸直双腿，把头靠在树上。他的身边放着我的新矛。

"寡妇，你去和恩古伊说说话吧。"

"不行，"她说，"我要看着那丫头。"

女孩头枕着我的大腿，用手指触摸着我的手枪皮套。我知道她想让我用手指触摸她鼻子的轮廓和嘴唇，然后轻轻碰触她下巴的弧线，在她的剪短头发的额头和两鬓上画一个方形，把手划过她的耳边再划到头顶。我们的这种示爱方式很微妙，如果寡妇在场，我能做的只有这些。但是如果她愿意的话，也可以在我身上摸索一番。

"你这个硬手的美人。"

"我要做个好妻子。"

"你让寡妇走开。"

"不行。"

"为什么？"

她告诉我原因，我又吻了吻她的头顶。她的手在我身上轻柔地摸索了一番，然后拿起我的右手，放在她想放的地方。我紧紧地拥着她，把另一只手也放在了该放的地方。

"不行。"寡妇说。

"你不可以这样。"女孩说。她转过身去，像刚才一样低下了头，用坎巴语说了几句我听不懂的话。恩古伊朝河的下游望着，我朝河的上游望着，寡妇已经移到树的后面去了，她躺在那里，带着我们融合在一起的无法释怀的伤感。我伸手取过放在树旁边的步枪，放在右腿边。

"你睡觉吧。"我说。

"不，我要晚上再睡。"

"现在就睡。"

"不行。我能摸摸吗？"

"可以。"

"像最后一个妻子那样。"

"像一个硬手的妻子。"

她又用坎巴语说了几句我听不懂的话，恩古伊说："回营地了。"

"我得留下。"寡妇说。于是恩古伊迈着漫不经心的步子走了，在树丛中间投下了长长的影子。寡妇也跟着他走了一段，还用坎巴语说着话。然后她往回走了四棵树的距离，开始在那里站岗，眼睛望着河的下游。

"他们走了吗？"女孩问。

我说走了，于是她把身子凑上来，我俩紧紧地躺在一起，她把她的唇放在我的唇上，我们吻得很投入。她喜欢把玩和摸索我的身体，看到我有任何反应或者触摸到我的伤疤她都会很高兴。她把我的耳垂捏在拇指和食指中间，想在中间穿孔。她从来没有穿过耳洞，想让我触摸一下她要为我穿洞的地方，我仔细地触摸着它们，吻了吻它们，然后轻轻地咬了咬。

"用你的犬牙使劲咬。"

"不行。"

她轻轻地咬了咬我的耳垂，告诉我在什么位置，那感觉很美妙。

"你以前为什么从来没有穿过耳洞？"

"不知道，我们的部族不允许这么做。"

"最好把耳洞穿了吧。这样更好，显得更诚实。"

"我们要做很多有益的事情。"

"我们已经做了很多。但是我想做一个有用的妻子，不是供你玩乐的妻子，也不是你最终会离开的妻子。"

"谁会离开你？"

"你。"她说。

我说过，坎巴语中没有代表爱或抱歉的词语。但是我用西班牙语告诉她我很爱她，爱她从头到脚的一切，我们细数了一遍所有我爱她的地方，她真的很高兴，我也很高兴，我想我说的都是真的，没有半点虚假。

我们躺在树下，我听着狒狒朝河这边走过来的声音，然后我们都小睡了一会儿。过了一会儿，寡妇来到我们的树下，在我的耳边低声说："狒狒来了。"

风拂过河面向我们吹来，一群狒狒从灌木丛中钻出来，正踩着浅滩上的岩石过河，朝玉米地的篱笆走去，地里的饲料玉米已经长到十二到十四英尺高了。它们闻不到我们的气味，也没有看到我们躺在树下破碎的树影里。那些狒狒静悄悄地钻出灌木丛，像一支突击小分队一样开始过河。领头的是三只个头很大的老狒狒，其中一只个头比另外两只更大。它们小心翼翼地走着，它们扁平的脑袋、长长的口鼻部和笨重的下巴晃来晃去。我能看到它们大块的肌肉、厚实的肩膀、敦实的臀部、拱起或下垂的尾巴和笨重的身躯。它们的部族成员就跟在后面，到现在仍有母狒狒和小狒狒从灌木丛里走出来。

女孩慢慢滚到一旁去，好让我自由射击。我缓慢仔细地把步枪拿起来，仍然躺在那里，把枪放在腿上，向后推过枪栓，先用扣扳机的手指捏住枪栓上的小球，再把枪栓向前推到打开的位置，这样就不会发出咔哒声了。

我还是在地上躺着，瞄准最大的那只狒狒的肩部，轻轻扣动了扳机。我听到重击声，还没来得及看一眼那只狒狒的情况，就打了个滚站起来开始朝另外两只大狒狒射击。它俩都踩着石头正在朝灌木丛跑，我先打中了第三只，在第二只从第三只身上跳过去的时候也打中了它。我看了一眼第一只，它已经脸朝下倒在水里了。我打的最后一只还在尖叫，于是我又开枪了结了它。我在灌木丛里重新给枪装上子弹。黛芭问她能不能握一下那把步枪。她拿着那把步枪以立正的姿势站好，学着阿拉普·梅纳的样子。"刚才这把枪还是凉的，"她说，"现在又这么烫了。"

听到枪声，人们都从村子里赶过来，来的人其中就有探子，恩古伊也带着矛来了。他并没有回营地，而是去了村子里。现在我知道他身上是什么味道了,就是非洲粟酒的味道。

"死了三只,"他说,"都是重要的首领。缅甸首领,朝鲜首领,马来西亚首领。Buona notte①。"

他是在阿比西尼亚时从肯尼亚炮兵团那里学会这句"Buona notte"的。他从黛芭手里拿过枪,这时候的黛芭正严肃地拿着枪,看着倒在石头上和水里的狒狒。那景象可不怎么好看。我叫探子让人把它们从河里拖出来,让它们端坐在玉米种植园的篱笆旁边,把它们的手交叉着放在腿上。之后我会让人送点绳子过来,把它们挂在篱笆上,用来吓走其他狒狒或是充当诱饵。

探子把我的命令传达了下去,黛芭神情严肃、正式而超然,她看着人们把狒狒从水里拉出来,拖上岸,靠在篱笆上摆好姿势。那几只狒狒的手臂很长,肚皮上污浊不堪,面容扭曲可憎,下颌触目惊心。其中一只狒狒仰着头,像是在思考。另两只则低着头,仿佛在沉思。我们离开现场向村子走去,我们的车就停在那里。恩古伊和我走在一起,这次又是我扛枪。探子走在我的一边,女孩和寡妇则走在我们后面。

"伟大的首领,重要的首领,"恩古伊说,"我们回营地吧?"

"你感觉如何,老探子?"我问。

"兄弟,我没有什么感觉。我的心已经碎了。"

"为什么?"

---

① 意大利语,意为"晚安"。

"因为寡妇。"

"她是个很好的女人。"

"是很好，但是她现在想让您做她的保护人，对我都不尊重了。她想带着我一直当亲生儿子对待的小男孩和您一起去马伊托。她想照顾黛芭，而黛芭想做玛丽小姐夫人的妾婢。现在每个人都这么想，她也整晚都和我谈这事。"

"这可糟了。"

"您不该让黛芭给你扛枪的。"我看到恩古伊看了他一眼。

"她没有扛枪，只不过是在手里拿了一下。"

"不该让她拿。"

"你是这个意思吗？"

"不是，当然不是，兄弟。村里人这么说的。"

"让村里人闭嘴，不然我就不再保护这个村子了。"

这句话一文不值，但是探子这个人也有点不值钱。

"而且你也没时间从村子里听到任何消息，因为这事半小时前才发生。别开始要阴谋。"或者说别再要阴谋了，我心里想。

我们来到村子，那里有红色的土壤、参天的圣树和精致的茅屋。寡妇的儿子用头撞了一下我的肚子，然后站在那里等着我吻他的头顶。我没有吻，而是拍了一下他的头顶，给了他一先令。接着我想起探子一个月只有六十八先令的收入，给那个小男孩一先令就快赶上探子半天的收入了。于是我把探子从猎车那里叫过来，把手伸进我的丛林衫里，找出几张已经被汗水粘在一起的十先令纸币。

我把其中两张展开，给了探子。

"别乱说谁拿了我的枪。这个村子里没有一个男人配替我端尿盆。"

"我说过有这样的人吗，兄弟？"

"给那寡妇买件礼物，然后告诉我镇上的情况。"

"今晚去来不及了。"

"去公路边等英国马塞人的卡车。"

"如果车不来呢，兄弟？"

通常情况下他都会说："是，兄弟。"第二天才会说："车没有来，兄弟。"这样我就会感激他的态度和付出的努力。

"那就天亮后再去吧。"

"是，兄弟。"

我感到很难过，为村子，为探子，为寡妇，也为了每个人的希望和计划。我们开车离去，没有回头。

这事发生在下那场大雨和狮子回来的几天前，现在没有什么理由能想这件事，除了今晚我为金·克感到难过，他出于习俗、宗法，可能还有选择的原因，必须独自一人度过游猎生活，必须靠读书来熬过漫漫长夜。

我们带来的书中有一本是艾伦·帕顿的《太迟了，法拉罗普》。我觉得这本书简直读不下去，因为它的风格极像《圣经》，用的语言无比虔诚。那虔诚仿佛是在水泥搅拌机中搅拌过，然后用木质容器成箱成桶地运到书里来似的，让人丝毫感觉不到有什么虔诚的气息；虔诚就像是油轮沉没后漂浮在海面上的油。

但是金·克说这是一本好书,所以我就继续读了下去,直到我感到把时间花在帕顿塑造的这帮人身上实在不值,由于1927年通过的一项法案,这帮愚蠢、偏执又可怕的人心里充斥着极强的罪恶感。但是当我最终读完这本书的时候我才知道金·克是对的,因为那帮人正是帕顿想要塑造的形象;但是由于帕顿本人就很虔诚,所以他试图去了解那帮人就有些落后了,或者至少他除了使用更多的《圣经》语言外不能对他们进行指责。最终,他伟大的灵魂成全了那些人,这时候尽管我明白了金·克说这是一本好书的原因,但是这原因让人一想就很伤感。

  金·克和玛丽高兴地谈论着一座叫做伦敦的城市,对于这座城市,我所了解的大部分情况都是听来的,只有在最不寻常的方面我才能了解得比较具体一些,所以我边听他们谈话边想着巴黎。这座城市的方方面面我几乎都了解。对于这座城市我有着无比的了解和热爱,因此我只愿意和旧相识谈论它。以前,我们每个人都有一家可以单独造访的咖啡店,在那里,我们除了店员外谁也不认识。那些咖啡店是秘密场所,每一个热爱巴黎的人都有自己的咖啡店。那些地方比俱乐部还好,你可以在那里收不想寄到公寓的邮件。通常你可以有两三家咖啡店,其中一家可以作为你工作和读报的地方,你不会把这家咖啡店的地址告诉任何人。早晨,你会去那里的阳台上喝一杯奶油咖啡,吃一块奶油蛋卷。等他们把摆着你的桌子的那个靠窗的角落打扫干净后,你就开始工作,他们则开始清理和擦拭咖啡店其他的部分。让别人工作很不错,这可以帮助你的工作。等咖啡店开始来客人的时候,你就付了半瓶维奇的钱,从咖啡店出来,沿着码头走到你先喝开胃酒再吃午饭的地方。吃午饭可以去隐秘的地方,也可以去你会碰到熟人的餐馆。

迈克·沃德总能发现最好的秘密场所。他比我认识的所有人都更了解和热爱巴黎。每当一个法国人发现了一个秘密场所,他都会在那里举行盛大的宴会来庆祝这个秘密的发现。迈克和我寻找的秘密场所通常都会有一两种好喝的小酒和一名好厨子,那厨子通常是个酒鬼,那些秘密小店一般都在做着最后的努力,以免陷入不得不变卖资产或破产的境地。我们找的不是那种经营状况很好或闻名于世的秘密基地。查利·司维尼的秘密基地就总出现这种情况,等他把你带到那里去的时候,知道那里的人已经太多了,你不得不排队才能等到空余的桌子。

但是查理在处理秘密咖啡店上做得还是不错的,他对自己和别人的秘密咖啡店都有着很好的保密意识。当然这些咖啡馆也是我们的第二选择,或者是下午和傍晚造访的咖啡馆。这是一天中你想要找人说说话的时间,有时候我会去他的备选咖啡店,有时候他也会来见我。有时候他会说,他想带一个女孩来让我见见,或者我会告诉他我要带一个女孩。那些女孩通常都是有工作的,没有工作的女孩对你是不会认真的。只有傻瓜才会养一个女孩。你不会想让她在白天的时候围着你转来转去,给你惹麻烦。如果她想和你交往,又有工作,她就是认真的。那么当你需要她时,她就会和你共度良宵,你会在晚上陪着她,当她需要什么东西时,你可以送给她。我从不会带很多女孩向查利炫耀，因为当时和我交往的是我的门房。而查利的那些女孩都又漂亮又温顺，她们都有工作，举止很文明。我以前从来不认识年轻的门房，所以和那个女孩的交往是一段很有启迪意义的经历。她最大的优点是从不出门，不只是不与人社交，而是根本不接触外面的世界。我作为房客最初认识她的时候，她正爱着一个巴黎保安警察队的警察。他的制服上饰有马尾旗，挂着勋章，脸上留着胡子。他住的营房就在同一片区域里不远的地方。他每天定时执勤，身材很好，我俩总是很正式地称呼对方为"先生"。

我并不爱那个门房，只不过晚上很寂寞。于是她第一次走上楼梯，穿过那扇插着钥匙的门，爬上通往阁楼的梯子，阁楼里面的床就摆在窗户旁边，透过窗户可以看到蒙特帕纳斯公墓，那景色很美。她脱下毡底鞋，在床上躺了下来，问我爱不爱她，我忠诚地回答："那是自然的。"

"我知道，"她说，"我老早就知道了。"

她很快脱下了衣服，我看着窗外月色朦胧的公墓。她的身上没有村子的味道，她是干净而柔弱的，这是因为她吃的东西还不错，但是营养不足。我们交缠在一起，连对方的身体都没有看到。但是我的脑子里能想象出来。她说最后一个房客已经回来了。我们躺在床上，她告诉我她永远不可能真正爱上一个保安警察队的队员。我说我觉得先生是个很好的人，他是个勇敢的人，心地很善良，他骑马的样子一定很帅。她说她可不是一匹马，而且她还有些麻烦事。

就这样，我心里想着巴黎的事，他们却谈论着伦敦。我想我们成长的环境不同，幸运的是我们相处得很好。希望金·克的夜晚不会过得太孤独，我能娶到像玛丽这样可爱的女人实在是一件幸事，我会处理好村子的事情，试着成为一个真正的好丈夫。

"你安静得可怕啊，将军，"金·克说，"我们谈的话让你厌烦了吗？"

"我从来不会觉得年轻人烦。我喜欢听他们无忧无虑的谈话。这让我觉得我也不是很老、很不中用。"

"胡扯，"金·克说，"你刚才的表情有点深沉，在想什么？不是在担心什么事吧？是在担心明天会发生的事吗？"

"你看到我的帐篷里很晚还亮着灯的时候才是我开始担心第二天将要发生什么的时候。"

"你又胡扯，将军。"金·克说。

"不许用词不礼貌，金·克，"玛丽说，"我丈夫是个细腻敏感的人，他听不得那些话。"

"我很高兴他听不得那些话，"金·克说，"我喜欢看到他性格中好的一面。"

"他可不会轻易展露好的一面。亲爱的，你刚才在想什么？"

"巴黎保安警察队的一名警员。"

"你看吧？"金·克说，"我一直都说他有细腻的一面，有时候他的这一面会突然显示出来，完全出人意料。他的这方面很像马塞尔·普鲁斯特。告诉我,他很有魅力吗?我会试着做到思想开明。"

"爸爸和普鲁斯特曾在一个酒店住过,"玛丽小姐说,"但是爸爸总说他们不是在同一时间住在那个酒店的。"

"天知道到底是怎么回事。"金·克说。今晚他很愉快,完全处于放松的状态。玛丽的遗忘力惊人,她这个晚上也很高兴,把所有问题都抛在脑后了。在我认识的所有人里面,只有她忘事忘得最可爱、最彻底。和人吵架她可能会生一晚上气,但是到周末她就会把事情忘得一干二净。她与生俱来就有一种选择性记忆,这对她自己并不是完全有利的。在忘掉自己犯的错的同时,她也会忘掉别人犯的错。她是个很奇特的女孩,我很爱她。目前来说,她只有两个缺点:一个是她的个头太矮,要用诚实的方式打狮子很困难,另一个是她心肠太好,做不了杀手。我最终发现,正是因为她心肠太好,所以每次在朝动物射击时不是畏缩一下,就是打偏一点。我觉得这样的她很有魅力,也从来不为这个生气。但是她自己会生气,因为她心里明白我们打猎的原因和必要性,而在决定不再猎杀像黑斑羚这样好看的动物,只杀丑陋危险的野兽后,她也渐渐开始喜欢上了打猎。六个月来,我们每天都在打猎,她已经学着喜欢上打猎了。打猎对于她来说从根本上讲是一件耻辱的事,如果打得漂亮还不算太耻辱,但她性格中善良的那部分还是暗中作祟,让她下意识地打偏目标。我因为她的善良而爱着她。同样,我不可能爱上在牲畜围栏里工作的女人,不可能爱上帮助忍受病痛折磨的猫狗了结生命的女人，也不可能爱上会处死在赛马场摔断了腿的马的女人。

"那个警员叫什么名字？"金·克问，"艾伯丁？"

"不，他叫先生。"

"他在耍我们，玛丽小姐。"金·克说。

他们继续谈论起伦敦。我也开始思考伦敦，觉得那地方虽然噪音太多，又不太正常，但还是个不错的地方。接着我发现我对伦敦是完全不了解的，于是我又开始思考巴黎，但是这一次思考的内容更细致了。实际上我很担心玛丽的狮子，金·克也很担心。但是我们处理这个问题的方式不一样。事情在真正发生的时候总是很简单。但是这头狮子我们已经打了很长时间了，真想快点把它解决掉。

最终，各种不同的 dudus（所有小虫、甲虫和昆虫的总称）在用餐帐篷的地面上铺了厚厚一层，踩上去嘎吱作响，这个时候我们就去睡觉了。

"别担心明天。"金·克回自己的帐篷时我这样对他说。

"你过来一下。"他说。我们就站在通往他帐篷的路上，玛丽已经进了我们的帐篷。"那头不幸的角马被她瞄准的是什么位置？"

"她没告诉你吗？"

"没有。"

"去睡觉吧，"我说，"无论如何我们在玛丽开枪后才能有行动。"

"你们不能做老夫老妻之间的事吗?"

"不能,切洛恳求我做这事已经有一个月了。"

"她真让人敬佩,"金·克说,"就连你也有点让人敬佩了。"

"只不过是一群海军司令而已。"

"晚安,将军。"

"请在我失明的眼睛上放一架望远镜,再替我吻吻我的蠢驴哈代①。"

"你把我们的战线搞错了。"

就在那时,传来了几声狮子的吼叫声。我和金·克握了握手。

"可能它听到你错误地引用纳尔逊的话了。"金·克说。

"它是听厌了你和玛丽谈论伦敦。"

"它的声音很好听,"金·克说,"去上床睡一觉吧,将军。"

夜里,我又听到那头狮子吼叫了几次。然后我进入了梦乡,感到姆温迪在拉扯我帆布床下面的毯子。

"老板,茶。"

外面天色还很暗,但是已经有人在生火了。我把茶给玛丽端过去,把她叫醒,但是她有些不舒服。她病了,抽搐得很厉害。

"你今天想不想休息一天,亲爱的?"

---

① 这是英国海军统帅纳尔逊临死前说的一句话,哈代是他的副将。金·克由于通过阅读来熬过失眠,所读的书可能是英国作家哈代的作品。

"不用,可是我觉得很难受。可能喝过茶就好点了。"

"我们可以取消今天的行动,让它再休息一天可能会好一些。"

"不,我想去。但是先让我试试能不能感觉舒服一些。"

我出去用盆里的冷水洗了洗脸,用硼酸冲洗了一下眼睛,穿好衣服,走到外面的篝火旁边。我看到金·克在他的帐篷前刮胡子。刮完胡子后,他穿上衣服走过来。

"玛丽有点头晕。"我告诉他。

"可怜的孩子。"

"但是她还是想去。"

"那是自然的。"

"你睡得怎么样?"

"还不错,你呢?"

"很好。你觉得那头狮子昨晚上在干什么?"

"我觉得它就是四处走动了一下,也发出了点声音。"

"它吼了很多声呢。想不想和我一起喝瓶啤酒?"

"无妨。"

我去拿了啤酒和两个玻璃杯,开始等玛丽。她走出帐篷,沿着小路去了厕所。她回来之后又沿着小路走了回去。

"感觉怎么样,亲爱的?"她拿着茶来到篝火旁边的桌子前时我这样问她。切洛和恩古伊正从帐篷下面取出枪支、望远镜和装弹壳的袋子,拿到猎车里。

"我感觉一点都不好,有什么解决办法吗?"

"有,但那会让你犯困。我们也有土霉素,那既能治你的病也不会让你犯困,但你还是会感觉怪怪的。"

"为什么我必须要在狮子在的时候得病?"

"别担心,玛丽小姐,"金·克说,"我们会让你好起来的,狮子也会更自信。"

"但是我想出去打它。"

她明显很痛苦,我能看出来她的病又发作了。

"亲爱的,今天上午我们就放它一马,让它休息休息吧。无论如何这也是最好的办法了。你放松下来,照顾好自己。不管怎么说,金·克也能再留几天。"

金·克摇摇头,掌心向下,表示拒绝。但是玛丽没看见他。

"那头狮子是你的,不要着急,等身体好了再去打它。我们每不理它一分钟它的自信都能增长一些。我们最好今天上午完全不出去。"

我朝猎车走去,对他们说我们不去了。然后我看到凯蒂在篝火旁边。他似乎了解了所有情况,但是他表现得体贴而有礼貌。

"女主人病了。"

"我知道。"

"可能那面条有问题,也可能是害了痢疾。"

"是的,"凯蒂说,"我觉得是面条的原因。"

"那肉太不新鲜了。"

"是啊,可能只有一小块不新鲜。那面条是摸着黑做出

第七章

来的。"

"今天我们就不管那头狮子了，我们要照顾玛丽小姐。让那头狮子自信起来。"

"好的，"凯蒂说，"你快去打点鹌鸡、袋鼠什么的，让姆贝比亚给女主人熬汤喝。"

我们断定，即使那头狮子看到了诱饵，也没有去碰。我和金·克就乘着他的越野车出去巡视了一圈。

我跟恩古伊要了一瓶酒。那瓶子裹在一个湿麻布袋里，过了一晚上，很是沁凉。我们把越野车停在一片树荫下，坐在车里边喝酒边望着晒干的泥沼那边的小汤姆逊瞪羚，看着角马不停移动的黑色身躯，斑马穿过沼泽向远处的草地跑去，最后跑向丘卢岭，阳光下它们的躯体呈灰白色。这天早上，丘卢岭呈深蓝色，看起来很遥远。我们回过头去看山的时候，感觉它离我们很近，似乎就在帐篷后面拔地而起。山上的积雪很厚，在阳光下熠熠闪光。

"我们可以让玛丽小姐踩着高跷打猎，"我说，"这样她就能在长得很高的草丛中看清东西了。"

"这并不违反猎法。"

"或者切洛可以搬一把折梯，就像图书馆里取上层书架上的书用的那种梯子。"

"太聪明了，"金·克说，"我们可以在梯子的横杠上加上垫子，这样她还能把步枪放在她所站的上一级横杠上歇歇手。"

"你不觉得这太不好携带了吗？"

"把它变得好携带这事就交给切洛了。"

"那景象一定很美，"我说，"我们还可以在上面安一个电风扇。"

"我们可以把它做成电风扇的形状，"金·克开心地说，"不过那可能会被视为一辆车，那样就不合法了。"

"如果我们不断地把它往前推，让玛丽不断地像松鼠一样往上爬，那样合法吗？"

"所有能滚动的东西都是车。"金·克义正词严地说。

"我走路的时候就有点往前滚。"

"那你就是一辆车，我来驾驶你吧。你还能在这里停留六个月的时间，然后就要被装船运出殖民地了。"

"那我们可要谨慎一点了，金·克。"

"谨慎和节制不一直都是我们的口号吗？"

"瓶里还有酒吗？"

"还剩一点，我们一起喝了吧。"

第八章

　　玛丽小姐打狮子的那天天气很好，美好的大概也只有天气了。昨天夜里长出了很多白色的花，在第一道曙光的照射下，那长着白花的片片草地仿佛是一轮满月的光透过雾气照射在刚下过雪的地面上。玛丽在第一道曙光出来之前很长时间就起床穿衣了。她卷起了她丛林夹克衫右边的袖子，检查了她的点二五六口径的曼利夏步枪。她说她不舒服，我相信她说的是真话。我和金·克向她打招呼，她作了简单的回应。我们都小心翼翼地避免开任何玩笑。我不知道玛丽对金·克有什么意见，除了不满于他往往漫不经心地面对无疑很严肃的工作。我想她生我的气肯定是有原因的。我想，如果她心情不好，她就可能会变得残忍，打出我所知道她能打出的最致命的一枪。这契合了我最新得出的伟大结论：她太善良了，不忍杀生。有些人的枪法随意而轻松；有些人射击的速度奇快无比，但他们仍能控制好时间，像外科医生切下第一刀一样，仔细地装上子弹；还有些人射击像机器一样精准，枪枪致命，除非有意外发生导致射击程序出错。这天早上,玛丽小姐似乎是带着坚定的决心出去打猎的,谁做事不够认真严肃都会遭到她的鄙视,她拖着全副武装的病体,如果她没有得手,还能拿身体状况不佳作为理由。现在的她只有一股孤注一掷的狠劲。这对我来说是一件好事,因为我又发现了一种能促使她成功打到狮子的方法。

我们在猎车旁边等着天再亮一点就出发,每个人都严肃而冷酷。恩古伊几乎每天一大早都脾气不好,所以他除了严肃和冷酷外还有点不高兴。切洛也严肃而冷酷,除此之外他还微微有点开心,就像是要去参加一场葬礼,但对死者并没有很深的感情。姆休卡和往常一样高兴,他虽然耳朵听不见,却用他敏锐的双眼寻着破晓的迹象。

我们都是猎手,此时此刻正要去做打猎这件神奇的事。很多作品总是把打猎写得神乎其神,但是这件事可能比宗教还要古老得多。有些人称得上是真正的猎手,有些人则不是。玛丽就是一个真正的猎手,而且是个又勇敢又可爱的猎手。但是她入行比较晚,开始打猎的时候就已经不是个孩子了。在打猎的过程中,发生在她身上的事都出乎她的意料,就像小猫长成大猫时第一次发情的感觉。于是她把所有这些学到的新知识和感受到的新变化都归结为我们知道但别人不知道的事。

我们四个就像一个很年轻的斗牛士的一伙帮手,见证了她经历过的所有变化,也见证了她几个月来严肃认真地打某只猎物,克服了重重困难。一旦斗牛士认真起来,帮手也得认真。我们这些帮手了解斗牛士的所有缺陷,她给我们的回报丰厚,只不过方式不同而已。我们都对斗牛士完全失去过信心,但也多次对她重新树立了信心。我们有的坐在车里,有的围着车转,等着天色再亮些就出发,这时候,我强烈感觉我们是要去参加一场斗牛。我们的斗牛士神情严肃,于是我们也神情严肃,因为我们对斗牛士有一种不同于往常的热爱。我们的斗牛士身体不舒服,因此我们更有必要照顾好她,帮她做成想做的事。但是当我们坐着、倚着,感觉困意逐渐消除的时候,我们又变成快活的猎手了。新的一天就在眼前,它总是充满着新奇与未知,这时候也许没有人比猎手更快活,而玛丽也是个猎手。但是她给自己设定了这个任务,在老爷子的教导、训练和灌输下,她猎狮子用的方法带有绝对的纯粹性和美德性。老爷子把玛丽收为最后一个徒弟,把他从来没能教给任何女人的一套道德标准体系教给了她。所以玛丽打狮子不能按照惯常的方式,只能按照理想的方式。最终,老爷子在玛丽身上发现了女性特有的好斗精神,发现她是一个充满爱心而大器晚成的杀手,唯一的缺点是她打出的子弹说不准会飞到哪儿。老爷子在教给她那套道德标准体系后,就有必要离开了。她现在有那套道德标准了,但是她的身边只有金·克和我,我俩都不像老爷子那样是真正值得信赖的人。就这样,她现在又一次去参加那场一再被拖延的斗牛。

姆休卡向我点点头,告诉我光已经足够亮了。于是我们出发,开车穿过昨天还是一片绿油油,而现在已经开满白花的草地。中途姆休卡把车悄无声息地停下来,这时我们的车与森林的树木平行，左边是高高的一片枯黄的野草。姆休卡转过头去，我看到他脸颊上箭头形状的疤痕和其他一些划痕。他什么话都没说，于是我顺着他的视线望过去。我看到那头黑色鬃毛的大狮子正从枯草丛中向我们走来，它的脑袋在枯草顶上露出了很大的一部分。那坚硬的枯草上面只露着它的头。

"你觉得我们慢慢绕个圈回营地怎么样？"我小声对金·克说。

"十分赞成。"他小声说。

正说着，狮子掉头向森林跑回去。我们只能看到高高的草在晃动。

我们回到营地吃早餐，玛丽明白我们为什么那样做，也同意那是正确而必要的。但是她为之全副武装、全力以赴的斗牛又被取消了，所以她看到我们就很来气。我感到很抱歉，因为她生病了，所以我想让她尽可能地放松一些。继续谈论狮子如何犯下错误到底是没用的。金·克和我都知道那头狮子已是我们的囊中物了。明显它是一晚上没有吃东西，早晨出来寻诱饵吃。现在它又回森林了。它会饿着肚子回去躺下，如果没人打扰它，一到晚上它就会出来，这就是它的行事套路。如果它不是按我想的这样，那么金·克明天不管发生什么都要走了，然后我和玛丽两个人又要单独和它周旋了。但是那头狮子已经打破了它的行为方式，犯下了一个严重的错误，我再也不担心会打不到它了。我可能更愿意在没有金·克的情况下和玛丽两个人单独打它，但是我也喜欢和金·克打猎，我还没傻到想在我和玛丽单独在一起的时候出洋相。金·克已经把可能出现的状况讲得太清楚了。我总是有一种非常美好的错觉,认为玛丽会精准地打中狮子的要害部位,那头狮子滚倒在地,就像我一次次看到过的那些被玛丽打死的猎物一样,然后它就以狮子才有的样子死去。如果它倒在地上但是还没死,我就会再给它两枪,这事再简单不过了。玛丽小姐会很高兴,因为她终于杀死了她的狮子,而我只是给了它最后一击,玛丽会知道这一事实,并且会永远深爱我,直到世界尽头,阿门。到目前,这件事我们已经期盼了六个月。就在那时,一辆新的越野车穿过田野,开进营地。那片神奇的田野在一个月前还是一片尘土飞扬的原野,一个星期前被雨浇成了一片泥浆,现在则铺满了白花。那种车我们从来没见过,它是新的型号,车体更大,速度更快。开车的是一个红脸汉子,中等个头,身穿一件退色的肯尼亚警员的卡其布制服。他一路开过来,脸上已经蒙了一层尘土,笑起来眼角纹便在尘土上形成了道道沟壑。

"有人在家吗?"他边走进用餐帐篷,边摘下帽子,问道。我透过帐篷朝大山那边挂着穆斯林纱的开口,看见了他的车开过来。

"大家都在,"我说,"你好吗,哈利先生?"

"我很好。"

"坐下,让我给你弄点喝的。你今晚可以留下来吧?"

他坐下来,像小猫一样伸了伸腿,活动了下肩膀。

"什么都不能喝。正派的人在这个时间不能喝酒。"

"你想要什么?"

"我们一起喝一瓶啤酒怎么样?"

我打开啤酒,倒了两杯,当我们举起酒杯的时候,我看见他那双疲倦而呆滞的眼睛放松下来,有了笑意。

"让他们把你的东西放到小派特的帐篷里去吧,就是那个绿色的空帐篷。"

哈利·邓恩是个腼腆而善良的人,他总是工作很长时间,做事铁面无私。他喜欢非洲人,也很理解他们,他受雇来这里推进法律的执行和命令的实施。他又温柔又坚强,没有报复心,不会记恨别人,也从来不犯傻和感情用事。这个地方的人们喜欢记仇,但是他从来不这样,我从没见过他因为什么事动气。他所执法的地区正处于一个腐败孳生、仇恨蔓延、暴力横行、异常疯狂的时代,他每天都让自己的工作强度超过人的极限,而他这么辛苦地工作从来都不是为了升职和提升,因为他知道自己在工作中的价值。有一次,玛丽把他比作一个可移动的人形堡垒。

"你在这里过得快活吗?"

"很快活。"

"我听说了一点。你们必须要在圣婴降临日前杀死那头豹子,这是怎么回事?"

"那是为了给一家杂志写图片故事,我们九月的时候还在为那家杂志社摄影。那时候我们还不认识。我们有一位摄影师,他拍了几千张照片,我为他们用的照片配上说明文字,并写了一篇短文。他们有一张很好看的豹子的图片，那头豹子是我打死的，但是它不是我的。"

"那是怎么回事？"

"当时我们正在追捕一头很聪明的大狮子。就在埃瓦索恩吉罗另一边的悬崖下面，比马加迪还远。"

"那地方我正好不熟悉。"

"我们当时正在和这头狮子较量，我的这位朋友和他的扛枪伙计爬上一座小石丘，想看看前面有没有出现那头狮子。那头狮子是玛丽的，因为我和我的朋友都打死过狮子。所以，也不知道怎么回事，我们听见他开枪后，在一片扬起的尘土中，一个东西倒在地上，发出吼叫声。被打中的是一头豹子，那片扬起的尘土很浓重，已然形成了一片密实的云，而那头豹子还在不停地吼叫，谁也不知道它会从尘土中的那个方向窜出来。我的朋友马伊托从上面给了那豹子两枪，我也朝着那团移动的尘土的中心部位开了一枪，然后猫下腰，移动到那团尘土的右边，那是它一般来说会冲出来的方向。然后它从尘土中只露出了一次头，那时候它的喉咙里仍然发出凶狠的吼叫声，于是我给了它脖子一枪，尘土开始慢慢沉淀下来了。那场面有点像偏远西部旧式酒吧外面进行的一场烟雾缭绕的枪战，唯一不同的是那头豹子手里没枪。但是它离我们很近，可以伤害到任何一个人，而且它已经被完全激怒了。摄影师拍下的照片有马伊托和那头豹子的，有我们所有人和那头豹子的，也有我和那头豹子的。那头豹子是马伊托的，因为是他先开的枪，而且他后来又开枪了。但是把那头豹子拍得最好的照片是我的那张,杂志社想用那一张,我说不行,除非等我独自一人杀死一头好豹子。但是到现在我已经失手三次了。"

"我不知道你们把规矩定得这么严。"

"不幸的是,我们的规矩就是很严。这也是法律。打出一枪后就必须追踪到底。"

阿拉普·梅纳和巡猎长带回消息说那两头母狮子和那头年轻的狮子在远处的盐碱地边上杀死了猎物。我们布下的诱饵除了土狼拽过的地方外,其他的都还没被揭开。我们的两位猎探员很小心地把土狼动过的诱饵恢复了原状。挂着诱饵的那几棵树旁边有很多鸟,这肯定会吸引狮子的注意力,但是那些鸟吃不到作为诱饵的斑马残骸,它们挂得足够高,可以引起狮子的注意。那头狮子夜间没有吃过东西,也没有捕过猎,而且因为它不饿,也没有被打扰过,所以晚上我们几乎肯定能在空地上发现它。

终于我们吃了午饭,玛丽的心情很好,对我们每个人的态度都很亲切。我记得她甚至问我要不要再来点冷盘肉。我说,不,谢谢,我已经吃够了。她说,这对我有好处,因为喝了很多酒的人都需要吃东西。这不仅是一条古老的真理,而且有一篇我们都读过的《读者文摘》的文章也围绕这个道理作了通篇的解释。那期的《读者文摘》现在已经被我们遗弃在厕所了。我说我已经决定以一个真酒鬼的身份参加竞选,不会欺骗我的任何一个选民。如果人们对丘吉尔的描述是真实的,那么他喝的酒是我的两倍,他刚刚获得了诺贝尔文学奖。我只是在试着增加我的酒量,好让我自己也得个奖。谁知道呢?

金·克说诺贝尔文学奖和我得的奖一样好,但是为了吹嘘一番我也该拿到这个奖,因为丘吉尔能获奖要归功于他的口才,这至少是部分原因。金·克说,虽然他对这个奖项不够关注,但是他觉得我很有可能因为在宗教方面的工作和对非洲土著人的关怀而得到这个奖。玛丽则建议我说,如果我偶尔试着写点东西,就能拿到这个奖。她的这句话令我深受感动,于是我对她说,一旦她打到那头狮子,我就什么都不做,专心写作,这么做只是为了让她高兴。她说,如果我写些东西,即使是一点也能让她高兴。金·克问我有没有打算描述一下非洲的神秘色彩,如果我打算用斯瓦希里语写,他可以帮我找来一本关于内地斯瓦希里语的书来,那样一本书对我来说意义重大。玛丽小姐说我们已经有这本书了,她甚至觉得,即使我用英语写,这本书也是能起到作用的。我说,为了在我写的东西中加入点内地风格,我可能会从那本书中抄几部分。玛丽小姐说我用斯瓦希里语连一句话也写不对,一句话也说不对。我很悲伤地认同了她,我确实一句正确的话也不会说、不会写。

"老爷子的斯瓦希里语就说得很漂亮,金·克也是。你就丢人了。我都不知道怎么会有人像你一样把一门语言说得这么差劲。"

我想说的是,几年前,我曾经似乎就要可以把斯瓦希里语讲得很好,但是我做了一件傻事,没有在非洲继续留下去,而是回了美国，在那里，我以不同的方式消磨着对非洲的思念之情。然后，就在我可以回非洲之前，西班牙战争爆发了，我被卷入了世界大潮，不好不坏地挨过了那段时间，最后终于回到了非洲。能回到非洲很不容易，因为要挣脱已经建立起来的责任链条着实困难，这链条看起来虽然如蜘蛛网般轻盈，却像钢丝绳一样把人牢牢拴住。

我们都很开心地互相开着玩笑，互相捉弄着彼此，我也开了点玩笑，但是我很留心地保持着谦逊和懊悔，希望能赢回玛丽小姐的欢心，也希望她能保持心情愉快，以便应付狮子的出现。我一直在喝布尔默干苹果酒，我发现这种酒很可口。金·克从卡贾多的商店里买来了一些。这酒轻柔爽口，提神清脑，丝毫不影响打猎，一瓶有整整一夸脱，上面是旋拧的瓶盖，我曾经在夜里醒来的时候用它代替水来喝。玛丽的那个很热心的表妹曾送给我们两个小巧的正方形枕头，枕套是麻布做的，里面装满了香脂针。我总是把我的枕头枕在脖子下面，或者，如果我侧着睡的话，把耳朵贴在上面。那枕头的味道满是我孩提时代对密歇根的记忆，真希望我能有一个用带香味的草编成的篮子，用来在旅行中装那只枕头，一到晚上就把篮子挂在蚊帐下面。那苹果酒的口感也有密歇根的味道，我总是想起那个苹果酒的加工作坊，想起它的门从来都不锁，只安装着搭扣和木栓，也想起那麻布袋的气味，那麻布袋是用来压榨苹果的，之后会被铺开晾干，再一次放进深深地酒桶里，人们拉来一车一车的苹果送到作坊里酿成苹果酒，那酒桶里便留下了苹果的味道。加工作坊的水坝下面有一个深潭，落下的水在潭子里转一圈又回到水坝下。在那里垂钓，如果耐心一点的话总能钓到鳟鱼。每次我钓到鳟鱼都会把鱼杀死，放进树荫下那只用柳条编成的大鱼篓里，在鱼身上铺上一层蕨叶，走进作坊，取下挂在墙上的钉子上的锡杯，从下面的一个桶上拉开沉重的麻布袋，舀一杯苹果酒喝。我们现在喝的苹果酒让我想起了密歇根，有了那枕头，我的记忆就更清晰了。

　　现在我正坐在桌子旁边，玛丽的心情似乎好些了，这让我很高兴。我希望狮子会在傍晚时分出现，也希望玛丽小姐能把它打成一堆残肉，从此她就幸福了。吃完午饭，大伙儿都兴高采烈的，都说我们可以小睡一会儿，等到打狮子时我再把玛丽小姐叫起来。

　　玛丽刚在床上躺下就睡着了。帐篷后部是撑开的，一股怡人的凉风从山上袭来，穿过帐篷。通常，我们睡觉的时候都会面朝帐篷开着的门，而这次我把枕头放在了床的另一头，把它们卷起来，把香脂枕头放在我的脖子下面。我躺在床上，靴子和裤子都没穿，借着从我后面传来的光，我开始看书。我读的是杰拉尔德·汉利①写的一本很好的书，他有另一本好书，叫做《日落时分的领事》。我看的这本书讲的是一头作恶多端的狮子，它几乎杀死了书中所有的角色。我和金·克曾经在早晨上厕所的时候读这本书，为了从书中获得猎狮的启发和灵感。书

---

① 杰拉尔德·汉利（1916—1992），爱尔兰裔英国小说家、旅行作家。

中也有几个角色没有被狮子杀掉，但是都走向了其他悲惨的命运，所以我们也没有真正在意。汉利写得很好，这是一本很精彩的书，能给猎狮的人很大的启迪。有一次，我看到一头狮子飞速冲过来，那给我留下了很深的印象，一直到现在还印象深刻。这天下午，我慢慢地读着这本书，因为这书写得太好了，我都舍不得结束它。我希望那头狮子能把书的主人公或老少校杀死，因为他们都是高尚而善良的角色，而我对那头狮子的喜爱已经到了希望它能杀死一些高级角色的程度。那头狮子也表现不俗，我又读到它杀死了另一个富有同情心的重要角色。这时候我想我还是把剩下的部分留着以后再读吧。于是我从床上起来，穿上裤子和靴子，但是并没有拉上靴子的拉链，我走到金·克的帐篷那里看看他是不是已经醒了。我学着探子经常在用餐帐篷外面发出的咳嗽声，在他的帐篷外面咳嗽了一下。

"进来吧，将军。"金·克说。

"不了，"我说，"男人的家就是他的城堡。准备好面对那些致命的野兽了吗？"

"现在还太早。玛丽睡了吗？"

"她还在睡。你在看什么书？"

"查尔斯·林白[①]的书。写得太好了。你读的是什么书？"

"《狮子之年》，我正在翘首盼望我们的狮子呢。"

[①] 林白（1902—1974），美国飞行员，首个单人不着陆跨大西洋飞行的人。

"那本书你已经读了一个月了。"

"是六周。你对飞行的神秘有了什么新认识吗?"

那一年,我俩虽然不再年轻,但是都对飞行充满了神秘的幻想。1945年,我乘坐一架年久失修的快飞不动的飞机回家,就在那时,我便彻底地放弃了对飞行抱有的神秘幻想。

打猎的时间到了,我把玛丽叫起来,那几个扛枪伙计从床底下拿出她的步枪和我的大枪,检查了一下实心弹和软头弹。

"它还在,亲爱的。它还在,你会打到它的。"

"已经晚了。"

"什么也别想。出来上车就可以了。"

"我得穿上靴子,这你总该知道。"

于是我帮她穿上靴子。

"我那该死的帽子在哪儿?"

"你那该死的帽子在这儿。走到最近的那辆越野车上去,别跑。除了打死那头狮子外什么念头都不要有。"

"别跟我说那么多话,让我一个人静一静。"

玛丽和金·克坐在前排的座位上,姆休卡负责开车。恩古伊、切洛、我和巡猎员一起坐在后面的敞篷车厢里。我检查了30-06型猎枪枪管里的弹药筒和弹药箱,检查了我口袋里的子弹夹,也检查了后视孔,用牙签清理里面的灰尘。玛丽直直地举着她的枪,我能很清楚地看到那把擦得乌亮的枪管,那条把后瞄准器两翼固定在下面的透明胶带,也能很清楚地看到她的后脑勺和头上戴着的那顶破旧不堪的帽子。太阳就要落山了,我们已经走出了那片开满花的草地,沿着老路向北走,和那条路并排的就是森林。狮子就在我们右边的什么地方。车停了下来,除了姆休卡还坐在方向盘前外,其他人都下了车。我们的一边是树丛和灌木,狮子的脚印就是朝着这树丛和灌木里去的,另一边是那棵孤零零的树,我们的诱饵就挂在那棵树上,上面覆盖着一堆灌木。诱饵没有被它吃一口,也没有被鸟啄食。那些鸟都在树上站立着。我回头看了一眼太阳,用不了十分钟,它就会下沉到西边的远山后面去了。恩古伊已经爬上了蚁山,从顶上仔细查看。他把手靠近脸边指了指,这个动作可以让人几乎看不清手指的移动,然后飞速从山上跑了下来。

"快,"他说,"它就在那里。我们最好还是上车吧。"

金·克和我又都看了看太阳,金·克挥手示意姆休卡把车开过来。我们爬上车,金·克引导着姆休卡把车往什么地方开。

"但是它在哪儿呢?"玛丽问金·克。

金·克把手放在姆休卡的胳膊上,他停下了车。

"我们把车留在这儿,"金·克对玛丽说,"它一定就在远处的那丛树和灌木丛里。爸爸在左边守着,不让它跑回森林里去。你和我往前走,到狮子跟前去。"

我们朝狮子的方向移动,它八九不离十就在那儿,这时候太阳仍没有落山,恩古伊在我后面,玛丽和金·克在我们的右边往前移动着,玛丽走在金·克前面一点,切洛则跟在金·克身后。他们径直朝那丛底部长着稀疏灌木的树丛走去。这时候我已经能看到狮子了。我继续向左边移动,向侧前方迈着步子。

第八章 211

它看着我们，我心想，它现在所在的位置真是糟透了。我每向前迈出一步都会减少它逃到那个它曾多次撤退到的安全地带的机会。现在，它已经别无选择，除了向我扑过来，或向玛丽和金·克扑过去，但是除非受伤，它是不会想到这么做的。或者，它还可以试着逃到北边另一个隐蔽性良好的树丛和灌木地带，但是那个地方离这里有四百五十码远，它要穿过开阔的平原才能到那里。

　　这时候我觉得我已经不能再往左移动了，于是便开始朝着狮子的方向移动。它站在灌木丛里，灌木没过它的大腿，我看见它的脑袋转过来看看我，又转回去看看玛丽和金·克。它的脑袋又大又黑，但是当它转动的时候，看上去也没有大得和身体的比例不协调。它的身子也是又大又长，显得很沉重。我不知道金·克会把玛丽带到离狮子多近的地方，我没有看他们，只是注视着狮子，等着枪声打响。现在我已经不需要再向狮子靠近了，如果它朝我这边冲过来，这距离足够让我杀死它，而且我确定，如果它受伤了，就一定会朝我这边冲过来，因为它的天然的避难所就在我身后。玛丽肯定要开枪了，我这么想。她不可能再靠近了。但是可能金·克想让她再靠近点。我用眼角的余光看了看他们，低下头，没有让我的视线离开那头狮子。我能看到的是，玛丽想要开枪，但是金·克正阻止她这么做。他们并没有再试图靠近那头狮子，所以我判断他们所在的位置让玛丽和那头狮子之间有几根灌木枝。太阳开始落山，我看着那头狮子，感觉到它身上色调的变化。现在的光线仍然适合射击,但是天马上就要暗下去了。我盯着那头狮子,它向右微微移动了一下身子,然后看了看玛丽和金·克。我能看到它的眼睛。玛丽还是没有开枪。接着,狮子又微微移动了一下身子,我听到玛丽的枪声和子弹打进狮子体内那干涩的声音。她打中了它。狮子跳起来跃进灌木丛,又从灌木丛的远端冲出去,朝北边那丛浓密的树林跑去。玛丽在对它开枪,我可以肯定她打中了它。狮子摇晃着它的大脑袋,大步向前跳跃。我也给了它一枪,它身后扬起一阵尘土。我的瞄准器随着它移动,在瞄准器对准它前方的时候扣动扳机,但还是只射中了它后面的尘土。金·克的大双筒枪也在开火,我看到那子弹扬起阵阵尘土。我又一次在瞄准器里看到那头狮子,这次我把准星移到它的前方,但只在它前面扬起了尘土。它的步伐沉重,绝望地向前跑着,但是它在瞄准器里已经非常小了,几乎肯定就要跑到远处的树林里了,这时候它再次出现在我的瞄准器里,它已经很小了,正在快速跑远,我轻轻地把准星移动到它前面,一超过它的头便扣动扳机,这一次没有扬起尘土。还没听到子弹的声音,我就看见它一头向前栽倒下去,前腿还在不停地刨着,它巨大的脑袋垂了下去。恩古伊拍了拍我的后背,用胳膊搂住我。那头狮子还在试图站起来,金·克给了它一枪,于是它侧身躺倒了。

我向玛丽跑过去,吻了吻她。她很高兴,但是有点不对劲。

"你在我前面开枪的。"她说。

"别那么说,亲爱的。你开枪打中它的。我们等了那么长时间,我怎么能在你前面开枪呢?"

"是的,是女主人打中它的。"切洛说。他一直站在玛丽身后。

"当然你打中它了。我想你第一次开枪的时候打中的是它的脚,然后你又打中它了。"

"但是是你杀了它。"

"它中枪后我们都得阻止它跑进那片浓密的树林。"

"但是是你先开枪的。你自己知道。"

"我没有。你问金·克啊。"

我们都朝狮子倒下的地方走去,走了很长一段时间,越往前走,那头狮子在我们的视线中就变得越大,也越清晰地显示它已经死了。太阳正在落山,天色暗得很快,这时候的光线已经不适合射击了。我已经精疲力竭。金·克和我身上已经因为汗水湿透了。

"当然是你打中它了,玛丽,"金·克说,"它跑到空地上之后爸爸才开枪的,你打中了它两次。"

"我想开枪的时候为什么不能开枪呢?那时候它就站在那里看着我呢。"

"那中间有几根灌木枝,那可能会让子弹打偏或爆炸。所以我让你等等。"

"等等后它就动了。"

"它动了你才能朝它开枪。"

"但是真的是我先打中它的吗?"

"当然是你。没有人会在你之前开枪的。"

"你不是为了让我高兴在骗我吧?"

这个场景切洛之前见过。

"打中了!"他大声说,"是女主人打中了,打中了!"

我用手的侧部推了一下恩古伊的臀部,用眼睛看着切洛,于是他走过去。

"打中了!"他尖声说,"是女主人打中了,打中了!"

金·克过来和我一起走。我说:"你怎么出汗了?"

"你把准星对准它前面多远?你这狗娘养的。"

"一尺半,两尺吧。那枪打得像射箭似的。"

"我们回去的时候用步子测一下。"

"这么远没人会相信的。"

"我们相信,这就够了。"

"我们过去吧,让她认识到是她打中了狮子。"

"她相信孩子们说的话。你打中了它的后背。"

"我知道。"

"子弹击中的声音传回来要多久你听出来了吗?"

"听出来了。我们过去和她谈谈吧。"

越野车在我们后面停了下来。

现在我们就站在那头狮子的旁边,它是玛丽的,现在她知道了。而且她也目睹了那头狮子惊妙的躯体,它长长的躯体上长着乌黑的鬃毛,十分壮美。骆驼蝇已经爬上了它的躯体,而它黄色的眼睛还没有完全失去神采。我用手抚摸着它厚重的黑色鬃毛。姆休卡停好车,过来和玛丽握手。玛丽正跪在那头狮

第八章

子身边。

接着我们看到卡车穿过平原从营地那边驶来。他们已经听到了枪声，凯蒂把所有人都带了出来，除了两个人留下看守营地。他们唱着狮子歌，当他们从车上一拥而下时，玛丽对这狮子是谁的再也没有疑问了。我见过很多头狮子被杀死，也见过很多庆祝仪式，但是没有一次仪式像这次一样隆重。我想让玛丽尽情地享受这一切。我确定玛丽现在没事了，于是我继续朝那片树林和浓密的灌木丛走去，刚才那头狮子就是朝这个地方跑的。它差一点就跑进去了，我设想了一下，假如我和金·克不得不到那里面去把它给找出来会是什么情形。我想趁天色完全暗下来之前再看看这片树林。就差六十码它就跑进去了，那样的话，等我们走到树林天就已经黑了。我想着可能会发生的事，然后回去和他们一起庆祝、拍照。卡车和越野车车头灯的灯光都照着玛丽和那头狮子，金·克正在给他们拍照。恩古伊从越野车上的弹壳袋里给我拿来了吉尼酒瓶，我喝了一小口，递给恩古伊。他也喝了一小口，摇摇头，递回给我。

"打中了。"他说，我俩都笑了起来。我又连着喝了一大口，觉得身上暖和起来了，也感觉到压力像蛇蜕皮一样从我身上退去。直到那个时候我才意识到我们终于把狮子打死了。实际上，当我不可思议地从那么远的距离外像射箭一样用枪打中它、恩古伊拍我后背的时候，我就知道了这一点。但是后来玛丽焦躁不安，又朝狮子走过去，所以我们每个人都表现得冷静漠然，就像是结束了一场进攻一样。现在，我喝着酒，庆祝活动还在继续，拍照也在继续。拍照这事真的很烦人，但又是必需的，时间太晚了，而且没有闪光灯和专业摄影师让玛丽小姐的狮子永远定格在胶卷上。我看着玛丽在车灯的照耀下神采奕奕的脸，看着那头狮子大得连玛丽都抬不动的脑袋，我为她感到骄傲，也很喜欢那头狮子，我的内心却空得像一间空房子。我看着凯蒂在玛丽上方俯下身子，用手抚摸着那头狮子令人难以置信的黑色鬃毛，咧开他那像一道倾斜的伤疤的嘴笑着。每个人都在用坎巴语像小鸟一般小声谈论着，每个人都为我们的这头狮子感到骄傲，这狮子属于我们大家，也属于玛丽，因为她打这头狮子已经打了几个月，用那句不该说的话就是，她是在赌注已下的危急关头凭自己的力量打中那头狮子的。现在玛丽很高兴，车灯照得她浑身透亮，看起来就像是一个快活的小天使，虽然她的身材也并没有矮小得过分。每个人都喜欢她，也喜欢我们的这头狮子。看到这一幕幕，我才放松下来，开始享受这一刻的时光。

切洛和恩古伊把事情的经过告诉了凯蒂，他走过来，握着我的手说："Mzuri sana Bwana。Uchawi tu。"

"只是运气好罢了。"只有上帝才知道我不得不这么说。

"并不是运气好。"凯蒂说，"Mzuri。Mzuri。Uchawi kubwa sana。"

我想起我早已经算好那头狮子会死在今天下午，现在一切都结束了，玛丽赢了。我和恩古伊、姆休卡、老爷子的扛枪伙计和我们宗教里的其他人说了几句话，我们都摇晃着脑袋大笑

第八章　217

起来。恩古伊想让我再喝一口吉尼酒瓶里的酒。他们想等到回营地以后喝啤酒，但是想让我现在和他们一起喝这酒，他们只是用嘴唇碰了碰酒瓶的边沿。玛丽拍完照后站起来，看到我们在喝酒，就要过吉尼酒瓶喝了一口，然后递给金·克。后来那酒瓶又传了回来，我喝了一口，然后在狮子身边躺下，用西班牙语轻声对它说话，乞求它原谅我们杀了它，同时，我用手探寻着它的伤口。它身上有四个伤口，玛丽打中的是它的脚和半边的臀部。我在轻抚它的后背时，摸到了我打在它脊柱上的伤口，以及金·克在它肩膀后的侧腹前部击出的更大的弹孔。我一直在抚摸着它，用西班牙语对它讲话，但是很多坚硬扁平的骆驼蝇从狮子身上爬到了我身上，于是我用食指在它前面的尘土上画了一条鱼，再用手掌抹去。

在回营地的路上，恩古伊、切洛和我都没有说话。其间我听到玛丽问过金·克一次，我是不是真的没有在她开枪之前开枪，金·克回答说，是她打下的。他说是她先打中狮子的，这些事情并不总是如理想的那般发生，当一只动物受伤的时候，它就应该被杀死，他还说我们实在太幸运了，她应该高兴。但是我明白，她刚才确实是高兴的，现在那高兴已经消逝，因为那狮子被杀死的经过和她六个月以来所希望的、幻想的、担心的、期待的都不一样。她的这种感觉让我也很难过，我知道在别人眼里这没有什么影响，但是对于她来说，这是至关重要的。不过如果我们重新来做，情况也不可能有变化。与别人相比，金·克把她带到了离狮子更近的距离，为了射出完美的一枪，她也有权利到那么近的地方去。如果她打中那头狮子时它向他们冲过去，那么在它冲到他们前面之前，金·克只有打出一枪的时间。如果狮子向他们冲过去，他的大枪可以打得致命而精准，但是如果他必须在两三百码之外开枪，情况就不利了。这一点我们心里都清楚，连玩笑都没开过。在那个距离打狮子玛丽冒着很大的危险，我和金·克都知道，在她最近的一次打猎中，就是在那样的距离，她打一只活的动物打出了十八英尺的偏差。现在谈这件事并不是很好的时机，但是恩古伊和切洛也知道这件事，很长时间以来，我睡觉的时候一直想着这件事。那头狮子做出了在茂密的树林里和我们较量的决定，在那片树林里，它很有可能占上风而伤到我们，从这一点看，它的决定是正确的，而且它差点就得逞了。这头狮子并不傻，也很勇敢。它想在对它有利的地方和我们决战。

我们回到营地，坐在篝火旁边的椅子上，伸开双腿，喝着烈性的酒。这时候我们需要老爷子在，但是他不在。我让凯蒂开几瓶啤酒送到营地去，并等着他回来。事发突然，仿佛是一场暴雨降下来的水形成了翻滚着、咆哮着，浪峰上顶着白色泡沫的水流注入干涸的河床一般。那时间短暂得充其量也就够他们决定谁来抬玛丽小姐，接着他们便从帐篷后面蜂拥而出，他们都高唱着狮子歌，弓着身子跳起狂野的坎巴舞。侍奉用餐的大伙计和卡车司机手里拿着椅子，他们把椅子放在地上，凯蒂边跳舞边拍着手引导玛丽小姐坐到那椅子上。他们把她抬起来，开始带着它跳舞。他们先是围着篝火跳，再向外走到伙计营房，后来围着躺在地上的狮子跳了一圈，又穿过伙计营房，来到篝火旁边，也绕过伙计们生的火堆，最后围着猎车和伐木卡车绕过去，这样来来回回绕了好几圈。所有的巡猎员和除了长老之外的所有人都脱得只剩下短裤。我望着玛丽发亮的脑袋和那些黝黑健壮的躯体。他们边抬着她边跳着舞，或蹲或踏，还抬手去触摸她。那狮子舞很狂野、很精彩，最后他们把抬着玛丽的椅子放在篝火旁她那营地专用椅旁边，每个人都和她握了握手，那庆祝仪式就结束了。她很高兴，我们美美地吃了一顿饭后就上床了。

夜里我醒来，再睡就睡不着了。我醒得很突然，四周一片寂静。听到玛丽那有节奏而顺畅的呼吸声，我心里有一种释怀感，因为我们不用再每天早晨都让她磨刀霍霍地准备和那头狮子较量了。然后我开始感到悲伤，因为那头狮子的死并不像她所希望和计划的一样。那隆重的庆祝仪式、狂野的舞蹈、她所有的朋友对她的爱与忠诚，这些都暂时麻痹了她的失望。我敢肯定，那失望还会回来的，毕竟她花了一百多个早晨出去猎那头狮子。她没有意识到自己当时身处的危险，也许她意识到了，我没有意识到。我和金·克都不想告诉她这一点，因为我们把那危险消除得太绝妙了，我俩的大汗淋漓终究是有价值的。我想起了那头狮子的眼睛，他看了看我，垂下眼帘，又看了看玛丽和金·克，接下来它的视线就再也没离开他俩。我躺在床上想，一头狮子是怎么用三秒多一点的时间跑出一百码的。它跑的时候紧贴着地面，比灰狗还要快，直到追上猎物才纵身一跃。

玛丽的那头狮子足有四百多磅重，它体格健壮，叼着一头奶牛越过高高的带刺的防兽围栏都没有问题。它非常聪明，人们捕了它几年都没有捕到。但是我们还是连哄带骗地让它犯下了一个错误。我很高兴它临死前躺在高高的黄色圆形土丘上，它垂着尾巴，巨大的爪子舒服地摊在身前，看着它生活过的地方，看着远处蓝色的森林和大山高处的皑皑白雪。我和金·克都希望玛丽能一枪把它打死，或者把它打伤，然后它朝我们扑过来。但是它最终用的是自己的方法。那第一枪给它的感觉不过是一阵尖锐的刺痛，第二枪打穿了它大腿上部的一块肌肉，那个时候它正往密林里跑，好在那里和我们搏斗，那一枪的感觉也顶多像是狠狠地挨了一巴掌。我不愿意去想我的那一枪给了它什么感觉，我只是胡乱给了它一枪，希望子弹能从它身上掠过，没想到竟意外地射中了它的脊柱。那是一颗二百二十格令的实心弹，我根本不必去想打在身上会是什么感觉。我还没有摔断过脊柱，所以我不知道。我很高兴金·克那绝妙的远程射击把它一枪毙命。现在它已经死了，而我们也会怀念追捕它的时光。

　　就在我试着入睡的时候，我开始思考关于那头狮子的问题，想如果它进了那片茂密的树林会有什么样的情况，想起别人在这种情景下的经历。然后我想，还是别想了吧。这是我和金·克在一起的时候才讨论的事，也是和老爷子讨论的事。我希望玛丽醒来的时候会说："真高兴我打到了我的那头狮子。"但是这希望简直就是一种奢望。现在已经凌晨三点钟了。我记起了斯科特·菲茨杰拉德写的"灵魂的什么什么总是凌晨三点

第八章

钟"那句话。几个月以来的凌晨三点钟都意味着再过两个小时或一个半小时就要起床，穿上衣服和靴子，出去猎玛丽小姐的那头狮子。我掀开蚊帐，伸手拿了苹果酒的瓶子。由于是晚上，所以那瓶子很凉。我把两个枕头对折起来靠在上面，把那只粗糙的四方形香脂枕头放在脖子下面，开始思考灵魂的问题。首先我必须确定菲茨杰拉德那句话到底是怎么说的。那句话在他的一系列文章中都出现过，在那里，他放弃了这个世界和他之前有过的极其卑劣的理想，第一次把自己称为一只破裂的盘子。我这样回想着他写的文章，便想起了他的那句话是这样说的："灵魂的真正黑夜总是凌晨三点钟。"

　　就在这样一个非洲的夜晚，我坐在床上久久不能入眠。我想我对灵魂真是一无所知。人们总是在谈话时说到它，在写文章时描述它，但是谁又真正地了解它呢？在我认识的人中，没有一个人对灵魂有一点了解，也没有人能说出究竟有没有这样一个东西。似乎灵魂是一种非常奇怪的信仰，我知道，即使我对灵魂有一点了解，要把它解释给恩古伊、姆休卡或其他人听也会很费力。在我醒来之前，我一直在做梦，梦见我的身体是一匹马，但是头和肩膀还都是人，我很奇怪为什么以前没人知道我是这样的。这是一场很有逻辑性的梦，我还清楚地梦见了我的身体从马变成人那一瞬间的细节。这是个好梦，做得合情合理，也不知道我把这个梦告诉别人时他们会怎么想。现在我已经醒了，苹果酒的味道凉爽而清新，但是我能感觉到梦里我的身体还是马的时候我身上的肌肉。这没能帮我解答关于灵魂的问题，但是我试着按我所相信的来思考灵魂该是个什么东西。也许我们所拥有的东西并非人人谈论的灵魂，而是近似于一泓清澈鲜活的甘泉，它永远不会在干旱中消逝，也不会在严寒中冻结。记得我小时候，芝加哥白袜队有一名叫哈利·洛德的第三守垒员，他总是将对方投往第三垒线底部的球打出界，直到对方的投手累得精疲力竭或者由于天黑比赛被叫停为止。我那个时候还太小，什么事在我眼里都被夸张化了，但是我记得当时天开始变黑，球场上没有灯，哈利仍然在把球往界外击，观众在下面大喊："愿主拯救你的灵魂，洛德！"这是我对灵魂最贴切的一次理解了。我曾一度认为，我的灵魂在我小时候出窍了，后来才又回到我的身体。但那段时间我很自负，听过很多关于灵魂的传说，也读过很多关于这方面的描写，所以我相信我是有灵魂的。然后我开始思考，假如玛丽小姐、金·克、恩古伊、切洛或是我被狮子杀死，我们的灵魂会不会飘到什么地方？我无法相信这一说法，我觉得我们都只是会死去，可能比那头狮子死得还要彻底，没有人会担心自己的灵魂。最糟糕的是把尸体运送到内罗毕以及随后的调查。但是我只知道，假如我或玛丽被杀死，这对金·克的事业会很不利，假如金·克被杀死，那就是他倒霉了，假如我被杀死，当然这对我的写作事业也是个很大的打击，切洛和恩古伊都不想被杀死，假如玛丽小姐被杀死，这会让她自己都大吃一惊。死亡是一件应该避讳的事，不必把自己放在一个死亡每天都有可能发生的处境中，这真是一种解脱啊。

但这和"灵魂的真正黑夜总是凌晨三点钟"这句话有什么关系呢？玛丽和金·克有灵魂吗？据我所知，他们都没有宗教信仰。但是假如人都是有灵魂的，那么他俩也肯定会有。切洛是个很虔诚的穆斯林，所以我们必须认为他是有灵魂的。现在还不确定的就剩恩古伊、我和那头狮子了。

现在是凌晨三点钟，我伸了伸我那两条刚才还是马腿的腿，我想我还是起床出去坐在篝火的木炭旁边，欣赏剩余的夜色和第一缕晨光吧。我穿起防蚊靴，披上浴袍，把手枪带别在上面，走到外面，来到篝火的余烬旁。金·克就坐在他那把放在旁边的椅子里。

"你怎么醒了？"他轻声问。

"我梦见我是一匹马。那梦很真实。"

我给金·克讲了讲斯科特·菲茨杰拉德和他的那句话，问他有什么感想。

"只要你醒来，不管是几点都很糟糕，"他说，"我尤其不明白他为什么挑了三点来说。但是这句话听起来很美。"

"我觉得那只是恐惧、担忧和懊悔。"

"这些感觉我们都经历够了，不是吗？"

"当然，多得都可以卖了。不过我觉得他指的是自己的良心和绝望。"

"你从来没绝望过，是吗，欧尼？"

"还没有过。"

"如果你以前绝望过，以后也会绝望的。"

"我曾经差点就陷入绝望了,但是我总能改变局面。"

"说到改变局面,我们不该喝瓶酒吗?"

"我去拿。"

那一大瓶放在帆布水袋里的塔斯克啤酒也很凉。我给两个杯子斟上了啤酒,把酒瓶放在桌子上。

"很抱歉,欧尼,我必须要走了,"金·克说,"你觉得她会很受不了这件事吗?"

"是的。"

"这事就交给你了。也许她根本没事呢。"

第九章

我回到帐篷看玛丽是不是醒了,但是她还在沉沉地睡着。她已经醒过,喝了点她的茶,然后又睡了。

"让她睡吧,"我对金·克说,"就算到九点半再剥狮子皮也没什么影响。应该让她睡到自然醒的。"

金·克在读林德伯格的书,这个早晨我对《狮子之年》没有兴趣,便看起那本写鸟的书。这是普瑞德和格兰特合著的一本新书,很不错。我知道,由于没有好好观察鸟类,我已经错过太多了,这是因为我一直在很努力地打一只野兽,所有的精力都放在它身上了。如果不用捕猎,我们本可以开开心心地观察这些鸟类,但是我知道我已经严重忽略它们了。玛丽就要好很多。她一直在看我没有注意到的鸟,或者仔细地观察它们,而那时候我都是坐在营地的椅子上,望着我们周围的这片区域。读着这本写鸟的书,我感到我是多么的傻、浪费了多少时间。

在家里的时候,我坐在池塘一头的树荫下,看到美洲食蜂鹟俯身在捉水里的昆虫,观察它们灰白的胸脯在水的倒影中呈现出绿色，就会很高兴。我喜欢观察鸽子在三角叶杨树上筑巢，也喜欢观察知更鸟唱歌。看到候鸟在春秋两季迁徙而来是一件让人兴奋的事，要是能看到小麻鸦来到池塘边喝水，观察着它在水沟里找雨蛙，我的整个下午都会变得愉快起来。现在我们在非洲，营地周围总是有漂亮的鸟类。它们站在树上，停在荆棘丛中，也会在地上跳来跳去。我对它们视而不见，只把它们当成移动的色块，玛丽则不同，她爱这些鸟，也都认得出它们的种类。真是想不明白，我怎么会变得这么愚蠢，对这些鸟儿麻木不仁，真是太惭愧了。

我意识到，很长时间以来，我一直关注的都是捕食者、食腐动物、好吃的鸟和与捕猎有关系的鸟。在回想我注意到的都有哪些鸟时，我想到了一长串，这让我感到也没有那么糟糕，但是我决定要多观察营地周围的鸟，遇到不认识的鸟就问玛丽，最重要的是，我要真正地看到它们，而不是用我的眼睛从它们身上扫过。

我想，这种视而不见真是一宗大罪，而人们很容易就会陷入这种罪。厄运都是这样开始的，我觉得，如果我们对这个世界视而不见，那我们就不配在这个世界上活着。我是怎么变得对营地周围的鸟视而不见的呢？我试着去想个中原因，觉得部分原因是我读的书太多了，根本无法从那场严肃打猎的专心致志中缓过神来，当然，也有部分原因是我们打完猎回到营地总是会喝点酒来放松。我很佩服马伊托，他几乎滴酒不沾，因为他想记住非洲的一切。但是我和金·克都会喝酒，我也知道这并不只是一种习惯或逃避方式,而是有意麻痹我们高度紧张的感受能力,如果人的感受能力总是保持在同一水平就会受不住,这和胶卷是一样的。我心想,你真是给自己找了个崇高的理由啊,你自己也知道,你和金·克喝酒也是因为你们爱喝,玛丽也一样爱喝酒,我们在喝酒这件事上找到了不少乐子。我想,你现在最好还是进去看看她是不是醒了吧。

于是我走进帐篷,她还在睡觉。她睡着的时候看起来总是很美。她的脸在睡着的情况下既没有高兴也没有不高兴。它只是那样存在着。但是今天,她脸的轮廓简直太美了。我希望我能让她幸福,但是,让她继续睡觉是我唯一的办法。

我拿着那本写鸟的书走出帐篷,认出了一只伯劳鸟、一只欧椋鸟和一只蜂虎。然后我听到帐篷里有动静,就走了进去,发现玛丽已经穿上她的软帮鞋坐在床边了。

"你感觉怎么样,亲爱的?"

"很不好。你先对我的狮子开枪的,我不想见到你。"

"那我就先消失一会儿吧。"

我走到帐篷外的营房,凯蒂告诉我巡猎员们正在策划一场隆重的恩戈麦鼓会,营里的每个人都会跳舞,整个村子的人都会过来。凯蒂说我们的啤酒和可口可乐不够了,我说我会和姆休卡、阿拉普·梅纳和村子里所有想买东西的人坐猎车去拉伊托奇托克。凯蒂说他还想要点玉米粉,我会买上一袋或几袋,还会买点糖。坎巴人喜欢吃那家印度零售商店从卡贾多运进来的玉米粉,那店的老板是阿迦汗的追随者。他们不喜欢其他印度零售店卖的另外一种玉米粉。我已经学着通过颜色、质地和口感来描述他们喜欢的那种玉米粉，但我总是弄错，姆休卡会帮我检查。可口可乐则是给不喝酒的穆斯林和来参加鼓会的姑娘和大妈们准备的。我会让阿拉普·梅纳在第一个马塞人村寨下车去通知马塞人来看那头狮子，那样他们就能明确地知道它已经被杀死了。但是我们不会邀请他们来参加鼓会，因为那鼓会是专门为坎巴人举办的。

我们在加油站和准备买东西的零售店前停下来，凯蒂下了车。我把我的步枪递给老爷子的扛枪伙计姆温吉，他把枪锁在前排座位后面的行李架里。我告诉凯蒂我要去辛先生的酒吧定啤酒和软饮料，又让姆休卡给车加满油，然后开到辛先生的酒吧旁边，停在树荫底下。我没有跟着凯蒂去那家大型的杂货店，而是沿着树荫走到了辛先生的酒吧。

酒吧里很凉快，空气中有些生活区域的厨房飘来的做饭的味道和锯木机散发的锯屑的味道。辛先生只有三箱啤酒，但是他觉得可以从街对面的一个什么地方再弄到两箱。三个马塞族长老走进来，他们是从旁边的破酒馆过来的。作为朋友，我们尊敬地互相致以问候，我可以闻出他们刚才在喝金吉普雪莉酒，那股酒劲使他们的庄重神态中带着亲切感。辛先生只剩六瓶凉啤酒了，于是我给他们三个买了两瓶，又给自己买了一瓶，告诉他们玛丽小姐已经杀死那头大狮子了。我们互相敬了酒，又为玛丽小姐和那头狮子干了杯，然后我便告辞了，因为我要去后屋和辛先生处理点事。

其实没什么事要处理。只不过辛先生想让我和他吃点东西，喝杯加水的威士忌。他想告诉我点什么，但是我理解不了他的话，于是他出去找来了那个在教会学校受过教育的男孩为他翻译。这位年轻人身上穿的白衬衣塞进裤子里，脚上穿着又大又重的黑色方头靴，这是他教育和文化的象征。

"先生，"他说，"辛先生让我告诉您，那些马塞首领经常在喝酒上占您的便宜。他们聚集在旁边那家自称为茶室的啤酒店，见您过来，就会过来，只是为了占您的便宜。"

"我认识那三个长老，他们不是首领。"

"我把他们称为首领是为了符合欧洲人讲话的习惯，"教会学校的男孩说，"辛先生的观察是对的。他们只是为了啤酒而滥用您的友谊。"

辛先生郑重其事地点点头，递给我一瓶白杜鹃酒。他听懂了教会英语的两个单词："友谊"和"啤酒"。

"首先必须要搞清楚，我不是欧洲人。我们是美国人。"

"但是我们不区分这个。您被我们归为欧洲人了。"

"这种归类法早晚会给纠正过来。我不是欧洲人。辛先生和我是兄弟。"

我和辛先生一样往杯子里倒了点水。我们互相干杯，拥抱了对方。然后我们站起来去看那幅石印油画。画中，辛先生的祖先两只手各勒住一头狮子的脖子。我们都深受感动。

"我猜你是圣婴的信奉者吧？"我问那个在教会受过教育的查加人。

"我信基督教。"他神情庄重地说。

辛先生和我悲伤地互相看了一眼,摇摇头。然后辛先生对那位翻译说了几句话。

"辛先生说他要把那三瓶凉啤酒留着给您和您手下的人喝。等马塞族老人再来,他会给他们酒喝。"

"好极了,"我说,"你能帮我看看我的人是不是已经把车开来了?"

他走出去,辛先生用食指敲了敲他的脑袋,递给我那个装着白杜鹃酒的大肚方瓶。他说他很抱歉我们没时间一起吃饭了。我让他晚上离那些该死的公路远一点。他问我觉得那个翻译怎么样。我说他很了不起,而且有一双结实的黑靴子来证明他的基督徒身份。

"您的两个人已经开着卡车来了,就在外面。"翻译进来的时候说。

"那是一辆客货车。"我说着,出去打了个手势让姆休卡进来。他身穿格子衫,个子高高的,背有点驼,嘴唇狭长,脸颊上刻着好看的坎巴族箭形印记。辛太太就站在摆着布匹、念珠、药品和其他新奇玩意儿的柜台后面。他向她打了个招呼,欣赏地看着她。他爷爷是个食人族,他爸爸是凯蒂,而他少说也有五十五岁了。辛先生把用夸脱瓶装的凉啤酒给了他一瓶,把我的递给了我,在给我们之前,瓶盖已经启开了。他喝了自己的三分之一,说:"我拿出去给姆温吉喝。"

"不用,我们也给他准备了一瓶凉啤酒。"

"我先把这瓶拿出去吧。我俩在外面放哨。"

"还剩下两瓶。"辛先生说。姆休卡点点头。

"给翻译来杯橙汁吧。"我说。

翻译拿着软饮说:"在您的马塞族朋友回来之前,我能问几个问题吗,先生?"

"什么问题?"

"先生,您有几架飞机?"

"八架。"

"那您一定是这世界上最富有的人之一了。"

"是的。"我谦逊地说。

"那么,先生,您为什么要在这儿当一名巡猎员呢?"

"为什么有些人要去麦加呢?为什么每个人总要去一些地方呢?为什么你会去罗马呢?"

"我不信天主教,不会去罗马的。"

"从你穿的鞋我就能看出你不信天主教了。"

"我们有很多共同点,但是我们不崇拜偶像。"

"那太糟糕了,很多偶像都很伟大。"

"我想做一名巡猎员,受雇于先生您或猎长。"

就在那时,那三位马塞族长老回来了,还带了两个同伴。我从来没见过他们,但是那三个长老中和我交情最长的告诉我他们让狮子烦透了,那些狮子不只会从牲口圈里叼走牛,还会叼走驴子、骡子、婴儿、妇女和山羊。他们想让玛丽小姐和我过去帮他们除害。那几个马塞人已经喝得很醉了,其中一个甚至马上就要粗鲁起来。

我们认识很多贤良、伟大、没有沾染过恶习的马塞人。但是马塞人是滴酒不沾的，正如坎巴人饮酒成性一样。一染上酒，整个部族就分崩离析了。一些老人还记得马塞族当年是由武士和袭击者组成的伟大部族，而不像现在这样是一个饱受梅毒折磨、崇拜牲畜的人类学上的奇葩部族。新来的那个老人在上午十一点喝了酒，现在说话粗鲁。这一点我从他的第一个问题中就看出来了，于是我决定让翻译帮我正式地拉开我们之间的距离。而且，那五个老人拿着有骡子那么长的矛，这显示了他们的部族纪律很差，所以如果我说了什么挑衅性的话，几乎可以肯定的是翻译会先被刺伤，因为那些话是从他嘴里说出来的。如果在一家杂货店的小前屋里和五个喝醉酒、拿着长矛的马塞人发生争执，被刺伤是肯定的。但是翻译在场就意味着我可以开枪击倒三个喝醉酒的朋友，而不是一个或者两个。我把枪套转过来放在腿前，很高兴地瞥见套扣没有扣紧，便用小指把扣带上的套扣勾开了。

"翻译吧，大鞋子，"我说，"如实地翻译出来。"

"先生，他说他听说您的一个老婆，他用的是女人这个词，杀死了一头狮子，他想知道您的部族里猎杀狮子的工作是不是留给女人来做了。"

"告诉这个我从来没见过的大首领，我们部族中确实有时候会把猎杀狮子的工作交给女人来做，就像他的部族里他让年轻的武士喝金吉普雪莉酒一样。他的部族里就有年轻的武士成天喝酒，从来没打死过狮子。"

此时此刻翻译紧张得直冒汗，情况并没有变好。一个相貌俊俏的马塞族老人开始说话，他可能和我差不多大，也可能比我大点，接着翻译说："先生，他说，如果您想过有礼貌地与他进行首领之间的交谈，就会学习他的语言，那样你们就能进行男人之间的交谈了。"

事情就到此为止了，真是没意思，于是我说："告诉这位我现在刚认识的首领，我很惭愧没有学好他的语言。猎狮子是我的职责，我带来的老婆也有猎狮的职责。她昨天杀死了狮子。我这儿还有两瓶凉啤酒，本来是留给我的人喝的，现在我要和这位首领一起喝一瓶，只和他喝，辛先生会给剩下的几位首领提供葡萄酒。"

翻译把我的话转达给他们，那马塞人听完上前来和我握手。我扣上枪套扣，把枪推回到大腿边原来的位置。

"给翻译来杯橙汁。"我对辛先生说。

翻译接了过去，但是那个刚才想找麻烦的马塞人诚恳而神秘地对翻译说了几句话。翻译喝了一口他的软饮，清了清嗓子对我说："这位首领问了一个绝对的私人问题，他问那位猎杀狮子的妻子是您花多少钱娶来的。他说这样一位妻子要是能生孩子，就能值一头大公牛的钱。"

"告诉这位看起来有着大智慧的首领，娶这个老婆我花了两架小飞机、一架大飞机，还有一百头牛。"

那个马塞老人和我一起喝了点酒，然后快速而严肃地对我说了几句话。"他说，不管是什么样的老婆，这个价钱都太高了。没有什么女人能值这个钱。他问您说的牛指的是母牛还是也包括公牛。"

我说那飞机不是新的，都参过战。我说的牛都是母牛。

马塞老人说这倒还可以理解，但还是没有什么女人能值那个价钱。

我承认这个价钱很高，但是这个老婆值这个价钱。我说现在我得回营地去了。我又给大家要了一杯葡萄酒，大啤酒瓶则留给了那个马塞老人。我们是用玻璃杯喝的，我把我的杯子倒扣在柜台上。他劝我再喝一杯，于是我又倒了半杯一饮而尽。我们握了手，我闻到他身上散发出的皮革、烟、干牛粪和汗液混合的味道，还不算难闻。我走出酒吧来到路上，外面的阳光很刺眼，猎车被树荫遮住了半边。辛先生把五箱啤酒装进了车的后备箱，他的小伙计把裹在报纸里的最后一瓶凉啤酒拿了出来。他在一张纸上算出啤酒和给那几个马塞人买的葡萄酒的钱，我付了钱，给了翻译一张五先令的票子。

"我更希望您能雇佣我，先生。"

"我雇不了你，除了让你当翻译。你给的服务我已经付过钱了。"

"我想跟您走，当您的翻译。"

"你能在我和动物之间翻译吗？"

"我可以学，先生。我会说斯瓦希里语、马塞语、查加语，当然您知道还有英语。"

"你会说坎巴语吗?"

"不会,先生。"

"我们就说坎巴语。"

"那个我很容易就能学会的,先生。我可以教您说好斯瓦希里语,您可以教我打猎和动物的语言。别因为我是个基督徒就歧视我。送我去教会学校的是我父母。"

"你不喜欢那所教会学校吗?记住,上帝正在听着呢。你说的每个字他都能听见。"

"不喜欢,先生。我痛恨教会学校。我是在他们的教导下才成为基督徒的,那个时候我很无知。"

"找个时间我们会带你出去打猎。但是你必须赤着脚、穿短裤。"

"我恨死我这双鞋了,先生。我是因为麦克雷老板才不得不穿的。如果有人告诉他我没穿鞋,或者是我和您在辛先生的店里,他就会惩罚我。即使我只喝了可口可乐。麦克雷老板说可口可乐是走向堕落的第一步。"

"有机会我们会带你去打猎。但是你不是狩猎部落的人,这会有什么好处呢?你会受到惊吓的,而且也不会开心。"

"先生,如果您记住我,我会向您证明我自己的。我会拿这五先令做预付定金去本基的商店买根长矛。到晚上我会光着脚走路,让我的脚和猎人们一样坚硬。如果您要证明,我会证明给您看。"

"你是个好小伙子,但是我不想和你的宗教扯上关系,而且我也没有什么能给你。"

"我会证明给您看的。"他说。

"再见。"我对他说，然后对姆休卡说，"去商店吧。"

商店里人很多，几乎全都是马塞人，他们有的在购物，有的在看别人购物。那些女人就这样明目张胆地盯着你，从头看到脚，那些留着深褐色辫子和刘海的年轻武士则粗鲁而愉悦。马塞人的体味很好闻，那些女人的手冷冰冰的，她们的手在被你的手握住时从来不会拿开，而是会享受你手掌的温暖，一动不动地在你手中徜徉。本基商店是一个活跃而繁忙的地方，就像美国在周六下午或每个月发工资的那一天的印度集贸市场。凯蒂找到了好的玉米粉，也找到了办恩戈麦鼓会所需要的所有可口可乐和软饮，现在，他正在要几样摆在高处货架上的非必需品，这样他就能看那个聪明可爱的印度女孩从高处把那些东西够下来给他了。她正是远远地爱着金·克的那个女孩，我们都很欣赏她，要不是这样毫无用处，我们都会爱上她的。这是我第一次看到凯蒂有多喜欢看那个女孩，我很高兴这让我们抓住了凯蒂的小辫子。她用她那好听的声音和我说话，问了玛丽小姐的情况，还告诉我她因为狮子的事感到很高兴。我看着她，听着她的声音，和她握了手，这让我很高兴，同时我也忍不住去看凯蒂有多入迷。那时我才注意到他身上穿着他最好的猎装，头上裹着他那条漂亮的头巾，衣服熨得整整齐齐，显得神气十足，神清气爽。

姆休卡开始帮着商店的人把成袋的食物和成箱的软饮往外搬。我付过钱，又买了半打口哨准备在恩戈麦鼓会上用。由于商店人手不够，我出去守着步枪，凯蒂则去帮忙搬箱子。我很乐意去帮他们装货，但是这不合适。我们单独去打猎的时候经常会一起工作，但是在镇上，在众目睽睽之下，这样就会有人误会，所以我就坐在前排的座位上，把步枪夹在两腿中间，然后听见了马塞人请求坐我们的车下山。我们的猎车是用一辆雪佛兰卡车的底盘加上车身组装成的，性能很好，但是我们车上装了那么多东西，最多只能再加六个人左右。我们曾经带过十二个人甚至更多，但是在转弯处就太危险了，有时候还会让马塞女人晕车。我们从来没带武士下过山，但是我们经常带他们上山。刚开始人们有些抱怨，但是现在这已经成了规矩，被我们带上山的男人还会向别人解释。

终于我们把所有的东西都装上了，四个带着包裹、行李捆、水葫芦和各种混在一起的杂物的女人坐在车的后面，还有三个女人坐在第二排的座位上，凯蒂坐在她们右边，我、姆温吉和姆休卡则坐在前排。在马塞人的一片挥手告别中，我们开车走了。我打开那瓶还裹在报纸里的凉啤酒，递给姆温吉。他打了个手势，让我喝的时候坐低一点，别让凯蒂看见。我喝了一口后递给他，他低低地坐在座位上，侧着嘴灌了点啤酒，这样就不会把瓶子翘得太高而被凯蒂看见。他把瓶子递给了我，我又给了姆休卡。

"等会儿。"他说。

"等有女人晕车的时候。"姆温吉说。

姆休卡在很认真地开着车，在陡降的转弯处他能感觉到车的重量。通常我和姆休卡中间会坐一个马塞女人，我们知道这个女人不会晕车，另外，后排座位上还会有两个人坐在恩古伊和姆温吉中间备受煎熬。现在，我们都觉得那三个女人坐在凯蒂旁边浪费了。其中一个女人是远近闻名的美人，她的个子和我差不多高，身材曼妙，她的手是我所知道的最凉、握起手来最不愿意撒开的。她通常会坐在前排我和姆休卡中间，一只手握着我的手，另一只手则故意轻轻挑逗着姆休卡，同时她还会看着我俩，当我俩对她的挑逗有反应的时候就会大笑起来。她是个古典美人，皮肤很好，但是她实在不知羞耻为何物。我知道恩古伊和姆休卡都很讨好她。她对我很好奇，喜欢挑逗我，让我产生明显的反应。我们把她送到她的村子时，总是有人和她一起下车，过后再走回营地。

　　但是今天我们开车下山，望着车窗外我们生活的土地，姆休卡连一口酒都不能喝，因为他的父亲凯蒂就坐在他正后方的座位上。我一边思考着道德的问题，一边和姆休卡姆温吉喝着啤酒。我们在包着酒瓶的纸上撕出了一个标记，表示在那个标记之下的酒是要留给姆休卡喝的。按照基本的道德规范，我的两个最好的朋友随那位马塞女人走完全没有问题，但是既然我正努力成为一名合格的坎巴人，而且我和黛芭对彼此都是认真的，如果我也像他俩一样这么做，就会显出我是一个不负责、不检点、不严肃的人。从另一方面说，如果有马塞女人主动贴上来和我接触，或者我被她挑逗，而没有什么明显反应，结果更是糟。对部族风俗的简单学习总能让去拉伊托奇托克的旅程充满乐趣和意义,但有时候,在你理解它们之前,它们会让你心生沮丧和疑惑,除非你懂得这样一点,如果你想做个合格的坎巴人,你有必要从不沮丧,也从不承认你的疑惑。

终于,车后面有人喊话,说有女人晕车了。我示意姆休卡停下车。我们知道凯蒂会利用这个停车的时间去灌木丛里小便,所以当他一脸威严、漫不经心地去小便时,我把啤酒瓶递给姆休卡,他迅速喝完了他的那部分,剩了一些给我和姆温吉喝。

"趁着它还凉赶紧喝了吧。"

大家又都上了猎车,乘客下了三批之后就一个都不剩了。我们穿过溪流和猎区,朝着营地驶去。我们看到一群黑斑羚正穿过树林,于是我和凯蒂下了车去驱赶它们。在背后浓绿枝叶的映衬下,它们的身子显得红红的,我轻轻地吹了一声口哨,那声音小得几乎听不见,但是一头小羚羊回过头来。我屏住呼吸,轻轻扣动扳机,打中了它的脖子。凯蒂跑过去按伊斯兰教法给它划刀的时候,其他羚羊都跳着跑进树林里躲起来了。

我没有过去看凯蒂划刀,所以这就是他个人良心的问题了,虽然我知道他对自己良心的要求不像切洛那样严格。不过我不想再把这只猎物让给穆斯林了,就像我刚才并不希望打中它一样。于是我踏着有弹性的草慢慢走过去,发现他已经把黑斑羚的喉咙割了,脸上也洋溢着笑。

"打得不错。"他说。

"那是必需的,"我说,"是巫术哦。"

"可不是巫术,打得很好。"

第十章

树下和营房外都是人,女人们的头脸是棕色的,显得很可爱。她们穿着色彩鲜亮的上衣,戴着宽大漂亮的珠子项圈和手镯。人们从村子里抬来了那个大鼓,巡猎员们还有另外三个鼓。时间还早,但是鼓会已经开始进行得有模有样了。我们开车穿过人群和为鼓会进行准备活动的人们,把车停在了树荫下。女人们都出来了,孩子们则跑过来看我们从车上卸下来的猎物。我把步枪递给恩古伊让他去清理,自己则朝用餐帐篷走去。此时,山那边刮来的风很大,帐篷里凉爽宜人。

"你把我们的凉啤酒都拿走了。"玛丽小姐说。她看起来状态好多了,精力也更充沛了。

"我带回来一瓶,放在包里。你好吗,亲爱的?"

"金·克和我都好多了。我们没找到你的子弹,只找到了金·克的。我的那头狮子脱下皮后通身呈现白色,它看起来又高贵又好看,和活着的时候一样威风凛凛。你在拉伊托奇托克玩得开心吗?"

"很开心,我们把所有的任务都完成了。"

"欢迎欢迎他吧,玛丽小姐,"金·克说,"带他四处转转,让他舒服舒服。你以前也见过恩戈麦鼓会吧,我的好兄弟?"

"是的,先生,"我说,"我自己的家乡也有这样的活动,我们都很喜欢。"

"在美国是叫棒球运动吗?我总觉得那是一种圆场棒球。"

"先生,在我的家乡,恩戈麦鼓会是一种庆祝丰收的活动,会有人跳民间舞。我觉得那更像你们的板球运动。"

"是很像,"金·克说,"但是这次恩戈麦鼓会是一种新的活动,因为跳舞的都是当地人。"

"多有意思啊,先生,"我说,"我能陪玛丽小姐,您所说的这位年轻迷人的女士去恩戈麦鼓会吗?"

"已经有人邀请过我了,"玛丽小姐说,"我要和猎务部的春戈先生一起去恩戈麦鼓会。"

"玛丽小姐,不要乱说。"金·克说。

"先生,春戈先生是不是那个身材健硕、长着胡子、穿着短裤、正往脑袋上插鸵鸟毛的年轻人?"

"他看起来很不错呢,先生。他是你在猎务部的同事吗?先生啊,我得说,你的这帮人真是棒极了。"

"我爱上春戈先生了,他就是我的英雄,"玛丽小姐说,"他告诉我你是个骗子,从来都没射杀过狮子。他说孩子们都知道你是个骗子,恩古伊他们也只是假装和你做朋友,因为你总是给他们东西,而且没有纪律约束。那天你喝得醉醺醺地回家,恩古伊把你最好的那把刀弄坏了，那是你花高价从巴黎买回来的，他说从这件事上就能看出问题。"

"噢，噢，"我说，"我记起来了，我在巴黎是见过老春戈。是的，是的，我想起来了。是的，没错。"

"不是，不是，"金·克漫不经心地说，"不是，不是，那不是春戈先生。他不是我们的一员。"

"是的，是的，"我说，"恐怕他就是，先生。"

"春戈先生还告诉我一件有意思的事。他说你把实心弹上涂上坎巴箭毒，是恩古伊帮你这么干的，所以你之所以能一枪毙命，靠的都是箭毒的作用。他还把自己的腿弄破，用淌出来的血给我展示箭毒在血液里扩散得有多快。"

"天哪，天哪。先生，你觉得她和你的同事春戈先生一起去参加鼓会妥当吗？可能这完全没问题，但是她毕竟还是一位太太，先生。她还是得负起白种人的责任①。"

"她会和我一起去恩戈麦鼓会，"金·克说，"给我们弄点喝的，玛丽小姐。算了，还是我自己来吧。"

"弄喝的我还是可以做的，"玛丽小姐说，"你们俩别做出一副阴险的样子。春戈先生的事都是我编出来的。除了爸爸和他的那伙异教徒，你和爸爸，还有你们晚上的狂欢痛饮、干的那些坏事，总得有人时不时地讲讲笑话吧？你们今天早晨什么时候起床的？"

---

① 英国作家吉卜林曾在诗中写道"白人应将其文明带给落后民族"。

第十章　243

"不太早。早晨和现在都不像是同一天了。"

"日子交错着,交错着,交错着,"玛丽小姐说,"这是我写的关于非洲的诗中的一句。"

玛丽小姐正在写一首关于非洲的长诗,问题是她虽然有时候会想出该怎么写,但又会忘记写下来,于是她想出的诗句就会如她做过的梦一样被忘掉了。她也写下过一些,但是她不愿意给任何人看。对于她这首关于非洲的诗,我们都抱着很大的信心,我现在还是对她的诗充满信心,但是我觉得,如果她真能把这首诗写下来就更好了。那段时间我们都在读刘易斯翻译的《农事诗》。这书我们有两本,但是我们总是把它们弄丢或是放在一个怎么找不到的地方,还没有哪本书像它一样总是让我们找不到。在《农事诗》的那位曼图亚作者身上我只发现了一个缺点,那便是他会让普通心智的人觉得自己也能写出伟大的诗,不像但丁那样只会让疯子这么觉得。当然这不是真的,但如果这样的话,那么什么都不是真的了,尤其在非洲。在非洲,第一道曙光照耀下真实存在的事物到了正午时分就会成为假象。对于这样的事物,你是绝对不会相信的,就好像你不会相信在骄阳炙烤的盐碱地上有一泓晶莹剔透、灌木环抱的湖泊一样。曾经,你在上午时分穿过盐碱地,知道那里并没有这样的湖泊。而现在,它却是那么真实地存在着,无限美好,根本不像是假象。

"这真的是诗中的一句吗?"我问玛丽小姐。

"是的,当然是。"

"那就把它写下来吧,趁着它还没有听起来像一场车祸。"

"你没必要糟蹋我的诗,就像你没必要开枪打我的狮子一样。"

金·克像个厌烦了的小学生一样抬头看看我,我说:"如果你想看那本《农事诗》,我已经找到了。就是不带路易斯·布洛姆菲尔德写的序言的那一本。你可以靠这个来认出它。"

"我的那本上面有我的名字,你也可以认出我的。"

"还有路易斯·布洛姆菲尔德写的序言。"

"谁是布洛姆菲尔德?"金·克问,"这是个军事术语吗?"

"他是个作家,在美国有个很有名的农场,在俄亥俄州。因为农场他很有名,于是牛津大学就请他写了一篇序言。在诗页之间他都能看到维吉尔的农场、维吉尔的动物、维吉尔的农夫,甚至还能看见维吉尔本人那严肃而粗犷的脸庞或是体型,我忘了是哪个。应该是粗犷的体型,因为他是个农民。总之,路易斯能在诗中看见他,他说不论对于哪类读者,这诗都将是一首或一组伟大而流传千古的诗。"

"一定是我那本没有布洛姆菲尔德的序言的版本,"金·克说,"我觉得你把它落在卡贾多了。"

"我那本上面有我的名字。"玛丽小姐说。

"很好,"我说,"你的那本《内地斯瓦希里语》上面也有你的名字,现在它就在我裤子的后兜里,汗水已经把它浸湿透了,现在那书页粘在了一起。我会把我的给你,你可以在上面写上你的名字。"

"我才不想要你的呢,我想要我自己的。你为什么要出汗把它粘得那么结实还把它毁了呢?"

"不知道,那可能是我毁掉非洲的计划的一部分。那就给你这本吧,我建议你还是拿那本干净的。"

"我在这本书里写下了一些原文中没有的话,还标了很多符号进去。"

"真抱歉,我应该是哪天早晨天还没亮的时候把它错放进我的口袋里的。"

"你可从来不犯错误,"玛丽小姐说,"我们都知道这一点。要是你能学学斯瓦希里语,而不是整天试着讲别人听不懂的语言,只读法语书,你的情况就能好很多。我们都知道你看法语书。大老远地跑到非洲来看法语书,这有必要吗?"

"也许吧,我也不知道。这是我第一次有一整套西默农的书,那家开在丽兹酒店长长的走廊里的书店的女店员真是很周到,她把全套书都给我送来了。"

"然后你就把它们留在坦噶尼喀帕特里克的家里了,除了几本之外都留在那里了。你觉得他们会看吗?"

"不知道,帕特① 有些地方有点像我一样神神叨叨的。他可能会看,也可能不会。但是他的邻居有个法国老婆,给她看倒是个好主意。不,帕特会看的。"

"你学过法语吗?学会了按照语法规范来讲法语吗?"

---

① 帕特里克的昵称。

"没有。"

"你可真是没救了。"

金·克朝我皱了皱眉头。

"不对,"我说,"我还有救,因为我的希望还在。等哪天我没了希望你很快就会知道的。"

"你在希望着什么呢?犯糊涂吗?拿别人的书吗?撒关于狮子的谎话吗?"

"你这话还挺押头韵呢,那我们就来说说'撒谎①'这个词吧。

现在我躺下睡觉。
改变动词"躺"的词形,和同眠的人交欢
那是多么的销魂。

日日夜夜与我交欢,
我们热情似火,没有雨雪,也无需烛光
当你入睡,大山似乎冰冷而近在咫尺

那条黑色的树木带并不是紫杉,
但雪仍旧是雪。
下雪的时候与我交欢吧。

---

① "撒谎"和下面诗中的"躺"在英语中是同一词形。

为何大山显得更近了，
又离得更远。

与我交欢吧，我的爱人。
你带来了哪种玉米？"

  这种说话方式实在是不优雅，尤其是对一个受了维吉尔影响的人。好在午饭时间到了。午饭总会给所有的误会创造休战的机会，就像受法律追究的犯人躲进教堂一样安全，虽然我从来都不太相信那个避难所。于是我们停下争论，午饭后玛丽小姐去小睡，我则去了恩戈麦鼓会。
  这场鼓会和其他的鼓会很像，除了它的气氛更加喜悦和融洽，其中巡猎员们付出了很大的努力。他们正穿着短裤跳舞，每个人的头上都插着四根鸵鸟毛，至少在开始的时候是这样，两根是白色，两根则染成了粉色。为了把那些鸵鸟毛绑在脑袋上，或者让它们直立在头上，他们用了各种家什，有皮带，也有绳子。他们戴着铃铛脚镯跳舞，跳得很好，舞姿优美而训练有素。鼓有三只，还有些人在铁罐上或空汽油桶上击打。鼓会上安排了四支传统舞蹈和三四支即兴舞蹈。在后面的舞蹈中，年轻的姑娘、小女孩和孩子们才加入进来。从那些孩子和小女孩跳舞的姿势可以看出，他们习惯了村子里举办的更加狂野的恩戈麦鼓会。

玛丽小姐和金·克出来了，他们拍了点彩色照片。人人都向玛丽小姐表示祝贺，她和他们一一握手。巡猎员们展现他们敏捷的身手。其中一个人开始围着一枚硬币转动车轮，那枚硬币一端埋在土里，一端露在外面，然后这个人停下车轮，把双脚翘在空中，头部则往下沉，用双臂支撑着地面，用牙齿叼起硬币，最后翻个筋斗双脚落地。这个动作很难，巡猎员中最强壮的丹吉把这个动作做得很漂亮，他不光是身手最敏捷的人，也是最善良、最温柔的人。

鼓会中的大多数时间我都坐在树荫里，一边看着人们跳舞，一边用一只手的根部敲打着一只空汽油桶，汽油桶的声音是鼓会舞蹈的基本节奏。探子走过来在我旁边蹲下，他身上披着佩斯利细毛披巾，戴着他的平顶帽。

"您怎么有些悲伤呢，兄弟？"他问。

"我没有悲伤。"

"每个人都知道您在悲伤。您应该高兴起来啊。看您的未婚妻，她可是恩戈麦鼓会的女王。"

"别把你的手放在我的鼓上，声音都没了。"

"您打鼓打得很不错，兄弟。"

"才不是呢。我根本不会打鼓。我只是在努力不毁了大家的鼓会。你悲伤什么？"

"猎长把我骂了一顿，他要把我送走了。我们做了那么多有意义的工作他却说我在这儿是吃饱混天黑。他要把我送到一个我很容易就会被杀掉的地方。"

第十章

"你在哪儿都有可能被杀。"

"是啊，但是在这里我对您是有用处的。我死也死得高兴。"

那舞跳得越发狂野了。我喜欢看黛芭跳舞，但是我并没有看。事情不过如此，我想，这种舞会的其他追随者一定也和我一样，想看却不会看。我知道她是在向我炫耀，因为她就在跳舞的人群的最边上跳着，就在汽油桶做的班戈鼓旁边。

"她真是个漂亮的小姑娘，"探子说，"是恩戈麦鼓会的女王。"

我继续击打着鼓，直到那一支舞曲结束，我站起身来找到穿着绿色袍子的恩圭利，让他去看看女孩们是不是都有可口可乐喝。

"跟我来帐篷，"我对探子说，"你是病了吧？"

"兄弟，我真的发烧了。您可以给我量量体温。"

"我会给你拿点疟涤平。"

玛丽还在拍照片，女孩们笔直僵硬地站着，挺着胸，抵住她们桌布似的围巾。姆休卡正在让一些女孩站在一起，我知道他想给黛芭好好拍张照片。我看着他们，看着站在玛丽小姐面前的黛芭那害羞的样子，她垂着眼帘，站得直直的，像一名士兵一样立正站好。此时的她一点也没有在我面前的那种放肆。

探子的舌头白得像涂过一层白粉，我用勺柄压他的舌头时，能看到他的喉咙后部有一块黄色的斑点，很严重，还有点发白。我把温度计放在他舌头下面，他的体温竟然有一百零一点三度（三十八点五摄氏度）。

"你病了,老探子,"我说,"我会给你点青霉素和青霉素喉糖片,然后用猎车把你送回家。"

"我就说我病了,兄弟。但是没人在意。我可以喝口酒吗,兄弟?"

"我用青霉素的时候一点也没有不舒服的感觉。这对你的喉咙有好处。"

"这点我相信,兄弟。您觉得猎长会让我留在这儿为您服务吗?既然您能证明我病了。"

"你生病了还能有什么用处。也许我应该把你送到卡贾多的医院。"

"不要,求求您,兄弟。您在这儿就能把我治好,发生紧急情况的时候您都能用到我的,如果发生战事,我就可以做您的眼睛、您的耳朵和您的右手啊。"

愿上帝保佑我们所有人,我心想,但是他产生这种想法时,既没有喝酒,也没有受到什么打击,而是嗓子发了炎,可能是扁桃体炎。虽然这话只是嘴里说出来的,但是这是句很豪迈的话。

我把酸橙汁和威士忌按照一比一的比例调制好倒了半杯,这能减轻喉咙痛,然后我会给他青霉素和青霉素喉糖片,再用车把他送回家。

喝完后他的嗓子感觉好多了,借着酒劲,他说的话更豪迈了。

"兄弟,我是个马塞人,不怕死。死有什么了不起?我被那

第十章 251

些老板和一个索马里女人毁了。她把什么都带走了，我的财产、我的孩子、我的尊严。"

"你告诉过我了。"

"是的，但是现在您给我买了矛，我又能重新生活了。您已经让人去买那种恢复青春的药了吗？"

"药就要买回来了，但是你自己得还有青春那药才能管用。"

"我有的，我向您保证，兄弟。我能感到我的青春已经在我体内升腾起来。"

"就是这样。"

"也许吧，但是我也能感觉到我的青春。"

"我现在就给你药，然后开车送你回家。"

"不要，拜托了，兄弟。我是和寡妇一起来的，她必须和我一起回家。现在还早，她还不该回去呢。上次鼓会我就有三天没看见她。我要等着和她坐卡车回去。"

"你应该卧床休息。"

"我最好还是等寡妇。兄弟，您不知道恩戈麦鼓会对于一个女人来说意味着什么危险。"

这种危险我是略知一二的，我不想让探子在嗓子病得那么严重的时候还说话，但是他问我："在吃药前我能再喝最后一杯酒吗？"

"好的，我觉得没什么问题，从医学上讲。"

这次我在酸橙汁里加了些糖，冲出了一大杯好喝的饮料。如果他要等寡妇的话还要等很长时间，马上太阳就要落山了，气温也会下降。

"我们会一起做大事的,兄弟。"探子说。

"不知道。不过你觉得我们难道不该分头做些大事来锻炼一下吗?"

"您说一件,我会去做的。"

"等你嗓子一好我就会想出一件大事来。我还有很多小事,必须现在自己做。"

"有没有哪件小事我可以帮忙的,兄弟?"

"这些都不用。这些是我必须单独做的。"

"兄弟,如果我们一起做大事的话,您会带我去麦加吗?"

"我今年可能不会去麦加。"

"明年呢?"

"要是真主安拉想让我去的话我就会去。"

"兄弟,您记得布里克森老爷吗?"

"我记得太清楚了。"

"兄弟,很多人说布里克森老爷并没有死。他们说他只是消失了,等他的债主死后他才会出现,还说到时候他会像圣婴一样再次降临人间。这只是打个比方,并不是说他真的会像圣婴一样降临人世。您觉得这是真的吗?"

"我觉得这纯粹是假的。布里克森老爷真的死了。我的几个朋友见到他死在雪地上了,他的头部受了伤。"

"太多伟大的人物都死了。只有我们这零零星星的几个人还活着。告诉我吧,兄弟,告诉我您的信仰吧,我有所耳闻的那

第十章　253

个信仰。谁是您所信奉的那一位伟大的神？"

"我们叫他'神力无边的曼尼托神'。那并不是他的真名。"

"我明白了。他也去过麦加吗？"

"经常去，就像你和我去集市或商店那样平常。"

"我听说您是直接代表他的，是这样吗？"

"只要我配得上就是。"

"但是您也掌握着他的权力吗？"

"这不是你该问的。"

"原谅我的无知，兄弟。但是他会通过您传话吗？"

"如果他愿意他就会通过我传话。"

"他们是不是可以，我是说那些不……"

"别问了。"

"是不是……"

"我给你打青霉素针，你可以走了，"我说，"在用餐帐篷里谈论宗教是不合适的。"

探子不相信口服青霉素的作用，我倒是希望一个将来可能会干大事的人愿意吃这个药，但是在针头下他可能并不能显示出勇敢，这可能会很让人失望。然而他喜欢口服青霉素的味道，高高兴兴地服下了两大勺。我也跟着他服了两勺，就怕他身上带着什么病毒，也因为谁也不知道在一场鼓会上会发生什么。

"这药这么好吃，您觉得能管用吗，兄弟？"

"伟大的曼尼托神都吃这药。"我说。

"真主安拉保佑，"探子说，"我什么时候可以喝瓶子里剩下的酒呢?"

"等你早晨醒来的时候。如果你半夜醒来,就吃那些药片吧。"

"我已经好些了,兄弟。"

"走吧,照顾好寡妇。"

"我走。"

就在我和探子在帐篷的时候,我们一直听着敲鼓声、脚踝上的铃铛细碎的颤动声和吹交通哨的声音。我依然没有被外面欢庆的气氛所感染,也不想跳舞。等探子走后,我把一些戈登杜松子酒和金巴利酒掺在一起,又用虹吸管点了点苏打进去。如果这和刚才那双倍剂量的口服青霉素掺和得好,有些事就会得以证明,尽管那并不在纯科学的领域里。似乎这酒掺得很和谐,如果有什么作用的话,那就是我听那鼓声听得更清晰了。我仔细地听,想听听那警哨声是不是也变得尖锐了,但是它们的声音没有变化。我觉得这是个极好的信号,于是我从那只滴着水的帆布袋里拿了一夸脱瓶凉啤酒,走回了鼓会会场。有人正玩着我的金属鼓,于是我找了一棵好树靠着坐下来,我的朋友托尼来到我身边。

托尼是个很好的人,也是我最好的朋友之一。他是马塞人,在坦克部队里当过中士,是个骁勇善战的士兵。在英国的军队中,如果他不是唯一的马塞人,至少也是唯一的马塞族中士。他在猎物部工作,是金·克的手下,我总是羡慕金·克能有这样一个手下,因为他是个很好的技工,又忠诚又有献身精神。

他总是很阳光，英语说得很好，马塞语说得更是完美，当然也会说斯瓦希里语，除此之外，他还会一点查加语、一点坎巴语。他的身材一点也不像马塞人，腿很短，是 X 形罗圈腿，但是他的胸膛、胳膊和脖子长得都很壮实。我教过他打拳击，我俩经常一起练拳击，我们是很好的朋友和伙伴。

"这鼓会办得很不错，先生。"托尼说。

"是啊，"我说，"你不跳舞吗，托尼？"

"不，先生。这是个坎巴族的鼓会。"

这时候，人们舞姿复杂，年轻的姑娘们也在跳着，做剧烈的性交状。

"有些女孩很漂亮呢。你最喜欢哪个，托尼。"

"您最喜欢哪个呢，先生？"

"这不好决定。有四个姑娘都很漂亮。"

"有一个最漂亮。你知道我说的是哪个吗，先生？"

"她很可爱，托尼。她从哪儿来？"

"从坎巴村来，先生。"

她确实是最美的，比最美还要美。我俩都看着她。

"你看到玛丽小姐和巡猎队长了吗？"

"看到了，先生。不久前他们还在这里。真高兴玛丽小姐杀掉了她的狮子。您还记得以前这头狮子袭击马塞族小孩的事吗？还记得无花果树营地吗？她杀死这头狮子用的时间真是不短啊。今天早晨我告诉了她一句马塞谚语。她告诉您了吗？"

"没有，托尼。我觉得她没告诉我。"

"我告诉她：'当有庞然大物死去的时候，四周总是很安静的。'"

"这句话很有道理。现在就很安静，尽管有鼓会的喧嚣。"

"你也注意到了吗，先生？"

"是啊，我的内心一整天都是静悄悄的。想喝啤酒吗？"

"不了，谢谢您，先生。今晚我们会练拳击吗？"

"你想练吗？"

"如果您想我就想。但是今天有很多新来的小伙子也想试试身手。明天没有鼓会，我们会打得更过瘾。"

"如果你想的话，就今晚吧。"

"也许明天会好一些。有一个小伙子不太好。虽然他并不坏，但是也不好。您知道那种人的。"

"镇上来的小伙子？"

"算是吧，先生。"

"他会打拳击吗？"

"并不会，先生。但是他出手很快。"

"能打中吗？"

"是的，先生。"

"现在跳的舞是什么？"

"新式的拳击舞。看到没？他们正在打近击，就是您教的那种左勾拳。"

"比我教的要好。"

"最好明天，先生。"

"但是明天你就走了。"

"我给忘了,先生。请原谅我。那头大狮子死后我就变得容易忘事了。那等我们回来的时候再练吧。我要去检查卡车了。"

我去找凯蒂,在跳舞场地的外围发现了他。他看起来兴致勃勃,看得很入迷。

"等天黑之后开着卡车送他们回家吧。"我说,"姆休卡也可以开猎车送一些人回去。女主人累了,我们要早点吃晚饭,然后上床睡觉。"

"Ndio。"他答应了。

我又找到恩古伊,他说:"Jambo,Bwana。"夕阳中,他的话带着讽刺挖苦。

"Jambo,tu。"我回答说,"你怎么没跳舞?"

"规矩太多,"他说,"今天我不能跳舞。"

"我也是。"

那天的晚餐很愉快。厨师姆贝比亚把狮子的腰部嫩肉切成肉片,裹上面包屑炸好,味道棒极了。我们9月第一次吃狮子肉的时候,大家议论纷纷,觉得那是一种怪异行为或野蛮行径。而现在,每个人都在品尝着狮子肉,它成了一道佳肴。那肉的颜色像小牛肉一样白,质地嫩滑、味道鲜美。一点猎物的腥气都没有。

"我想没人能把这肉和一家正宗意大利餐馆里的米兰式煎牛排区别开来,只会觉得这肉的味道更鲜美。"玛丽说。

我第一次看到一头狮子被剥皮的时候就敢肯定狮子肉会是

很好的肉。那时候给我扛枪的伙计是姆科拉,他告诉我腰部嫩肉是最好吃的。但那时候老爷子定的规矩很严,他想把我培养成一个绅士,至少是半个,所以我从来都没胆量切下狮子后腰上的肉让厨子加工。然而,今年,当我们杀掉第一头狮子、我让恩古伊切下两块后腰肉的时候,情况就不同了。老爷子说这很野蛮,还没有人吃过狮子肉。但这肯定是我们最后一次一起进行的游猎,我俩都已经到了后悔没做一些事,而不是后悔做了一些事的年纪,所以他也没怎么反对。当玛丽给姆贝比亚做示范如何加工狮子肉,当我们闻到了肉的香味,当他看到切好的狮子肉就像小牛肉一样,我们都津津有味地品尝的时候,他也尝了一些,也喜欢上了那肉的味道。

"你在美国落基山脉打猎的时候还吃过熊肉。那味道像猪肉,但是太肥了。猪肉你是吃的,但是猪吃的东西比熊或狮子吃的东西脏多了。"

"别烦我,"老爷子说,"我正吃这该死的东西。"

"难道不好吃吗?"

"没有。真该死。好吃。但是别烦我了。"

"多吃点吧,老爷子先生。请再多吃点吧。"玛丽说。

"好,我再多吃点,"他用假声抱怨道,"但是在我吃的时候别总盯着我看。"

这个玛丽和我都挚爱的老爷子是我在认识的人中最喜欢的一个,谈谈他是一件很惬意的事。我们去大卢瓦哈河流域和波哈拉平原一带打猎的时候,玛丽和老爷子曾一起开了很长时间的车穿过坦噶尼喀。玛丽给我讲了几个老爷子在那时候给她讲的故事。听着这些故事,想象着那些他没有讲过的事,我感觉老爷子就在我们身边。我想,即使不在我们身边,他也能助我们在困难时刻渡过难关。

吃着狮子肉,最后一次与它如此近距离地相伴,而且它给了我们如此美妙的味觉体验,这感觉也是妙不可言的。

那天夜里玛丽说她很累,就去自己的床上睡觉了。我躺了一会儿,没有睡着,于是走出帐篷去篝火旁坐了一会儿。我坐在椅子里,看着那火光,想着老爷子。他不能长生不老,这真让人悲伤。但让我高兴的是,我们在一起经历了那么久的时光,有幸一起做了三四件事,和过去一样,满是在一起谈笑的幸福时光。想着想着我便睡着了。

第十一章

清晨，我散步的时候，看着恩古伊轻快地迈着大步穿过草地，想着我们是多么好的兄弟，觉得在非洲作为一个白人简直是愚蠢。我想起二十年前有人带我去听那位伊斯兰宣教士的布道，他对我们这些听众解释了黑皮肤的好处和白人长色斑的烦恼。我的皮肤已经晒得很黑，足够冒充一个混血人了。

"你看白人，"宣教士说，"走在太阳下，阳光会把他烤死的。如果他把身体暴露在阳光下，皮肤就会起泡甚至溃烂。这可怜的家伙必须一直在荫凉的地方待着，喝酒糟蹋自己，因为他面对不了第二天太阳升起的恐惧。看看白人和他的老婆吧，她一走进阳光下，浑身就会布满棕色的斑点，像是快要得麻风病似的。如果她继续在太阳下晒，阳光就会剥去她的一层皮，像个从火里穿过的人。"

在这个美好的早晨，我没有再去回想那场针对白人的布道，那事已经过去很长时间了，很多更生动的部分我已经忘了，但有一件事我没忘，那是关于白人天堂的事。那宣教士把白人天堂描绘成白人的另一个可怕信仰,在这信仰的驱使下,他用路边捡来的小棍在那种在大湖上捕鱼的网中来来回回击打着小白球,或者是更大一点的球,直到太阳出来,他又躲回到俱乐部里,要是他老婆不在,他会继续喝酒糟踢自己,还会骂骂圣婴。

我和恩古伊一起穿过另一片灌木丛,那里有一个眼镜蛇洞。那条眼镜蛇可能还没回洞,也可能刚出去,它并没有留下什么痕迹告诉我们它去了哪里。我俩都不是很擅长猎蛇。这种事对于白人来说是个难题,但也是必须要做的,因为一旦牛、马什么的踩在蛇身上,就会被蛇咬。在老爷子的农场,捕蛇的报酬一直是固定的几先令,不管是眼镜蛇还是鼓腹毒蛇。猎蛇的收入对于一个人来说已经低得不能再低。我们知道眼镜蛇这种动物动作迅速、移动轻盈,它们找的洞都很小,看起来它们自己都钻不进去,我们还因为这个开过玩笑。曾有人讲过,有的树眼镜蛇很吓人,它们会用尾巴支撑着整个身子立起来,追那些骑在马背上的无助的殖民者或勇敢的巡猎员,但是我们并没有把这些故事放在心上,因为它们是从南方传过来的,那里的犀牛都有各自的名字,据说,那些犀牛会长途跋涉,穿过数百里的干旱地带找水喝。又据说,那里的蛇做出过《圣经》式的功绩。我知道这些事一定是真的,因为那是有名望的人写的,但是那些蛇和我们这里的蛇不一样,在非洲,只有自己的蛇才是重要的。

我们这里的蛇不知道是害羞、蠢笨还是神秘,总之很有威力。我大肆表现着自己在捕蛇方面的热情,却谁都骗不了,除了可能骗骗玛丽小姐。我们都讨厌那种黑颈眼镜蛇,因为它在金·克身上吐过毒液。这天早上,当我们发现这条眼镜蛇不在洞里、还没回来的时候,我对恩古伊说,不管怎么说它都有可能是托尼的祖父,我们应该尊重它。

恩古伊很喜欢听这话,因为蛇是所有马塞人的祖先。我说那条蛇也很可能是他那个在马塞村子里的女朋友的祖先,因为她高挑、可爱,浑身上下透着一股"蛇气"。想到他的秘密情人的祖先可能是蛇,恩古伊一下子打起精神来,同时也有点害怕。我问他有没有觉得可能是蛇血的缘故,马塞女人的手才是凉的,而且身上也很奇怪地忽冷忽热。最开始他说这不可能,马塞人一直都是这样的。然后我俩肩并肩朝营地走去。我们还看不见营地,但是能看见营地那边的高大树木,那些树被风侵蚀得呈黄绿色,后面靠着那座大山,山脚处是棕色的褶皱,高处则是皑皑白雪。随后,恩古伊说,那可能是真的,意大利女人的手就忽冷忽热,一会儿是凉的,一会儿又变得像温泉一样暖和,如果你能记起那触感,有时候那还会像滚烫的温泉。得腹股沟淋巴结炎的意大利女人并不比马塞人多,这是一种乱搞男女关系的人会得的病。也许马塞人的体内确实流着蛇血。我说,等下次我们杀掉一条蛇的时候,可以碰触一下它的血,看看是什么感觉。我从来没有触摸过蛇体内喷出的血,因为我觉得那很恶心,我知道恩古伊也觉得很恶心。但是我俩说好了下次要摸摸蛇血,如果有人能控制住抵触情绪,我们也会让他摸一摸。这些对于我们每天进行的人类学研究是有益的,我们继续向前走着，边走边思考着这些问题，思考着我们试图和人类学大利益结合起来的我们自己的小问题，走着走着我们就看到了黄绿色树下的帐篷。在第一缕晨光的照耀下，那黄色和绿色已经变成了耀眼的金黄和明亮的深绿。我们看到营房的篝火冒出的屡屡灰烟，看到巡猎员们在营地里走来走去，还看到了金·克的身影，此时此刻，他正坐在我们帐篷外的篝火旁的营地椅子里，旁边放着一把木质的桌子。他正在看书，手里还拿着一瓶啤酒。这一派景象就深藏在大树下、曙光中。

恩古伊拿着步枪，把它同那把旧猎枪一起扛在肩上。我则朝篝火那边走去。

"早上好，将军，"金·克说，"你们起得挺早啊。"

"我们猎人就得吃点苦，"我说，"我们靠自己的两只脚打猎，危险总是和我们相伴。"

"有时候该有人把那危险移除，你会把危险踩在你的两只脚底下。来点啤酒吧。"

他认真地把啤酒从瓶子里倒进玻璃杯，每次杯顶冒泡的时候他都停下来等泡沫退去再倒，这样来回几次，把酒斟满了整整一杯。

"魔鬼总归会给闲人找活干的。"我说着端起酒杯，杯子盛的酒很满，琥珀色的啤酒沫挂在杯壁上像是雪崩后的冰雪，我轻轻地把杯子端到唇边，酒没有溢出来，用上嘴唇抿了第一口。

"对于一个不成功的猎手来说这就不错了，"金·克说，"正是这些坚定的双手和布满血丝的眼睛成就了英格兰的伟大。"

"在碎瓦铁砂之下,我们听从神谕喝下此杯,"我说,"你越过大西洋了吗?"

"我穿过了爱尔兰,"金·克说,"那里一片碧绿,我几乎能看见勒布尔热的灯火了。我要学飞行,将军。"

"很多人以前都这么说过,问题是你要怎么飞呢?"

"是我挺直身子就飞起来的那种。"金·克说。

"在危险的时候靠着你自己的双脚飞吗?"

"不,是开飞机。"

"可能开飞机还靠谱点。你小子会把这些原则带到生活中去吗?"

"喝你的啤酒吧,比利·格雷厄姆,"金·克说,"我走以后你做什么,将军?我希望你别精神崩溃,别造成什么精神创伤啊,我希望你会顶住的,对吧?现在要守住侧翼还不太晚。"

"哪个侧翼?"

"任何一个。这是我记住的几个军事术语之一。我总是不想让他们攻破侧翼。在现实生活中你总是会建立起一支防御性的侧翼,并把它安置在某一点上。只有守住侧翼我才不会被打败。"

"Mon flanc gauche est protégé par une colline." 我清楚地记起来了,便说, "J'ai les mittraileuses bien placés. Je me trouve très bien ici et je reste.①"

---

① 法语,意为:"我的左侧有一个山丘掩护,那些机枪架设得不错,我觉得这儿挺安全,便留守了下来。"

第十一章 265

"你在用外语敷衍我,"金·克说,"快倒上一杯酒,趁今天早上我那帮捣蛋鬼还在为所欲为,在他们为了整个镇子而去要饭前,我们要赶紧出去完成测量任务。"

"你读过《莎士比亚中士》这本书吗?"

"没有。"

"我会给你拿过去的。是达夫·库珀给我的。这书就是他写的。"

"不是回忆录吗?"

"不是。"

我们之前一直都在读《回忆录》,那是在恩德培降落的飞机上的刊物连载的,这刊物纸张很薄,后来被送到了内罗毕。我不喜欢这种报纸连载的形式,但是我很喜欢《莎士比亚中士》这本书,也很喜欢达夫·库珀,他老婆我们就不喜欢了。有关她的内容占去了《回忆录》很大的篇幅,这让我和金·克都很反感。

"你什么时候写自己的回忆录呢,金·克?"我问,"你不知道人老了就会健忘吗?"

"这事我确实还没有考虑过那么多。"

"到时候你就不得不考虑了。现在还健在的老人已经不多了。你现在可以开始记述你的早年时期,写在前几卷里。《很久以前在那遥远的阿比西尼亚》会是个不错的题目。你可以跳过大学时代和在伦敦、欧洲大陆那些放荡不羁的日子,直接跳到《苏丹军队中的年轻人》这一部分,再趁着记忆还新鲜,开始写早年做巡猎员的日子。"

"我能不能用你在《意大利前线的未婚母亲》中使用的那种硬朗独特的风格呢?"金·克问,"除了《两面旗下》之外,那一直是我最喜欢的一本你的书。那是你写的吧?"

"不是,《卫兵之死》才是我写的。"

"也是一本好书,"金·克说,"我从没告诉过你,那本书就是我的人生指南。那是我离开家去上学之前妈妈送给我的。"

"你不会真的想出去搞什么测量吧?"我带着希望问。

"是的。"

"我们应该带几个中间人作见证吗?"

"没有中间人。我们自己出去用步子测量吧。"

"那我们出去吧。我去看看玛丽小姐是不是还在睡觉。"

她已经喝过茶,还在睡着,看起来再睡上两个小时都没问题。她的嘴唇紧闭,光滑如象牙的脸贴在枕头上。她呼吸轻柔,但是她动头的时候我能看出她在做梦。

我拿起恩古伊挂在树上的步枪,登上越野车坐在金·克旁边。我们开着车,终于发现了以前留下的脚印,找到了玛丽小姐射杀狮子的地方。正如所有旧战场的遗址一样,那个地方变化不小,但是我们发现了她的空弹壳,也发现了金·克的,我的在左边,要离得远些。我把其中一颗装进口袋。

"现在我把车开到狮子被杀死的地方,你沿一条直线迈步子走过来。"

我看着他开车离开,他棕色的头发在晨光中闪耀。那条大狗回过头来看了我一会儿，又转过头去看着前方了。越野车转了一圈停在那一丛浓密的树木和灌木丛的近端，我在射出的弹壳的最西端朝左迈动步子，朝越野车的方向走去，边走边数着步子。我右手握着枪管把步枪扛在肩上，开始迈动步子的时候那越野车看起来很小。大狗已经下了车，金·克也在四处走动。他们看起来都很小，有时候我只能看到那条狗的脑袋和脖子。我走到越野车那边草丛倒伏的地方停了下来，那头狮子就是在那里第一次趴下的。

"多少步？"金·克问，我告诉了他。他摇摇头，又问，"你带吉尼酒瓶了吗？"

"带了。"

我俩一人喝了一口酒。

"我们可千万不要告诉任何人这射程有多长，"金·克说，"不管是清醒的时候还是喝醉的时候都不要说，和那些烂人不能说，和那些正派的人也不能说。"

"死也不说。"

"现在我们打开速度计，你把车直线开回去，我再用步子测一遍。"

我俩步测的结果有几步的差异，速度计的读数和步测的结果也有细微的差异，我们便从总步数里减去了四步。然后我们边驱车回营地，边看着营地那边的那座大山，心中顿生悲凉，因为我们在圣诞节前都不能一起打猎了。

金·克和他的人走了，留下我一个人独自面对玛丽小姐的悲伤。我并不是真的独自一人,因为陪着我的还有玛丽小姐、营地、我们自己的人、被人们称作基波的乞力马扎罗大山、动物、鸟儿、成片成片新盛开的花还有地上生出来的吃花的虫子。因为有褐色的鹰来叼虫子吃,所以鹰就和小鸡一样常见了。那些忙着和珍珠鸡一起吃虫子的鹰有的脑袋是白色的,还有的腿上长着褐色的羽毛,像穿着褐色长裤似的。有了这些虫子,所有的鸟都停止战斗,全部走到了一起。然后,大群大群的欧洲鹳也来吃虫子了,它们就在一块长满高高的白花的长条形地带上移动,那面积有好几英亩。玛丽小姐情绪不佳,对那些鹰并不感兴趣,因为鹰对她的意义并不像对我一样那么重要。

她从来没有躺在我们家乡山区山口顶部的树带界限之上的杜松树丛底下,手握点二二步枪,等着鹰来吃一匹死马。那匹死马是熊的饵料,现在熊被杀死了,它又成了鹰的饵料,以后还会再次成为熊的饵料。你刚看到鹰的时候,它们都飞得很高。天还没亮你就在树丛下匍匐而行,当在太阳的照耀下,山口对面的山峰显出轮廓时,你看到鹰从阳光里飞出来。那座山峰就是一座长满草的高地,山顶上是一块露出地表的岩石,山坡上是散布的杜松树丛。那片区域的地势都很高,一旦你到达如此的高度,便能很轻松地四处游览。那些鹰是从很远的地方来的,要到雪山去。躺在树丛下可看不见雪山,得站起来看才行。天上飞着三只鹰,它们在风中盘旋飞行、扶摇攀升、轻盈滑翔,你看着它们,直到阳光照得眼睛刺痛。然后你闭上双眼,太阳还在,你的眼前是一片红。你再次睁开眼,从遮阳棚的边缘望出去，看见它们展开的翅膀和扇形的尾巴，能感觉到它们那长在大脑袋上的双眼在注视着前方。清晨的天气很冷，你看着外面的那匹马，它那以前你一直都要掀开嘴唇才能看见的老牙现在就在外面露着。它的嘴唇看起来和善而有弹性。当你把它带到这个地方来杀掉，解下它身上的缰绳时，它就按照你平时教它的方法站在那里。当你抚摸着它黑色的头上长着灰色长毛的那一块发亮的区域时，它低下头用嘴唇在你的脖子上夹了一下。它低头看了看你拴在树林边上的那匹配着马鞍的马，好像在疑惑，它在这里干什么？又有什么新游戏了？你想起了它在黑暗中的视力总是很好，想起那时候你们走在一条条小道上，旁边长着树木，路就挨着悬崖，而你什么都看不见。你把熊皮铺在马鞍上，手则紧紧地抓着它的尾巴。它的判断总是正确的，也能理解所有的新游戏。

于是你五天前就把它带到这里来了，因为这件事总得有人来做，你即使做不到温和也能让它感受不到什么痛苦，但是这对结果能有什么影响呢？问题是，最后它觉得这是个新游戏，开始学习。它用它那有弹性的嘴唇吻了吻我，然后看了看另外那匹马的位置。它知道自己的蹄子开裂了，你不能骑它，但这是个新游戏，它想要学会。

"再见了，老凯特，"我说，握住它的右耳，轻轻抚摸它耳朵的根部，"我知道你也会对我做同样的事的。"

当然，它不会听懂我的话，正当它想要再吻我一下、告诉我一切都好的时候，它看到了我举上来的枪。我觉得我可以不让它看到，但它还是看到了，并认出了枪，一动不动地站在那里，身体瑟瑟发抖。我打在它两边眼睛和耳朵对角线的交汇处，它立即四肢跪地，全身倒下，变成了熊的诱饵。

我现在趴在杜松树丛下，悲伤尚未褪尽。我对老凯特的感情永生都不会变，或者说，我那时是这么想的，然而我还是看着它那已经被鹰吃掉的嘴唇，看着它那已经被叼去的眼睛，看着它的身体被熊撕开、已经凹陷的地方，看着那块被熊吃掉的肉。我打断了熊对它的蚕食，继续等着鹰飞下来。

终于有一只飞了过来，它落地的声音就像是一颗炮弹飞过来后爆炸的声音。它的双翼向前伸着，腿和爪子上都长满了羽毛，它奋力向前撞击着老凯特，仿佛要把它杀死似的。它傲慢地围着尸体转了几圈，开始啃它的伤口。又来了几只鹰，它们的动作更轻柔一些，翅膀也显得笨重一些，但是和前面那只鹰一样，它们的翅膀上都长着长长的羽毛，脖子都很粗，都长着硕大的脑袋、弯下去的喙和金色的眼睛。

我趴在那里，看着被我杀死的我的朋友兼伙伴的身体被它们争相啄食，我想它们还是在空中飞行的时候比较可爱。既然它们也活不长了，我就让它们多吃了一会儿，它们争吵着，踱来踱去，把啄到自己嘴里的内脏细细嚼碎。我希望我手里有一把霰弹猎枪，但是我没有。最终我拿起那把点二二曼彻斯特枪，小心翼翼地射中了一只鹰的头部，又在另一只鹰的身上开了两枪。它扑扇着翅膀想要飞走，但是飞不起来，平摊着翅膀落在了地上，我不得不爬上高坡去追它。几乎所有其他鸟类和野兽在受伤时都会往山下逃去，但是鹰会往山顶跑。我追上那只鹰，抓住它那用来抓捕猎物的爪子上面的双腿，用我穿鹿皮鞋的脚踩住它的脖子，用手把它的一对翅膀抓在一起。这时候它看我的眼神里充满了仇恨和蔑视，我从来没有见过什么动物或鸟类像它一样盯着我看。它是一只金鹰，已经完全发育成熟，个子大得可以抓住年幼的大角羊，大得都有点握不住了。我看着那些鹰和珍珠鸡一起进食，想起它们是不屑于与其他动物为伍的，不禁为玛丽小姐的悲伤而感到难过。但是我不能告诉她那些鹰对于我来说意味着什么，不能告诉她我为什么杀死了那两只鹰（最后那只是被我在树林里的一棵树上砸烂脑袋才死的），也不能告诉她我用它们的皮在保留地的跛脚鹿镇上买了什么。

　　我们是在开着猎车出去的时候看到那些鹰和珍珠鸡一起进食的，它们进食的地方就在林间空地上，那年年初，由二百多头大象组成的象群从这片森林经过，拉倒撞断了很多树，于是这块森林就被毁得不成样子了。我们去那里是为了看一看野牛群，有可能还会撞上一头豹子，我知道，豹子就生活在纸莎沼泽旁边的那一大片未受损坏的树林中。但是除了大批的毛虫和鸟类之间奇怪的休战之外我们什么也没看到。玛丽又找到了几棵可以用作圣诞树的树，我则沉浸在对鹰和过去日子的回忆中。过去的日子理应更加简单一些，但事实并非如此，它们只会更加艰难。保留地的日子比村子里要艰难，也许并非如此，我实际上并不知道，我知道的是，白人总是夺取别人的土地，把他们赶到保留地上，在那里他们会像在集中营一样被杀害、被摧残。在这里,他们把保留地称为"保护区",对于如何管理现在被称作"非洲人"的土著居民,也提出许多不切实际的改良思想。但是这里不允许猎手打猎,也不允许武士开战。金·克很痛恨偷猎者,因为他总得有点信仰,所以他就信奉起了自己的工作。当然,他会坚持说,如果他不信奉自己的工作,就不会做这份工作了,他这么说也可能是对的。即使是在那次大规模的非法盗猎行动中,老爷子也有自己严格的规矩,那是最严格的。必须向顾客尽可能地多收钱,但是也必须给主顾交代。所有伟大的白人猎手在热爱猎物、痛恨杀生这方面的表现都让人为之动容,但是通常他们想的都是把猎物留给下一位来打猎的主顾。他们不想放无谓的枪吓走猎物,他们想留出一块区域,把他的主顾和主顾的老婆,或者是另一对主顾带到这片区域来,要让这片区域看起来是没有经过破坏、没有过度捕猎的原始非洲,这样他们就能呈献给主顾最满意的答复,狠狠地敲他们一笔。

很多年前,老爷子把这事给我通通解释了一遍。游猎结束时,我们在海边捕鱼,他说:"要是把这一套对人做第二遍,谁的良心都受不了。我的意思是如果他们喜欢自己的主顾的话。你下次来的时候最好把交通工具带来,我给你找伙计,到时候你可以到你曾去过的任何地方打猎,也可以去探索新的地方,开销不会比你在家打猎大。"

但结果是,富人喜欢在这事上的大笔开销,他们一次又一次地回来,花得越来越多,这种事是别人做不了的,所以也越来越有吸引力。年纪大的富人死了，总有新的富人来，而随着畜牧市场的发展，动物的数量也减少了。对于殖民地来说，这也是个赚钱的行业，因此，管理这个行业从业人员的猎物部随着自身的发展，制定了新的规矩，使得这个部门可以操控一切，或者是近乎操控一切。

现在考虑那些规矩完全没有好处，考虑跛脚鹿镇的事的好处也不大。在跛脚鹿镇的时候，你隐蔽地坐在圆锥形帐篷前面的一张黑尾鹿皮上，你那两只鹰的尾巴向外伸着，腹面朝上，露出可爱的白色尾端和松软的羽毛，有人来看鹰时你什么也没说，他们讨价还价的时候你更是什么也不说。最想得到这两只鹰的夏安族人除了鹰尾巴上的羽毛外什么也不关心。对他来说，鹰的尾巴比其他部位都重要，或者说其他部位都已经被切掉了。对他来说，在保留地地面上的鹰和在天空中盘旋的鹰没有什么两样，即使它们落在一片灰色的岩石上，眼睛注视原野的时候也是不可接近的。在暴风雪中，鹰会靠在一块岩石上，躲避背后袭来的大风雪，人们就会在这个时候发现它们并把它们杀掉。但是这个人已经不能在暴风雪中捕猎了，只有年轻人才能这么干，而他们又不在。

你就在那里坐着，一直都没有说话，偶尔你会伸出手去碰碰鹰的尾巴，轻轻地抚摸一下它们尾巴上的羽毛。你想到了你的马，想到了在你杀掉那两只鹰后穿过山口来吃马肉的熊，那时马还是熊的诱饵，想到了你给了它一枪，但是由于光线不好，打的位置太低了，林子边缘的风正好，但是你那一枪让它离开了那个位置，它在地上滚了一圈，然后站起身来，吼叫着，挥动着它的两条大胳膊，仿佛要拍死什么正在咬它的东西，接着它四肢扑倒在地，又弹了起来，仿佛是一辆卡车翻下公路，它往山下滚的时候你又给了它两枪，打最后一枪的时候你离得很近，都能闻到熊皮烧焦的味道。你想到了它，也想到了第一头熊。熊皮已经从它身上剥下来，你把那些已经处理过的灰色熊掌从衬衫的兜里掏出来摆在鹰尾巴的后面。你还是不说话，交易开始了。人们已经有很多年没见过灰色的熊掌了，于是你卖了个好价钱。

　　这天早晨没有什么好东西卖，但是最好的事是我们遇到了鹳。玛丽只在西班牙见过两次这种动物，第一次是在我们去塞戈维亚的途中，那是卡斯提尔的一个小镇，处在一片高地上。那个小镇上有个很不错的广场，我们就在那里停下来，当时天气炎热，我们为了避开刺目的日光，走进了一家光线不足的、清凉的小客栈，在那里纵情痛饮了一番。客栈里又凉快又舒服，啤酒冰凉。那个小镇每年都会在广场上举办一天的免费斗牛大会，每个人都可以和从包厢中释放出来的三头不同的牛搏斗。几乎总有人在斗牛大会上受伤或丧命，但斗牛大会是一年中很隆重的社会活动。

　　就在我们在卡斯提尔的那个特别炎热的一天，玛丽小姐发现了鹳在教堂的尖顶上筑的巢，它们俯瞰着下面发生的一切。客栈的老板娘把她带到楼上的房间，在那里她可以给鹳拍照，我则在吧台和当地交通与货运公司的老板交谈。我们谈论了卡斯提尔的好几个镇，那里都有鹳在教堂顶上筑巢。从这个老板说话中我可以听出来，这些鹳的数量和以前一样多。在西班牙，没有人会打扰鹳的生活。它们是少有的真正受尊敬的一类鸟，自然，也曾是村子的幸运鸟。

客栈老板给我讲了一位我的同胞，他算是英国人，但是他们觉得他是加拿大人，他已经在镇上住了一段时间，有一辆坏掉的摩托车，身无分文。最终肯定会有人给他钱的，他已经让人去马德里帮他带他所需要的摩托车配件，但是还没有带回来。每个人都喜欢他在镇上、希望他在镇上，那样我就可以见到一位我的同胞，他甚至可能就是镇上的居民。他已经出去画画了，但是他们说已经有人去找他了，会把他带过来。客栈老板还讲了一件有意思的事，说我的那位同胞完全不讲西班牙语，除了一个词"joder①"，于是人们都叫他"Joder 先生"。如果我想给他留句话，我可以请客栈老板转达。不知道我该给这个名字如此响亮的同胞留句什么话，最终，我决定给他留一张五十比塞塔②的纸币，并折成了那种过去来西班牙旅行的人所熟悉的样式。见我这么做每个人都很高兴，他们都说敢保证"Joder 先生"今晚不用离开客栈就会花掉其中的十个杜罗③，但是客栈的老板和老板娘肯定也会让他吃点东西。

我问他们"Joder 先生"画得怎么样，搞交通运输的那位

---

① 语气词，一般在遇到麻烦或糟糕的事情时使用，相当于"靠""操"。
② 西班牙基本货币单位。
③ 西班牙及通用西班牙语美洲国家值一比索的银元。

老板说:"那个人既不是委拉斯开兹、戈雅,也不是马丁内斯·德·莱昂。这一点我可以向你保证。但是时代在变迁,我们又该去评论谁呢?"玛丽小姐从楼上下来了,她刚在楼上拍过照片,她说她给鹳拍了很清晰的图片,但那可能没什么用,因为她的相机没有伸缩镜头。我们付了钱,在客栈里又喝了点冰镇啤酒,然后互相道别。我们开车驶离广场,离开了刺目的日光,沿着陡峭的山路往上行驶,朝着塞戈维亚的腹地开去。我停下车,小镇已经在我们脚下了,回头望,我看到公鹳飞进搭建在教堂顶部的巢中,姿态很惹人喜爱。它是从河边飞上去的,那河边有女人在捶打着衣服。后来,我们看到一小群鹧鸪穿过公路,再后来,在同一片长着欧洲蕨的人迹罕至的高地上,我们看见了一匹狼。

也就是在那一年,我们在去非洲的旅途中路过西班牙,而现在,我们则身处一片黄绿色的树林,大象摧毁这片树林的时候我们正开车穿过高地驶往塞戈维亚。这种事情在这里就是会发生,在这样的天地里我没有什么时间悲伤。我一直肯定我不会再回西班牙了,我回去只是为了带玛丽参观普拉多博物馆。既然我已经把所有我真正喜欢的画印在心上,仿佛我就是它们的主人似的,那么在我死前我也就没有必要再看了。但是如果可能的话,如果不用妥协也无需丢面子的话,我应该和玛丽一起看看那些画,这是很重要的。我也想让她看看纳瓦拉,看看新旧两个卡斯提尔,看看高地上的狼和在村子里筑巢的鹳。我一直想带她看那只钉在巴尔科·德·阿维拉教堂大门上的熊掌,不过要指望它还在上面就有些过分了。但是我们很轻易地找到了鹳，而且我们还会找到更多东西。我们看见了狼，从一个很近但高度正好的地方俯瞰了塞戈维亚，我们不经意走上的路是来旅游的游客们不会走的，只有来旅行的人才会不经意间发现它。这样的路在托利多附近就再也没有了，但是如果你翻过高地，就能再看到塞戈维亚。我们仔细看着这座城市，仿佛是一出生就能看到它却不知道它在那里的人第一次看到它似的。

从单纯的理论上来讲，有一种纯真圣洁之物，你把它带入一座美丽的城市或一幅伟大的图画。这只是一个理论，我觉得并不是真的。每次我爱上一件什么东西，都会把这纯真圣洁之物带入其中，而把另一个人带入其中是一件很美好的事，这样你就不孤单了。玛丽很热爱西班牙和非洲，也自然而然地领会到了其中的奥秘，她自己却没有觉察到。我从未向她解释过这些奥秘，只给她讲过一些技术上的东西或者一些有意思的事情，对于我自己来说，最大的乐趣在于看到她自己有什么发现。指望一个你爱的女人喜欢你做的所有事是很傻的，但是玛丽喜欢大海，喜欢生活在小船上，也喜欢钓鱼。她还很喜欢图片，当我们第一次一起去美国西部的时候，她就爱上了那里。她从不模仿任何东西，这对我来说是一件宝贵的礼物，因为我曾经和一位伟大的模仿大师有过密切关系，她可以模仿一切东西。和一位真正的模仿大师在一起生活会让男人对很多东西都失去兴趣，让他开始喜欢独处，而不是分享任何东西。

这个早晨，天渐渐热了起来，山上的凉风却还没有吹起来，我们正在那片被大象毁坏的树林中开辟出一条新路。我们不得不在几处枝杈交错的地方砍出一条路来，之后我们驶出树林，来到开阔的大草原，见到了第一群鹳，那是很大的一群，它们正在进食。它们是真正的欧洲鹳，长着黑白相间的羽毛和一对红腿。它们不停地吃着毛虫，仿佛是正在执行命令的德国鹳。玛丽很喜欢这些鹳，它们对她来说意义重大，因为我俩看过一篇关于鹳濒临灭绝的文章，一直忧心忡忡。现在我们才发现，它们只是和我们一样来了非洲，这真是明智的做法。然而，这些鹳也没有带走玛丽的悲伤，于是我们继续朝营地的方向开回去。我真是拿玛丽小姐的悲伤情绪没办法了。事实证明，鹰也不管用，鹳也不管用，而这两种动物我都没有什么招架能力，于是我开始明白她的悲伤情绪到底有多严重了。

"这整个上午你都安静得有点不同寻常，你在想什么？"

"想一些鸟、一些地方，想你有多好。"

"你能这么想真好。"

"我不是在做精神锻炼。"

"我会好起来的，人不能总是在无底的坑里跳进跳出。"

"等下届奥运会这就成为一个项目了。"

"你看来会赢取这个项目。"

"我有我的支持者。"

"你的支持者都像我的狮子一样死掉了。等哪天你心情特别好的时候，你可能会把所有的支持者都枪杀掉。"

"看哪，那儿又有一群鹳。"

现在营地里只有我们两个人，刚过了晚上六点天就黑了，在这时候的非洲即使有再大的悲伤情绪也不会持续很久。我们没有再谈论狮子，也没有再想它们，玛丽内心那刚刚驱散的悲伤情绪又被日常的琐事、奇妙的生活和即将来临的夜晚所代替。篝火不再那么旺了，于是我从今天下午卡车拉回来的一堆枯枝中抽出一棵又长又重的枯树添到炭火中去。我们坐在椅子里，看着夜风把火苗吹旺，看着木柴渐渐燃烧起来。这习习的夜风是从雪山那边吹来的，轻柔得让你只会感受到它的凉意，但是又能看到它们对篝火起的作用。要想用眼睛看到风，方法有很多，但最美的一种是在夜晚看着你的篝火的火焰时而明亮、时而暗淡、时而又亮起来的景象。

"我们还从没有单独坐在篝火旁呢，"玛丽说，"只有我俩和一堆火，我真高兴啊。那木头会烧到明天早晨吗？"

"我想可以，"我说，"如果风不刮起来的话。"

"现在我们不用等着每天早晨起来去打狮子了，这感觉真是怪怪的。你现在也没有什么问题或烦心事了，对吧？"

"没有，现在一切都平静了。"我说了谎。

"你怀念你和金·克有过的那些问题吗？"

"不怀念。"

"也许现在我们可以给野牛拍点真正好看的照片了，也拍点其他好看的彩照。你觉得那些野牛跑到哪里去了？"

"我觉得它们正往丘卢岭的方向走。等威利把塞斯纳开过来我们就去找它们。"

"你不觉得奇怪吗？成百上千年前，大山上滚下那么多石头，让一个地方无法通行，自从人们有了代步的车轮后，那些地方就与世隔绝了，没人能进入那里。"

"现在的人没有车就很无助。当地的人不再愿意做挑夫，有驮兽过去也会被苍蝇杀死。非洲现在仅存的尚未被开采的地方就是那些被沙漠和苍蝇保护的地方。舌蝇是动物最好的朋友。它们只杀外来动物和入侵者。"

"你不觉得奇怪吗？我们是真正热爱这些动物的，然而我们还是几乎每天都不得不杀死它们当肉吃。"

"这就好比你虽在意你的鸡，却要在早餐时吃鸡蛋，有时如果你想的话还会吃上一只童子鸡。"

"那是不一样的。"

"当然不一样。但本质是一样的。现在草刚刚长出来，来了那么多猎物，所以很长一段时间我们都不会再有狮子的麻烦了。这里有那么多猎物，它们就不可能去给马塞人添麻烦了。"

"不管怎么说马塞人的牛实在是太多了。"

"对啊。"

"有时候我觉得我们就像傻瓜一样，帮他们保护牲畜。"

"在非洲，如果你不觉得自己是个傻瓜，那么大部分时间你都会是一个大傻瓜。"我说，感觉自己的语气很自负。但是夜已深，该做些总结了，就像星星那样，有些星星远远的、冷冷的，看着不太清晰，而有些星星却是那么的明亮清晰。

"你觉得我们该上床睡觉了吗？"我问。

"睡觉吧，"她说，"要做一对好猫咪，忘掉所有不对劲的事。我们躺在床上就能听夜晚的声音了。"

于是我们上了床，听着夜晚的声音。我们很幸福，很相爱，没有忧愁。我们离开篝火，我爬进蚊帐里，钻进床单和毯子中间，用后背贴着帐篷的墙壁，让玛丽舒服地占着大半个床躺着。有一只土狼靠近帐篷，它喊叫了几次，声音很奇怪地逐渐升高。另一只土狼应答了它，它们就一起穿过营地，去了营房以外的地方。风吹来时我们可以看到篝火的火焰变得更加明亮，玛丽说："我们是一对在非洲的小猫，守着一堆忠实的篝火，周围的野兽们都有自己的夜生活。你是真的爱我的，对吧？"

"你觉得呢？"

"我觉得你是。"

"你不知道吗？"

"是的，我知道。"

过了一会儿，我们听到两头正在猎食的狮子的咳嗽声，土狼安静了下来。然后我们听到一声狮吼，是从北边传来的，离我们很远，它的位置就在石头森林的边缘和长颈羚出没的地区之间。那是一头大狮子沉重而带着震颤的吼叫声。后来它又咳嗽又咕哝的时候，我把玛丽紧紧地搂在了怀里。

"那是一头新狮子。"她小声说。

"是啊，"我说，"我没有听过任何关于它不好的话。对于任何说它坏话的马塞人我都会十二分警觉的。"

"我们会好好照顾它的，不是吗？那样它就会是我们的狮子，就像我们的篝火一样。"

"我们要让它做自己的狮子。那才是它真正在意的。"

这时候她睡着了，过了一会儿我也睡着了。当我再次醒来，听到狮子吼的时候，她已经不在我的床上了，我可以听见她睡在自己的床上，呼吸轻柔。

第十二章

"女主人病了?"姆温迪一边问,一边把枕头放好,让玛丽头朝帐篷宽大的开口处躺着,然后他用手摸了摸帆布床上的气垫,把床单平整地铺在气垫上,再把床单的边缘紧紧地塞在气垫下面。

"嗯,有一点。"

"可能是吃了狮子肉的缘故。"

"不会的,她在杀掉狮子之前就病了。"

"狮子可以跑很远的路,速度也很快。它在死的时候很生气、很难过,它的肉里可能就会有毒素。"

"净胡扯。"我说。

"这可不是胡扯,"姆温迪严肃地说,"猎长先生也吃狮子肉,他也病了。"

"猎长先生早在萨兰盖的时候就得过同一种病。"

"他在萨兰盖的时候也吃狮子肉。"

"你就是在胡扯,"我说,"他在我杀狮子前就病了。萨兰盖没人吃狮子肉。他是在萨兰盖游猎后来到这里才吃的。在萨兰盖，狮子被剥皮后所有切下来的肉都会装进箱子里。那天早晨根本没人吃。你记性太差了。"

姆温迪耸了耸他那罩在绿色长袍下的肩膀："吃了狮子，猎长先生病了，女主人也病了。"

"谁吃了狮子后没病呢？我。"

"魔鬼呀，"姆温迪说，"我以前就见过你病得快要死了。那是很多年前了，当时你还是个小伙子，你杀了狮子，然后就快病死了。每个人都知道你快要死了。鸟儿们知道，老板们知道，女主人也知道。每个人都记得你快要死的时候。"

"我吃了狮子吗？"

"没有。"

"我是在杀那头狮子之前病的吗？"

"是的，"姆温迪不情愿地说，"病得很厉害。"

"你和我谈得太多了。"

"我们都是老人了，想谈什么就可以谈。"

"谈话结束。"我说。我已经厌倦了这种混杂的英语，关于他试图建立起来的观点我也没有想太多。

"女主人明天就坐飞机去内罗毕。那里的医生可以治好她的病。等她从内罗毕回来就又健康又强壮了。Kwisha。"我说，意思是结束。

"很好，"姆温迪说，"我把所有的行李都准备好。"

我走出帐篷，恩古伊在大树下等着。他拿着我的霰弹猎枪。

第十二章

"我知道一个地方,那里有两只鹧鸪。我们去给玛丽小姐打回来吧。"

玛丽还没回来,我们在大蓝桉树丛边缘的一片尘土中发现两只鹧鸪正在互相掸去身上的尘土。它们个头很小,很袖珍,看起来很美。我冲它们挥了挥手,它们开始蜷缩着身子往灌木丛跑,于是我把一只打在地上,另一只在飞起来的时候也被我打了一枪。

"还有吗?"我问恩古伊。

"只有这一对。"

我把枪递给他,我俩开始走回营地。我手里握着那两只鸟,它们身量丰满,还带着体温,它们的眼睛是明亮的,柔软的羽毛在风中飘荡。我会让玛丽在那本关于鸟的书中查查它们,我很确定的是我以前从没有见过它们,它们可能是当地乞力马扎罗山的一个物种。我们可以把其中一只煲成一碗好汤,如果她想吃点什么固体食物的话,让她吃掉另一只的肉对她来说是有好处的。我可以给她吃点土霉素和哥罗丁促进她身体的恢复。我也不知道土霉素该不该吃,不过她似乎对这种药没有什么不良反应。

我坐在凉爽的用餐帐篷的一把很舒服的椅子里,看到玛丽小姐走进了我们的帐篷。她洗了洗脸,朝这边走过来,她走进帐篷坐了下来。

"天哪,"她说,"我们能不提这个吗?"

"我可以来回都开猎车送你。"

"不行,那车大得像灵车一样。"

"现在把这玩意儿喝了吧,如果你挺得住的话。"

"喝杯鸡尾酒会不会对我的意志造成很坏的影响呢?"

"你不该喝酒,但我总是喝,你看我现在不是还在这儿吗?"

"我都不敢确定我现在还在不在这儿了。要是能确定应该会很有意思的。"

"那我们就来确定一下。"

我给她调了鸡尾酒,告诉她不用着急,可以过一会儿再吃药,吃完就躺在帐篷的床上休息,如果她愿意的话可以看看书,或者如果她愿意,我可以念书给她听。

"你打了什么?"

"一对很小的鹧鸪,像是小松鸡。一会儿我把它们拿进来给你看看,它们是给你当晚饭的。"

"那午饭呢?"

"瞪羚羊汤和土豆泥,很好吃的。你要马上恢复一下身体,你的状况还没有糟到不能吃东西的地步。他们说以前土霉素治你这病的效果比喹碘方更好,不过我觉得用喹碘方更好。我敢肯定我们的药箱里就有。"

"我一直很口渴。"

"我记得。我去告诉姆贝比亚怎么做米汤,做好以后我们把它灌进瓶子然后装进水袋里凉着,你想喝多少就喝多少。那东西可以生津止渴,也能让你恢复精力。"

"我不明白我为什么老生病,我们的生活方式多健康啊。"

"小猫,你也会动不动就发烧。"

"但是我每天晚上都吃抗疟药的,你忘记吃的时候我还会提醒你吃,而且我们晚上坐在篝火旁的时候也总是穿着防蚊靴呢。"

"那是肯定的,但是我们在沼泽地里追赶野牛的时候会被咬上几百次。"

"不,几十次而已。"

"我是几百次。"

"你的个头大嘛。搂住我的肩膀,抱紧我。"

"我们真是一对幸运的猫咪啊,"我说,"只要到了热病高发区,每个人都会发烧的。我们还去过两个热病严重肆虐的地方呢。"

"但那是因为我吃药,也提醒你吃。"

"所以我们才没有发烧。但是我们也去过昏睡病高发的地区啊,你知道的,那里有很多舌蝇。"

"即使是在埃瓦索恩吉罗,这些疾病也是很猖獗的。我记得在晚上回家的时候它们会像炽热的眉毛钳一样咬人。"

"我从来没见过炽热的眉毛钳。"

"我也没有,但是在生活着犀牛的森林深处它们就是那样咬人的。那种苍蝇曾经把金·克和他的狗基波追进了河里。不过那是个风景优美的营地,我们刚开始自己打猎的时候真开心啊,比有人和我们在一起要开心二十倍。我那个时候脾气很好、很顺从,记得吗?"

"我们和那片绿茵茵的森林里的一切都那么亲近,仿佛在我们之前都没有人去过那里似的。"

"你还记得那苔藓的位置吗?树长得那么高,基本上一直都没有阳光。我们比印第安人的脚步要轻,你把我带到离黑斑羚那么近的地方,它居然都没发现我们,我们还从营地看见一群野牛正在过那条小河。那营地真是妙极了。你记得吗,豹子每天晚上都会穿过营地,就像在家乡的庄园里博伊西或威利先生每晚都会巡夜一样。"

"记得,我的好猫咪,你不会有事的,因为土霉素在今天晚上前或者明天早上就会把你的病情控制住。"

"我觉得现在已经在慢慢好转了。"

"如果这药真的不管用,库库也不会说它比喹碘方和卡布索内都管用的。你在等神药发挥作用的时候,你自己也会提心吊胆的。但是我记得喹碘方被称为神药的时候它确实挺神奇。"

"我有个绝好的注意。"

"是什么?我亲爱的好猫咪。"

"我刚想到,我们可以让哈利开着塞斯纳过来,你俩可以一起视察一下你所有的野兽,为你的问题商量一下对策,然后我跟着他回内罗毕,找个好医生看看我得的痢疾或者是什么别的病,我可以给大家买圣诞礼物,也把我们过圣诞节需要的东西买回来。"

"我们的说法是圣婴降临日。"

"我还是叫它圣诞节,"她说,"我们需要的东西太多了。你不会觉得太铺张吧？"

"我觉得这是个很好的主意。我们会让恩贡发个信号。你什么时候想要飞机？"

"后天怎么样？"

"后天是明天之后最好的一天。"

"我要安静地躺一会儿，享受一下积雪的山上吹来的微风。你去给自己弄点喝的，看看书，怎么舒服怎么来。"

"我去教姆贝比亚做米汤。"

中午玛丽感觉好多了，下午她又睡了一觉，到了晚上她感觉很好，也饿了。土霉素的药效很好，而且她也没有不良反应，这让我很高兴。我用手摸着枪把，对姆温迪说我已经用一种神秘的强效药把玛丽小姐的病治好了，不过明天我会用飞机把她送到内罗毕，让一位欧洲医生确认我的诊治。

"很好。"姆温迪说。

那天晚上我们虽然吃得很少，但是胃口不错，而且吃得很开心，营地又恢复了欢乐的气氛。狮肉宴带来的疾病与不幸今天早晨还在折磨人，现在已经消失得无影无踪了，好像这个话题从来没有被人提起过似的。每次一发生什么不幸事件，总是会有一些理论认为，发生这些不幸的首要原因是一些人或事有罪。玛丽小姐自己的运气不是一般的差，差得令人费解，所以她正在赎罪，但是她却给别人带来了好运。人们都爱戴她。阿拉普·梅纳对她其实是崇敬的，春戈和金·克的巡猎长也都爱着她。阿拉普·梅纳的宗教信仰混乱得无可救药，所以他崇拜的对象很少，但是他崇拜玛丽小姐，有时候他会狂喜到极点，那简直就是暴力。他也爱金·克，但那只是哥们之间的喜爱，带着一种忠诚。进而他也十分喜欢我，他的这种喜欢已经把我逼到了向他解释我喜欢的是女人而不是男人的程度，虽然我也可以拥有深刻而长久的友谊。但是他那完全真挚的爱与忠诚几乎可以铺满乞力马扎罗山的一整面山坡，人们也几乎总会以忠诚来回敬他，他的这种爱的对象可以是男人、女人、孩子、男孩、女孩，也可以是各种酒和所有烈性大麻，有很多很多，而现在，他把他这种喜欢别人的强大能力都集中在了玛丽小姐身上。

阿拉普·梅纳长得并不是很俊俏，虽然他穿着制服的时候显得优雅而英勇。他帽子上耳朵处的下摆总是整洁地翻上去形成一个结，像希腊女神梳的那种改良过的普绪咯①式发髻。他虽然偷猎过大象，但现在已经改邪归正，是个无可指摘的正派人物，正派得可以把自己的真诚献给玛丽小姐，就像献出自己的贞操一样。坎巴人并不是同性恋，我不知道布瓦人是什么样，因为阿拉普·梅纳是我所熟知的唯一的布瓦人。但是我敢说，阿拉普·梅纳对不管是同性还是异性的喜爱都是很强烈的。玛丽小姐留着最短的非洲发型，呈现出一张纯粹的含米特男孩的脸，但是她的身材却和马塞族少妇的一样姣好，这是导致阿拉

---

① 普绪咯，希腊神话中的爱神，丘比特的恋人、妻子，以长着蝴蝶翅膀的少女形象出现。

第十二章

普·梅纳对她的热爱发展为崇敬的原因之一。"妈妈"是非洲人除了"女主人"外称呼任何已婚白人妇女的最常用的称呼,阿拉普·梅纳却不这么叫玛丽小姐,而总是叫她妈咪。还没有什么人这样称呼过玛丽小姐,她告诉过阿拉普·梅纳不要这样叫她。但是这是他所知道的英语词汇中最高级别的称呼,所以他会叫她"妈咪玛丽小姐"或"玛丽小姐妈咪",这要取决于他是刚刚用过烈性大麻和金鸡纳树皮还是只和他的老朋友酒精接触过。

晚饭后我们坐在篝火旁,谈论着阿拉普·梅纳对玛丽小姐的热爱之情,那天我没看到他,正担心着,玛丽小姐说道:"像在非洲这样每个人都爱着其他人也不是坏事,对吧?"

"对啊。"

"你能肯定不会有什么糟糕的事情突然因此发生吗?"

"要是欧洲人的话,这事一直都能引发糟糕的事情。他们纵情滥饮,不分彼此,然后把原因归结于海拔。"

"和海拔有些关系吧,或者说是因为赤道上的海拔。纯杜松子酒喝起来像水,这样的地方我还是第一次知道。这是千真万确的事,所以一定和海拔什么的有些关系。"

"当然有些关系,但是我们这种努力工作、靠双脚打猎、攀岩走壁、翻山越岭的人不必担心酒,因为我们喝过的酒会变成汗水从毛孔中流出来。亲爱的,你来去厕所走过的路比大多数来非洲游猎的女人在整个非洲走的路还要多。"

"我们还是别提厕所了。通往厕所的那条路现在很漂亮,而且厕所里都是好看的读物。你读完那本关于狮子的书了吗?"

"没有,我正留着等你走了以后再读。"

"别留那么多东西等我走了以后再做。"

"我只留了那本书。"

"我希望你能从那本书中学到谨慎和和善。"

"不管怎么说,我现在就是这样的。"

"不,你不是。你和金·克就是两个魔鬼,你自己心里清楚。当我想到我的丈夫——一个好的作家、一个有价值的人——和金·克在夜里做那些可怕的事我就会有这种想法。"

"我们得在晚上研究动物。"

"你俩都不是。你们只不过是做些邪恶的事来互相炫耀。"

"我真的不那么想,小猫。我们做那些事情只不过是想找找乐子。当你不再为找乐子而做些什么事的时候,你还不如去死。"

"但是你也没必要做那种送死的事吧,没必要把越野车当成一匹马,假装在全国越野障碍赛马会上驰骋吧?你俩的骑术都没有好得可以在安特里的跑马场上骑马。"

"你说得很对,所以我们才退而求其次选择开越野车。金·克和我玩的只不过是老实的乡下人玩的运动。"

"你们俩是我认识的最不老实、最危险的乡下人。我连约束你们都不指望了,因为我知道那没用。"

"别因为你要离开了就数落我们。"

"我没有数落你们。我只是想到了你俩,不知道你们还会玩什么新花样,所以毛骨悚然了一会儿。感谢上帝金·克不在这儿,不然你俩就会单独在一起了。"

"你在内罗毕好好玩,让医生给你检查一下,想买什么就买什么,不用记挂这个村子。这儿的一切都会井然有序,没有人会去冒不必要的险。你不在的这段时间我会把一切都处理得很漂亮,我会让你骄傲的。"

"你怎么不写点东西,那样我才会真的骄傲。"

"也许我也会写点东西。谁知道呢?"

"我不会介意你的未婚妻的,只要你更爱的人是我。你确实是爱我多一些的,对吧?"

"我是爱你多一些的,等你从镇上回来的时候我会爱你更多的。"

"我希望你也能一起去。"

"不行。我讨厌内罗毕。"

"对于我来说它就是全新的,我喜欢了解那里,那里的人也很好。"

"你去吧,好好玩玩再回来。"

"现在我真希望我不必去。但是和威利一起坐飞机会很有意思,我还会飞回来,回到我的大猫身边,到时候还会有那么多礼物,这些都很有意思。你会记得要猎一头豹子的,对吧?你知道的,你已经答应了比尔,你会在圣诞节前捕到一头豹子。"

"我不会忘记的,但是我宁愿行动起来,而不是去担心这件事。"

"我只是想确定你还记得。"

"我没有忘记。我也会刷牙,记得在晚上放下帐篷的幕布,不让土狼进来。"

"别逗了,我都要走了。"

"我知道啊,这根本也不可笑嘛。"

"但是我还会回来的,会给你们带来大惊喜。"

"最大、最好的惊喜永远是见到我的小猫。"

"在我们自己的飞机里会更好。我会有绝妙的、特殊的惊喜,不过那是个秘密。"

"我觉得你该上床睡觉了,小猫,即使我们暂时控制了你的病,你还是应该休息好。"

"把我抱上床去吧,今天早晨我觉得我快死了,觉得那个时候你会抱我的,现在就像那样抱我吧。"

于是我把她抱了进去,当你用两条胳膊抱着她的时候,她的重量正好是一个你爱的女人该有的重量,她既不太高,也不太矮,也没有美国高挑美女才有的那种晃晃悠悠的长腿。抱着她很轻,也很舒服,她滑到床上就像一艘顺利下水的船一样。

"床真是个美妙的地方,不是吗?"

"床就是我们的祖国。"

"谁说的?"

"我,"我骄傲地说,"要是用德语说出这句话就更有感染力了。"

"我们不用讲德语,这难道不是一件很好的事吗?"

"是的，"我说，"尤其是因为我们不会讲。"

"你在坦噶尼喀和科尔蒂纳说德语的时候还是相当有感染力的。"

"那是我编的。所以听起来很有感染力。"

"你讲英语的时候我很爱你。"

"我也爱你，好好睡一觉，明天会有个愉快的旅程。我俩都睡觉吧，像一对乖猫一样，你会好起来的，真高兴啊。"

威利把飞机开来了，那嗡嗡的声音在整个营地上空作响。我们快步跑出去，跑到剥了皮的树干那里，风袋就垂挂在上面，我们看着他用了一小会儿的工夫就把飞机轻轻降落在卡车已经压好的花丛中。我们把飞机上的东西卸下来，装进猎车里。我浏览着信件和电报，玛丽则和威利坐在前排说话。我把玛丽的信和我的信分拣开来，把署着"先生"和"太太"称呼的信都放进了玛丽的那一堆，然后打开电报开始看。没有什么坏事，倒是有两件鼓舞人心的事。

在用餐帐篷中，玛丽坐在桌子旁边看信，我则一边和威利一起喝着一瓶啤酒，一边打开那些看起来最让人不愉快的信来看。对于这些信，除了不回复之外，没有更好的办法了。

"战争怎么样了，威利？"

"我觉得我们还占领着政府大楼呢。"

"托尔酒吧呢？"

"这个肯定在我们手里。"

"新斯坦利酒店呢?"

"是那片黑暗血腥的地方吗?我听说金·克组织了一批空姐巡逻,最远走到了格利尔酒店。那儿似乎让一个名叫杰克·布洛克的人占领了。真是英勇啊。"

"猎物部在谁的手里控制着?"

"我真是不想说。我得到的最新消息说两方旗鼓相当。"

"我知道一方,"我说,"但另一方是谁呢?"

"是个新人吧,我猜。我听说玛丽小姐杀死了一头漂亮的大狮子。我们能把它带回去吗,玛丽小姐?"

"当然啦,威利。"

下午雨停了,和威利说的一样。他们坐飞机走了以后,我感到很孤单。我不想去镇上,我知道留我一个人来单独面对营地的人、处理问题、生活在这片我挚爱的土地上有多么的快乐,但是玛丽不在我感到很孤单。

下过雨后的时光总是很孤单,但所幸我收到了这么多的信件,而我刚拿到的时候还觉得它们对我来说毫无意义。我又把这些信件按顺序整理了一遍,也把所有的报纸按顺序放好,那其中有《东非标准报》、航空版的《泰晤士报》、纸张薄得像洋葱皮的《每日电讯报》、《泰晤士报文学副刊》以及航空版的《时代周刊》。我打开信一看,内容真的很无聊,让我庆幸我是在非洲。

其中一封信是我的出版商花高价用航空邮件小心寄过来的,

写信的是爱荷华州的一个女人：

古巴，哈瓦那
欧内斯特·海明威先生

　　几年前我拜读了你的作品《过河入林》，那个时候它在《世界主义者》上连载。在看到开头对威尼斯的美妙的描写后，我还以为那书会继续写到什么高度，可是我非常失望。你当然有机会揭露导致战争的腐败，也有机会指出军事机构本身的虚伪。然而，你笔下的军官却主要是因为他失掉了两队人马没有得到晋升这种个人不幸而愤愤不平，对于那些年轻人却几乎或者根本没有感到悲哀。总的来说这本书就像是一个老头徒劳地试图说服自己和其他老头，会有年轻、美貌甚至富有的女人爱上他，而且是因为他这个人而爱上他的，而不是因为他可以给她财富和显赫的地位。

　　后来，《老人与海》出版了，我问我的哥哥这本书有没有比《过河入林》在情感上更成熟。他是个很成熟的人，而且在≈战中有四年都在军队服役。可是他做了个鬼脸，说并非如此。

　　那帮人竟然会给你普利策奖，这在我看来真是怪了。至少这不是每个人都赞成的。

　　这份剪报取自《德·莫奈记录论坛报》上哈兰·米勒的专栏《咖啡小谈》，我早想把它寄出去了。只要再加上一句海明威感情幼稚、无聊透顶，这评论就完整了。如果你道德不健全，那么至少也该从过去的错误中总结出一些常识。在你死之前，怎么不写些有价值的东西呢？

吉·斯·海尔德夫人
于爱荷华州格斯里中心市
1953 年 7 月 27 日

这个女人一点也不喜欢这本书，这完全是她的权利。如果我在爱荷华州，我就会把购书款退给她，以奖励她的这篇雄辩的文章和她提到的 ≈ 战。我觉得这应该是"二"的意思，而不是两条弯弯曲曲像虫子一样恶心的线。我读到了剪报插入的地方：

也许我对海明威有点吹毛求疵，他是我们这个时代最被高估的作家，不过他还是一位好作家。他主要的缺点是：（1）缺乏幽默感，（2）幼稚的现实主义，（3）缺乏或毫无理想主义，（4）总是夸耀自己雄壮的身体。

独自坐在用餐帐篷里看信，想象着那位情感成熟的哥哥扮鬼脸，他或许正在厨房吃从冰箱里取出来的甜点，或许正坐在电视机前看玛丽·马汀扮演彼得·潘，我感到很惬意。我想，那位爱荷华的女士真是好心，给我写了这封信，如果她那个情感成熟、扮着鬼脸的哥哥能在这里摇头晃脑，那该多有意思啊。

你不能什么都占上，老作家，我颇具哲学意味地对自己说。

第十二章

失之东隅，收之桑榆。你只需要把那个情感成熟的哥哥抛到一边就可以了。别再想他，我告诉你。你一定得靠自己实现，小子。于是我不再想他，继续读我们那位爱荷华女士的信。如果用西班牙语形容她的话，我觉得她就是"我们摘苹果的姑娘"。当这个华丽的名字浮现在我的脑海时，我胸中涌起了一股虔诚感和惠特曼式的暖意。但是这要集中在她身上，我提醒自己。不要再想到那个扮鬼脸的人。

读读那位才华横溢的年轻专栏作家写的赞颂语也是一件很有意思的事情。那赞颂语能简单而迅速地净化心灵，正如埃德蒙·威尔逊[①]所说的"认知的震撼"。那位专栏作家如果生在大英帝国，就会得到工作许可，从而在《东非标准报》大展一番事业的宏图。认识到那位专栏作家的品质，正如一个人靠近悬崖边缘一样，我又想到了给我写信的人扮着鬼脸的哥哥那张让人喜欢的脸。但是现在我对那个扮鬼脸的人的感觉变了，我不再像刚才那样被他吸引，而是看见他因为在夜里听见了玉米茎生长的声音，坐在玉米秆中间，两只手控制不住地颤抖。在村子里我们就种着玉米，它们长得和美国中西部的玉米一样高。但是没有人会听到它们在夜里生长的声音，因为夜里很凉，玉米是在下午和晚上生长的。即使它们在晚上生长，你也听不到声音，因为夜里都是土狼谈话的声音、豺狼和狮子捕猎的声音

[①] 埃德蒙·威尔逊（1895—1972），美国著名评论家和作家，曾任美国《名利场》和《新共和》杂志编辑、《纽约客》评论主笔。

和豹子发出的声音。

那个爱荷华州的蠢娘们,给不认识的人写信,信中谈论的内容她根本都不了解,去她的吧,恭祝她能早日驾鹤归西,但是我还想起了她写的最后一句话:"在你死之前,怎么不写些有价值的东西呢?"我想,你这个无知的爱荷华娘们,这件事我已经做了,还会再做很多次。

贝伦森身体状况不错,这让我很高兴,他在西西里岛,这又让我有些担心他,不过也没必要,因为他对自己正在做的事比我了解得多得多。马琳遇到了些问题,但是他在拉斯维加斯混得风生水起,还在信中附上了剪报。信和剪报都很动人。古巴的那个地方还不错,但是花费很多。所有的野兽也都还好。纽约银行里还有存款,巴黎银行也有,不过要少一些。在威尼斯的人也都不错,除了被束缚在私人疗养院中的人或得了各种不治之症、快要死的人。我的一位朋友在一次汽车事故中受了重伤,我想起清晨沿着海岸开车时会突然闯进一片根本不透光的雾气中。信中描述了他身上的多处骨折,从这方面看,我都怀疑他这个把打猎作为最喜欢的爱好的人还能不能再打猎了。一个我认识、仰慕、眷恋的女人得了癌症,只剩不到三个月的生命了。另一个我认识了十八年的女孩写来了一封满是新鲜事、八卦和伤心事的信。我是在她十八岁的那年认识她的,然后就爱上了她,和她一直是朋友,即使她结过两次婚我也依然爱着她。凭借自己聪明的脑袋,她发过四笔财,希望她现在还保留着那些财富。她把生命中所有有形的、可数的、可穿戴的、可储存的和可典当的东西都得到了，却失去了其他所有的东西。信中有真的新鲜事，那些八卦也不是假的，而那些牢骚话则是每个女人都会有的。所有信中，这封最令我伤心，因为她不能来非洲，在这里她才会过上好日子，即使只有两个星期。我知道，既然她不来，我也永远都不会再见到她了，要见到她就只能是在她丈夫让她来找我办公事的情况下了。她会去所有我一直承诺会带她去的地方，但是我不会跟着去了。她可以和她的丈夫一起去，但是他们在一起的时候总是很紧张。他总是要打长途电话，那对于他来说是必需的，就像每天早晨看日出对于我来说是必需的，或者每天夜里看星星对玛丽来说是必需的。她可以花钱、买东西、积累财富、下昂贵的馆子。在所有我们曾经计划一起去的城市，康拉德·希尔顿①正在为她和她的丈夫开旅馆，或许有的就要完工了，有的正在筹划中。她现在没有什么发愁的事了。在康拉德·希尔顿的帮助下，她可以把她堕落的躯壳舒舒服服地放在床上，离长途电话永远都只有一臂之遥，等她在半夜醒来，她就能真正明白什么是一无所有，明白今晚有什么价值，她会练习数钱，让自己睡过去，这样她就能晚一点醒来，让第二天别来得那么快。我想，也许康拉德·希尔顿会在拉伊托奇托克开一家旅馆。那样她就能到这里来，看看这里的山，旅馆的侍者还会带她去见辛先生、布朗

---

① 康拉德·希尔顿（1887—1979），美国旅馆业大亨，著名的希尔顿酒店创始人。

和本基,也许他们还会在老警署的遗址那里竖一块牌匾,在央格鲁马塞商贸有限公司买几根长矛做纪念品。旅馆每个房间的墙上都有挂图,画着正在奔跑的白人猎手,他们或冷静或暴躁,头上都戴着有豹皮圈的帽子。每张床边的长途电话旁放着的不是《基甸圣经》①,而是几本《白色猎人黑色心》和《珍贵的东西》,用一种特殊的多效纸印制,上面有作者的亲笔签名,作者的肖像则印在封皮的背面,即使在暗处也会闪闪发光。

  那家旅馆的装饰和运营会突出二十四小时游猎的风格,保证能打到所有的野兽,你每天晚上都能睡在自己的房间里,房间里配备电传同轴电视和菜单,前台的工作人员都是反茅茅突击队员和水平更高的白人猎手。旅馆还会给客人一些小惊喜,比如每个客人在第一个晚上用餐时会在盘子的旁边发现一张猎区荣誉监管的委任状,在第二晚,对于大多数客人来说这都是最后一晚,他们会发现自己已经成了东非职业猎手联盟的荣誉会员。想到这些我很高兴,但是在和玛丽、金·克、威利几个人在一起之前,我不愿意把这些想得太全。玛丽小姐是个记者,她编故事的能力非凡。我从没听过她把同一个故事讲第二遍,总感觉她还会把同一个故事改编成其他版本。我们也需要老爷子,因为我想让他同意,一旦他死了,我可以把他直立地放在旅馆的大厅里。他的一些家人可能会反对,但是我们得把这整件事细细商量一下,做出最合理的决定。老爷子从来没说过他

---

① 放置于宾馆、病房等地供人读的《圣经》。

有多喜欢拉伊托奇托克，他多少觉得那地方像个罪恶的陷阱。我觉得他希望自己被埋在自己国家的高山上。但是我们至少可以把这件事讨论一下。

现在，意识到排解孤独的最佳良药是玩笑、嘲弄和对一切最坏结果的藐视，而黑色幽默即使不是最耐久的，也是最有效的，因为它必然是短暂的，而且常常被人误传，我大笑起来，边读那封悲伤的信，边想着拉伊托奇托克新开的希尔顿酒店。太阳几乎已经落山了，我知道玛丽现在已经在新斯坦利酒店里了，可能在洗澡。我喜欢想她洗澡的样子，希望她今晚在镇上能玩得开心。她不喜欢我常去的那些低档酒吧，我觉得她可能在旅行者俱乐部一类的地方，真高兴享受那种乐趣的人是她而不是我。

我的思绪从玛丽转到黛芭身上。我们已经答应过要带她和寡妇去买做衣服的布料。那衣服是她们准备在庆祝圣婴降临日的时候穿的。我带着未婚妻堂而皇之地去买衣服、选布料，由我付钱，旁边有四十到六十个马塞女人和武士看着，这是拉伊托奇托克在这个社交季或很可能在别的时节会发生的正式而决定性的事件。作为一个作家，这既是一件羞耻的事，有时候也是一件令人欣慰的事，我睡不着觉，便想，亨利·詹姆斯会怎么处理这件事呢？我想起他站在威尼斯一个旅馆的阳台上，抽着一支上好的雪茄，想着那座镇上正有什么事情在上演，那是一座很容易惹祸上身却很难摆脱麻烦的小镇。每到我不能入睡的夜里，我总是很欣慰地想到亨利·詹姆斯站在他旅馆的阳台上，俯瞰着整座小镇，看着人来人往，每个人都有自己的需求、责任、问题和小算盘，看着愉快的乡间生活和健康有序的运河航行。我想詹姆斯并不知道该去其中的哪个地方，他只是在阳台上抽着他的雪茄。现在，在这样的夜晚我感到很开心，因为我睡不睡觉都行，我喜欢同时想着黛芭和詹姆斯，我想，要是我把詹姆斯嘴里叼着用来抚慰自己的烟拔下来递给黛芭会怎样？她可能会把烟放在自己耳朵后面，也可能会递给恩古伊。恩古伊在阿比西尼亚做肯尼亚炮兵团的步枪手时学会了抽雪茄，有时候他会和白人士兵、随军杂役作斗争，为了战胜他们，他还学会了不少其他东西。之后我不再去想亨利·詹姆斯和他那支用来抚慰自己的雪茄，也不再想那条可爱的运河，不再想象能有一阵风从河面上刮过，让我那些与风浪搏斗的朋友和兄弟们省一些力气。我也不愿意再想那个粗壮矮胖的秃子，他走起路来一本正经，总爱提进攻出发线的问题。我想到了黛芭，想到了大房子里的那张烟灰色大木床，那床的木头是手工打磨的，上面铺着兽皮，气味清新。还有那四瓶圣餐啤酒也是我付的钱，为的就是能睡那张大床，我的动机是高尚的，那啤酒也有它合乎部落习俗的名字。在众多的礼仪性啤酒中，我觉得那酒应该被叫作"为了能在丈母娘床上睡觉而送的啤酒"，有了它就相当于在约翰·奥哈拉①的社交圈子中拥有一辆凯迪拉克，如果现

---

① 约翰·奥哈拉（1905—1970），美国小说家，凭借处女作《相约萨马拉》一举成名。

在还有那样的社交圈子的话。我虔诚地希望还有那样的社交圈子存在。我想到了奥哈拉，他胖得就像一条吞下了一整船《烧炭人》杂志的蟒蛇，乖戾起来就像是一头被舌蝇叮咬过的骡子，步履沉重，行将死亡却浑然不觉。我十分愉快地回忆起他第一次在纽约的宴会上亮相时戴的是一条镶着白边的晚礼服领带，女主持人介绍他时很紧张，并殷勤地希望他在将来都会事业顺利，这样想着，我祝福他能交好运、享幸福。不管事情坏到何种地步，任何人想到奥哈拉在他登峰造极的时代便会愉悦起来。

我想着我们圣诞节的计划，我一向热爱这个节日，身在那么多个国家都不会忘记它。我知道这次圣诞节不是很成功就是着实糟糕，因为我们已经决定邀请所有的马塞人和所有的坎巴人。这种恩戈麦鼓会如果进行得不恰当，那我们就再也不用举办恩戈麦鼓会了。届时玛丽小姐那棵神奇的树也会亮相，就算玛丽小姐认不出那是什么树，马塞人也会认出来的。那棵树其实是一种强力的大麻树，这点我不知道该不该告诉玛丽小姐，因为对于这个问题，不同的人会有不同的看待角度。首先，玛丽小姐决意要那种特殊的树，坎巴人把这理解为无人知晓的或叫做"贼河瀑布"部落习俗的一部分，就像她必须射杀那头狮子一样。阿拉普·梅纳曾私下里对我说过，这棵树能让我和他醉上几个月，如果一头大象吃了玛丽小姐选的这棵树，它也会醉上好几天。

我知道玛丽小姐会在内罗毕度过一个很好的夜晚，因为她不傻，那是我们附近唯一的城镇，在新斯坦利饭店还有新鲜的熏鲑鱼和善解人意又不苟言笑的侍者领班。那从大湖上捕捞上来的不知道叫什么的鱼味道还和以前一样鲜美，上面也会撒些咖喱，她痢疾刚好，还不应该吃。但是我敢肯定她吃得很好，希望她现在在一些什么高档的夜店里。我又想到了黛芭。我们该怎样去买布料衬托她那一对又骄又羞的诱人山峰呢？该怎么用那布料突出它们呢？她早该心里有数了吧。我们又该怎样从那些不同的图案中进行挑选呢？那些穿着长裙、身边不停围绕着苍蝇、身患梅毒、双手冰冷的美人们和她们那愚蠢至极、装腔作势、常光顾美容院的丈夫们会怎样好奇而大胆地看着我们呢？我们这两个坎巴人甚至连耳朵都没穿孔，但是我们又骄傲又张狂，我们会用手抚摸布料的质感，看布料不同的花纹，还会买一些其他的东西，于是在店里，人人都对我们毕恭毕敬。

第十三章

早晨,姆温迪把茶端过来的时候我已经起了床,穿好衣服,坐在篝火的灰烬旁。我身上穿着两件毛衣和一件毛呢外套。昨晚天气很冷,也不知道那对今天的天气会有什么影响。

"要火吗?"姆温迪问。

"我这孤家寡人的来个小火就行。"

"我去取,"姆温迪说,"你最好吃点东西。女主人一走你就忘记吃东西了。"

"我不想在打猎前吃东西。"

"可能打猎会需要很长时间呢。你现在就吃吧。"

"姆贝比亚还没醒。"

"老人们都醒了。只有年轻人还睡着。凯蒂说了让你吃东西。"

"好的,我会吃的。"

"你想吃什么?"

"鳕鱼丸和土豆煎饼。"

"你吃瞪羚羊肝和培根吧。凯蒂说女主人要你吃退烧药。"

"退烧药在哪儿?"

"在这儿,"他把瓶子拿出来,"凯蒂说我要看着你吃下去。"

"好了,"我说,"我吃了。"

"那你穿什么?"

"先穿短靴和厚皮夹克,等天热了再换系子弹的皮衬衫。"

"我去让别人都准备好。今天是很好的一天。"

"是吗?"

"每个人都这么认为。连切洛也这么认为。"

"很好,我也觉得今天是个好日子了。"

"你没做什么梦吗?"

"没有,"我说,"的确没有。"

"好,"姆温迪说,"我去告诉凯蒂。"

早餐后,我们沿着那条向北穿过长颈羚区的好走的路,径直去了丘卢岭。返回沼泽地的水牛们该在山里了。这条从古老的村子通向山区的路一片灰蒙蒙的,地上有泥浆,很难走。但是我们一直向前走了很远,一直走到不能再走,然后我们把姆休卡留在车里,我们知道,太阳一晒,泥浆就会慢慢变干。这时太阳炙烤着平原,我们则离开平原开始往又陡又小、地形破碎的小山冈爬去,山冈上满是熔岩团,还有被雨打湿的茂密青草。我们不想杀死任何一头水牛,但是带上两支枪还是有必要的,因为这山里有犀牛,昨天从塞斯纳上我们就看见了三只。水牛们应该正在朝着纸莎沼泽的边缘去吧,那里的水草新鲜丰

第十三章 309

美。如果可能的话，我想要数数它们的数量，并给它们拍些照片，也找找那头长着漂亮犄角的体形巨大的老公牛，我们已经三个月没见到它了。我们不想让它们受到惊吓，也不想让它们知道我们在跟踪它们，只是看看它们，那样等玛丽回来我们就能拍到一些它们的好照片了。

我们正和那群水牛相向而行，它们现在就在我们下方行进。牛群中有气宇轩昂的领头公牛，有体形肥硕的老母牛，还有小公牛、小母牛和小牛犊。我能看到它们弯弯的犄角、身上深深的褶皱、晒干了的泥巴、擦破的皮，它们是缓缓移动的一团黑，是一大团灰色，它们身上那些个头小、嘴巴尖的鸟忙忙碌碌的，像草坪上的欧椋鸟。那群牛移动的速度很慢，边走边吃草，走过的草都秃了。接着我们闻到了一股很强烈的牛的味道，身边也开始有苍蝇乱飞了。我已经把衬衫拉上去遮住了头。我数了一下，一共有一百二十四头牛。风向对我们很有利，这样水牛就闻不到我们的气味了。牛身上的鸟也没看到我们，因为我们站的位置比它们高。发现我们的只有苍蝇，不过很明显它们没有通风报信。

已经快到中午了，天气很热，我们没有想到的是后面发生的事都很幸运。我们开车穿过狩猎区，大家都注意着每一棵可疑的树。我们正在捕的那头豹子作恶多端，它在村子里杀死了十六只山羊，因此村里人让我把它杀掉。我猎杀那头豹子也是在为猎物部办事，所以我可以开车去猎它。那头豹子曾经被官方列为害兽，而现在它是皇家猎物了。它从没听说过自己已经升了格,被重新归了类,否则它是绝不会杀死那十六只山羊的,这让它成了一个罪犯,又回到了最初的那一类中。一晚上杀死十六只羊实在是太多了,它一晚上也就只能吃掉一只。其中还有八只是黛芭家的。

我们来到了一片风景优美的林中空地,左边有一棵高大的树,它高处的一根树枝直直地向左边伸着,另一根枝叶更加繁茂的树枝则笔直地向右边伸出去。那棵树郁郁葱葱的,树顶上枝叶繁茂。

"有一棵树很适合豹子藏身啊。"我对恩古伊说。

"是啊,"他轻轻说,"而且那棵树上有一头豹子。"

姆休卡看到我俩眼睛看的方向,尽管他听不见我们说什么,从他那边也看不到那头豹子,但他还是停下了车。我拿起一直横放在两腿上的那杆老式斯普林菲尔德步枪下了车,等我在地上站稳时,看见那头豹子伸长身子,重重地躺在那棵树右边高处的树枝上。树叶在风中摆动,斑斑点点的影子就打在豹子那本身就长着花点的长长的身子上。它离地面有六十英尺高,在这样一个艳阳高照的天气里,那是一个理想的位置,它犯下了一个比无谓地杀死十六只羊更大的错误。

我举起步枪,吸了一口气,把子弹仔细地朝它的脖子在耳朵后面凸出的位置射了出去。这一枪打高了,完全没打中,这下它躺平身子,又把身子伸长了些,重重地在树枝上压着。我退出子弹壳,又给了它的肩膀一枪。只听沉重的一声响,它身体呈一个半圆状掉了下来:它的尾巴和头向上伸着,背部朝下。

第十三章

它掉下来的时候身体弯成了新月,然后重重地砸在地面上。

恩古伊和姆休卡拍着我的背,切洛则和我握着手。老爷子的扛枪伙计一边和我握手一边哭,因为打下一头豹子是一件动人的事,他还一遍又一遍地用坎巴族秘密的方式紧握我的手。我立刻用空闲的那只手给枪上了膛,恩古伊则兴冲冲地把霰弹猎枪换成了点五七七口径的猎枪。我们小心翼翼地走上前去看那头杀死我岳父十六只羊的祸害的尸体,却发现它早已不在了。

它落下来的地方被砸了个坑,地上有鲜亮的大块大块的带血足迹,它朝那棵树左边的一丛茂密的灌木逃去了。那灌木丛密得像红树林沼泽的根茎一样,这时候没人用坎巴族那种秘密的方式和我握手了。

"先生们,"我用西班牙语说,"现在形势发生了根本性的变化。"实际上也确实如此。我曾经从老爷子那里学到过应对这种情况的办法,但是每头受伤后躲进灌木丛的豹子都是不一样的。没有哪两头的做法会一样,唯一相同的是它们总会再出来。这就是为什么我开始时会朝它脑袋和脖子的连接处开枪。但是现在已经打偏了,再作事后分析也晚了。

第一个问题是切洛。他被豹子抓伤过两次,而且他上了年纪,没有人知道他到底有多大,但是他肯定老得能当我爸爸了。他像一条猎狗一样兴奋地想钻到灌木丛里去。

"你他娘的给我离开这儿,到车顶上去。"

"不,老板。"他说。

"你必须给我走。"我说。

"好的。"他说,他并没有说"好的,老板",那对我们来说很无礼。恩古伊把温彻斯特十二式步枪装上SSG,即英语中所说的大号铅弹。我们从来没用SSG打过猎物,我不想发生塞膛,所以我掀开推杆,往枪里装上从弹盒里取出来的八号鸟弹,把剩下的子弹装进我的口袋里。如果一把装满子弹的霰弹猎枪对近处的目标进行一连串精准的射击,那威力接近一颗炸弹,我还记得曾经看见过它在一个人身上发生的作用,皮夹克的背部有个小洞,边缘发紫发青,所有的弹药全部在胸腔爆炸。

"走。"我对恩古伊说,我们开始沿着那带血的脚印向前走去。恩古伊在前面探路,我拿着那把霰弹猎枪在后面掩护他,老爷子的扛枪伙计则拿着那把点五七七猎枪在车里殿后。切洛没有爬到车顶上,而是坐在了车的后座上,还拿着最好的三支矛的其中一支。恩古伊和我循着带血的脚印徒步前进。

在一个血块中他捡起一片尖锐的骨头碎片递给我。那是一片肩胛骨,我把它放进嘴里。没有理由,我只是想都没想就这么做了。但是那块骨头仿佛把我们和那头豹子拉得更近了。我用牙咬上去,尝了尝那上面的新鲜血液,那味道和我自己的血差不多,于是我知道,那头豹子可不只是失去了平衡那么简单。我和恩古伊一直循着那带血的足迹向前走,直到发现它进入了一片以红树为主的灌木丛中。灌木的叶子很绿,还闪着光,豹子逃窜留下的不规则的足迹进入了灌木丛,低处的叶子上沾有它的血迹,有肩膀那么高,是它蜷伏着钻进去时留下的。

恩古伊耸耸肩,摇摇头。这时我俩都严肃起来,没有白人按照他丰富的知识轻柔狡黠地发表他的高见，也没有白人惊于他的伙计们的愚蠢而厉声下命令，像骂畏缩不前的猎狗一样骂他们。这里只有一头受伤的豹子，它逃脱的几率已经不大了。它刚从一棵树高处的树枝上被射下来，要是人被那样摔一下早就死了，如果它现在还保持着猫科动物那可爱而难以置信的活力，任何进来捕它的人都会被它废掉或弄伤。我真希望它没有杀死那些羊，我也没有受任何人之托去杀掉它，也没有答应照下它的照片刊登在什么全国发行的杂志上。我满足地咬着那片肩胛骨，招手示意他们把汽车开过来。碎骨头尖锐的一段刺破了我的脸颊内部，这时候我尝到了自己的血那熟悉的味道，混合着豹子的血。我像政治家发号施令那样说："让我们向豹子前进！"

找到那头豹子并不容易。恩古伊拿着那把斯普林菲尔德点三〇-〇六步枪，他也有一双好用的眼睛。老爷子的扛枪伙计拿的是那把点五七七口径的步枪，每开一枪他自己都会被吓一大跳，他的眼力也和恩古伊一样好。我拿的是我所钟爱的那把老旧的温彻斯特十二式步枪，它被烧焦过一次，重新组装过三次，通身已经被磨得很光亮，速度比蛇还要快。我们已经在一起相伴了三十五年，几乎像是一起保守秘密的密友和同伴，在收获成功和遭受灾难时，那感觉不言自明，就好像是另一个终身朋友一样。我们从那些带血的脚印进入的地方进去，穿过盘根错节的灌木丛，一直到了左边，也就是西边的尽头，在那里我们能看见拐角处的汽车，但是看不见那头豹子。于是我们一路匍匍匐返回，并向根茎隐蔽的暗处张望，直到我们回到另一边的尽头，但是也没看到豹子。所以我们又匍匐着回到沾满豹子鲜血的暗绿色树叶那边。

老爷子的扛枪伙计一直站在我们后面，手里拿着大枪随时待命。这时候我坐了下来，开始用八号铅弹从左到右横扫那根茎交错的树林。在我打出第五枪时，那头豹子大吼了一声。那声音是从茂密的灌木丛深处传来的，在那些沾满血的叶片靠左一点的位置。

"你能看见它吗？"我问恩古伊。

"看不见。"

我又装上了长长的一个弹夹的子弹，快速地朝我听到吼声的位置开了两枪。那头豹子又吼了一声，然后咳嗽了两声。

"快打。"我对恩古伊说。他开始朝吼声传来的地方开枪。

豹子又吼了一声，恩古伊说："快打。"

听到吼声我又打了两枪，老爷子的扛枪伙计说："我看见它了。"

我们站起来，恩古伊看见它了，但是我还看不见。"快打。"我对他说。

他说："不行，我们要离豹子近一点。"

于是我们又进入了密林，不过这次恩古伊知道我们该往哪个方向走。我们只能走进去一码左右，因为地面上有一块凸起，一些根茎从那里长出地面来。我们匍匐行进时，恩古伊不时地在我腿的某一侧拍一下，以便给我指明方向。然后我看到了豹子的耳朵和它脖子隆起处与肩膀上的小黑点。我朝它脖子和肩膀的连接处开了一枪,接着又开了一枪,它没有出声,我们钻出去,我装上子弹,然后我们三个沿着灌木丛西边的边沿,向远处停着的汽车跑去。

"死了,"切洛说,"打得太好了。"

"死了。"姆休卡说。他们都能看到豹子,但是我看不到。

他们下了车,我们一伙人都进入灌木丛。我叫切洛拿着他的矛退后。但是他说:"不,它死了,老板。我看见它死了。"

我用霰弹猎枪掩护恩古伊砍出一条路来,他挥舞着大刀披荆斩棘,仿佛它们是我们的敌人一样,然后他和老爷子的扛枪伙计把那头豹子拉了出来,我们一起把它扔进猎车后部。它是一头好豹子,我们猎得很成功也很愉快,我们就像兄弟一样,没有白人猎手、巡猎员或侦猎员参加。它是一头坎巴族的豹子,因为在一个不合法的村落进行无谓的杀戮而获罪,我们都是坎巴人,我们现在都很口渴。

切洛是唯一一个认认真真打量那头豹子的人,因为他被豹子伤过两次。他指给我看,那发在近距离射出的子弹几乎是贴着豹子肩上的第一个伤口打进去的。我就知道会是那样,因为我知道根茎和土堆让其他子弹都打偏了,但是我只顾得上为我们每个人和我们度过的这一整天感到高兴和骄傲了,我们就要回到营地坐在阴凉处喝凉啤酒,这真是一件美事啊。

我们回到营地时,汽车喇叭不停地响着,大家都出来了,凯蒂很高兴,我知道他为我们感到骄傲。我们也都下了车,只有切洛还留在车上看着那头豹子。凯蒂和切洛待在一起，剥皮工开始处理那头豹子。我们没有给它照相。凯蒂问我："拍照片吗？"我说："拍什么拍。"

恩古伊和老爷子的扛枪伙计把枪拿回帐篷放在玛丽小姐的床上，我拿着照相机，把它们挂起来。我让姆桑比把桌子拿出去放在那棵树下，摆上椅子，并把所有的冰镇啤酒和可口可乐给切洛拿去。我叫恩古伊先别忙着擦枪，先把姆休卡叫来，我们要正式地喝一顿啤酒了。

姆温迪说我应该洗个澡，他马上就要把水准备好了。我说我用脸盆洗洗就好了，让他帮我把我的干净衬衫拿来。

"你应该好好洗个澡。"他说。

"我一会儿再洗，太热了。"

"你身上的这些血是怎么来的？被豹子抓伤了？"

这话带有讽刺意味，但是掩饰得很好。

"被树枝划的。"

"你用蓝色肥皂好好洗洗。我再用红色的东西给你敷上。"

一直以来，如果我们有红汞，就不用碘酒，虽然一些非洲人更喜欢用碘酒，因为它会给人一种刺痛感，被认为是一种强效药。我把伤口擦洗干净，露在外面，姆温迪仔细地在上面涂药。

我穿上干净衣服，知道姆休卡、恩古伊、老爷子的扛枪伙计还有切洛都在穿他们的干净衣服。

"豹子抬过来了吗？"

"没有。"

"那大家怎么都那么高兴?"

"很有意思啊,整个上午的打猎都很有意思。"

"你为什么想当非洲人?"

"我要成为坎巴人。"

"可能吧。"姆温迪说。

"去他妈的'可能'。"

"你的朋友们来咯。"

"是兄弟们。"

"可能是兄弟们吧,切洛不是你的兄弟。"

"切洛是我的好朋友。"

"是啊。"姆温迪悲伤地说着,递给我一双拖鞋。他知道那双鞋有点紧,我穿鞋的时候他还盯着我看,看我会有多疼。"切洛是好朋友。他总是不走运吧?"

"怎么不走运?"

"各个方面,但他还算是个走运的家伙。"

我走出去找其他人,他们站在桌子旁,姆桑比穿着绿袍子、戴着绿帽子站在那里,啤酒已经准备好了,就放在褪色的绿色帆布桶里。天空中的云飘浮得很高,这是全世界最高远的天空。我回头望去,视线越过帐篷顶,看见树林顶着那座覆盖着白雪的巍巍高山。

"先生们。"我说道,向他们鞠了一躬,我们都在老板椅上坐下,姆桑比倒了四大杯啤酒和切洛的可口可乐。因为切洛是最大的，所以我退居其后，让姆温迪先给他倒了可口可乐。切洛换了一条颜色不那么灰的头巾，穿了一件蓝色的外衣，扣子是黄铜做的，领口处则用我二十年前送他的一枚毛毯针别在一起，他的下身穿着一条整洁的、精心补过的短裤。

酒和饮料都倒上后，我站起来祝酒："为女王。"我们都喝了一口，然后我说："为了豹子先生，先生们。它是皇家猎物。"我们又带着礼节喝了一口，但这次还多了些兴奋之情。姆桑比再次把杯子斟满，这次从我开始，最后才给切洛倒。他不是不尊敬老人，而是他实在没法把碳酸饮料排在塔斯克啤酒前面。

"A noi①。"我对恩古伊鞠了一躬说，他是在亚的斯亚贝巴一座被占领的妓院中和被飞行中的一支军队匆匆抛下的妓女们学的意大利语。我又说："Wakamba rosa e la literta, Wakamba rosa triomfera②。"

我们干了杯，姆桑比又倒上了酒。

再想出一句祝酒词有点困难，但是着眼于时代的潮流和我们给自己的新式宗教某个可执行的计划的需要，这计划日后可以朝着更高尚的价值目标发展，我的祝酒词是："干杯。"

我们庄严地喝下了这杯酒，不过我注意到切洛并没有喝完，于是我们坐下时，我说："Na hehaad tu③。"试图拉近与这个穆

---

① 意大利语，意为"大家来啊"。
② 意大利语，意为"坎巴族的漂亮女人要自由，坎巴族的漂亮女人胜利了"。
③ 斯瓦希里语与阿拉伯语的混合，意为"你也请一起干杯"。

第十三章

斯林之间的距离。但这并不容易，我们都知道他只是在和我们正经地喝酒或称兄道弟的时候才合得来，但他绝不可能和我们一起相信一门新教或政治信仰。

　　姆桑比走到桌前又给我们倒了一次酒，说啤酒已经喝完了。我说真是见鬼，我们要快马加鞭地离开，到拉伊托奇托克继续喝酒。我们要带点冷肉和几罐腌鱼罐头在路上吃。姆休卡说："去村里吧。"于是我们一致决定去村里，如果他们有啤酒的话我们拿上几瓶，够我们几个人在到另一个酿啤酒的村子或拉伊托奇托克前有酒喝就行了。恩古伊说我应该带上我的未婚妻和寡妇，还说他和姆休卡只要到第三个马塞村子就行了。老爷子的扛枪伙计说他也没有问题，会负责保护寡妇。我们本来也想带上姆桑比，但我们已经是四个人了，再加上寡妇和我的未婚妻就是六个人，我们也不知道我们还会碰上什么马塞人。拉伊托奇托克总是有很多马塞人。

　　我走进帐篷，姆温迪已经把铁皮箱打开，把我那件香港的花呢夹克衫拿了出来。夹克衫内兜的下翻袋扣着，里面放着钱。

　　"你需要多少钱？"他问。

　　"四百先令。"

　　"那么多钱，"他说，"你要做什么？买老婆吗？"

　　"买啤酒，也许再买点日常生活用品，还要给村子买药、圣诞礼物和新的长矛，我还要给车加满油，给警察局的年轻人买点威士忌，还有腌鱼罐头。"

　　听到腌鱼罐头他笑了起来。"拿五百吧，"他说，"你还要带些硬币吗?"

硬币在一个小皮带里放着。他给我数出了三十个硬币,然后问我:"你要穿件好衣服吗?"

他最喜欢我穿的衣服有点像骑装上衣,也是香港的。

"不,我要穿皮上衣,带上皮拉链衫。"

"也带上毛衣吧,从山上下来会很冷的。"

"你想给我穿什么就穿什么吧,"我说,"但是穿靴子的时候要轻一点。"

他拿来洗得干干净净的棉袜,我把它们穿上,他费劲地把靴子穿在我脚上,但是没有拉起两边的拉链。恩古伊走进帐篷。他穿着干净的短裤,上身穿着一件我从没见过的运动衬衫。我告诉他我们只带点三〇-〇六型的枪就行了,他说他还要带上弹药。他把大枪擦干净放在床底下。那支枪没有开火,而那支斯普林菲尔德步枪的点火药是非腐蚀性的,所以晚上再擦也不迟。

"手枪。"他郑重其事地说,我把右腿伸进手枪皮套末端的圆环中,他把那条大皮带绕着我的腰扣住。

"吉尼酒瓶。"姆温迪说着,把那只沉重的西班牙皮驼篮递给恩古伊。

"钱呢?"恩古伊问。

"不,"我说,"别再谈钱了。"

"钱太多了。"姆温迪说。他拿着放钱的铁皮箱的钥匙。

我们出了帐篷向车子走去。凯蒂的态度还是很和蔼,我很正式地问他需要什么东西。他说如果粮食有从卡贾多运来的好品种的话就买一袋回来。我们离去时，他看起来有些悲伤，把头稍稍向前伸着侧向一边，尽管他咧着嘴在笑。

  我没问他想不想跟我们去，我感到难过而内疚，然后我们就把车开上了去村子的路。这条路现在已经被磨得很光滑了，我想在这一切结束之前，这条路会被打磨得更加光滑。

第十四章

　　姆休卡没有什么好衣服，除了一件干净的格子衬衫和一条洗过很多次的打着补丁的裤子。老爷子的扛枪伙计有一件不带图案的黄色运动衬衫，和恩古伊那件西班牙斗牛红的衬衫搭配得很协调。我很抱歉我穿得那么保守，但是因为我前一天在飞机飞走后剃过头，然后把这事忘得一干二净，如果我摘下帽子，我觉得我的外表看起来肯定会有点巴洛克的风格。如果我把头发剃光甚至剪得很短，我的脑袋就会不幸呈现出某个早已湮没的部落的某段地形史，虽然一点都不如东非大裂谷壮观，但是也会显现出一段地形在历史上的地貌特征，考古学家和人类学家都会对此感兴趣。

　　后来我才发现，姆休卡早已让恩圭利跑去通知寡妇和我的未婚妻，说我们要过去接她们去拉伊托奇托克买圣婴降临日穿的裙子。恩圭利是个想当猎手的年轻小伙子，现在他是伺候用餐的帮手。他还是个坎巴族小孩，所以在法律上还不允许喝啤酒，但是他一路跑得飞快，为了告诉别人他很能跑，这时候他正倚着那棵大树的树干快乐地流着汗,试着不那么大口喘气。

我下了车,伸了伸腿,过去感谢那个孩子。

"你比马塞人还能跑呢。"我说。

"我是坎巴人。"他边说边控制自己的呼吸,好让自己显得呼吸没那么费劲,我都能想象到那几个硬币在他嘴里含着是什么味道。

"想上山去吗?"

"想。但是那不合适,我还有自己的职责。"

就在那时探子过来加入了我们。他戴着那条涡纹花呢的头巾,走路的时候两脚平衡着身体,样子神气十足。

"下午好,兄弟。"他说,我看到恩古伊听到"兄弟"这个词后转过身去,吐了口唾沫。

"下午好,探子,"我说,"你的身体怎么样了?"

"好些了,"探子说,"我能和你们上山去吗?"

"你不能去。"

"我可以给你们当翻译。"

"我在山上有个翻译。"

寡妇的小孩走过来,用脑袋使劲撞了一下我的肚子。我吻了吻他的头顶,他把他的手放进我的手里,站得很直。

"探子,"我说,"我不能跟我的岳父要啤酒。你给我们拿点啤酒过来吧。"

"我去看看有什么啤酒。"

如果你喜欢村子里酿的啤酒,就会觉得它们还不错,味道很像禁酒时期阿肯萨斯州的家酿啤酒。有一位鞋匠，他是在第一次世界大战中功勋卓著的老兵，他酿的啤酒就和现在我们喝到的村子里酿的啤酒味道差不多，那时候我们经常在他家的前厅喝啤酒。我的未婚妻和寡妇从家里出来了，我的未婚妻上了车，坐在姆休卡旁边。她垂着眼，偶尔看看村里其他的女人，眼里满是洋洋得意的神色。她穿着一条洗过很多次的裙子，头上裹着一条漂亮的头巾。寡妇则坐在恩古伊和老爷子的扛枪伙计中间。我们让探子去拿六瓶啤酒，但是村子里一共只有四瓶。我就把那四瓶给了我的岳父。黛芭谁也不看，直直地坐在那里，下巴和乳房朝一个方向挺着。

姆休卡发动汽车，我们离开了村子，离开了所有嫉妒我们、不喜欢我们的人，也离开了那许多孩子、羊群、喂奶的母亲、小鸡、狗和我的岳父。

"Que tal, tu①？"我问黛芭。

"En la puta gloria②。"

这是第二句她最喜欢说的西班牙语。这句话很奇怪，没有哪两个人能把它翻译成同一句话。

"豹子伤到你了吗？"

"没有，什么事都没有。"

"它很大吗？"

---

① 西班牙语，意为"你好吗"。
② "En la gloria"在西班牙语中的意思是"我挺好的"，"puta"是"妓女"的意思，所以说这是一句很奇怪的话。

"不太大。"

"它吼了吗?"

"吼了很多次。"

"它谁都没弄伤吗?"

"谁都没受伤,连你也没有。"

她把我的刻着花纹的手枪皮套用力贴在她的大腿上,然后把她的左手放在她想放的位置。

"Mimi bili chui①。"她说。我俩都不是斯瓦希里语的专家,但是我想起了英格兰的那两头豹子,一定有人在很早以前就了解豹子了。

"老板。"恩古伊说,他的声音很刺耳,是表示爱恋、气愤或温和时才会发出的声音。

"叫我坎巴人。"我说。他大笑起来,爆了几句粗口。

"我们有三瓶塔斯克啤酒,是姆桑比给我们偷来的。"

"谢谢。上坡的时候我们就停下车来吃点腌鱼。"

"那是很好吃的冷肉。"恩古伊说。

"是啊。"我说。

坎巴人不搞同性恋。过去,搞同性恋的人会在"金欧"审判中被判处死刑,姆温迪给我解释过"金欧"的意思,就是一群人很正式地聚集在一起杀死一个人。在被判处死刑后,那位同性恋者就会被绑在河里或是什么水塘中,泡上几天,等到他

---

① 意为"名叫 mimi 和 bili 的豹子"。

的肉发软后便会被杀了吃。我想，对于很多剧作家来说，这都是一个悲剧性的命运。但是从另一方面来说，如果有这另一方面的话，在非洲又是幸运的，因为人们觉得吃同性恋者身上的任何部位都是很倒霉的，就算他已经在亚缇河、在干净得几乎清澈透明的水塘中泡软。我的一些年纪较大的朋友告诉我说，同性恋者的肉比水羚的还要难吃，还会让你的身上到处酸疼，尤其是腹股沟和腋窝处。与动物交欢尽管不如同性恋行为那么肮脏，但也会被判处死罪。姆科拉（自从我用严谨的论证证明了我不是恩古伊的爸爸后，他就成了恩古伊的爸爸）曾经告诉我，一个与绵羊或山羊发生过性关系的人吃起来味道和角马一样美。凯蒂和姆温迪是不会吃角马肉的，但这是一个我至今为止还没有想明白的人类学难题。正当我想着这些事情和秘密，带着爱慕之情想着黛芭这个质朴、骄傲、纯粹的坎巴族姑娘时，姆休卡把车停在了一棵树下。在那个位置，我们可以看到大地上宽阔的沟壑，拉伊托奇托克那个小小的铁皮屋顶在其背后山上蓝色树林的映衬下熠熠闪光。正是那座山洁白的山坡和方形的山顶给我们以信仰和长久不磨灭的希望。大地在我们身后蔓延，放眼望去，我们仿佛是坐在飞机上，只不过我们不用动，不用感受到压力，也无需花费金钱。

"Jambo, tu。"我对黛芭说，然后她回答我说："La puta gloria。"

寡妇很高兴地坐在恩古伊和老爷子的扛枪伙计中间，她穿着红黄相间的衬衫，胳膊的颜色很黑，但是腿长得很美。我们

第十四章　　327

让黛芭和寡妇打开两个腌鱼罐头和两个荷兰的假鲑鱼罐头。她俩开罐头的方式不对,拉断了一个拉环,但是姆休卡用一把钳子把罐头的背面掀起来,露出了假鲑鱼肉,那是荷兰在非洲的骄傲。我们都吃了起来,不仅轮流用刀,还喝同一瓶啤酒。黛芭第一次喝的时候用头巾擦了擦瓶颈和瓶口,但是我告诉他每个男人的下疳都是一样的,那之后我们喝起酒来就不再讲礼数了。那啤酒不怎么凉,但是在八千英尺的海拔高度,回头望着整片大地,视野开阔,只有鹰才会看到这般景象,我们就觉得那啤酒美味起来,就着冷肉喝完了所有的啤酒。我们把啤酒瓶留下来兑换用,把锡罐上面的拉环都拽下来,堆放在树干旁的石楠丛下。

和我们同行的没有侦猎员,这样也就没有了那些出卖良心来告发自己兄弟的坎巴人,没有人崇拜玛丽小姐,也没有刽子手和警察局的毛头小子们,所以一定程度上我们是自由的。我们回头望着那一片土地,没有白人妇女曾来过那里,包括玛丽小姐,除非算上我们带她来的那次。那次她虽然不情愿,但是当我们把她带上车时她兴奋得像孩子一样,不过她从来就不属于这里,也不知道她会为自己那些小小的荣耀付出代价。

我们又回头望了望我们的那一片土地,望了望丘卢岭,它还和往常一样透着蓝色,十分怪异。玛丽小姐从来没去过那里,想到这件事我们都很高兴。然后我们回到了车里。我傻傻地对黛芭说:"你会是一个聪明的妻子。"她很聪明地贴过身来,用手抓住她喜欢的枪套,说:"我现在是个好妻子,将来也会是个好妻子。"

我吻了吻她那毛发卷曲的头,我们继续在那条路径怪异、风景优美的盘山路上行驶。镇上房子的铁皮屋顶还在阳光下熠熠闪光。等我们把车开到离镇子近一些的时候,便看到了桉树和遮天蔽日的大道,那条整饬的大道充分地显示着不列颠帝国的国力,它一直通往小堡垒和监狱,还有那一片安息堂。那些为大英帝国在这里进行司法管理和文书工作的人们最后穷得没法回到自己的祖国,就只能安息在这里了。我们不会过去打扰他们的安息,尽管这意味着我们看不到那几座岩石花园和那条翻腾着最后汇入河流的小溪了。

玛丽小姐的狮子我们打了很长时间,除了狂热者、皈依者和玛丽小姐真正的信奉者之外,其他人早就厌烦了。切洛既不是狂热者和皈依者,也不是玛丽小姐真正的信奉者,他曾经对我说过:"等她开枪的时候你也开枪,把这事解决了算了。"我摇摇头,因为虽然我不是信奉者,但我是个追随者,去孔波斯特拉朝圣是我的主意,而且那是值得的。切洛厌恶地摇摇头。他是个穆斯林,而今天我们身边没有穆斯林了。我们不需要有人在每只猎物的喉咙处划一刀,而且我们都在找寻新的宗教信仰,它的"苦路十四处①"的第一处便在本基杂货店的外面。那里有一个加油泵,就是在这家店里面黛芭和寡妇要选布料做圣婴降临日穿的衣服。

---

① 指耶稣受难时走的路。

我跟着她进去不合适,尽管我喜欢各式各样的布料、那里面的气味和我们认识的马塞人。那些女人渴望得到店里的东西,但是从来不会买,她们那些戴了绿帽子的丈夫就在街上喝南非的金吉普雪莉酒,一手拿长矛,一手拿酒瓶。他们有的单脚站着,有的双脚站着,我知道他们在什么地方。我沿着那条绿树成荫的狭窄街道的右侧走着,在那条街上住过或走过的人都知道那条街比我飞机的翼尖宽不了多少。我忍着脚痛走进马塞人喝酒的地方,希望自己没有傲慢无礼也没有目空一切,我说:"要汤。"然后和几只冰冷的手握了握,没喝酒就走出去了。往右走了八步,我拐进辛先生的店。我和辛先生来了个拥抱,和辛太太握了手,并吻了吻她的手。她总是喜欢我吻她的手,因为她是个图尔卡纳人,而我吻手的技法已经学得想当纯熟,这就像一次去巴黎的旅行,虽然她从没听过巴黎,但还是会赞美一下巴黎最明媚的天气。然后我让人把那个在教会学校上过学的翻译找来。

"你好吗,辛?"我通过翻译问。

"还不错。在这儿。做生意呗。"

"美丽的辛太太呢?"

"她还有四个月就要临盆了。"

"恭喜了。"我说,又吻了辛太太的手,这次我用的是阿尔瓦利托·卡洛的方式,他当时是比利亚马约尔镇的侯爵,我们曾经进过那个镇子,又被赶了出来。

"我想你们的孩子都很好吧?"

"都很好，就是老三的手被锯木机割伤了。"

"要我看看吗？"

"他们在教会医院给他治过了，用的是磺胺。"

"小孩子用这个很好。要是像你和我这样的老人用是会伤肾的。"

辛太太带着图尔卡纳人的真诚大笑起来，辛先生说："希望您的夫人和孩子们都好，也希望您所有的飞机都好。"

提到飞机的时候，翻译用的是"状况良好"，我叫他不要这么文绉绉的。

"女主人玛丽小姐在内罗毕。她是坐飞机去的，到时候还会坐飞机回来。我的孩子们也都好。托上帝的保佑，飞机也都没问题。"

"我们听说了，"辛先生说，"狮子和豹子的事。"

"谁都能杀死一头狮子和一头豹子。"

"但狮子是玛丽小姐杀死的。"

"那是自然。"我说，胸中对玛丽小姐油然生出一股自豪感。她的身材健美而结实，脾气时而嗔怒时而可爱，脑袋像埃及硬币上的刻像，胸部像是鲁本斯笔下的艺术品，心则来自贝密德吉、沃克尔或是贼河瀑布，或任何一个冬天气温只有零下四十五度的小镇。在那样的气温下造就的尽是时而冷冰冰的热心肠。

"有玛丽小姐在，捕到狮子不成问题。"

"但是那头狮子很难捕，它让不少人都吃了苦头。"

"伟大的辛祖先可以一只手勒死一头狮子，"我说，"玛丽小姐用的只是一杆六点五口径的曼利夏步枪。"

"对于那样一头狮子来说，那枪算小了。"辛先生说，我就知道了他服过兵役。于是我等着他继续往下说。

但是他是个聪明人，没有继续说，辛太太说："那头豹子呢？"

"谁都能在没吃早餐的情况下杀掉一头豹子。"

"您要吃点东西吗？"

"要太太允许才行。"

"请吃吧，"她说，"这没什么的。"

"我们去后屋吧，您什么都没喝过呢。"

"如果你愿意的话，我们可以一起喝。"

翻译来到后屋，辛先生拿来一瓶白杜鹃酒和一壶水。翻译脱下他的教会鞋给我看他的脚。

"我只有在被宗教探子看见的地方才穿这双鞋，"他解释道，"我从没有提过圣婴，除非带着蔑视提起。晨祷和晚祷我也没做过了。"

"还有什么？"

"没有了。"

"那可以说你是个消极的皈依者。"我说。然后他像寡妇的儿子一样用脑袋使劲撞了一下我的肚子。

"想想大山和那快乐的猎场吧。我们可能是需要圣婴的。绝不要带着不敬说起他。你是哪个部落的？"

"和您一样。"

"不是,他们是怎么给你写的?"

"马塞-查加。我们是来自边境的。"

"边境上的人有一些好人。"

"是啊,先生。"

"在我们的宗教或部落里从不说'先生'这个词。"

"是的。"

"行割礼的时候你怎么样?"

"不是最好,但也不坏。"

"你为什么成了基督徒?"

"因为我无知。"

"你可能会更糟糕。"

"我是不会成为穆斯林的。"他又想说"先生",但是被我制止了。

"这条路又长又陌生,可能你最好的方式是把那双鞋子扔了,我会给你一双很好的旧鞋,你穿穿就合脚了。"

"谢谢。我能坐飞机吗?"

"当然,但是孩子和教会学校的学生不行。"

然后我该说的是对不起,但是斯瓦希里语和坎巴语中都没有这个词,这是练习语言的一种好方法,因为你得注意不犯错误。

翻译问我身上的伤痕是怎么回事,我说那是荆棘树划伤的,辛先生点点头,给翻译看了看他在9月被锯子割了拇指后留下的疤痕。那疤痕看起来触目惊心,我也记得那是什么时候发生的。

"但是您今天也和豹子搏斗了。"翻译说。

"没有搏斗。那是一头中等个头的豹子,它在坎巴村杀死了十六只羊。它没有和我们搏斗便死了。"

"每个人都说您是徒手和它搏斗的,最后用手枪杀死了它。"

"每个人都是骗子。我们杀它时先用的步枪,然后用了霰弹猎枪。"

"但是霰弹猎枪是打鸟用的。"

听到这句话,辛先生笑了起来,我对他愈加好奇了。

"你是个很棒的教会学校的小伙子,"我对翻译说,"但是霰弹猎枪并不总是用来打鸟的。"

"但是原则上是,所以您说的是猎枪而不是步枪。"

"那么一个他妈的巴布①会怎么说呢?"我用英语问辛先生。

"一个巴布会在树上。"辛先生说,他第一次说了英语。

"我非常喜欢你,辛先生,"我说,"我也尊敬你伟大的祖先。"

"我也尊敬您伟大的祖先中的每一个人,虽然您没有提起过他们。"

"他们没有什么了不起的。"

"找个合适的时间我会听听他们的故事,"辛先生说,"我们

---

① 印地语中的尊称,相当于"先生"。

喝酒吧？那个图尔卡纳女人拿来了更多吃的。"

翻译现在的求知欲很强烈，他满腹的学识已经溢到了胸口。他是半个查加人，上半身长得并不健美，但是很结实。

"教会学校的图书馆有一本书说伟大的卡尔·埃克利①用他的双手杀死了一头豹子。我能相信吗？"

"你愿意信就信吧。"

"作为一个想了解真相的男孩，我在正经地问您呢。"

"那时候我还没出生呢。很多人问过同样的问题了。"

"但是我需要知道真相。"

"对于这件事书中很少有记载。但是伟大的卡尔·埃克利确实是个了不起的人。"

阻止他追寻知识的脚步是不可能的，因为你自己一生都在追寻知识。只有在喝醉酒或者是被强迫的情况下才会满足于论据、坐标和说明。这孩子脱了鞋在辛先生后屋的木地板上搓着脚，专心致志于对知识的追寻，都没有注意到他那种在公共场合搓脚的行为已经使我和辛先生觉得很尴尬。他那像猎狗一样赤裸的脚在地上画着平面几何图形，以及远比微积分要高深的东西。

"您觉得一个欧洲人娶非洲人做老婆合理吗？"

"我们说不好。那是司法部门的职能，采取措施和行动的也是警方。"

---

① 卡尔·埃克利（1864—1926），美国博物学家。

"请不要回避问题,"他说,"很抱歉,先生。"

"'先生'这个词比'老板'要好一些,它曾经也有些特定的含义。"

"那么这种关系您能持宽容态度吗?"

"如果女孩爱那个男人,而且双方是自愿的,我认为那并不是什么罪过,只要双方的家族而不仅仅是两个当事人有充分的准备。"

这句话出乎意料地把他挡了回去,我和辛先生都很高兴我能从容地把它说出来。但他还是用了教会学校教给他的基本原理和我进行接下来的辩论。

"这在上帝眼中是一种罪恶。"

"你把上帝带在你身边吗?你给他用什么类型的眼药水才能保证他明察秋毫呢?"

"请不要取笑我,先生。当我开始为您服务的时候就已经抛掉我的所有了。"

"我没有什么需要服务的地方。在这个比康涅狄格州稍大一点的国家,我们是最后的自由人,信奉一句被人用滥了的标语。"

"能告诉我是哪句标语吗?"

"标语都很没意思的,你这教会学校的孩子……'生存、自由和对幸福的追求'。"说完这句口号后,为了不引起什么麻烦,也因为辛先生的表情开始严肃起来,我说:"磨你的脚吧。要保持大便畅通,也要记得在国外有一块地方永远是英格兰。"

但是他没有就此罢休,这可能是因为他的体内留着查加人的血液,也可能是因为他的马塞血统,他说:"但您是帝国的军官啊。"

"从技术上说是这样,但只是暂时的。你想要什么?职位吗?"

"是的,先生。"

这有点困难,但是知识更加难得,而且回报更少。我从口袋里掏出一先令的硬币放在那男孩的手里。银币上刻着的我们的女王显得更加美丽和闪耀,我说:"现在你就是一名探子了,哦,不对,"因为我看到辛先生被那个脏词刺了一下,"现在你被任命为猎物部的临时翻译,每月工资七十先令,直到我代理巡猎员的任期结束为止。在你离职时,我个人将会支付你七十先令的退职金。因此,你要宣布,无论是现在还是将来,你都不会向猎物部或其他部门提任何要求。愿上帝保佑你的灵魂。退职金我会一次性付清的。你叫什么名字,年轻人?"

"纳撒尼尔。"

"在猎物部你就叫皮特吧。"

"这是个光荣的名字。"

"没有人让你评论,你的职责就是在有人需要的时候进行精准、完整的翻译。你和阿拉普·梅纳联系吧,他会给你进一步的指示。你想要预支你的工资吗?"

"不,先生。"

"那你现在可以走了,去镇子后面的山上磨你的脚吧。"

"您生我的气了吗，先生？"

"一点也没有，但是等你长大以后你就会发现苏格拉底式的获取知识的方法并没有像人们所说的那么好，如果你不问问题，别人是不会骗你的。"

"再见，辛先生，"这个从前的基督教皈依者边说边穿上他的鞋，以免周围有教会学校的密探，"再见，先生。"

辛先生点点头，我说："再见。"

这位年轻人从后门走出去，辛先生踱着步子，几乎心不在焉地走到后门，又回来倒了一杯白杜鹃酒，递给我冷却壶里的水，舒舒服服地坐了下来，说："又是一个该死的巴布。"

"但是他可绝非等闲之辈。"

"是的，"辛先生说，"但是您在他身上浪费了时间。"

"我们以前为什么没有一起说过英语？"

"那是出于尊重。"辛先生说。

"你的祖先说英语吗？"

"不知道，"辛先生说，"那个时候我还没出生呢。"

"你是什么级别的军人，辛先生？"

"您是不是也想问问我的编号？"

"抱歉，"我说，"这就要怪你的威士忌了。但是你忍受那门陌生语言的时间也够长的啊。"

"那也是一种乐趣，"辛先生说，"那门陌生的语言我已经学会了很多，如果您愿意，我可以免费为您提供这方面的服务。现在我为三家政府机构提供情报，它们之间不互通信息，也没有建立什么正式的联系。"

"事情并不总是表面看起来的那样,这是一个已经运行了很长时间的帝国。"

"您欣赏它现在的运行方式吗?"

"我是个外国人,是这里的外来客,我不会做出评论。"

"您想让我为您提供情报吗?"

"把其他送出去的情报都做出一个副本吧。"

"没有复写纸,也没有口传的信息,除非您有磁带录音机。您有吗?"

"没带在身上。"

"有了四台磁带录音机,您就能绞死一半的拉伊托奇托克人了。"

"我并不想杀掉半个拉伊托奇托克。"

"我也是。那样的话谁去零售店买东西呢。"

"辛先生,如果我们正经做事,就会引起一场经济灾难,但现在我必须去我们停车的地方了。"

"如果您不介意的话我就和您一起走吧。我会在您的左后方距你三步之遥的地方。"

"请不要麻烦你自己了。"

"不麻烦。"

我向辛太太告了别,告诉她我们会开车回来取三箱塔斯克啤酒和一箱可口可乐。我出了酒馆,走到拉伊托奇托克的那条可爱的主街道也是唯一的街道上。

只有一条街道的小镇给人的感觉就像是一条小船、一条窄窄的海峡、河流的上游源头或是一条向上经过山口的小径。在我们经过沼泽、各式各样地形破碎的地区、沙漠和封闭的丘卢岭后，拉伊托奇托克给人的感觉有时候像是一座重要的都市，有时候则像是皇家大道。今天它就是拉伊托奇托克，带有当年怀俄明州的科迪市或谢里丹市的韵味。和辛先生在一起散步放松而愉悦，我俩都很享受。来到本基铺子，我们看到铺子前面的加油泵和像西方的百货商店一样宽宽的台阶，有很多马塞人站在打猎用的车架子周围。我在车架子旁边停下脚步，对姆温吉说，我拿着步枪留在这里，他进去购物或者喝点什么东西。他说不用，他更愿意拿着步枪留在这里。于是我走上台阶，进入拥挤的店铺。黛芭和寡妇还在看布料，姆休卡在帮忙，她们看了一种又一种的图案，哪种都觉得不满意。我讨厌购物，讨厌挑挑拣拣，于是我走到 L 形柜台的另一端，去买药和肥皂。这些东西装箱后，我开始买罐装食品，多数是腌鱼、沙丁鱼、鲶鱼、虾以及各式各样的假鲑鱼，还有一些打算送给我岳父的当地产的罐头肉。南非进口的鱼罐头每种各买了两听，其中一种的标签上简单地写着"鱼"。接着买了两罐南非龙虾，想到我们的斯隆搽剂快用完了，又买了一瓶，此外还有六块卫宝牌香皂。这时候已经有一群马塞人来看我们购物了。黛芭垂下双眼，自豪地笑了。她和寡妇还是拿不定主意买哪种，现在她们还没看过的布料只剩下五六卷了。

姆休卡沿着柜台走过来对我说，我们的车已经装满了，还说他找到了凯蒂要的那种优质玉米粉。我给了他一百先令的票子让他去给姑娘们付账。

"让她们买两条裙子吧，"我说，"一条在坎比亚节穿，另一条在圣婴降临日穿。"姆休卡知道女人是不会需要两条新裙子的，她只需要她的新裙子和旧裙子。但他还是走过去把我的话用坎巴语转达给她们。黛芭和寡妇垂下眼帘，她们那一脸放肆的神情全换成了一副崇拜的表情，就好像是我刚发明了电，照亮了整个非洲。我没有和她们对视，而是继续买我的东西。我走到罐装硬糖区，那里有各种各样的巧克力棒，有加果仁的，也有普通的。

这时候我也不知道我们的钱够不够用，但是我们已经把车加满了油，也买了玉米粉。我叫店主的那个在柜台后面帮忙的亲戚帮我把所有东西都装好，仔细地放进箱子里，我会回来付钱取货的。这样就能给黛芭和寡妇更多的挑选时间，我要开车去辛先生的酒馆取那些瓶装的东西。

恩古伊已经去了辛先生的酒馆。他找到了我要的染粉，有了它我们就可以把我的衬衫和打猎背心染成马塞人用的颜色。我们喝了一瓶塔斯克啤酒，又拿了一瓶出去带给姆温吉。这次是姆温吉值班，但是下次就要换人了。

有恩古伊在场，我和辛先生又开始用那种陌生的语言交流，中间还夹杂着一些不流利的斯瓦希里语。

恩古伊问我想不想和辛太太干一次，幸好辛先生没什么反应，他要么是一个伟大的演员，要么就是没时间或没机会学习坎巴语。

"Kwisha maru①。"我对恩古伊说,这听起来像一句不错的双关语。

"Buona notte②。"他说,我俩碰了杯。

"Piga tu③。"

"Piga tu。"

"Piga chui, tu④。"恩古伊解释给辛先生听,我觉得他有点醉了,辛先生鞠躬祝贺我们,表示这三瓶酒是店里请客。

"这可使不得,"我用匈牙利语说,"不行,不行,要付钱的。"

辛先生用陌生的语言说了句什么话,我示意他把账单给我,他去写账单的时候,我用西班牙语对恩古伊说:"我们走吧,已经晚了。"

"Avanti Savoia⑤,"他说,"Nunaua⑥。"

"你这杂种。"我说。

"不,"他说,"我是你的生死兄弟。"

我们在辛先生和他的几个儿子的帮助下把货物装上车,翻译不能帮忙,这是可以理解的,因为教会学校的学生是不能被

---

① 斯瓦希里语,意为"晚安"。
② 意大利语,意为"晚安"。
③ 斯瓦希里语,意为"干掉"。
④ 斯瓦希里语,意为"把豹子干掉"。
⑤ 意大利语,意为"赶快"。
⑥ 斯瓦希里语,意为"干掉"。

人看到抬着一箱啤酒的。但是他看起来那么悲伤，很明显被"nunaua"这个词搞得很不舒服，于是我让他抬那箱可口可乐。

"您开车时我可以坐在您旁边吗？"

"有什么不可以？"

"那样我就可以留下来看着枪了。"

"你不会打算第一天上班就看着枪吧。"

"对不起，我只是想让您的坎巴族兄弟轻松点。"

"你怎么知道他是我的兄弟？"

"您说他是您的兄弟。"

"他是我的兄弟。"

"我有很多东西要学。"

"千万别因此而灰心。"我说着把车停在了本基商店前的台阶旁，想搭顺风车下山的马塞人正在那里等候。

"把他们全干了。"恩古伊说。这是他知道的唯一一句英语，或者至少是唯一一句他用过的，因为一段时间以来人们觉得英语一般是刽子手、政府官员、公务人员和老板们使用的语言。英语很美，但是在非洲正在逐渐消失，人们可以忍受它，但是不能认可它。既然我的兄弟恩古伊都用了，我也就用英语回了一句："长的，矮的，高的。"

他看看那些胡搅蛮缠的马塞人，要是他出生得早一点，但仍然处于我的时代，他早就把他们津津有味地吃了，然后他用坎巴语说："都是高的。"

"翻译，"我说，随即改了口，"皮特，你能去店里告诉我的兄弟姆休卡我们已经准备好装货了吗?"

"我怎么才能认出您的兄弟呢?"

"他是个坎巴人。"

恩古伊对翻译和他的那双鞋子都很不满,他如同一位不带武器的坎巴人一样,从拿着长矛的马塞人中间穿过,满脸的傲慢。那些马塞人聚在一起,希望能搭顺风车。他们的瓦色曼①试验测试结果并没有像旗帜一样飘扬在长矛杆子上。

最终每个人都出了商店,所有采购的物品都已经装车。我也走出商店,让姆休卡开车,让黛芭和寡妇上车,然后去结账。结完账后我身上就剩下十先令了,我都能想象当我把钱花得一干二净回去时姆温迪的表情。他不仅仅是我的财政部长,也自封为我的思想道德老师。

"我们能带多少个马塞人?"我问姆休卡。

"有一个坎巴人,除此之外我们还能带六个马塞人。"

"太多了。"

"那就带四个马塞人吧。"

于是恩古伊和姆温吉开始挑人上车,黛芭很兴奋,她直直地坐着,一脸骄傲,谁也不看。我们三个坐在前排,唯一的坎巴人、寡妇、恩古伊和姆温吉等五个人坐在后排,四个第二次挑选出来的人坐在后面的玉米粉和其他采购物品的袋子上。我

---

① 瓦色曼(1866—1925),德国医生、细菌学家,发现了检验梅毒的血清试验。

们还可以带两个马塞人，但是路上有两个地方不好走，在那些地方马塞人总是会晕车。

我们把车开下那座小山，说是小山，其实就是大山低矮的山坡，恩古伊正打开啤酒瓶，这在坎巴人的生活中和其他的圣礼一样重要。我问黛芭感觉怎么样。这一天很长，从某种程度上说，这也是艰难的一天，我带她去购物，还走过了那么多高低不平的崎岖山路，无论她有什么感觉都完全说得通。这时候，平原就展现在我们眼前，还有各式各样的地貌特征，她握着刻花的手枪枪套，说："En laputa gloria."

"我也是。"我说着便向姆休卡要鼻烟。他把鼻烟递给我，我递给了黛芭，她没有拿，又递回给我。这鼻烟很不错，并不像阿拉普·梅纳的鼻烟那么强烈，但是当你把它塞到你上唇的下面时，它足以让你感觉到你是在吸鼻烟。黛芭不吸鼻烟，但是当我们下山的时候，她骄傲地把那烟盒递给了寡妇。那是很优质的卡贾多鼻烟，寡妇取了一些，递回给黛芭，黛芭把盒子给我，我又还给了姆休卡。

"你不吸鼻烟吗？"我问黛芭。我知道答案，问这个问题很傻，这是我们这一天中所做的第一件扫兴事。

"我不能吸鼻烟，"她说，"我还没有嫁给你，所以不能吸鼻烟。"

关于这个没什么好说的，所以我们什么都没说。她又把手放到她特别喜欢的枪套上去。枪套上的花纹是一朵美丽的花，那是丹佛市的海塞公司刻的，比其他地方刻的或文的图案都要好看。但是那图案已经被洗革皂磨得很光滑了，在汗液的腐蚀下也变得浅了一些，今天早上的汗渍还隐约可见。她说："摸着这个枪套，我感觉拥有了你整个人。"

　　我很粗鲁地骂了几句。坎巴女人中总有些傲慢无礼的言行，如果没有爱情就会更加糟糕。爱情是一种可怕的东西，你不会爱上你的邻居，而且，在任何国家都一样，爱情是一场流动的飨宴。除了第一次婚姻，忠贞并不存在，也没人觉得这是必需的。这里仅指丈夫的忠贞。对于姑娘来说这是第一次婚姻，我只能有什么就给什么。虽然我没有什么能给她的，但是我能给的东西也并非无足轻重，对于这一点，我俩都没有任何怀疑。

第十五章

　　这个夜晚很宁静。在帐篷里黛芭不愿意洗澡,寡妇也不愿意。她们害怕姆温迪,因为他是负责准备热水的,她们也害怕那个六只脚的大绿帆布浴缸。这个可以理解,我们都理解她们。
　　我们在马塞族的村子里放下了一些人,现在我们都不再胆大妄为了,在黑暗中,我们处于一个固定的地方,事情就有点难对付,不过我们都没有退缩,连想都没想过。我告诉过寡妇让她离开,但是既然我在保护她,我不知道按照坎巴族的法律她是不是有权利留下来。坎巴族法律所规定的她所享有的任何权利我都准备让她享有,她是一个和蔼的、柔弱的、举止文雅的女人。
　　就在我们行云雨之事时,探子出现了。我和黛芭都看到了他偷那瓶狮子油。那狮子油是装在一个洋酒瓶里的,黛芭和我都知道恩古伊在里面掺了一些大羚羊油,那时候他还没决定和我做兄弟。掺了大羚羊油的狮子油和纯狮子油比起来就好比是八十六度的威士忌和一百度的威士忌的区别。当我们清醒过来看到他偷油时,黛芭开心地大笑起来,她总是开怀大笑,还说:"Chui tu。"我则说:"No hay remedio。"

"La puta gloria。"她说。我们用的词汇并不多,也都不是很健谈的人,除了在谈到坎巴族法律时,我们都不需要翻译的帮忙。我们又睡了一两分钟,寡妇在认真地守着。她看到探子偷走了那个变了形的瓶子,里面装着的狮子油白得出奇,我们都再清楚不过这是怎么回事了。正是她的咳嗽声才引起了我们的注意。

这时候我叫来了姆桑比,他是个善良而粗鲁的小伙子,是用餐帐篷里的伙计。他不是种庄稼的坎巴人,而是狩猎的坎巴人,但他的狩猎技术不高,自从战争以后,他就沦为了佣人。我们都是佣人,只不过我是在猎物部为政府服务的,同时我也为玛丽小姐和一家叫做《看》的杂志服务。我对玛丽小姐的服务随着她狮子的死去暂时停止了。我对《看》的服务也暂时停止了,我希望是永远停止。当然我想错了。但是姆桑比和我都丝毫不介意为人服务,我们对上帝或国王的服务都还没有达到尽善尽美的地步,所以也不能觉得厌烦。

部族法律是唯一的法律,我是一个 Mzee,意思是依然有着武士身份的长老。兼有这两种身份是很难的,比较年长的 Mzee 痛恨这种地位上的不规律性。你应该放弃一些东西,如果必要的话,放弃全部,而不应该试图掌控所有。我是在一个叫做西尼·艾弗尔的地方领会到这一点的,那时候我必须转攻为守。放弃花费大代价赢来的东西,就好像放弃一件不费吹灰之力赢得的东西似的,然后你就会处于一个很安全的守势。这样做很难，你会为此吃不少枪子儿，但是如果不做出这样的调整，你就会死得更快。

我让姆桑比半小时之内在用餐帐篷里备好午餐，并为黛芭、寡妇和我三个人准备好盘子。他很是高兴，浑身充满着坎巴族特有的活力，跑去传达命令。很不幸，事与愿违。黛芭是个勇敢的姑娘，而"La puta gloria"也是大多数人难以企及的境界。寡妇知道这个命令太苛求了，也知道没有人能在一天或一夜之内拿下整个非洲。但也只能这样了。

凯蒂没有理会我的命令，说是要对老板、部族和伊斯兰教保持忠诚。他很有勇气，很有见解，没有把我的命令传达给任何一个人，他敲敲帐篷的柱子，问我们可不可以说两句话。我本可以说"不"，但我是个有规矩的孩子。虽然还达不到老爷子立下的那最好的十二条规矩，但是我们每个人的生活中所必须遵守的恒定准则还是一定要遵守的。他说："你没有权力用暴力占有这个年轻的女孩。（他说错了，从来就没有什么暴力。）这会惹上大麻烦的。"

"好吧，"我说，"你是代表所有的 Mzee 说话吗？"

"我是最年长的。"

"那么去让你那比我年长的儿子把猎车开来。"

"他不在这里。"凯蒂说，我们都清楚他不在，都知道他在自己的孩子面前是没有权威的，也知道姆休卡为什么不是穆斯林。但这对我来说太复杂了。

"我来开车，"我说，"这并不是一件很难的事。"

"请把这个年轻的女孩送回她的家中。如果你愿意的话我会跟着你。"

"我会把那年轻女孩、寡妇和探子带回去。"

姆温迪现在正站在凯蒂旁边，穿着绿袍子，戴着绿帽子。这是因为凯蒂讲英语很困难。

姆桑比和这事没有什么关联，但是他和我们一样爱着黛芭。她正在装睡，这样一个老婆我们每个人都想买回家，但是我们都清楚，买来的东西是不能真正拥有的。

姆桑比当过兵，那两个讨厌的老家伙知道这一点，他们也并非没有意识到自己在成为穆斯林时所做出的背叛行为。既然每个人都终将有老去的那一天，姆桑比凭借非洲人真正的法律意识和他自己对于坎巴法律的知识，迅速地对那两个老家伙的自鸣得意进行了反击，还使用了已经被废弃的称号，他说："因为她有个儿子，而我们的老板受官方委托保护她，所以可以把寡妇留下。"

凯蒂点点头，姆温迪也点点头。

结束了这件事，想到黛芭我的心里就很难受。她带着一种光荣感吃过饭，睡觉去了。我们是不允许一起睡觉的，但是我们已经睡了很多次，那些高尚的长老都没有说三道四。长老的地位独特，不，这么说是不公平的，因为他们获得那样的地位靠的仅仅是年纪。于是我冲帐篷里面说了一句："No hay remedio。我们回村子了。"

今天本该是我这辈子最快乐的日子，却这样结束了。

第十六章

　　我接受了长老们的决定,把黛芭、寡妇和探子送回村子的家中去,放下为她买的东西,回了营地。不同的是我给她们买了东西,这下她们都有了用来做衣服的布料。我不想和我的岳父说话,什么也没对他解释,大家都装作刚刚购物回来一样,可能回来得有点晚。我看到探子的涡纹花呢头巾有一块地方鼓了起来,那里正藏着装不纯的狮子油的洋酒瓶,不过这也没什么。我们有更好的狮子油,如果我们想要的话,还能有更好的。要是你发现作家或者比作家地位更高的人(这样的人可就多了去了)从你这里偷了东西却自以为没有被发现,那么有什么事能比这更让人觉得心满意足的呢?如果偷东西的是作家,你千万不能让他们知道,因为倘若他们有心的话,那心一定会碎的。除非你们处于同场竞争的关系,否则谁还会评判对方的心脏功能呢?如果偷东西的是探子,那么就是另一回事了,因为这就要涉及他的忠诚度,而他的忠诚度早就引起别人的怀疑了。凯蒂很讨厌探子,原因有很多,以前探子在凯蒂的手下做事，那时候探子还是个卡车司机，年少轻狂，毫不收敛他那恶劣的性情，对那位了不起的贵族老爷很不敬重，这惹怒了凯蒂，从那时候起他俩就结下了宿怨。不用探子说，那位贵族老爷在别人的口中也是个很落伍的人。凯蒂自从当了老爷子的手下就很敬重他，和其他坎巴族人一样，他痛恨同性恋者，因而容忍不了一个马塞族卡车司机对一位白人大不敬，尤其是一位如此德高望重的白人。所以当那尊为老爷子竖立起来的雕像的嘴唇被那些坏小子涂上口红时（他们每晚在内罗毕就是这么干的），凯蒂经过都不会看雕像一眼。切洛是个比凯蒂还要虔诚的穆斯林，他经过时就会看，还会和我们一样大笑。但是凯蒂自从入伍后就一直保持着一颗军人的心。他是一个真正意义上的维多利亚时代的人，而我们曾是爱德华时代的人，后来成了乔治时代的人，接着又当了一小段爱德华时代的人，再后来又成了乔治时代的人，现在，就我们的服务能力和对部落的忠诚而言，我们可以说是彻头彻尾的伊丽莎白时代的人，与处于维多利亚时代的凯蒂来说几乎没有共同之处。这个晚上我感觉糟透了，我不想针对某个人，也不想思考关于某个人的事情，尤其不想对于某个我所敬重的人做出不公正的评判。我知道，凯蒂虽然担心我们的行为会触犯坎巴族的法律，但是更让他震惊的是我、戴芭和寡妇会一起在用餐帐篷的一张桌子上吃饭，因为他自己也是有着五个老婆的成年人，其中一个老婆还长得年轻漂亮，他自己都这样，又怎么能评判我们道德的好坏和有无呢？

我开着夜车，试着控制自己的情绪，想着黛芭，我们那正式的快乐就这样被人随意剥夺了，本来我们可以躲过所有人的监视，不管那些人年纪多大。我想拐到左边那条红色的路上朝另一个村子开过去，在那儿我能找到两个尤物，她们既不像罗德的老婆①，也不像波提乏的老婆②，而是马塞人的老婆，看看我们能不能把出轨变成真爱。但现在这么做也不合适，于是我开回了家，停下车，坐在用餐帐篷里，开始读西默农的书。姆桑比感觉很不痛快，但他和我也都不是健谈的人。

他提了一个大胆的建议：他和我们的卡车司机一起去把寡妇接来。我否决了这个建议，又看了会儿西默农的书。

姆桑比感觉越来越不痛快，也没有西默农的书可以看，他的下一个建议是他和我一起坐车把那个女孩接来。他说这是坎巴族的一种风俗，只需要付点罚金就可以了，另外他还说那个村子是非法的，没有人有资格让我们受审判，况且就在同一天，我还给我的岳父带去了很多礼物，也替他杀死了那头豹子。

我仔细想了想他的建议，决定放弃。就在前段时间，我还因为睡在丈母娘的床上这种粗野的行径付了一笔部落罚金。凯蒂会知道这件事吗？大家都认为凯蒂无所不知，但是我们把事情隐瞒得天衣无缝，真实情况比他知道的可能还要严酷一些。

---

① 《圣经》中，罗德在和他的妻子逃出罪恶之城所多玛时，他的妻子因为回头望而变成了盐柱。

② 《圣经》中，波提乏的妻子寂寞难耐，爱上了仆人约瑟，强行想逼约瑟就范，但被约瑟拒绝。

关于这件事我也不确定，因为我敬重他，尤其是从马加迪回来之后。那时候他在那里追踪猎物，他的两条蛇都伸到了他的颧骨和头巾之间，不过在我受到野兽袭击、恩古伊遇到麻烦之前他是没有必要这么做的。在他追踪猎物时，我们用营地那把好的温度计测量了一下，就连荫凉处的温度也高达一百零五华氏度（约四十点六摄氏度），而当时我们只有一片荫凉处，那便是我受到野兽袭击后在一棵小树下面休息的地方，我觉得那片荫凉真是一份莫大的礼物，我在那里做着深呼吸，计算着我们离营地还有多少英里。那里有几棵无花果树形成了一片美妙的树荫，有潺潺的小溪，还有表面凝结着水珠的冰凉水袋。

那一天，凯蒂并没有倚老卖老，却给了我们一记当头棒喝。我尊重他并不是没有原因的，但是这天晚上我还是想不明白他为什么要插手这件事。他们无论做什么都总是为了你好。但有一件事我是知道的：姆桑比和我不能像酒鬼一样回到村子，把刚才那件未了的行径完成。

非洲人是不会为任何事情感到难过的，不过这只是暂时占领这片地区的白人臆想出来的。说非洲人不会感到痛苦是因为他们不会将痛苦发泄出来，而且只是有一部分人不会发泄出来。然而，感到痛苦而不表现出来是一种部族的传统，一种很大的享受。在美国，我们可以看电视和电影，老婆总是很娇贵，她们的手很柔软，一到晚上就往脸上抹油，有天然的而非人工养殖的貂皮大衣，它们就在某个地方冷藏着，一到穿时就用类似当铺票据的东西把它们取出来；而在非洲，一些好的部落则享受着忍受痛苦的感觉。我们这些被恩古伊称作"摩伊佬"的人从来都不知道什么是真正的苦难,除了在战争中。战争是枯燥而颠沛流离的生活,除了打胜仗和获取战利品这种时而会有的补偿。这种战利品就像是主人把一块骨头丢给一只他并不喜欢的狗。我们"摩伊佬",此时此刻仅指的是姆桑比和我,都知道洗劫一座小镇是怎么回事,也都知道该怎么履行《圣经》中的那句训诫——"杀掉男人,掳走女人",对此我们都不谈论,只是心里清楚。这样的事不会有人再干了,但一旦有人干了,便可以是你的兄弟。好兄弟难找,坏兄弟却处处都是。

探子一直说他是我的兄弟,但是我还没选择把他当作我的兄弟。现在我们遇到的这件事不是游猎,而是老板差点遭受了直接的羞辱,在这件事上我和姆桑比就是好兄弟。虽然我们都没提,但是这天晚上我们都记起了从海上分几路过来的奴隶贩子都是穆斯林,我知道那就是为什么两颊刻着箭头状刀印的姆休卡永远都不会,也不可能会皈依那个时髦宗教。而他的父亲凯蒂、诚实而可敬的切洛和姆温迪这个诚实而灵巧的势利小人都已经皈依了那个宗教。

于是我就在那里坐着,姆桑比和我一起分担着悲伤。恩圭利进来了一次,像个小孩子一样小心翼翼地问我,如果允许的话,他也和我们一起分担那悲伤。这我可允许不了,我在他那披着绿色长套的屁股上慈爱地拍了一把,说:"Morgen ist auch nach ein tag." 这是一句古老的德国谚语,意思和"No hay remedio"正好相反,这句谚语质朴而优美,但是我因为用了它而感到内疚，好像我因为成了失败者或通敌者而感到愧疚一样。在姆桑比的帮助下，我认真地把这句话翻译成了坎巴语，然后我又因为自己是个乱用谚语的人而感到内疚，于是我让恩古伊帮我把长矛找来，因为我要等月亮升起的时候出去打猎。

这实在是太戏剧性了，但是《哈姆雷特》也很戏剧性。我们都被深深地感动了，可能我是我们三个里面受感动最深的那一个，还犯了一个以前犯过的错误：没有管好自己的嘴巴。

这时候月亮已经升上了山尖，我真希望自己有一条好的大狗，真希望我没有宣称自己会用行动证明我是个比凯蒂更好的人。但是我终归那样宣称过，于是我检查了长矛，穿上软帮鞋，谢过恩圭利，走出了用餐帐篷。外面有两个人拿着步枪和弹药在放哨，一盏灯笼挂在帐篷外面的树上。我离开营地的灯火，沿着长长的小道出发了，月亮在我的右后方照耀着。

长矛的手柄摸起来质感不错，很厚重，上面缠了一层医用胶布，这样如果手上有汗的话就不会打滑了。通常情况下，当你使用长矛的时候，你的腋窝和前臂会出很多汗，那汗水会顺着长矛的手柄直流。我脚下的一片残草踩上去感觉不错，然后我感觉到脚下有一条光滑的车辙，通向我们做的飞机跑道，还有一条小道被我们叫做"北大道"。这是我第一次在晚上带着长矛独自外出，真希望我有一条忠实的老家犬或是一条大狗。要是有一条德国牧羊犬，你就总是能判断出前方的灌木丛里有没有东西，因为如果有东西的话它就会马上退回来，用鼻子顶着你的后膝盖在后面跟着你走。但是在夜里拿着长矛外出的那种惊心动魄的感觉也是一种享受，你必须要为这种享受付出代价，和最珍贵的享受一样，这次享受的大多数时候都是值得的。玛丽、金·克和我就在一起享受过很多乐趣，其中一些乐趣我们有可能会付出沉重的代价，但是到目前为止，我们付出的所有代价都是值得的。时间的侵蚀力恒久不衰，愚蠢的日常生活才是不值得的。我一边这样想，一边检查着我记得有眼镜蛇洞的灌木丛和枯树，希望不会踩上哪条出来觅食的蛇。

刚才我在营地里听到了两只土狼的声音，但是现在它们安静了。我还听到了从那个古老的村庄旁传来一头狮子的声音，我决定要离那个村庄远一点。不管怎么说我都没胆量到那里去，而且那里有犀牛出没。在前面的平原上，我看到有什么东西在月光下睡觉。那是一头角马，我便远离了它，也不知道它是公的还是母的。后来我看清了那是一头公的。然后我返回到小路上去。

夜里活动着很多鸟，还有鸻科鸟，我看到大耳狐和跳来跳去的兔子，它们的眼睛和我们坐越野车时看到的不一样，是不发亮的，因为我身上没有带可以发光的东西，月光也不反射。这时月亮已经完全升起来了，照射出很亮的光辉，我沿着小路往前走，心情十分愉悦，因为我在晚上外出，也不关心是不是有野兽会出现。关于凯蒂、女孩、寡妇以及我们泡了汤的晚餐和在一张床上睡觉的机会，所有这些乱七八糟的事现在看来都显得不那么重要了。我回过头去，看不见营地的灯火，却看到了那座高山，山顶是平的，在月光的照耀下闪着白光。希望我

第十六章

不会遇到什么猎物。一般情况下我可能会把角马杀死，但是如果我杀死了它我就得给它开膛放血，守在它的尸体旁边以免落入土狼嘴里，或者我就得通知营地的人把卡车开过来，炫耀一番自己的战果。然后我想起来我们之中只有六个人吃角马肉，我想弄点好肉等玛丽小姐回来吃。

我继续在月光中行走，听着小动物的动静，小鸟叫着从尘土飞扬的小道上飞起来。我开始想玛丽小姐，她在内罗毕干什么呢？她换的新发型看起来怎么样呢？她会不会换新发型呢？也想到她的身材，她的身材和戴芭的身材几乎是一样的。后天两点前玛丽小姐就回来了，这可真他妈的太好了。

这时候我几乎就要走到玛丽小姐杀死她的狮子的地方了，我听到一头豹子在左边大沼泽地的边缘处猎食。我想去盐碱地那边，但是我知道如果我去了，就会忍不住要猎杀一些动物。于是我转身开始沿着那条坑坑洼洼的小道往营地走，边走边望着那座山，什么猎物也不打。

第十七章

早晨,姆温迪送了茶过来,我谢过他,开始在帐篷外的篝火余烬旁边喝茶,边喝边想事情,喝完后我穿好衣服出去见凯蒂。

这一天并不十分宁静,也不像我所希望的那样是一个可以沉浸在阅读和思考中的日子。阿拉普·梅纳走到用餐帐篷布帘掀开的地方,潇洒地朝我敬了个礼,说:"老板,有些小问题。"

"是什么样的问题?"

"倒是没什么严重的问题。"

两个马塞村子的头人站在炊火那边长着几棵大树的空地上,那个地方相当于我们的接待室。他们并不是首领,因为首领会从英国人手里收钱或一枚廉价的勋章,是被英国人收买的人。他们只是村子的头人,他们的两个村子之间隔着十五多英里远,都遇上了狮子的麻烦。我坐在帐篷外面的椅子里,手里拿着我的 Mzee 手杖,不管他们说的话我听不听得懂,我都试着发出一些威严而睿智的咕哝声,姆温迪和梅纳在旁边做翻译。我们都不精通马塞语,但是那几个人善良而严肃,他们遇到的问题也明显是正当的。一个人的一只肩膀上有四道长长的爪子印,看起来像是被搂草机划的,另一个人不知道什么时候失去了一只眼球,他的脸上有一道触目惊心的老伤疤,那伤疤从他发际线上方的一点开始,穿过那只坏掉的眼睛,几乎延伸到他的下巴。

马塞人喜欢谈话和争论,但是这两个人都不善言谈。我告诉他俩和跟着他们过来但是站在旁边一言不发的那几个人说我们会处理这件事情。跟他们说的话我要先告诉姆温迪,姆温迪告诉阿拉普·梅纳,阿拉普·梅纳再转述给那几个人。我拄着那根头上镶嵌着一枚被敲扁的银先令的手杖,嘟囔出几句纯正的马塞语,听上去有点像玛琳·黛德丽[①]在表达性的喜悦、理解或喜爱时发出的声音。这些声音各不相同,但是听上去都很深沉,而且都有一个上扬的变调。

我们都握了手,然后姆温迪这个喜欢宣布坏消息的家伙用英语说:"老板,来了两个得了布布病的女士。"

"布布病"是性病的总称,但是也包括雅司病,虽然官方不这么认为。确实,雅司病的螺旋体和梅毒的很像,但是关于人们是怎么染上这病的,看法不一。一般认为,如果一个人用带病毒的杯子喝水,随便坐在公共厕所的马桶上,或是亲吻陌生人,就会染上老罗音病[②]。但是以我有限的经历来看,我还没见

[①] 玛琳·黛德丽(1901—1992),德裔美国演员兼歌手,曾经演唱过的英文版《莉莉·玛莲》成了二战中美、德双方士兵最喜爱的歌曲。
[②] 呼吸道内伴随呼吸出现的一种异常的声音。

过哪个人这么倒霉呢。

到目前为止，我对雅司病的熟悉程度就像我对我兄弟的熟悉程度一样。也就是说这种病我虽然接触过很多，但是还没有了解过它的真正价值。

那两个马塞女人都很漂亮，这更加坚定了我的一个看法，那就是：在非洲，你长得越漂亮，就越会得雅司病。姆桑比喜欢玩医术，不用我说就制出了所有治疗雅司病的药方。我给患者做了大致的清洁，把清洁时用过的东西扔进还在燃烧的篝火的灰烬里。然后我在患处周围涂上了一些龙胆紫，以起到心理安慰的作用。龙胆紫对于病人的情绪具有很大的鼓舞作用，那可爱的闪着金光的紫色让医生和旁观者看来都大受鼓舞。通常，我会用它在丈夫的额头上画一个小圆点。

这之后，为了避免风险，我会在病人的患处滴一些磺胺噻唑，有时候我在这么做时大气都不敢出。之后我会在上面抹点金霉素，然后包扎好。通常我会开一些口服的青霉素片，但是如果病情不见好转，我就会在除了每天的治疗之外尽可能地加大青霉素的剂量。之后我从腋下把鼻烟拿出来，取了一些放在每个患者的耳后。姆桑比很喜欢这一治疗环节，我让他去端一盆水过来，里面兑上百分之二的优质蓝色"耐科"牌皂液，这样在与每一位患者握手后就可以用它来洗手了。她们的手一向又可爱又冰凉，一旦你握住马塞女人的一只手，就算她的丈夫在场她也一直不愿意松开。这可能是一种部落习俗，也可能是她个人对一位雅司病医生的情感表达。这就是我不能问恩古伊的那少数几件事之一，因为我俩的词汇不够讨论这件事。为感谢医生的服务，马塞人可能会带来几根玉米，但那只是少数情况。

　　下一位患者即使是一位业余医生看了也会垂头丧气。从他的牙齿和生殖器来看，他是一个未老先衰的人。他呼吸困难，体温达到了一百零四度。他的舌头发白，覆盖了一层舌苔，当我把他的舌头压下去时，发现他的喉咙里长着白色的东西。我轻轻碰他的肝脏时，他几乎疼得坚持不住。他说他的头、肚子和胸腔都剧烈疼痛，而且他已经很长时间没能排便了，他自己也不知道有多长。如果他是动物，那么开枪打死他是更好的办法。但是既然他是个非洲兄弟，我便给他开了退烧的氯喹，以防他得的是疟疾。还给他开了药性温和的泻药，还有一些阿司匹林，假如他身上还疼的话可以服用。我们把注射器煮了一下，把他在地上放平，在他那干枯、下陷、发黑的左半边屁股上注射了一百五十万单位的青霉素。这样做其实是浪费青霉素。我们都知道这一点。但人在孤注一掷的时候就是会这样做。我们都觉得自己很幸运，因为我们的宗教让我们可以善待所有教外人士，况且一个心甘情愿地朝着"快乐猎场"进发的人又怎么会在乎青霉素呢？

　　姆温迪已经领悟了这门宗教所有的教义，他身穿绿袍子，头戴绿色的无边便帽，在他眼里我们是一帮非穆斯林，也是一帮坎巴族的无赖。他说："老板，又来了一个患布布病的马塞人。"

"把他带过来。"

他是个漂亮的小伙子，还是个武士，他虽有些不可一世，但是身上的毛病还是让他有点抬不起头。这是常有的事。他的下疳很硬，已经有很长时间了。我摸了摸他的下疳，心里合计了一下我们还剩多少青霉素，然后想起来其实我们都没有必要惊慌，我们可以用飞机运来更多的青霉素。我让那个男孩坐下，我们又煮了一遍注射器和针头，尽管我也不知道这注射器和针头会不会让他染上更厉害的毛病。姆桑比用棉花和酒精擦了擦他的屁股，这一次的屁股又硬又平，这才是一个男人该有的屁股。我把针扎进去，有点油性液体渗了出来，这证明我的技术还不够熟练，也浪费了一点现在已经变成圣物的青霉素。这时那男孩已经站直了身子，手里拿着长矛，我通过姆温迪和阿拉普·梅纳告诉他什么时候需要再过来，他得再来六趟，随后我会写张便条，他拿着便条去一家医院就行了。我们没有握手，因为他比我年轻，但我们还是笑了笑，挨了这一针他觉得自己很了不起。

那儿虽然没有姆休卡什么事，但是他一直在旁边走来走去，看着我给那些人治病，希望我会给他们做点手术，因为我做手术是按照一本书来做的，恩古伊会帮我举着那本书，书上的彩图很精彩，其中一些还是画在折页上的，这样如果打开折页，就能同时看到人体前部和后部的器官。每个人都喜欢看我做手术，但今天没有手术内容。姆休卡走上前来，他个子高高的，长着一身松垮垮的肉，脸上刻着漂亮的刀疤，那是很久以前为了取悦姑娘刻上去的,他穿着格子衬衫,头上戴着托米·谢夫林以前的帽子。他说:"去村里吧。"

"去吧。"我说,又对恩古伊说:"带上两支枪,你和姆休卡跟我去。"

"不在猎物喉咙上划刀了吗?"

"好吧,把切洛也带上。"

"好的。"恩古伊说。如果我们杀掉一头好猎物却没有按照合法的方式为穆斯林老人们屠宰,我们就是无礼的。凯蒂知道得太清楚了,我们是一帮坏小子,但是既然我们信了那门严肃的宗教,我也解释过,那门宗教的起源至少和那座大山一样古老,凯蒂也是不敢怠慢的。我想我们本来是可以控制住切洛的,不过那会是一件很可怕的事,因为他对自己的宗教信仰很满意,他的宗教也比我们的组织更严密,但我们并不改变自己的信仰,而且切洛对待我们的宗教的态度也严肃起来,这是我们的一大进步。

玛丽小姐对这门宗教了解很少,但是她很讨厌这门宗教,而且我也不确定我们这帮人中是不是每一个人都希望她能成为我们的一员。如果她通过部落的权利成为一员那没什么不行的,她会得到同样的服从和尊敬。但如果是通过选举的方式,我就不敢打包票她能进来了。当然,在她自己的这帮以全体侦猎员为首,由高尚、刻板、挺拔、英俊的春戈领导的人中,她没准能被选为"天后"。但是我们的宗教里可没有什么猎物部,而且我们准备废除除敌人外针对任何人的鞭刑和死刑,也不会再有奴隶制度，除非是那些被我们个人俘虏的人，食人的习俗更是被彻底地废除了，除非有人自己选择这么干。在这种情况下，玛丽小姐可能得不到与她从自己的那帮人中得到的相同数量的选票。

我们把车开到村子，我让恩古伊去把黛芭叫来，然后我们又把车开走了。黛芭坐在我身边，手握着我刻花的手枪皮套，接受着老人和孩子们的致意，就好像是一名荣誉上校接受全团官兵的致意一样。这时候她在公众前的举止模仿的是我给她的那些周刊上的图片，她表现出的是上层皇室的那种庄严和优雅，仿佛是在铺子里挑选布匹一样。我从来都没有问过她模仿的是谁，不过我已经给了她一年的周刊，上面有那么多绚丽多彩的图片，要模仿哪一张她应该大有可选。我曾经试着按照希腊的阿斯帕齐娅公主在威尼斯那家氤氲嘈杂的哈里酒吧跟我打招呼的方式教她怎么抬手腕、动手指，但是拉伊托奇托克还没有哈里酒吧。

现在她就这样接受着大家的致敬，我则保持着一种僵硬的和蔼神态，我们开上那条蜿蜒爬上山坡的路，我希望能在路上遇到一头又大又肥的野兽让大伙开心一下。我们打猎打得很费力，然后在山冈地势高的一侧铺上一块旧毯子，躺在上面等出来觅食的野兽，等到几乎天黑。但是没有野兽出来觅食，在回家之前，我杀死了一头公羚羊，我们需要的其实只是一头公羚羊。我的枪不停地在对着它瞄准，我俩都坐着，我的手指扣着扳机，她把她的手指放在了我的手指前面，当我用准星对准那头羚羊时,我感觉到她的手指在用力,她的头靠上我的头,也感觉到她正屏住呼吸。然后我说:"打。"她的手指便和我的手指一起扣下了扳机,由于树影的遮挡,那一枪打得稍微有点快,不过那头正在觅食的尾巴摇来摆去的公羚羊被打死了,死的时候四肢僵硬地朝上伸着,样子很古怪。切洛穿着破烂的短裤、陈旧的蓝上衣,裹着肮脏的头巾,这时候他朝它跑过去,在它的喉咙上划了一刀,这样它就成了合法的食物。

"打得好。"恩古伊对黛芭说。她朝他转过身去,想继续保持她那皇家式的仪态,但是没忍住,大叫了起来,说:"多谢。"

我们坐在那里,她还在大叫着,但是过了一会儿就完全停了下来。我们看着切洛给动物行割礼,猎车从山脊后面绕过来,朝那头野兽开过去,姆休卡下了车,把猎车的后挡板放下,和切洛两个人一起俯身把猎物尸体抬起来,在空中荡了一下后扔进车厢。从远处看,他俩显得很渺小,连那辆大猎车也显得很渺小。然后猎车又开上山,朝我们开过来,看起来越来越大。有那么一刻我真想去用步子量量我那一枪射了多远。但是那样就太不男人了,朝山下开枪要容易很多,作为一个男人,应该是多远都能打的。

黛芭看着那只羚羊,仿佛那是她见过的第一只羚羊似的。她把手放在弹孔上,那一颗实心弹就打在它两肩的顶部,我让她别把血弄得底板上都是。后车厢的底板上面横着一些铁条,这样就能把打来的猎物抬起来,不至于被车子烫坏,也能保证散热,尽管后车厢总是洗得很干净,但它在某种意义上说还是个停尸房。

黛芭离开了她打的野兽。我们把车开下山去,她坐在我和姆休卡中间,我俩都知道她现在的状态很奇怪,但是她什么都没说,只是一只手紧紧地抓住我的胳膊,另一只手紧紧抓住我那刻花的枪套。在村里她受到了王室般的拥戴,但是她根本心不在焉。恩古伊宰了那只羚羊,把肠子和肺扔给了狗吃,然后打开它的胃,把里面的东西清理干净,再把心脏、肾脏和肝装进胃袋里,交给一个小孩,让他给黛芭家送去。我岳父就在那里,我冲他点点头。湿淋淋的白色胃袋里面装着红红紫紫的东西。我岳父接过胃袋后就进屋了。他们的房子真的很漂亮,有圆锥形的屋顶和红色的墙。

我下了车,也扶着黛芭下来。

"Jambo, tu。"我对她说,她什么话都没说就进了屋。

这时天已经黑了,我们到营地的时候,篝火已经点了起来,桌椅也已经摆在了外面,上面放着酒。姆温迪准备好了洗澡水,于是我去洗澡,仔细在身上打了肥皂。洗完澡后我穿上睡衣、防蚊靴和厚重的浴袍,走到外面的篝火旁。

凯蒂正在等我。

"你好,老板。"他说。

"你好,凯蒂先生,"我说,"我们杀死了一只小羚羊。切洛会告诉你那是只很不错的羚羊。"

他笑了,我知道我们又是朋友了。在我认识的人中,他的微笑是最美好、最纯净的。

"坐下，凯蒂。"我说。

"不了。"

"我很感激你昨天晚上所做的事。你做的是对的，也完全是你应该做的事。我见过那女孩的父亲，已经有一段时间了，还做了必要的拜访，也送了礼。你不用知道这些，那个父亲很没用。"

"我知道。那个村子是女人掌管的。"

"如果那女孩给我生了个儿子，我会让他受到良好的教育，他可以选择当士兵、医生或律师。这是肯定的。如果他想当猎手，他就可以作为我的儿子留在我身边。我说明白了吗？"

"很明白。"凯蒂说。

"如果生的是女儿，我会给她一份嫁妆，或者她也可以作为我的女儿和我生活在一起。明白吗？"

"明白了。和母亲在一起可能会更好。"

"我一切都会按照坎巴族的法律和习俗行事的。但是因为那些愚蠢的法律不允许，所以我不能把她娶回家。"

"你的一位兄弟可以娶她。"凯蒂说。

"我知道。"

现在事情了结了，我们又成了和往常一样的好朋友。

"我想找个晚上过来，带着长矛去打猎。"凯蒂说。

"我只是在学习，"我说，"我不够聪明，而且没有狗也很困难。"

"没有人对夜晚熟悉，我不熟悉，你也不熟悉，没有人会熟悉。"

"但是我想熟悉。"

"你会熟悉的,但是要当心。"

"我会的。"

"人只有在树上或是在安全的地方才熟悉夜晚。夜晚只是属于动物的世界。"

凯蒂为人谨慎,他是不会谈论宗教的。但是我从他的眼神中看出来,他是个见过大世面的人,见过世间一切的诱惑,这提醒了我,我们不能把切洛带坏。可以看出,我们要胜利了,现在我可以请黛芭和寡妇用餐,有写好的菜单和座位卡。看到自己胜券在握,我试着得寸进尺。

"当然,在我们的宗教中,一切都是可能的。"

"是的,切洛给我讲过你们的宗教。"

"那个教派虽然很小,但是很古老。"

"是啊。"凯蒂说。

"好了,那么晚安吧,"我说,"如果一切都还妥当的话。"

"一切都很妥当。"凯蒂说。我又向他说了晚安,他也又向我鞠了一躬。我很羡慕老爷子,因为凯蒂是他的人。但是转念一想,你也开始聚集自己的人马了,虽然恩古伊在很多方面都比不上凯蒂,但是他更粗犷,也更有趣,况且时代也不一样了。

夜里,我躺在床上,听着夜晚的声音,试着弄清所有声音的来源。凯蒂说的是真的,没有人会熟悉夜晚。但是,如果我可以在晚上独自一人走出去,我就会对夜晚熟悉起来。这种熟悉我并不愿意和别人分享。钱财可以分享，但是没有人愿意和别人分享一个女人，我也不愿意和别人分享夜晚。虽然我不能入睡，但是我也不愿意吃安眠药，因为我想要听听夜晚的声音，也没决定好在月亮升起来的时候要不要出去。我知道，带着长矛独自出去打猎我还没有足够的经验，而且很难不遇上麻烦，我也知道，等玛丽小姐回来时，我要在营地，这是我的责任，我也很乐意这么做。同样，和黛芭在一起也是我的责任和乐趣，但是我敢肯定，她至少在月亮升起前就会进入熟睡状态了，我也敢肯定，月亮升起的时候，就是我们为所有快乐和痛苦付出代价的时候了。我躺在帆布床上，旧霰弹猎枪靠在我身旁，那把装在刻花枪套里的手枪则放在我的两腿间，它既是我的好朋友，也是对我的思维缺陷和所做决定的最严厉的批评者，刻花的枪套被黛芭用她结实的手抚摸了多少遍啊，我想我真是幸运，认识了玛丽小姐，她又肯下嫁给我，还让我娶恩戈麦鼓会的王后黛芭小姐为妻。现在既然我们有了宗教信仰，事情就好办了。恩古伊、姆休卡和我就可以对罪与非罪做出我们自己的决断了。

  恩古伊有五个老婆，我们都知道这是真的，但是对于他有二十头牛这件事我们就都怀疑了。我只有一个老婆，因为美国的法律就是这么规定的，但是每个人都记得保琳小姐①，也都很尊敬她，很久以前她也在非洲，很受人们的尊敬和爱戴，凯蒂

---

① 保琳·菲佛，海明威的第二任妻子，于1933年至1934年间陪海明威第一次去东非打猎。

和姆温迪更是如此。我知道,她们都觉得她是我黑皮肤的印第安老婆,而玛丽小姐是我金发碧眼的印第安老婆。他们都确信保琳小姐一定是在家帮我料理村子,而我把玛丽小姐带到了这里。我从来都没告诉他们保琳小姐已经死了,因为那会让大家都很悲伤。我们也没有告诉他们我的另外一位老婆,这个人他们可能不会喜欢,而且她已经不是我的老婆了。基本上这里的每一个人,甚至是最保守最具有怀疑精神的长老,都觉得按照财富的差别,如果恩古伊有五个老婆的话,那么我一定至少有十二个。

通过我收到的照片和信件,大家都心照不宣地认为玛琳小姐也是我的老婆,他们觉得在我的这次游猎期间,玛琳小姐在我的一个叫做拉斯维加斯的娱乐村庄工作。他们都知道她就是唱《莉莉·玛莲》的那个人,而且很多人都觉得她就是莉莉·玛莲本人。我们第一次游猎的时候都在那台老式留声机上听过很多遍她唱的那首《乔尼》,那时候《蓝色狂想曲》还是一首新作。玛琳小姐唱的歌是关于懒散的笨蛋的,这个曲调总是让我们深受触动,那时候,每当我偶尔感到心情忧郁的时候,凯蒂就会问我:"要听懒散的笨蛋吗?"我说那就放来听听吧,然后他打开那台手提式留声机,听着我那并不存在的美丽妻子优美、深沉的走音,我们都很高兴。

让人知道我的一个老婆是莉莉·玛莲一定会传出很多具有传奇色彩的故事,这对我们的宗教信仰也不构成什么威胁。我曾经教黛芭说"Vamonos a Las Vegas①",她很喜欢这句话的发音,就像喜欢"No hay remedio"一样。但是她总是很害怕玛琳小姐,尽管她在她的床上方的墙壁上贴了一张玛琳小姐的大图,在我看来图上的玛琳小姐几乎什么都没穿。并排贴着的还有洗衣机、垃圾处理设备、两寸牛排和火腿切片的广告,以及她从《生活》杂志上剪下来的毛象、四趾小马和剑齿虎的绘画。那些就是她眼中的新世界里的伟大奇迹,她唯一害怕的只有玛琳小姐。

  现在我醒着,也不确定我会不会再睡着,于是我就想了一些关于黛芭、玛琳小姐、玛丽小姐和另外一个女孩的事。这另外一个女孩我认识,那时候还很爱她。她是个高高瘦瘦的美国女孩,肩部以下的线条流畅,长着一对像充过气似的美式丰乳,让一些人欲罢不能,只不过那些人不知道,其实一对坚挺、造型优美的小乳房才是更好的。这个女孩总是爱抱怨,但是她长着一双黑人的美腿,非常可爱。尽管我睡不着,在晚上想想她还是挺有意思的。我听着夜晚的声音,淡淡地想着她,还有小屋、基韦斯特岛、山林小屋、我们曾经常去的各种不同的赌场,还有我们一起去打猎的那些寒冷刺骨的早晨,那时天还没亮,风呼呼地刮过,空气中弥漫着山野的气息和鼠尾草的味道。那时候她还在追寻除了钱以外的东西。没有人是真正孤独的,如果他不是一个酒鬼,不惧怕黑夜,也不惧怕白天会发生的事,

---

① 意为"我们去拉斯维加斯"。

那么通常作为灵魂真正黑夜的凌晨三点钟对人来说就是最好的时辰。和我这个时代的其他人一样，我也会觉得害怕，可能比他们还要害怕。但是这些年过去，我渐渐觉得害怕也是一种愚蠢，它和透支、得性病、吃糖是一样的。害怕是孩子才有的恶习，不过我喜欢它慢慢袭来的感觉，就像任何一个有恶习的人一样，但是这种恶习不是成年人该有的。唯一应该害怕的是你意识到真正意义上的危险正在逼近，而你出于对他人的责任，必须意识到这种危险。这是一种在真正的危险面前机械性的害怕，你会感到头皮发麻，如果你没有这个感觉，那么你就该做点别的行当了。

于是我想到了玛丽小姐，在追捕狮子的那九十六天里，她表现得多么勇敢啊，她个子不够高，不能把那狮子完全收进她的视线里，而且她完全是个新手，知识不够完备，工具用着也不够顺手；我们都要听从她的意志，每天在天亮前起床，想到狮子都快吐了，特别是在马加迪的时候。连切洛这个对玛丽小姐忠心耿耿的老头儿都被狮子折腾得够呛，他还对我说过："老板把那头狮子杀了得了，哪有女人杀死过狮子的？"

第十八章

这一天很适合飞行，大山看上去离我们很近。我靠着树坐着，看着鸟儿和正在吃草的猎物。恩古伊走过来问我有什么吩咐，我让他和切洛把所有的武器擦干净，抹上油，把长矛磨尖，也抹上油。凯蒂和姆温迪正在往外搬那张破床，准备放在耗子老板的空帐篷里。我站起来朝他们走过去。那床坏得并不厉害。中间一根支架上断开了长长的一截，还有一根支撑帆布的主杆断了。这很好修，我说我去弄点木头，然后去辛先生那里把它锯成合适的尺寸，把床修好。

玛丽小姐就要回来了，凯蒂很兴奋，他说我们可以用耗子老板的床，因为他的床尺寸是一样的。然后我坐回我的椅子上，继续看了会儿鸟类图册，又喝了点茶。这天早上的天气像是高原上的春天，我觉得自己像是为参加聚会而早早地穿上礼服的人。我走到用餐帐篷吃早餐的时候，心想，这一天会发生什么呢？结果，这天发生的第一件事是探子来了。

"早上好，兄弟，"探子说，"您的身体还安康吗？"

"安康得很,兄弟。有什么新情况吗?"

"我可以进来吗?"

"当然。你吃过早餐了吗?"

"几个小时前就吃了。我在山上吃的早餐。"

"为什么?"

"那寡妇太难整了,所以我就离开她自己在夜里游荡了一宿,就像您一样,兄弟。"

我知道他在说谎,就说:"你的意思是你走到了公路上搭卡车和本基商店的伙计们一起去了拉伊托奇托克吗?"

"差不多吧,兄弟。"

"继续说。"

"兄弟,情况可不妙了。"

"给你自己倒点什么喝吧,再给我讲。"

"时间就定在圣诞前夜和圣诞节,兄弟。我觉得那是一场大屠杀。"

我想说:"是他们行动还是我们行动?"但是我控制住了自己。

"多讲一点给我听吧。"我边说边看着探子那张褐色的脸,他脸上的皱纹里透着内疚却傲气十足。这时他正把一小杯掺了苦味酒的加拿大杜松子酒举到他那灰红色的嘴唇边。

"你怎么不喝戈登杜松子酒呢?那会让你活得长点。"

"我知道自己的地位,兄弟。"

"你的地位在我心中。"我引用了已故的费兹·沃勒①的话。探子的眼眶盈满了泪水。

"这么说，这次圣诞前夜就要成为圣巴塞洛缪②的前夜了，"我说，"难道就没有人对圣婴有丝毫的尊敬吗？"

"那是一场屠杀。"

"也包括女人和孩子吗？"

"没有人这么说。"

"那么有谁说了什么话吗？"

"本基商店有人谈论这件事。马塞商店和茶室谈论得更厉害。"

"要杀死马塞人吗？"

"不是，到时候马塞人会都来这里参加您为圣婴举办的恩戈麦鼓会。"

"恩戈麦鼓会很受欢迎吗？"我这么说是为了转换话题，也是为了显示即将发生大屠杀这种消息对于我来说不算什么，我可是经历过祖鲁战争③的人，我的祖先也曾在小巨角河战役④中废掉了乔治·阿姆斯特朗·卡斯特。一个去过麦加的非穆斯林

---

① 费兹·沃勒（1904—1943），美国表演艺术家，在美国和欧洲大获商业性成功。
② 圣巴塞洛缪，耶稣的十二使徒之一。
③ 1879年，英国殖民者对南非祖鲁人发动的侵略战争。
④ 发生在1876年6月25日的蒙大拿州小比格霍河附近，美军和北美势力最庞大的苏族印第安人之间的战争，被称作"最惨烈的"美军与印第安人之间的战役。最终以印第安人的胜利而结束。

人,就如一个去过布莱顿或大西洋城的人一样,是不会为大屠杀的传言而动容的。

"山区那边谈论的是恩戈麦鼓会,"探子说,"不是大屠杀。"

"辛先生怎么说?"

"他对我太粗鲁了。"

"他会参加那场屠杀吗?"

"可能他是其中的一个头目。"

探子拿出他围巾里裹的一个包裹,把它打开。那是一个纸盒,里面装着一瓶白杜鹃威士忌。

"这是辛先生送来的礼物,"他说,"我建议您在喝之前仔细检查一下,兄弟。我从来没听过这个名字。"

"太糟了,兄弟。它的名字可能是新的,但这是一种好威士忌。新品牌的威士忌在一开始总是很好喝。"

"我有些关于辛先生的消息要告诉您。他绝对服过兵役。"

"这太难以置信了。"

"我敢肯定。没有为当局服务过的人哪里会像辛先生那样骂我呢?"

"你觉得辛先生和辛太太是颠覆分子?"

"我会调查一下的。"

"今天的消息有点虚啊,探子。"

"兄弟,这一晚上我过得太艰难了。我先是被寡妇的冷酷无情伤了一把,然后我在大山里乱逛也很受罪。"

"再喝一杯吧,你说的话听起来像《呼啸山庄》。"

"那是一场战役吗，兄弟？"

"算是吧。"

"您哪天一定要给我讲讲。"

"到时候提醒我吧。现在我想让你清醒着在拉伊托奇托克过一晚，给我带来点真实的信息。去布朗酒店睡觉吧。不，你要睡在门廊里。你昨晚在哪儿睡的？"

"在茶室的台球桌下面的地板上。"

"喝醉了还是清醒着？"

"喝醉了，兄弟。"

为了取邮件，玛丽当然会等银行开门。这天很适合飞行，也没有什么变天的迹象，我觉得威利是不会着急出来的。我在猎车上放了几瓶冰镇啤酒，和恩古伊、姆休卡开车去了跑道，阿拉普·梅纳坐在车后面。梅纳会负责查看飞机的情况，他穿着制服，看上去聪明干练，那支带背带的点三〇三步枪刚擦过，还上了油。我们围着草地绕了一圈把鸟都赶起来，然后退回到树荫下，姆休卡在那里熄了火。我们都在那里休息，感觉轻松自在。切洛最后也来了，他是玛丽小姐的扛枪伙计，他来见玛丽小姐也是合情合理的。

过了正午，我打开一夸脱瓶的塔斯克啤酒，姆休卡、恩古伊和我都喝了一些。阿拉普·梅纳最近醉过一次，所以正在戒酒。但是他知道我过一会儿会给他一些酒喝的。

我告诉恩古伊和姆休卡昨晚我做了个梦，我们在日出时应该对着太阳做一次祈祷，日落时再做一次。

恩古伊说，即使是为了我们的宗教信仰，他也不会像个赶骆驼的或是基督徒一样下跪。

"你不用下跪，你只需要转过身去看着太阳祈祷就行。"

"我们在梦里祈祷了什么？"

"勇敢地活着，勇敢地死去，直接去'快乐的狩猎场'。"

"我们已经很勇敢了啊，"恩古伊说，"为什么我们还要祈祷？"

"你祈祷什么都可以，只要是为了我们所有人好。"

"我祈祷有酒喝，有肉吃，再娶一位手掌结实的老婆。这老婆您可以分享。"

"这祈祷不错。你祈祷什么，姆休卡？"

"祈祷我们能把这车留下。"

"还有呢？"

"祈祷有酒喝，祈祷您不会被杀掉，希望马查科斯能下一场好雨，也祈祷我们拥有'快乐的狩猎场'。"

"您祈祷的是什么？"恩古伊问我。

"希望非洲可以是非洲人的非洲。消灭茅茅分子，消除所有的疾病，处处风调雨顺，同样，也祈祷我们的'快乐的狩猎场'。"

"祈祷我们过得开心。"姆休卡说。

"祈祷能和辛先生的老婆睡一觉。"

"必须祈祷好事。"

第十八章

"那就把辛先生的老婆带到'快乐的狩猎场'去吧。"

"想加入我们教派的人太多了,"恩古伊说,"我们要接纳多少人呢?"

"我们先从一个班开始,可能组成一个排,或者一个连。"

"一个连对于'快乐的狩猎场'来说太大了。"

"我也这么觉得。"

"您来统领'快乐的狩猎场'。我们会组成一个理事会,但是由您来统领。没有伟大的圣灵,没有曼尼托神,没有国王,没有女王大道,没有主教,没有行政长官,没有圣婴,没有警察,没有警卫团,也没有猎务部。"

"没有。"我说。

"没有。"姆休卡说。

我把那瓶啤酒递给阿拉普·梅纳。

"你有宗教信仰吗,梅纳?"

"那当然。"梅纳说。

"你喝酒吗?"

"只喝啤酒、葡萄酒和杜松子酒。我也能喝威士忌,还有所有透明和带颜色的酒。"

"那么你喝醉过吗,梅纳?"

"这您应该知道,我的爸爸。"

"你信奉什么宗教呢?"

"我现在是个穆斯林。"切洛往后一靠,闭上了眼睛。

"那你以前是什么?"

"伦布瓦。"梅纳说。姆休卡的双肩都颤抖了。"我从来没信过基督教。"梅纳带着尊严说。

"宗教我们说得太多了,但我还是代理猎长,而且我们要花四天时间庆祝圣婴降临日。"我看了看手腕上的表,"我们把地上这些鸟赶走吧,在飞机来之前把这酒喝了。"

"飞机现在就来了。"姆休卡说。他发动汽车,我把啤酒递给他,他喝了剩下的三分之一,恩古伊喝了另外的三分之一,剩下的三分之一我只喝了一半,把剩下的一半递给了梅纳。我们开着车全速出发,靠近那些鹤的时候把它们都赶了起来,我们看着它们先是狂奔了一阵,然后伸直双腿,不情愿地飞起来,仿佛是飞机拉起起落架。

我们看着那架蓝色和银色相间、纺锤形腿的飞机飞了过来,它那"嗡嗡"的声音响彻了整个营地。我们在一侧的空地上高速飞驰。飞机就在我们的对面,大大的机翼已经降了下来。这时,它超过了我们,稳稳地降落在地面上,在地上打着转,机头高高地扬着,神气十足,在及膝的白色花丛中扬起一阵尘土。

这时玛丽小姐已经在飞机上靠近我们的这一侧了,她钻出飞机,飞速地小跑着过来。我紧紧地抱了她并吻了她,然后她和每个人握手,从切洛开始。

"早上好,爸爸,"威利说,"我让恩古伊帮忙把这些东西拿出来吧,装的东西有点多啊!"

"你一定把整个内罗毕都买回来了吧。"我对玛丽小姐说。

"只要我能买的都买来了,但是他们不肯卖穆海咖俱乐部。"

"她把新斯坦利和托尔酒店都买下了，"威利说，"这样我们就能保证一直有房间住了，爸爸。"

"你还买了什么？"

"她还想给我买一颗彗星呢，"威利说，"现在买那些东西可以谈个好价钱，这你知道。"

我们朝营地开去，我和玛丽小姐在前排紧紧依偎着坐在一起，威利则和恩古伊、姆休卡谈着话。到了营地，玛丽小姐想把所有东西都卸下来放进耗子老板的屋里，我躲开不去看。有人告诉我不要仔细看飞机里的东西，所以我没看。卸下来的东西有一大捆信件、报纸和杂志，还有电报。我把这些东西拿到用餐帐篷里，威利和我一起喝着啤酒。

"旅途还愉快吧？"

"还算顺利。夜晚那么凉，所以地面也不烫了。玛丽在萨兰盖见到了她的大象，还有一大群野狗。"

玛丽小姐走了进来。她接待了所有的正式拜访，满脸容光。她很受爱戴和欢迎，人们都很拿她当回事。她也喜欢"女主人"这一称谓。

"我不知道耗子老板的床坏了。"

"是吗？"

"关于豹子我也什么都没说。让我吻吻你吧。你电报里提到的关于金·克的内容让他快笑死了。"

"他们捕到豹子了，不用担心了。没有人需要为此担心了，连豹子都不用担心了。"

"给我讲讲它的事吧。"

"不了,还是等什么时候在回家的路上我把那位置指给你看吧。"

"你看完的邮件能给我看看吗?"

"都打开吧。"

"你怎么了?我回来你不高兴吗?我在内罗毕很开心,或者说至少每天晚上我都出去了,每个人对我都很友善。"

"我们大家会练习一下,也都对你友善起来,过不了多久你就会觉得这里像内罗毕了。"

"请对我好一点,爸爸。这才是我喜欢的。我去内罗毕只是为了治病和买圣诞礼物。我知道你是想让我玩得开心一点。"

"很好,现在你回来了,紧紧地拥抱我吧,也好好吻吻我,让我觉得你讨厌内罗毕。"

她身材苗条,容光焕发,身子被卡其布衣服绷得紧紧的。她身上的香气扑鼻,金色的头发闪着银光,修剪得很短。我一下子又开始青睐白种人或欧洲人了,就像亨利五世的一位雇佣兵说的那样,巴黎是个适合做弥撒的城市。

威利看到我的这一变化很高兴,他说:"爸爸,除了豹子还有什么别的消息吗?"

"没了。"

"没遇到麻烦吗?"

"夜路也不像他们说的那么难走。"

"在我看来,说沙漠无法穿越就有点言重了。"

我让人去给威利拿了一块鞍肉，玛丽走进我们的帐篷取信。我们开着车出去，威利开飞机走了。看到他起飞的角度，每个人的脸上都闪耀着光芒。等到飞机变成了天际的一颗小银点时，我们就回家了。

玛丽温柔可爱，恩古伊则因为我没有把他带上而心情很糟。夜晚将至，我可以读读《时代周刊》和从英国空运来的报纸，也可以欣赏渐渐退去的日光，坐在篝火旁喝上一大杯酒。

真见鬼，我想。我已经把我的生活搞得太复杂了，而那些复杂的事物还在扩大。现在我要随便找一份玛丽小姐不愿意读的《时代周刊》，她回来了，我要享受篝火，我们要好好喝一杯，然后好好吃顿晚餐。姆温迪正在帆布浴缸里准备她的洗澡水，我会接着洗。我想，我要把所有东西都洗去，好好泡个澡，然后帆布浴缸里的水被倒掉，冲洗干净，又倒上在篝火上烧热的用汽油罐装的水，我在水里躺下，好好地浸泡一番，再打上卫宝牌肥皂。

我用毛巾擦干身子，穿上睡衣和那双中国产的旧防蚊靴，再披上浴袍。这是玛丽走后我第一次洗热水澡。如果有条件的话，英国人每晚都会洗热水澡。但是我更喜欢在每天早晨穿衣服的时候用水盆里的水擦洗一下，等晚上打猎回来的时候再擦洗一下。

老爷子很不喜欢这样洗澡，因为那是原先的游猎队留下来的为数不多的习惯之一。所以他和我们在一起的时候我就会特别注意洗热水澡。但如果用其他方式洗澡，你就会发现白天落在你身上的壁虱，那些你够不到的还得让恩古伊或姆温迪帮你弄掉。以前我单独和姆科拉打猎的时候，恙螨会钻进脚趾甲，每天晚上我们都会把提灯燃得亮亮的，我俩就坐在提灯的光亮下，他替我捉螨，我替他捉螨。这些东西是洗澡洗不出来的，我们也不洗澡。

我想着以前的日子，那时候我们打猎多辛苦啊，或者说，那时候打猎多简单啊。在那些日子里，假如你有一架飞机，那意味着你实在是太有钱了，非洲的任何一个难以到达的地方都会让你觉得有意思，或者说意味着你快要死了。

"洗完澡后你觉得怎么样，亲爱的，你玩得愉快吗？"

"我感觉不错，医生给我开的药和我原来吃的一样，只不过多了一些铋。人们对我很友善，但是我一直在想你。"

"你看起来棒极了，"我说，"这么漂亮的坎巴式发型你是怎么剪的？"

"今天下午我又把两侧剪平了一点，"她说，"你喜欢吗？"

"给我讲讲内罗毕的事吧。"

"第一天晚上我遇到了一个很好的男人，他把我带到了旅行者俱乐部，那里并没有那么差劲呢，然后他把我送回了旅馆。"

"他怎么样？"

"我记得不太清楚，但是他人很好。"

"第二天晚上呢？"

"我和亚力克和他的女朋友出去了，去了一个很拥挤的地方。你得穿戴整齐，但是亚力克没有穿得多好。我也忘了我们是一直在那里待着还是去了什么别的地方。"

"听起来真有意思,这才像是基马纳①。"

"你一直在做什么呢?"

"没什么。我和恩古伊、切洛、凯蒂去了几个地方。我想我们去参加了一次类似教堂晚餐的活动。第三天晚上呢?"

"亲爱的,我真的不记得了。哦,对。我和亚力克、他的女朋友还有金·克去了什么地方。亚力克真是难整。我们又去了几个其他的地方,然后他们就把我送回家了。"

"和我们在这里的生活差不多啊,只不过难整的是凯蒂,而不是亚力克。"

"他怎么难整了?"

"我给忘了,"我说,"这些《时代周刊》你想读哪份?"

"我已经看过一份了。这对于你有什么不一样吗?"

"没有。"

"你还没说你爱我,我回来让你高兴呢。"

"我爱你,你回来我很高兴。"

"这就好,回家我真高兴。"

"在内罗毕还发生了什么事?"

"我让带我出去的那个很好的男人带我去了柯林东博物馆②。但是我觉得他有点不耐烦。"

---

① 指肯尼亚。
② 撒哈拉以南的非洲地区最重要的博物馆,搜集有关自然生态的各种收藏,在国际上享有重要地位。

"你在格里尔吃了什么?"

"有大湖里打上来的鱼,味道鲜美。切成了片,味道像鲈鱼或斜眼狗鱼,他们也没说那是什么鱼,只叫它萨马基。还有他们打捞上来的新鲜的熏鲑鱼,味道真的很鲜美。我想还有牡蛎,不过我不记得了。"

"你喝了希腊干葡萄酒吗?"

"喝了很多呢。亚力克不喜欢。我觉得他在希腊和你那位在皇家空军服役的朋友克雷特待过一阵子,他也不喜欢他。"

"亚力克很讨厌吗?"

"只有在小事上讨厌。"

"我们还是不要在任何事上让人讨厌吧。"

"对啊。我能给你再倒一杯吗?"

"太谢谢你了。凯蒂在这儿。你想要什么?"

"我要金巴利酒,加上少量的杜松子酒。"

"我喜欢你在家躺在床上的感觉。我们吃过晚饭就去睡觉吧。"

"好啊。"

"你保证今晚不会出去了吧?"

"我保证。"

于是,晚饭后我坐着读《时代周刊》航空版,玛丽则写着她的日记。然后她拿着探照灯沿着那条新开辟出来的小路朝厕所走去。我关上煤气灯,把提灯挂在树上,脱掉衣服,仔细叠好,放在床下的箱子上,上了床,把蚊帐塞进床垫底下。

夜还不深，但我又累又困。过了一会儿玛丽小姐上了床。我把另一个非洲抛在脑后，又一次营造了我们自己的非洲。那是一个我曾经到过的非洲，一开始我感到有红色的东西从我的胸膛涌出，我便听之任之，什么也不去想，只是感受着我能感受的东西，躺在床上的玛丽这时候很可爱。我们开始做爱，一次，两次，三次，之后周围一片安静和漆黑，我们什么也没说，什么也没想，就那样睡着了，像寒夜中的一场流星雨。也许真下了一场流星雨，因为天气很冷，也很晴朗。夜里，玛丽下了床，去了她自己的床，我说："晚安，保佑你。"

我醒来时天正在变亮，我在睡衣外面套上一件毛衣，穿上防蚊靴，用手枪皮套把浴袍束起来，走了出去，走到姆桑比那里，他正在生火，我在他旁边读起报纸来。边读边喝姆温迪拿过来的那壶茶。我先把所有的报纸按顺序整理好，然后从日期最早的开始读起。现在奥特伊和昂吉安的赛马刚刚结束，但是英国的航空版报纸是不会刊登法国的比赛结果的。我去看玛丽小姐是不是醒了，她已经起了床，也穿上了衣服，看起来清新闪亮，她正往眼里滴眼药水。

"你好吗，亲爱的？你睡得怎么样？"

"好极了，"我说，"你呢？"

"一直睡到现在。姆温迪把茶端来后我睡了个回笼觉。"

我把她搂在臂弯里，感受着她清晨刚穿上的那件衬衫的清新和她体态的优美。毕加索有一次把她称为我的袖珍鲁本斯画册，她确实如此，不过她的体重已经减到一百十二磅，她的脸也不像画中的人物。现在我摸着她刚洗过的干净清爽的肌肤，向她低语了几句话。

"噢，是的，你呢？"

"我也是。"

"在这里单独和我们的大山、我们可爱的土地在一起，也没什么东西能破坏这感觉，你不觉得这实在是妙极了吗？"

"是啊，来吃早餐吧。"

她的早餐还算丰盛，有培根烤羚羊肝，半个从镇上带回来的木瓜，上面挤上柠檬汁，还有两杯咖啡。我喝了一杯咖啡，里面加了罐装牛奶，但是没加糖。本来我还想再喝一杯咖啡，但是我不知道我们要去做什么，我可不想在我们做事的时候有咖啡在胃里晃来晃去。

"你想我吗？"

"嗯，想。"

"我想你想得很厉害呢，但是我要做的事情太多了。根本一点时间都没有，真的。"

"你看到老爷子了吗？"

"没有，他没有去镇上，我也没时间、没交通工具出镇。"

"那你看到金·克了吗？"

"有一个晚上他是在的。他说让你靠自己判断，但是也要严格按计划行事。他让我记住这句话。"

"就这句吗？"

"就这句。我记下来了。他邀请了威尔逊·布莱克过圣诞

第十八章

节。他们是前一天晚上到的。他说让你准备好喜欢他的老板威尔逊·布莱克。"

"这句话是他让你记住的吗?"

"不是,这就是一句话而已。我问他这是他的命令吗?他说不是,只是他希望我采纳的一个建议罢了。"

"我可以采纳建议,金·克他怎么样?"

"他和亚力克烦人的地方不一样,但是他很累。他说他很想念我们,他对人真是太坦率了。"

"怎么坦率呢?"

"我觉得他开始被那些笨蛋惹恼了,而且他开始对他们恶言恶语。"

"可怜的金·克。"我说。

"你俩就是臭味相投。"

"也许吧,"我说,"也许不是。"

"我觉得你给他造成了坏影响。"

"这个话题我们以前也谈论过一两次吧?"

"今天早晨可是第一次,"玛丽小姐说,"当然不是最近。我不在的时候你写了什么东西吗?"

"很少。"

"你写信了吗?"

"没有。哦,对,我给金·克写过一次。"

"那这段时间你都在干什么?"

"完成一些小任务,做了些日常的工作。我们杀了那头倒霉的豹子后就去了拉伊托奇托克。"

"我们要去把那棵真正的圣诞树弄回来,那将会是一大成就。"

"好啊,"我说,"我们得弄一棵能用猎车拉回来的。我已经把卡车派走了。"

"我们就去弄那棵已经选好的。"

"你找到那棵树的种类了吗?"

"没有,但是我会从那本关于树的书中找出来。"

"好,我们去把它弄来吧。"

终于,我们出发去弄那棵树了。凯蒂跟着我们,我们带了铁铲、砍刀和用来铲装树根的麻袋布,还在前排座位后面的行李架上装上了大大小小的枪支。我还让恩古伊给我们带上四瓶啤酒,也给穆斯林们带上两听可口可乐。很明显我们这次出去是为了了却一桩心愿,这是一桩高尚而无可厚非的心愿,我可能会就此写一篇文章,发表在宗教刊物中,虽说这是一棵大象吃了会醉上两天的树。

我们的表现都很不错,虽然看见了地上的脚印,但是谁都没说什么。我们看到了前一天晚上穿过公路的一串脚印。我还看到成群的松鸡摇摇晃晃地飞到盐碱地中的水塘边,恩古伊也看到了它们。我们什么都没说。我们是猎手,但是这天上午我们是在为我主圣婴的林业部工作。

实际上我们是为玛丽小姐工作的,所以我们感到这样的效忠是大有不同的。我们都是雇佣兵,而且大家都很清楚地知道,玛丽小姐不是传教士。她甚至不听命于任何基督教会，不用像其他女主人那样去教堂，树的事和狮子的事一样，都是她个人的事情。

我们走老路进入那一片墨绿色、长满黄色枝干的森林。自从我们上次来过之后，这里已经长满了草。我们来到那片长着银叶树的林中空地上。恩古伊和我分头绕了一圈，看看灌木丛里有没有犀牛和它的牛犊。我们没有发现什么，但是发现了一些黑斑羚，我还发现了一头很大的豹子的脚印。它一直在沼泽边上捕猎。我用手量了一下它的足迹，然后我们回到那些挖树的人身边。

我们觉得一次只能那么几个人挖，凯蒂和玛丽小姐在发号施令，于是我们就去那片大树的边缘坐了下来，恩古伊递给我他的鼻烟盒。我俩一边吸着鼻烟，一边看那些林业专家干活。除了凯蒂和玛丽小姐外，大家干得都很卖力。在我们看来，那棵树肯定装不进猎车的后车厢，但是当他们最终把树挖出来时，很明显那树能装进去，我们该过去帮忙抬树了。那棵树很扎手，不太好抬，但是我们最终还是把它给装了进去。我们用潮湿的麻袋裹住树根，再用绳子扎好，那棵树还是有一半从车子后面伸了出去。

"我们不能原路返回了，"玛丽小姐说，"在那些转弯的地方我们会把树碰坏的。"

"那我们就走一条新路回去吧。"

"车能通过吗？"

"当然。"

在这条穿过森林的路上我们看见了四头大象的足迹,还有一些新鲜的粪便。那些足迹是朝我们的南边走的。它们是个头很大的公象。

我一直把大枪夹在两膝之间,因为我和恩古伊、姆休卡都看见了那些脚印穿过我们进来时走的北边的那条路。它们可能是从那条流入丘卢沼泽的溪流穿过来的。

"现在都办好了,我们回营地吧。"我对玛丽小姐说。

"好啊,"她说,"现在我们就可以把这棵树漂漂亮亮地立起来了。"

在营地,我和恩古伊、姆休卡都没有上手,而是让一些志愿者和有兴趣的人给树挖了坑。等坑挖好后,姆休卡把车开出了树荫,人们把树卸下来,种在坑里。那棵树就在帐篷前种着,看起来漂亮而绚丽。

"真好看啊。"玛丽小姐说。我也表示同意。

"谢谢你这么顺畅地把我们带回家,没有因为大象烦扰任何人。"

"它们是不会在那里停下来的,而是要去南边寻找隐蔽所和食物。它们是不会打搅我们的。"

"你和恩古伊处理得很聪明。"

"那是我们从飞机上看到的公牛。它们才聪明呢,我们不聪明。"

"它们现在要去什么地方呢?"

"可能要在沼泽高处的树林里进食一会儿,到了晚上它们要穿过公路,朝安波塞利走去。"

"我要过去好好看着他们完工。"

"我要去公路那边一下。"

"你的未婚妻和她的看护人在那边的树下。"

"我知道。她给我们带了点玉米。我要开车把她送回去。"

"她不想过来看看这棵树吗?"

"我觉得她理解不了。"

"如果你愿意的话,就留在村里吃午饭吧。"

"没人让我在那儿吃饭。"我说。

"那就是说你要回来吃午饭咯?"

"我会在午饭前回来。"

姆休卡把车开到戴芭等待的那棵树旁,让戴芭和寡妇上了车。寡妇的小男孩用脑袋撞了一下我的肚子,我则用手拍拍他的脑袋。他和他的妈妈、戴芭一起坐在后座上,但是我下了车,让戴芭过来坐在前座上。她真是一个勇敢的女孩,来到营地,带来了玉米,并且一直在那棵树下等着我们回到营地。我只想让她坐在她平时坐的位置上回村子。但是玛丽小姐对于村子的事很爽快,她信任我们,我们好像是得了假释一样。

"看见那棵树了吗?"我问戴芭。她吃吃地笑了笑。她知道那是棵什么树。

"我们再去打猎。"

"好啊。"我们开车离开了最外围的营房,停在那棵大树下,她坐得很直。我下车看探子有没有留下什么植物标本，但是我什么都没找到。可能他的标本在标本册子里吧，我想。等我回来的时候戴芭已经不在了，恩古伊和我上了车，姆休卡问我们去哪里。

"回营地吧。"我说。然后我想了想，又加了一句："走大路。"

今天我们一直处在摇摆不定的状态，在我们的新非洲和我们梦寐以求、创造出来的旧非洲以及玛丽小姐的归来之间摇摆不定。过不了多久，金·克会带着某个侦猎员回来，威尔逊·布莱克也会大驾光临。他可能会宣布一项政策，把我们转移到其他地方去，或是把我们赶出这块地方，也可能是把一块地封锁起来，或者是给什么人判上六个月徒刑，轻易得就像我们去村里送肉一样。

虽说我们都不太兴奋，却也悠闲自在，而且我们也并非不开心。我们会杀一头大羚羊留着圣诞节吃，我也要确保威尔逊·布莱克过得舒服。金·克让我试着喜欢他，我会努力的。我见过他，觉得不喜欢他，那是我的错。我试着努力去喜欢他了，但是我可能还不够努力。也许是我老了，不能努力去喜欢什么人。老爷子就从来不努力去喜欢什么人。他是个文明人，或者说他在这方面是说得过去的，他会用他那戴着眼罩、有点充血的蓝眼睛观察他们，看起来都不像是在看他们。他是在观察着他们犯下错误。

我们的车停在半山腰的一棵树下，我坐在车里，决定做点特别的事,来显示我对威尔逊·布莱克的喜欢和欣赏。他不会很喜欢拉伊托奇托克,而且我觉得在为他举办的宴会上,他也不会真正的高兴。那宴会可能在某个非法的马塞饮酒村子举办,也可能在辛先生酒馆的后屋举办。我很怀疑他和辛先生能好好相处。我知道我要做什么了。那绝对是一件很理想的礼物。我会让威利开飞机带布莱克先生飞过丘卢岭,让他看看他从没见过的那一整片自己的领地。这是我所能想出来的最好、最实用的礼物,我开始喜欢布莱克先生了,我要给他的几乎是最惠国的地位。我不会跟着一起去,而是让金·克、威利、玛丽小姐陪布莱克先生视察整个地区,我自己则会谦逊、勤劳地待在家里,给植物标本拍照,或者是辨认雀科鸟类。

"回营地。"我对姆休卡说。恩古伊又打开一瓶啤酒,这样我们就能在开车涉过小溪的浅滩时喝酒了。我们一边喝着同一瓶酒,一边看着在浅滩波纹里游荡的小鱼,这真是一件幸运的事啊。小溪里有很好的鲶鱼,只不过我们都懒得捉。

第十九章

玛丽小姐就站在用餐帐篷双层幕布的阴凉处等我们。帐篷后面的帘子支了起来,清新凉爽的风从山那边吹过来。

"姆温迪担心你光脚去打猎,也担心你夜里出门。"

"姆温迪真是个老妈子。我就脱了一次靴子,是因为它们走起路来吱吱作响,而且那也是他的原因,他没有给鞋好好上油。他真是假正经。"

"一个人在对你好的时候就容易被说成是假正经。"

"别管它了。"

"为什么你有时候会做那么多预防措施,有时候却一点也不做呢?"

"因为有时候你收到暗示说可能有坏人,然后你又听说他们在别处。我做的都是我们需要的预防措施。"

"但是你会在晚上单独出去。"

"有人熬夜拿着枪守护你呢,灯也总是亮着。总是有人保护你。"

"但是你为什么要出去？"

"我不得不出去。"

"可是为什么呢？"

"因为时间越来越短了，我怎么知道我们什么时候会回去呢？我怎么知道我们会不会再回来呢？"

"我担心你。"

"我出去的时候你总是睡得很香，回来的时候你也睡得很香。"

"我并不总是那样的。有时候我摸摸床发现你已经不在了。"

"我现在不能出去，要等月亮出来才可以。现在月亮升起的时间都很晚了。"

"你真的那么想去吗？"

"是的，真的，亲爱的。我总是会让人守着你的。"

"你为什么不带上个人跟你去？"

"带人去是没有任何好处的。"

"你又疯了。但是你不会在那么干之前喝酒吧？"

"不会，我会洗得干干净净的，也会涂上狮子油。"

"谢天谢地，你还会在起床后涂上狮子油。晚上的水不会很凉吗？"

"那时候什么都很凉，你不会注意到水温的。"

"我给你倒杯酒吧。你喝什么？鸡尾酒怎么样？"

"鸡尾酒可以啊。金巴利酒也行。"

"我给咱俩一人倒一杯鸡尾酒吧。你知道圣诞节我想要什么吗?"

"我倒希望我知道呢。"

"不知道我该不该告诉你。也许那花费太高了。"

"我们钱够的话你就可以告诉我。"

"我想去真正地看一看非洲的东西。我们就要回家了,可是我们还什么都没看呢。我想看看比属刚果。"

"我不想。"

"你一点野心都没有,宁愿在一个地方待着。"

"你去过什么比这里还好的地方吗?"

"没有。但是我们什么都没看过呢。"

"我倒是宁愿住在一个地方,成为生活中实实在在的一部分,而不只是看新奇的事物。"

"但是我想去看看比属刚果。那个地方我都听了一辈子,现在我们离它那么近,为什么不能去看看呢?"

"我们并没有离得那么近。"

"我们可以坐飞机啊,整个旅程都靠飞机。"

"听着,亲爱的。你已经从坦噶尼喀的一边到了另一边,你也去过波哈拉平原和大鲁阿哈河。"

"我想那很有趣。"

"那很有教育意义。你去过姆贝亚和南部高地,在山区生活过,在平原打过猎,现在你在这座大山的山脚下生活,也在马加迪那边的裂谷底部生活过,打猎还曾经几乎打到了纳特隆。"

"但是我还没去过比属刚果呢。"

"是没有。那真的是你圣诞节想要的东西吗?"

"是的,如果不太贵的话。我们不用圣诞节一过就去。看你的时间吧。"

"谢谢。"我说。

"你还没喝你的酒呢。"

"对不起。"

"如果你送人一件礼物,自己却不开心,那也就没什么意思了。"

我抿了一小口没加糖、很好喝的橙酸饮料,想着我有多喜欢我们现在住的地方。

"如果我带着这座山去你不介意吧?"

"那边也有很多壮丽的大山呢。那里可有月亮山。"

"我在书上读过,还在《生活》杂志上看到了一张照片。"

"在非洲那一期里。"

"对,在非洲那一期。"

"你什么时候开始想要这次旅行的?"

"在我去内罗毕之前。和威利一起飞行你会觉得很有意思。你一直都是这样的。"

"这个旅行计划我们要通知一下威利。他圣诞节后就来了。"

"你想去了我们再去。你先在这儿把事办完吧。"

我敲了敲木头,把剩下的饮料喝完了。

"今天晚上和下午你打算做什么?"

"我觉得我会先午睡一会儿,然后写我的日记。晚上我们一起出去吧。"

"好。"我说。

阿拉普·梅纳走了进来,我问他第一个村子的情况。他说那里有一头公狮子和一头母狮子,它们在一年的这个时候出现很奇怪,在过去的半个月里它们已经杀死了五头牲畜,上次它们窜过兽栏的时候那头母狮子还把一个男人抓伤了,不过那个人没事。

我想,那片区域没有人打猎,在我见到金·克前也不能向他报告这件事,所以我会先让探子把狮子的事传播开来。它们会下山,也会翻山,但是我们会听到它们的消息的,除非它们去了安博塞利。我会向金·克报告,让他处理这事的结果。

"你觉得它们会再回到那个村子吗?"

"不会。"梅纳摇摇头。

"你觉得它们是袭击了另一个村子的狮子吗?"

"不是。"

"今天下午我要去拉伊托奇托克加油。"

"也许我们会在那里听到什么消息。"

"是的。"

我走到帐篷那边,发现玛丽小姐醒了,她在看书,帐篷后部的幕布支了起来。"亲爱的,我们要去拉伊托奇托克。你想去吗?"

"不知道。我刚觉得有点困。我们为什么要去?"

"阿拉普·梅纳来了,他带来了消息,说有狮子闹事,我得去给卡车加油。你知道的,就是我们习惯于叫做卡车汽油的东西。"

"我会清醒清醒，洗洗脸，然后跟你们走。你的钱多吗？"

"姆温迪会拿的。"

我们上了路，穿过那片开阔地带，直接通往盘山路。我们看到了那两头美丽的雄汤姆逊瞪羚，它俩总是在营地附近吃草。

玛丽和切洛、阿拉普·梅纳坐在后座，姆温吉则坐在后车厢的箱子上。我开始忧心。玛丽说了，等我想去的时候再去。我会在新年后挤出三周时间的。圣诞节后要做的事太多了，我总是有工作要做。我知道现在我所在的地方是我待过的最好的地方，生活愉快而丰富，每天都能学到东西。在我可以飞跃我们整片区域上空的时候，我却要飞跃整个非洲，这是我最不想做的事。但是也许我们能解决一下这个问题。

我已经被告知要远离拉伊托奇托克，但是我们是来加油和买生活必需品的，也是为了打探一下狮子的消息，所以我们这一行完全是正常而必要的，我敢肯定金·克会准许的。我不想见那个当警察的小子，但是我会和辛先生喝一杯，然后给营地买点啤酒和可口可乐，因为我一向都会这么做。我让阿拉普·梅纳去马塞人的商店和其他马塞人的聚集地，把他所知道的关于狮子的消息讲出来，看看他们有什么消息。

辛先生的店里有几个我认识的马塞长老，我向他们打招呼，并奉承了辛太太几句。我借助着那本斯瓦希里用语词典，和辛先生交谈起来。那些长老很想要瓶啤酒，我买了一瓶，拿着自己的那瓶象征性地喝了一口。

皮特进来说车马上就开过来了，我让他去找阿拉普·梅纳。

车沿路开过来,上面拴着油桶,三个马塞女人坐在后面。玛丽小姐正和切洛开心地交谈着。恩古伊进来和姆温吉一起搬箱子。我把我的那瓶啤酒递给他们,他俩干了那瓶酒。姆温吉喝酒的时候眼里闪耀着强烈的喜悦之情,恩古伊则像赛车手在检修站一样痛饮一番,他给姆温吉留了一半,又拿了一瓶啤酒出来让我和姆休卡分着喝,给切洛开了一听可口可乐。

阿拉普·梅纳跟着皮特过来了,他爬上后车厢,和那几个马塞女人坐在一起,他们都有箱子可坐。恩古伊和我坐在前面,玛丽则和切洛、姆温吉一起坐在放枪的行李架后面。我向皮特告别后我们就上了路,然后我们转向西边,开进一片阳光里。

"你想要的东西都买到了吗,亲爱的?"

"确实没什么可买的,不过我发现了几样我们需要的东西。"

我想到了上次来这里购物,但是想也没用,那时候玛丽小姐在内罗毕,那地方比拉伊托奇托克更适合购物。但那时候我刚开始学着在拉伊托奇托克购物,我喜欢那里,因为那里的感觉像是蒙大拿州库克市的杂货店和邮局。

拉伊托奇托克已经不卖那种纸板盒装的淘汰枪支了,以前一到深秋,就会有人买上两到四盒子弹,用来打冬天吃的猎物。现在卖的是长矛。但是在这个地方买东西很有家的感觉,如果你就住这附近,那么不管是货架上还是箱子里,几乎所有的东西对你来说都能派上用场。

但是今天行将结束,明天又是新的一天,我暂且还没有进坟墓。我们下山时,我没有看见谁望着太阳,或者看看前方那一片广阔的区域,所以忘了姆休卡会渴。我打开一瓶啤酒,擦了擦瓶颈和瓶嘴,这时候玛丽小姐义正词严地问:"难道老婆们就不会口渴吗?"

"对不起,亲爱的。你要是想喝的话,恩古伊可以给你拿一整瓶。"

"不,我只想喝一口。"

我把酒瓶递给她,她喝了点后递给我。

多好啊,非洲没有表示抱歉的词。我想我最好不要想它,不然它就会横在我们中间了。我喝了一口玛丽小姐喝过的那瓶啤酒,这样上面就不会有她的唾液了,然后我用那块干净的好手帕擦了擦瓶颈和瓶口,再递给姆休卡。

切洛完全不赞同我们这么做,他想让我们用杯子好好地喝。但是我们以前怎么喝现在还怎么喝,我也不愿意想任何会在我和切洛之间造成误会的事了。

"我想再喝一口啤酒。"玛丽小姐说。我让恩古伊给她开一瓶,我准备和她一起喝,姆休卡在喝饱以后可以把他手里的那瓶递给恩古伊和姆温吉。不过这是我的想法,我并没有说出来。

"我不明白你们为什么要把喝啤酒搞得这么复杂。"玛丽说。

"下次我要带杯子了。"

"不要试图把这事搞得更复杂了。如果和你喝的话,我不想要杯子。"

"这只是部落习俗,"我说,"事情本身已经够复杂了,我真没想把它们搞得更复杂。"

"为什么在我喝完之后你要那么仔细地擦瓶子,在你自己喝完以后也擦了擦才递给别人?"

"部落习俗嘛。"

"但是为什么今天不同?"

"是月相的原因。"

"你为了自己太拘泥于部落习俗了。"

"很有可能。"

"这一切你都相信吗?"

"不,我只是这么做一下。"

"你连了解的程度都不够还要做一下。"

"我每天都会学习一点。"

"我受够了。"

我们沿着一条长长的山坡开车下去,途中玛丽看见六百码开外有一头大狷羚。它就站在山坡下面的一个小山包上,个头很高,身躯是黄色的。在玛丽指出它之前没有人看到它,然后大家就一下子看到了它的身影。我们停下车,玛丽和切洛去追踪。狷羚边吃草边离他们越来越远,风是从山坡下面往上刮的,所以不会把他俩的气味吹到动物那里去。这四周并没有危险动物,我们留在车里,不去给他们的行动捣乱。

我们看着切洛在前面带路,从一个掩蔽处移动到另一个掩蔽处,玛丽在后面跟着他,和他一样猫着腰。这时我们看不见那头狷羚了,但是我们看到切洛停了下来,玛丽小姐则跟到他身边,举起了步枪。接着我们就听到了射击的声音,那是子弹发出的沉重的"砰"的一声。切洛跑向前去,也离开了我们的视线,玛丽小姐也跟着他跑向前去。

姆休卡开着车穿过那片欧洲蕨和野花,来到了玛丽、切洛和那头死了的狷羚跟前。那狷羚,或者说是大羚羊在活着的时候就其貌不扬,更不用说它的死相了,不过那是头老公羚羊,它体形丰满,身体状况也极佳。它那悲伤的长脸、呆滞的眼神和用刀子划过的喉咙让人看了并非没有食欲。那些马塞女人激动极了,很是为玛丽小姐所折服,她们不停地伸手去触摸她,很是好奇和难以置信。

"是我先看到它的,"玛丽说,"这是我第一次先看到猎物。我是在你之前看到它的。姆休卡和你都坐在前面。我也在恩古伊、姆温吉和切洛之前看见了它。"

"你也在阿拉普·梅纳之前看见了它。"我说。

"他不算,因为他在看马塞女人。我和切洛是靠自己追踪它的,它回头看我们的时候我一枪打中了它身上我想打的位置。"

"在左肩的下部,打中了心脏。"

"那就是我打的地方。"

"打得好,"切洛说,"非常好。"

"我们把它放到后车厢。女人们可以坐到前面来。"

"它虽然不好看,"玛丽说,"但是为了吃肉我宁愿打一些难看的动物。"

"它很好,你也很棒。"

"我们需要肉,我看到了我们能打到的肉最好吃的猎物,它很肥,是个头仅次于大羚羊的最大猎物,我是自己看见它的,只有切洛和我两个人去追踪它,它也是我自己打死的。现在你会爱我了吗?还会自己一个人闷头向前走吗?"

"现在你坐前面吧,我们再也不打猎了。"

"我可以喝点我的啤酒吗?追踪完猎物我渴了。"

"你的啤酒你可以都喝完。"

"不行,你也喝点。庆祝一下我第一个看见它,也庆祝一下我们又成了朋友吧。"

我们吃了很愉快的一顿晚餐,然后早早地上床睡觉了。夜里我做了噩梦,醒了,在姆温迪端茶过来之前我就穿好了衣服。

那天下午我们开车出去转了转。从地上的脚印我们可以看出,那群水牛已经回到了沼泽旁边的树林里。它们是早上进来的,在地上留下的脚印又宽又深,像是牛的脚印,但是这脚印已经留下一段时间了。蜣螂正在努力地把水牛留下来的东西滚成球。那群水牛已经进入那片树林,林中的空地上长满了鲜嫩的草。

我一直喜欢看蜣螂工作,自从我得知它们是埃及的圣甲虫,只不过外形稍有改变以后,我想我们可以在宗教中给它们找到一席之地。现在它们正努力地工作着,那天的粪便由于时间太长,已经有些不好收拾了。看着它们,我想出了几句关于蜣螂的赞美诗。

恩古伊和姆休卡则看着我,因为他们知道这时候我在深思。恩古伊去找玛丽小姐的相机,以便她会想要给蜣螂拍些照片,但是她并无意那么做,而是说:"爸爸,等你看够了蜣螂,我们能再去看看其他东西吗?"

"当然,如果你感兴趣的话,我们可以找到一头犀牛,这附近还有两头母狮子和一头公狮子。"

"你是怎么知道的?"

"有几个人昨晚听到了狮子的声音,水牛的脚印中间有些是一头犀牛反向走走留下的脚印。"

"现在太晚了,拍不到颜色好的照片了。"

"没关系,也许我们可以只看看它们。"

"它们比蜣螂更能启发灵感。"

"我不是在找灵感,我是在找知识。"

"那你有这么一片广阔开放的地域可真是够幸运的。"

"是啊。"

我叫姆休卡去试着找找那头犀牛。它有规律的习惯,既然它在走动,我们就知道能在哪里找到它。

犀牛的位置离我们揣测的地方不远,但是,正如玛丽小姐说过的那样,已经太晚了,仅凭当时的底片感光速度拍不出颜色好看的照片。它浑身涂满灰白色的黏土,刚从一个水塘回来,它站在一片绿色的灌木丛中,背后衬着深黑的的火山岩,这让它的身子看起来白得吓人。

我们没有惊动它,而是绕了一大圈到了它的下风处,以便最终走到通向沼泽边缘的盐碱地,但是它身上的食虱鸟飞走了,于是它傻傻地警觉起来。那天晚上的月亮会很小,狮子会出来猎食。我在想，要是知道夜晚来临，那些猎物们会怎样呢？猎物们毫无安全可言，尤其是在这些晚上。我想，在一个像今晚一样的漆黑的夜里，那条巨蟒会从沼泽地里钻出来，爬到盐碱地的边缘，盘着身子等猎物上钩。曾经有一次我和恩古伊一起顺着它的爬痕一直跟到沼泽地，它那爬痕就像是一辆超大型卡车的单个轮胎。有时候它会沉下去，在地上形成一段深深的凹槽。

我们在那片盐碱地上发现了那两头母狮子的足迹，便顺着足迹跟了过去。有一头很大，我们本以为能看见它们躺着休息，但是我们没有。我想，那头公狮子可能在那座废弃的古老马塞村旁活动，我们早晨到访过的那个马塞村子可能就是它袭击的。但那只是我的猜测，我并没有可以杀它的证据。今晚我只听听它们捕猎的声音就够了，明天如果我们看见它们，我就能再把它们给认出来。金·克最初曾说过，我们可能得干掉这片区域中的四头或六头狮子。我们已经干掉了三头，马塞人杀死了第四头，还打伤了一头。

"我不想离沼泽太近，不然水牛就闻到我们的气味了。也许它们明天会在开阔的地方进食。"我对玛丽说，她同意了我说的话。于是我们开始徒步回家，一边走，我和恩古伊一边辨认着盐碱地上的痕迹。

"我们要早一点出来，亲爱的，"我对玛丽说，"我们很有可能在空旷的地方找到水牛。"

"今天我们早点上床做爱，再听听夜晚的声音。"

"好极了。"

第二十章

　　我们躺在床上，天很冷，我蜷缩着躺着，靠着小床边上的帐篷壁，躺在床单和毯子下面，那感觉真是美妙。躺在床上的人都没有什么身形尺寸可言，两个相爱的人躺在床上会觉得身形一样，尺寸也正好。我们躺着，感受到毯子抵御着外面的凉气，而我们自己的温度也慢慢升上来。我们低声细语，听着第一只土狼骤然发出一阵弗拉门戈舞曲的歌声，仿佛是在夜里对着一只扩音器在嘶叫。它离帐篷很近，然后营房后面又来了一只，我知道是那块晾着的肉和营房那边的水牛把它们招引过来的。玛丽可以模仿它们的叫声，她在毯子下轻声模仿了一下。

　　"你这样会把它们招到帐篷里来的。"我说。我们听到了狮子的吼叫声，它就在北边去往那个古老村子的方向。之后我们听到了母狮子咳嗽般的咕哝声，于是我们知道它们在猎食。我们可以听到两头母狮子的声音，接着又听到一头狮子在很远的地方发出吼叫声。

　　"我希望我们永远都不用离开非洲。"玛丽说。

"我希望的是永远都不要离开这里。"

"床上？"

"我们白天要离开床的。不是床，我说的是营地。"

"我也喜欢营地。"

"那么为什么我们要离开呢？"

"也许我们会到更精彩的地方去。你难道不想在死之前看看最精彩的地方吗？"

"不想。"

"好吧，我们现在在这里，别想离开的事了。"

"好。"

土狼又唱起了夜曲，声调拔得异常高，中间有三次戛然而止。

玛丽模仿着它，我们大笑，小床像是一张温馨的大床，我们舒服地躺在上面，感觉很自在。玛丽说："等我睡着的时候，你尽管伸直了睡吧，在床上该占多少位置就占多少位置，我会回我自己的床上睡的。"

"我会帮你掖被子。"

"不用，你好好睡就行。我睡着了会自己掖被子的。"

"我们现在就睡觉吧。"

"好，但是别让我待在床上挤到你。"

"我不会被挤到的。"

"晚安，我最亲爱的甜心。"

"晚安，亲爱的。"

就在即将入睡的时候,我们听到了近处那头狮子深沉的咕哝声,远处的那头狮子在吼叫,我们轻轻地抱紧对方,睡着了。

玛丽在我睡着后回到了自己的床上,直到那头狮子在离营地很近的地方吼叫时我才醒来。它似乎颤动了帐篷的拉绳,那低沉的咳嗽声离我们很近。它肯定是在营地以外,但是它吵醒我时的声音听起来像是它正穿过营地。然后它又吼叫了一声,我就知道它离我们多远了。它一定就在那条通往飞机跑道的小路旁。我听着它越走越远,又一次进入了梦乡。

人物介绍

叙述者

作者一生从没写过日记,却在事情发生一年之后灵感泉涌,以第一人称写下了这样一个故事。正如他曾对他的第三任妻子玛莎·盖尔霍恩说过:"我们只是盘腿坐在集市里,如果人们对我们所说的不感兴趣,他们走开就是了。"

玛丽

欧内斯特·海明威的第四任也是最后一任妻子。

菲利普(帕先生,老爷子)

菲利普·帕西法尔是所有白人猎手中活得最长、见识最广的一个。他曾经指导过很多人打猎,包括泰德·罗斯福[1]和乔

---

[1] 即美国第 26 任总统西奥多·罗斯福,泰德是他的昵称。

治·伊斯曼①。海明威的小说《弗朗西斯·麦康伯夫妇短暂的幸福生活》中白人猎手的原型是冯·布列克森男爵②，不过其外貌是根据菲利普·帕西法尔塑造的。

金·克雷兹德（金·克）

当时英国管辖下的肯尼亚殖民地卡贾多地区的狩猎监督官。卡贾多地区面积广大，包括内罗毕南部和坦噶尼喀（现在的坦桑尼亚）与肯尼亚北部边界线上的大部分猎区。在游猎期间，除了带着全部人马去坦噶尼喀南部区看望他们的儿子和儿媳之外，海明威夫妇一直在卡贾多地区打猎。

哈里·邓恩

卡贾多地区的高级警官。

威利

商业丛林飞行员。和所有不参加非正义战争的飞行员一样，他是个崇高的角色。

凯蒂

白人猎手的游猎队中的总管和权威人物。他对欧洲人该有

---

① 乔治·伊斯曼（1854—1932），美国发明家，柯达公司创办人以及胶卷发明人。
② 丹麦女作家伊萨克·迪内森的表兄，两人结婚后来到非洲定居，不久离婚。

怎样的行为举止的观念还停留在爱德华时代①。许多读者可能看过由艾玛·汤普森和安东尼·霍普金斯主演的电影《去日留痕》，影片中男主管的观念和凯蒂的观念并无二致。

姆温迪
听命于凯蒂，照管游猎中的生活起居。

恩圭利
游猎队伙计，厨师学徒。

姆桑比
游猎队伙计。

姆贝比亚
游猎队厨师，他的工作技巧性很强，且十分重要。我曾给比属刚果最后一任总督的女儿和女婿长达一个月的游猎做向导。总督女儿在吃完游猎队的烤野鸭后告诉我说这比她上次在巴黎的银塔餐厅吃过的还要好吃。游猎队最早的厨师是从厨艺精湛的欧洲贵妇那里学来的手艺。伊萨克·迪内森的《走出非洲》中有一段关于培训这样的厨师的精彩描述。

---

① 英国爱德华七世统治的时代（1841—1910），特点是奢靡之风、攀比消费。

姆休卡

非洲黑人司机。我这一代的白人猎手是在二战后才学会打猎的，他们开的猎车都是自行设计的，属于自身的财产，不是游猎装备供应商所提供的。但是海明威的游猎队则不同。帕西法尔使用的猎车是装备供应商提供的，由姆休卡当司机。当海明威从帕西法尔手中接管游猎队时，姆休卡也成了他的司机。

恩古伊

海明威的扛枪伙计和追猎手。喜欢猎大猎物或身体足够强壮的人是不会让扛枪伙计帮忙扛猎枪的。扛枪伙计这个词，正如它在缅因州和加拿大的用法一样，实际上是当地向导的意思。扛枪伙计应该具备巴登-鲍威尔[①]将军和欧内斯特·汤姆逊·塞顿[②]所认为的童子军所应具备的所有技能。他必须了解动物及它们的习性和野生植物的功效，懂得如何追踪，尤其是追踪猎物带血的足迹，也应该知道在灌木丛中如何照顾好自己和他人，总之，他就是一个相当于皮袜子或鳄鱼邓迪一类的人物。

切洛

玛丽·海明威的扛枪伙计。在本故事中，海明威一直在从

[①] 巴登-鲍威尔（1857—1941），英国军官，以创建童子军而闻名。
[②] 欧内斯特·汤姆逊·塞顿（1860—1946），美国博物学家和作家，曾协助创立美国童子军。

时间和空间方面努力指出不同文化中伦理道德行为的区别。西方的伦理道德只有在离婚或配偶死亡的情况下才允许人再结婚，人只能同时有一个配偶。在本书的故事发生时，玛丽的丈夫在西方的伦理道德框架内已经离过两次婚，而他也与另一位妻子保琳离婚，而后保琳去世。玛丽本身也结过两次婚，由于西方伦理道德的束缚，她的丈夫不能与第二位女子成婚，但让她十分难以释怀的是丈夫的前任妻子，这也是为什么她一定要杀死一头狮子，不是以二十年前保琳的方式，而是以一种新的、更胜一筹的方式。在上一次游猎中，切洛是保琳的扛枪伙计。

姆温吉

菲利普·帕西法尔的扛枪伙计。

阿拉普·梅纳

侦猎员，这是肯尼亚最低一级的狩猎法执法官员。侦猎员中没有白人。在本书所描述的游猎发生时侦猎员中也没有黑人。阿拉普·梅纳和《夜航西飞》中带领柏瑞尔·马卡姆[①]用长矛猎疣猪、后来在一战中被杀害的齐普萨吉斯战士同名可能只是个巧合。

---

① 柏瑞尔·马卡姆（1902—1986），英国女飞行员、冒险家和作家。1942年出版著名回忆录《夜航西飞》。

春戈

金·克手下的一名英俊、讲究打扮的侦猎长。他可能会使读者想到《无事生非》精彩的电影版中由丹泽尔·华盛顿①扮演的公爵。

探子

顾名思义，他是一位警方的卧底。海明威本人也做过很多情报工作，第一次是在西班牙内战中，他将第五纵队这个词引入了英语和很多其他语言中。后来，在第二次世界大战中，他在古巴协助抓捕了几名德国侦探，他们被从西班牙送到哈瓦那，其中一名侦探还被处死了。在这个故事的人物中，只有海明威对探子抱有同情和怜悯之情。

耗子老板

帕特里克，欧内斯特·海明威的次子，也叫"耗子"。

寡妇

黛芭的母亲，受到探子暧昧的保护。

黛芭

年轻的非洲黑人女子。一直以来，海明威都被误认为不能

---

① 丹泽尔·华盛顿（1954— ），美国黑人演员。

在小说中真实地刻画女性。如果这是真的，那么这对于一位大作家来说会是一个严重的错误，就如同指出一位绘画大师不会画人体一样。海明威和四个姐姐同在一个屋檐下长大，所以他当然有机会对女性耳濡目染。如今，合时务的是一种不同的批评观，这类批评家把艺术视为社会工程的工具。在希特勒统治下的德国，犹太人在政治上被视为纯正印欧血统的玷污者。不论读者对艺术能力或目的持何种观点，都应该注意黛芭这个人物。

辛先生

肯尼亚的白人在殖民主义时期把这个名字念成"辛"，而在后殖民主义时期又把它念成"塞"。在殖民主义时期，出于行政管理的目的，肯尼亚把人口按照他们来自的大洲分为欧洲人、亚洲人和非洲人。辛先生是亚洲的锡克族人，他的族人来自旁遮普①。锡克族人由于对印度政府处理金庙危机②的方式感到强烈不满而刺杀了甘地夫人。锡克族人生性好战，在机械方面很有天赋，他们中的很多人都是机床操作员、航空公司飞行员、

---

① 印度西北部一邦，西邻巴基斯坦，多为锡克人。
② 印度国内民族矛盾、教派矛盾十分尖锐。锡克教于16世纪兴起于旁遮普，阿姆利则城的金庙为其圣地。20世纪80年代初，旁遮普地区的锡克教徒掀起要求独立的"卡利斯坦国"运动。锡克教极端分子组织武装部队并在金庙内设立总部。为维护国家统一和政府权威，近七万印度军警向宗教极端分子控制的锡克教圣地阿姆利则金庙发起攻击，引发了印度历史上最为严重的流血政治风波。

警察和电气工程师。我的一位锡克族警察朋友有一次接到了一项棘手的任务,要去逮捕一位骂骂咧咧、一身肥肉、满嘴脏话的欧洲老妇人,她为了骗取保险金而毒死了她的丈夫。虽然她当面骂他是下贱的杂种,但是我的朋友在逮捕她的时候仍然在最大程度上表现出了他的谨慎和职业风度。

辛太太

辛先生的妻子,长得很漂亮。